藏香：只为途中与你相见

廖宇靖 ◎ 著

当代世界出版社

图书在版编目（CIP）数据

藏香：只为途中与你相见 / 廖宇靖著． -- 北京：当代世界出版社，2014.2

ISBN 978-7-5090-0953-6

Ⅰ．①藏… Ⅱ．①廖… Ⅲ．①长篇小说－中国－当代 Ⅳ．① I247.5

中国版本图书馆 CIP 数据核字（2013）第 292752 号

书　　名	藏香——只为途中与你相遇
出版发行	当代世界出版社
地　　址	北京市复兴路 4 号（100860）
网　　址	http://www.worldpress.org.cn
编务电话	（010）83908456
发行电话	（010）83908409
	（010）83908377
	（010）83908455
	（010）83908423（邮购）
	（010）83908410（传真）
经　　销	全国新华书店
印　　刷	北京兴星伟业印刷有限公司
开　　本	710 毫米 ×1000 毫米 1/16
印　　张	19
字　　数	310 千字
版　　次	2014 年 2 月第 1 版
印　　次	2014 年 2 月第 1 次
书　　号	ISBN 978-7-5090-0953-6
定　　价	35 元

如发现印装质量问题，请与承印厂联系调换。
版权所有，翻印必究；未经许可，不得转载！

目 录

引　子 ……………………………………………… 001

第一章　云朵的呼唤 ……………………………… 005

第二章　当爱靠近 ………………………………… 028

第三章　高原警营的第一次历练 ………………… 039

第四章　特警大队才是我的归宿 ………………… 062

第五章　鹰队与猎人的"游戏" ………………… 091

第六章　与藏香女孩结缘 ………………………… 113

第七章　劫持案也可以这样解决 ………………… 127

第八章　当我渐渐习惯温婉成性 ………………… 140

第九章　格桑花为谁而开？ ……………………… 155

第十章　一半海水一半火焰 ……………………… 176

第十一章　时光静好与君语 ……………………… 201

第十二章　岁月不宽宏 …………………………… 219

第十三章　最强风暴 ……………………………… 227

第十四章　格桑花开 ……………………………… 241

第十五章　相见不如怀念 ………………………… 251

第十六章　忘记我自己 …………………………… 262

引子

故事要从哪里开始呢?

那个时候,我还留着平头,没有现在臃肿的身体,也没有如今黯然神伤的表情,一口气可以做一百个引体向上;那个时候,我光着胳膊在雪山上肆意奔跑,永远不用理会嘲笑我的声音;那个时候,我和我的战友在零下二十度的深山中依偎入睡,我们用身体相互取暖,紧紧相抱。

那些有关梦想,有关忠诚,有关爱情的往事都已经远去,我来不及回忆,我更害怕回忆。

我害怕,害怕回忆起青春时代的那些已经渐行渐远的梦想,那些曾经熟悉的人悄无声息地突然离开了我的世界,就像他们从来没有来过一样。

可是当我一闭上眼,我的耳边就是纪刚粗犷而又沙哑的声音,"检查武器,听我口令,李峰你要是再给老子乱放枪,老子非得把子弹塞进你屁股里。"

想到这儿,我笑了,然后又哭了。

我的书桌上很乱,随意丢放的稿纸,一盆早已枯萎的仙人掌,还有一张站着八个男人的合影。

照片里,八个男人的表情各异:有对着镜头傻笑的杨发涛,有一脸严肃的纪刚,还有露出淡淡微笑的田军以及满面阳光的洛桑泽仁。照片里的另外三个男人,是从总队和支队下来给我们颁发集体一等功奖章的领导,我却早已忘记了他们的名字。

照片里,还有一脸羞涩与青涩的我以及手中握着那把陪伴了我整整五年的 81 式半自动步枪。

照片里的几个男人，现在大多都已不在特警队了。他们有的当上了局领导，比如纪刚；他们有的脱离了公安系统，最后调回了内地，比如田军。而留在特警队的，只剩下杨发涛一个人了。

他们会经常给我打电话，偶尔到我所在的城市办案出差的时候，我还会与他们喝上几杯。但我却害怕与他们见面，害怕与他们聊天。我害怕和他们聊起过去，聊起那些不堪回首的往事，那些早已离开的战友以及我们曾经战斗过的血色高原。

在美丽的川西高原上，不仅有莽莽苍苍、雄浑万里的拉日马大草原、"冰雪肌肤玉作骨，虚无缥缈入云端"般的雅拉雪山，不仅有香喷喷的酥油茶和豪爽粗犷的康巴汉子。在高原上，还有这样一群人：我们的皮肤被高原的阳光晒得黝黑，我们一生都在与高原缺氧抗争，在与恶劣的气候抗争，风来雨往，苦中作乐。严寒酷暑，披星戴月。我们迎着清晨的朝霞，伴着日落的余辉，年复一年，日复一日，用自己宝贵的青春践行着心中那份神圣的誓言。我们把自己的激情与青春燃烧在了美丽的高原之上，让和谐和稳定的光芒照耀在折多山之上。我们，就是高原警察。

在美丽的高原上，你随处可以看见盛开的格桑花。格桑花喜爱高原的阳光，她也耐得住雪域的孤独与风寒。她美丽但不娇艳，柔弱又不失挺拔。格桑花看上去弱不禁风的样子，可风愈狂，她身愈挺；雨愈打，她叶愈翠；太阳愈曝晒，她开得愈灿烂。在藏区有一个美丽的传说：不管是谁，只要找到了八瓣格桑梅朵，就找到了幸福。

如果你要问我，天堂在哪里？通往天堂的路有几条？天堂的路到底有多远？我会轻轻地告诉你，这一切，只有高原上那虔诚的信徒知道。一条路的终点，将是另一条路的起点，因为我们一直在路上。

雪域高原的风，吹开了洁白的雪莲花。高原警察就像格桑花一样，悄悄地开放在藏区荒芜的大山里、一望无际的草原上，开放在通往天堂的路上。我们挥舞着皮鞭，骑着骏马，挎着枪飞驰在辽阔的草原上……

高原的阳光总是这样和煦，不温不火，恰到好处。坐在开往康定的警车上，我的双手紧紧地握着那把 56 式半自动步枪。

我喜欢沐浴在这样的阳光下，给人一种温暖的感觉。金黄的野草稀疏地散在地上，向着远方蔓延开来，在某个转角，隐没在远处苍茫的苍山深处。窗外连绵不断的青山和草原上飞舞的彩蝶，映衬在蔚蓝的天空下，一层一层地渲染开去。草原上那美丽的格桑梅朵宛如委婉而幽扬的乡音，向着远方飞去。在阳光的照耀下，我头上的警徽反射着最最耀眼的光芒。

  偶尔，我会抬头仰望天空，似乎感觉触手可及。我知道，这是离天堂最近的地方。身边飘浮的朵朵白云，似乎在诉说着一个关于青春，关于梦想，关于忠诚的故事。

  一路上鲜花朵朵，空气中荡着明净的气息，那是独属于高原的气息。我微微闭上眼，直到一阵急促的急刹车在318国道上响起。我看见远处一辆满载石头的大货车犹如脱缰的野马般发疯似的向我们冲来，司机为了躲避货车，拼命地按着喇叭。货车离我们越来越近，我们的警车向悬崖深处开去……

  在黑暗之中，一股熟悉的味道飘来，我知道那是藏香的味道。藏香，味清淡而雅致，质朴而不张扬。

  黑暗中，藏香又一次点燃，这已成为我想念降初的习惯，袅袅升腾而起的轻烟似那悄然流逝的时光，像春风一般悄然飘进我的生命之中，偶尔摇曳心波。

  藏香，藏香！我似乎看到那个美丽的藏族姑娘，青烟婀娜似的进入我甜醉的梦乡。香尽火灭，袅袅致终。梦醒的时候，藏香依旧。

第一章 云朵的呼唤

右腿剧烈的疼痛让我再次醒了过来。我睁开眼，发现自己仍旧置身于一片深不可测的黑暗之中。

不远的地方，有微弱的亮光。我想向着那个方向爬去，却发现自己的右腿根本无法动弹，稍微一用力，右腿就会剧烈得疼。我紧紧地咬着嘴唇，这样可以减缓一点儿疼痛。

剧烈的疼痛让我有些喘不过气来。我大口大口地喘着粗气，拼命想要记起刚才发生的事。这是哪儿？我又怎么会在这里？我的脑海里嗡嗡作响，什么都记不起来了。

一股血腥味扑鼻而来，我知道，那是我的右腿。

突然，不远处传来一阵阵痛苦的呻吟。眼前是黑暗的一片，我不得不用手四处探寻。我摸到了一个人，一个浑身是血的人，我吓得赶紧将手缩了回来。

我想要说话，想要大声地呼救，可是喉咙像被卡住了一般，付出再大的努力，也发不出半点声音。

剧烈的疼痛像炸弹一样萦绕我的身体，我的心脏一阵狂跳，尔后，失去了意识……

在我十七岁的时候，我从未想过有一天自己会上高原，也从未想过自己会成为一名特警。那个时候，我一心想着当一名作家。而成为作家的动机很简单，那就是吸引一个叫作冉冉的女孩的注意。但事实上，那个时候的我连篇像样的作文都写不出来。即使那样，我依然坚信这并不阻碍我在不久的将来成为一名优秀的作家。

那个时候的我，不爱说话，性格内向，看见自己喜欢的女孩都会脸红。每天最喜欢做的事就是幻想，无论是上课，还是在去上课的路上；无论是睡觉，还是在去睡觉的路上。每时每刻我都在幻想，我幻想自己就是骑着白马的王子，故事的女主角永远都是冉冉。

在我十七岁生日快要到来的时候，我的一个"豆腐块"居然发表在了某家省级报刊上。从那以后，我成了这所中学的名人。那些暗恋我的女孩偷偷地将情书塞进我的抽屉，可是我的眼里只有冉冉。

在男人的一生中，总有一个女人会将你改变。而年少的我固执地认为，那个改变我的女人就是这个叫作任冉冉的女孩。

大学毕业后，我决定为了冉冉去高原。

已是深夜，我靠在冰凉的车窗上，玻璃上映出我年轻的侧脸，带着这个年纪特有的独立和彷徨。对面身穿蓝格子衬衫的中年男子脸上掩着报纸已经睡熟。夜里的长途客车上一反白日的嘈杂，四周寂静沉闷。

汽车隆隆声响在耳边，再过不久就进入藏区，我的思绪也顺着窗外黑暗斑驳的残影飞远。

大学毕业后，我不顾父亲的极力反对，报考藏地特警。从那天开始我们再没有说过一句话，踏上这班通往藏地的汽车后，父亲第一次打电话给我，我以为他会说些什么，但是没有。自从母亲过世，他从藏区回到成都，我们之间一直维持着这种状态，没有一般父子间的亲密，冰冷得形同陌路。

其实我对于藏区的了解只是杂志上油印的几幅高旷的远景，只是知道那是令父亲抛弃妻子数十年的地方。没有憧憬和向往，唯一让我执着的是现在在藏区的那个人——冉冉。

或许是家庭的缺憾使我对柔和温暖的感情有着不懈的执着。冉冉是个温婉美丽的女孩子，是我的初恋。

第一次见到她时，我们都还是个半大孩子，刚升初一，四周都是陌生的面孔，我们按照座位次序依次上台做自我介绍。

冉冉穿着一条粉红的麻质连衣裙，蓬蓬的蘑菇袖，裙摆缀着几朵细碎的小白花——是当时最时兴的裙子。十三岁的我正是反叛的时候，心里越是喜欢表现的越是不以为然，看到像冉冉这样打扮精致的女孩子我下意识地嗤之以鼻，却又忍不住偷偷看她。

我成绩差，虽然算不上调皮捣蛋，但至少不是老师眼中的好学生。冉冉安静，成绩也好，同学们喜欢她，老师也喜欢。我和几个捣蛋鬼经常给冉冉捣乱，不是藏了冉冉的橡皮，就是在她后背上贴小纸条，然后看她撑着腰气急败坏的样子心里偷乐。

我的座位在冉冉后面，上课时只要她专注地盯着讲台，我就使坏揪她的头发。我喜欢她的发香，淡淡的薄荷味夹着几丝神秘的幽香。少年时懵懂，不懂得如何表达自己喜欢的心情，只是不断地用这种方式来引起冉冉的注意。

高中仍旧和冉冉一班，还记得开学那天在走廊里看到冉冉时那一瞬间的雀跃，脱离了年少懵懂，带着少年的青涩异样的情愫在心头滋长。

那时的我总是有意无意寻找冉冉的身影，似乎看到她苦闷的高中生活就不那么难熬了，淡淡地苦涩地追寻着。

在我上大一那年，母亲永远闭上了眼睛，一辆超载的货车急转弯时刹车失灵，撞进菜市场。那天母亲清早起来提了菜篮子去菜场买菜，却再也没回来。

母亲曾经是演员，我以为那只是一场戏，可是当我看到冰冷的遗体时，才终于明白这残酷冷血的事实。

在我六岁之前，我居然不知道我的父亲是谁。

在我的童年记忆里，根本没有父亲这个词。我和母亲一起生活，我在母亲无微不至的照顾下长大成人。曾经，我也问过，我的爸爸在哪儿？母亲总是低着头，一边忙活着手上的家务，一边淡淡地说，"你的爸爸在一个很远很远的地方。"那个时候，我以为父亲已经死了。

很远很远的地方，那就是天堂。

半夜醒来，我常常听见母亲的哭声。母亲将头钻进被窝里，偷偷地哭泣。那个时候的我不明白，母亲究竟为什么哭。直到现在，当我一闭上眼，回想起我的童年时，母亲的哭声犹如难以痊愈的伤口，在我心微微疼痛。

我七岁生日那天，一个陌生的男人突然出现在我家门前。我奶声奶气地问，"叔叔，您找谁啊？"

那个男人个子不高，很黑，脸上透着高原红，从他身上散发出一股奇怪的味道。我有些害怕。但母亲总是教育我，对人要礼貌。

男人什么都没有说，一把抱起我，雨点般地吻在我脸上。我害怕地哭了起来，我以为遇到坏人了。男人的胡须扎得我有些疼，我用拳头不停地捶打着他。可是这个男人依然没有放弃的意思，我大声呼喊着，"妈妈，妈妈。"

母亲从厨房里走了出来，解开围裙，对我说，"叫爸爸。"

我以为自己听错了，可是母亲严肃的表情和她那坚定的眼神告诉我，这一切都是真的。

我盯着眼前这个陌生的男人，终究还是没有叫出一声爸爸，就跑开了。

家中突然闯进了这样一个陌生人，让我不免有些害怕。即使他是我的父亲，可是，在我的童年记忆里，父亲到底是什么？父亲就是多年不回家的男人？父亲就是常常让母亲掉眼泪的男人？

这个夜晚，我偷偷地蹲在母亲卧室门前。木门没有关上，留下一条小缝。我鼓着眼睛注视着屋内的一切，我要保护妈妈，我告诉自己。

一切似乎都很安静，母亲和父亲都没有说话，两人静静地躺在床上。这样的沉默持续了好久，直到母亲掉下了第一滴眼泪。父亲吻了母亲，尔后两人疯狂地亲吻着对方。父亲关掉了台灯，我的眼前一片漆黑。

随着木床的疯狂摇动，母亲叫喊的声音越来越大。我握紧了拳头，一脚踢开门，冲到了父亲跟前，用尽全身力气打在他的身上……

这一幕，几乎成了父亲在我童年里的全部记忆。即使母亲后来再怎么给我解释那个晚上父亲并没有欺负她，但在我年幼的心里，久久无法释怀。

父亲在家里待了三天，便又匆匆地走了。

母亲后来告诉我，父亲是一名高原警察。

那个时候的我，不知道高原在哪里，也不知道高原到底有多高，到底有多远。只是从后来母亲的讲述中，我才知道，从成都到父亲工作的地方，要坐五天的汽车，还要翻越二郎山。事实上，我对母亲的描述非常模糊。我不知道五天究竟有多远，我也不知道二郎山又是什么山，我只知道二郎神。难道父亲真的在天堂吗？因为只有天堂才有二郎神。

每到过年过节，母亲总是会带着我去爷爷家。那个时候的爷爷已经退休了，每天在铁路家属区门口下象棋。每次见到爷爷，他都会紧紧地抱着我，用手轻轻地摸着我的头。

爷爷总是不愿提起父亲。奶奶告诉我，自从父亲上高原后，爷爷爱上了喝酒。他常常一个人坐在家门口，整个下午都不说一句话，就这样静静地坐着，时而端起酒杯，喝上一口，时而闭上眼，沉默着。

沉默，总是最深最痛的伤。

父亲是爷爷的独生子，当爷爷以为父亲从警校毕业后，幸福美满的生活就要开始时，父亲却再次让他失望了：父亲选择了去高原，去藏区。

所有人都不明白，高原究竟有什么魔力，能够让父亲如此的执迷不悟。

父亲走的那天，爷爷狠狠地说，"你今天敢走出这个家半步，我就没你这个儿子！"

父亲低着头，像个做错事的孩子。

爷爷紧咬着牙关，每一次呼吸都是如此的沉重。

"扑通"一声，父亲突然跪在了地上。

"爸，大城市需要警察，高原更需要警察。"

"爸，小时候你不是常常教育我和妹妹，要去祖国最需要我们的地方吗？"

"爸，我会常回家看你和妈的。"

"爸，原谅儿子这一次吧。"

……

父亲还是走了，他去追寻他的梦想去了。父亲转身的那一刻，父子俩的泪水几乎同时落了下来。他的身后，是爷爷踽踽独行的孤独背影。

父亲走后，除了喝酒，爷爷还爱上了下象棋。无论刮风下雨，爷爷总是坐在家属大院的门口，和棋友们下上几局。只是爷爷有些心不在焉，他的目光总是忍不住向父亲离开时的那个巷子望去。爷爷在等待着什么，却终究什么也没等到。

五年后，也就是我五岁那年，爷爷走了。爷爷没有闭上眼睛，因为父亲没有回来。爷爷断气的那一刻，一滴眼泪从他的眼角流了出来。

所有的路都将有它的终点，所有的悲伤都将有它的尽头。一条路的终点，是另一条路的起点；一段故事的结尾，是另一段故事的开篇。生活给我们的伤痕，即使是最深的，哪怕是直接刻在心上的伤痕，都会渐渐消失在远方。人活一辈子，其实只做了一件事，那就是等待。从生下来那天起，我们就在等待，等待母乳，等待食物，等待玩具，等待周末和假期，等待毕业，等待爱情，等待着工作，等待着洞房花烛，等待宝宝的出生，等待着梦想花开，等待着死亡……

终于有一天，父亲回来了。即使那年我已经十七岁，即使那个时候我已经不再需要他了。但是我仍然很高兴，因为母亲二十年的等待终于有了最好的结果。从今以后，母亲不再孤身一人；从今以后，母亲可以和父亲一起面对生活中的酸甜苦辣，她不再是一个人了。

一家三口的其乐融融总是最幸福的时光，只是生活好似一部没完没了却又高潮迭起、跌宕起伏的肥皂剧，每一集的美好，都是下一集的悲伤。一封从甘孜藏族自治州寄来的挂号信打破了所有残余的美好。

一封信，十多张照片就摆在父亲和母亲的跟前。母亲强忍着早已在眼中打转的泪水，我们离婚吧。

或许离婚这个词，早就该从母亲的口中说出来了。那段还年轻的日子，那段父亲不在母亲身边的日子，连我都不明白，母亲在坚持什么，又在等待什么。

父亲黝黑的脸庞有些茫然，他拿起了那封信。

建华：

　　回到成都还习惯吗？你的鼻炎好些了吗？你汇来的两千块钱和相机我已经收到，其实你不用再给我寄钱了，毕竟我也是有工作的人，钱虽然不多，但在这个县城也足够用了。分别已有半年多，女儿最近每天都吵着要爸爸，我能做的，就是一次次地告诉她，爸爸去外地工作了，很久很久才会回来。期末考试，女儿又考了全年级第一。还记得你曾经答应过她带她去成都玩吗？她每天都问我，"妈妈，成都到底什么样？好玩吗？"等以后我退休了，我一定要带咱女儿去成都看看。对了，她还想去看看大海，因为你曾经对她说过，世界上最美丽的地方就是草原和大海。

　　时间过得好快，我以为自己还年轻的时候，自己却已经不年轻了；我以为自己还有很多很多的时间时，自己却真的没有时间了。女儿在一天天长大，有时候，从某个角度看过去，我觉得她长得真的好像你。有了她，感觉你一直就在我的身边。

　　卫生所对面开了一家川菜馆，有你最喜欢吃的烧白。开业那天，我带着女儿去了那家小店，点了一份烧白。你过去常常对我说，每次吃到烧白，就想到了父亲；而如今，我每次吃到烧白，就想到了你。

　　你走的那个早晨，女儿醒来后哭着到处找爸爸。她不停地问我，"是不是因为我不乖，所以爸爸不要我了？"我摇着头告诉她，"不是，你很乖，爸爸只是去外地工作了，等到你长大那天，爸爸就会回来的。"你走后，女儿去草原上摘了许多五颜六色的格桑花，她说，"这是爸爸最喜欢的，等到我采满一千朵格桑花的时候，爸爸就会回来了，阿妈，是吗？"我点点头，"嗯，等你采满一千朵格桑花时，爸爸就会回来的。"

我常常陪着女儿去拉日马草原，看日升日落和一望无际的格桑梅朵。记得那年秋天，你骑着马载着我在这个草原上奔驰，那个时候，我觉得我是这个世界上最幸福的女人。随信寄来的十五张照片都是用你寄来的相机拍的，我很喜欢这些照片，所以就给你寄来了。当你想女儿和我的时候，你也可以拿出来看一看。

建华，虽然我答应过不再与你联系，不给你写信，也不给你打电话。但是，每到夜深人静的时候，思念总是会袭上我的心头。没有你的日子就像一本没有书页的书。今年是我们认识的第十二年，我的脑海里装着我们在一起的每个日子。建华，我真的是想你了。以后有时间了，回来看看我，好吗？我和女儿都很想念你。如果可以，寄一张你的照片给我，这是女儿的唯一要求。

想念你的，格西木初

翻看照片的时候，我的全身几乎都在颤抖。这些照片都是在草原上拍摄的，照片的主角是两个女人：一个老女人，一个小女人。老女人和小女人都穿着藏式服装，露出淡淡的微笑。像小时候一样，我紧握着拳头，尔后狠狠地朝着父亲的脸上砸去。

我要保护好妈妈，这句话我从小都在对自己说。妈妈一个人辛辛苦苦把我拉扯大，白天忙工作，晚上还有为我做饭、辅导功课。

那个时候的我，已经成年了，虽然并不健壮，但也有不小的力气。何况，这一拳是在愤怒中击出的。

父亲用手捂着嘴，鲜血从指缝间流了出来。看着父亲的样子，我顿时有了报仇雪恨的快感，我的嘴角甚至露出一丝冷冷的笑。

父亲站直了身体，给了我重重一耳光。一股液体从我鼻腔里冒了出来，我不清楚究竟是那边鼻孔在冒血，只知道鲜血顺着嘴角留到了我那白色的校服上。

我不知道，在男人的骨子里，是否都有用武力解决问题的因子。但至少在当时,当两个男人的战斗即将打响的时候,母亲一把推开了父亲和我。

母亲很坚强,但我的心中却隐隐作痛,我似乎听到了母亲心碎的声音。父亲想要解释什么,但被母亲拒绝了。

母亲说,"老李,你什么也不用说了,我就问你一句话,愿意和我好好过不?"

父亲来不及擦去嘴角的血,连忙回答道,"愿意,我愿意!"

这就好比一场夏日里的暴风雨,来也匆匆,去也匆匆。但我们心里或许都明白,这是一种妥协。一种对生活的妥协,更是对生活的无奈。好多时候,我们别无选择,唯有朝着这条路一直走下去,即使不知道前方是什么,但总比跳崖要好得多。因为,对于生活,我们只有一条路。

我将那封信小心翼翼地藏了起来,放在我抽屉的最深处。我希望这封信像远去的时光那样,永远地消失在这个世界上。但我的脑海中却常常浮现照片上那两个女人的模样,想要忘记,却又越发的深刻。

父亲从边藏调回成都,以这样一种"生硬"的方式插进了我的生活中。

面对这个突然出现、和我身上流淌着同样血脉的男人,我一时间不知所措。父亲,在我心里一直就是一个名词而已,现在却生动地站到了我的面前,我只能选择沉默和无声对抗。

他毕竟是我的父亲,而且很快就在履行父亲的职责,他找到了我的班主任,并且以委婉的方式塞了红包。

意外的红包让班主任眉开眼笑,而且很快就让我调到了冉冉的旁边,让她帮助我学习。

那段时间,除了对父亲的出现不适外,我整日处在一种低沉的亢奋中,整日趁冉冉不注意的时候偷偷打量着她的侧脸。

这是冉冉的发,这是冉冉的笑,这是冉冉独一无二飘逸的长裙,这是……我梦中出现了无数次的冉冉!当时我想,要是冉冉永远在我身边那该多好!

记得大街小巷开始卖杨梅的时候,每到这个季节,我就会和冉冉去学校周边的农户里偷杨梅。不知道是从哪个春天开始,我爱上了杨梅,又或许是爱上了冉冉。我喜欢杨梅那红彤彤的样子,像个害羞的少女。五月杨梅正满林,初疑一颗值千金。这座城市的天气很怪,雨总是来得有些匆匆,来得匆匆,走得匆匆。

春天来临的时候，当大片大片的油菜花在学校周围开放，偌大的大学校园里，飘溢着的是杨梅的暗香。借着昏黄的灯光，望着那些我在无数个日夜都垂涎三尺的杨梅，我和冉冉终于在某个夜晚的掩护下伸出了手。我们努力地踮起脚尖去触摸我心爱的那一抹嫣红。我喜欢看冉冉吃杨梅时的样子，像一朵含苞欲放的花朵。嫩黄春梢的映衬下，那杨梅绿如玉、红似火。一阵风吹过，杨梅枝条跳起了舞，如梦魇般的杨梅在眼前飘动，让人浮想联翩。忍不住伸手摘一个品尝，软绵柔润的杨梅肉柱轻触嘴唇，心头荡漾起一股春潮。

轻轻含在嘴里，有些甜、有些青涩的味道在口中涌动。

既是着迷于冉冉清脆咯咯的笑声，也是被周围浓重的学习气氛感染，那一段时间我几乎所有时间都泡在教室里，成绩突飞猛进。

站在同一起跑线上我才渐渐了解冉冉的想法。她说她想做一名医生，不求悬壶济世，只要仁心仁德。说这话时冉冉笑得开怀，眼睛晶亮晶亮，浑身都散发着希望。那时我就想，"冉冉你会是一名好医生！"

车厢里昏暗的灯光打在车窗玻璃上，少年时冉冉清丽可爱的面庞在脑中定格。

远处的天边露出一抹亮色，映出耸立的崇山峻岭，绵延不断令人瞠目。

对面身穿蓝格子衬衫的中年男子从睡梦中醒来，正歪着头朝窗外张望，脸上还带着睡梦初醒的迷蒙。

"唉！这个地方我来回看了不下十次，每一次看到都仍然觉得震撼！"那男子目不转睛地盯着窗外，喃喃地说。

远处山峦迭起，一抹红日从高耸的山峰后微微探出个头，映得半边天清丽剔透，清黝的山峰仿佛睡梦初醒的少女披着一层薄纱沐浴在初晨的阳光下。

这个男人仍旧沉醉在初晨的美景中，我没有顺着他的话接下去。火车依旧不紧不慢前行，陆续有旅客从睡梦中醒来，不断有人被窗外的景色吸引，惊讶的，欣喜的，赞叹的。

我又想到了冉冉，在去年夏天的一个清晨，冉冉来和我辞行，她说她要到四川藏区支教。那天冉冉身穿一条白纱吊带裙，裙摆随着冉冉不紧不慢的步伐微微荡漾，就像今日窗外迷离的白雾。

那是最后一次见到冉冉，她有她的梦想，也总是追随着自己的梦想走。

那天冉冉转身离开时披肩的长发荡起一个圆弧，很美，淡淡的薄荷味钻入我的鼻腔，萦绕在心头。

没过多久，冉冉从新龙打来电话，高兴地说起她在那边的生活，说起边陲生活的贫困，说起那群可爱的孩子们。

从那天起，我就强烈地想到她所在的地方看看，看看她所描述的情景，看看她口里那群可爱的孩子。

其实，我是想看看能不能一辈子和她在一起。

爱情就像气球一样，你越是想抓紧它，就越容易把它捏碎。爱情本来并不复杂，来来去去不过三个字，不是我爱你，我恨你，便是算了吧，你好吗，对不起。在爱情没开始以前，你永远想象不出会那样地爱一个人。在爱情没结束以前，你永远想象不出那样的爱也会消失。在爱情被忘却以前，你永远想象不出那样刻骨铭心的爱也会只留淡淡痕迹。

车厢中的人们渐渐活泛起来，三三两两凑在一起聊天。对面的格子衬衫打了杯水回来，他弯腰把掉在地上的报纸捡起来扔在凳子上，大喇喇往上一坐，笑着问我道："小伙子！怎么看你一路上都不怎么说话，到甘孜？"

"嗯，到甘孜去。"我有些讷讷，自从母亲过世之后我变得沉默寡言，时间久了也忘记该如何与人沟通。思想就像一株久旱的槐木急切地需要清泉的浇灌，却又无力吸收一样。

格子衬衫有着北方男人特有的豪爽，对我的爱答不理完全不在意，咂咂嘴，热情地问我："听你说话带点四川口音，你是四川人？到藏区去做什么？"

他的豪爽让人心生亲近，我老实说道："我是成都人，到藏区工作。"说完就闭上嘴，突然我又觉得很不礼貌，连忙问他是哪里人。

"我啊，我祖籍北京的，后来到绵阳做生意，就定居在绵阳了。你到藏区工作，刚毕业的大学生吧，做什么的？"格子衬衫一连口说道。

我指指头顶行李架上的迷彩包和捆成豆腐块形状的棉被，刚想开口，他就抢着说道："小伙子你是当兵的。"

"不算是，"我笑着摇摇头，"特警，藏区特警。"

"哦！"格子衬衫明白地点点头，他拧开保温瓶盖子，放在一旁晾着，一边感叹道："小伙子好样的！我年轻的时候啊，也当过两年兵，那时候是在拉萨！七几年的时候条件比现在艰苦多了！后来复员回来就做起生意，刚开始的时候什么都不懂，还多亏一帮战友帮忙。"

他的语气中夹带着惆怅的意味，我顿时想到了父亲，顺带觉得面前的格子衬衫男人也亲切起来，就和他胡天胡地地聊侃。

格子衬衫男人已经等不及了，对着瓶嘴轻轻啜了一口，烫得龇着牙，接着我的话说道："等你到了藏区啊，只怕就不想回来了！"

"是吗？"我不明白，父亲也是不顾母亲阻拦非要去藏区，然后数十年没有回家，父亲也是这么想的吗？也许等我到了那里就会明白，所以现在什么都不想思考。

"你看窗外。"天已大亮，格子衬衫男人放下保温杯半撑起身去开窗户，我看他侧身使不上力，也站起来扶了一把。

脱离了清晨的飘渺神秘，远处的绵延重叠的山峦清晰地映在眼前，像是正值青年的男子，勇敢又充满力量。

高阔的天空蓝得深远，几朵温厚的白云遥遥缀在天上。这让我想到"苍穹"，觉得此时再没有一个词可以这么准确地称呼这片天空。如果说高耸的山峰展现力量，那么这片天空就是在展现一种包容力。

格子衬衫男人手指着窗外，沿着他的方向我并没有看到一件确切的事物，也许他指的就是高原的所有，他问道："你看到这些景象有什么感觉？"

什么感觉？

"美！"我不解他的意思，但仍是不假思索地脱口而出："美，美得震撼！"

格子衬衫男人微笑着摇摇头，退回到椅子边坐下，说道："藏区的景初看来都是美的，人人都说这是震慑人心的美，可是你要细看，要去品。"

我从未见过这样的天，蓝得那么干净、纯粹，像高原清澈的湖泊般让人沉醉。郁郁葱葱的连绵大山上，成群的牦牛正深埋着头，品尝着碧绿的青草。宏伟的寺庙和成林的佛塔以及那多彩的经幡，让藏区披上了一层神秘的面纱。

他闭上眼睛，似乎在回味窗外的景象，继续说道："藏区的山、水、草、木，或者一抔土都是活的，等你到了藏区，它们会留你。"

我展颜一笑，他如果说出一番大道理来我或许还能被说服，可他说这些草木山川会留人，我权当他是在说笑，我相信如果我愿意留在藏区那一定是因为冉冉，就像现在我因为冉冉去藏区一样。

看他的神思又一次飘向窗外，我不禁想逗逗他，笑问道："那么你呢？怎么没有留在那里？"

和他谈话有种平和中又放飞思绪的感觉，让我觉得放松，看他突然沉静的样子我生出玩笑的心思："怎么，难道藏区的草木没有留你吗？"我嘿嘿调笑他。

他也笑了，还大大地伸个懒腰，装作无奈地叹口气："唉！倒是留我了，可惜我丫的没听懂。"说完他自己也觉得好笑，大大地咧开嘴笑起来。

格子衬衫男人笑得开怀，我也陪着一笑。他虽然笑着，可他看似豪爽的笑容里却带着自嘲，让我觉得苦涩。

"是因为什么原因回来的吧？"我不忍看他的脸，觉得刺目，我低下头小心翼翼地问他。

他止了笑，手伸进上衣兜里摸出半包烟，可能一想到这是在火车上，又无奈地收了回去。

"要说为什么，这话说起来就长了。"他的语速很慢，我以为他会说什么，他却反问我道："说说你吧，小伙子，你是怎么想到去藏区呢？"

我下意识地说道："我的父亲……"

"你父亲在藏区做过特警。"他插过我的话，"因为这个？"

生命中有太多的变数，人群来去匆匆。无论怎样，谁能说谁在自己心中的位置更重呢？生命中有太多的驿站，我们会在何时分离，又在何时相聚呢？所有的梦，所有的幻想，曾几何时如此接近，而现在却成为彼岸的格桑花。我想去父亲曾经战斗过的地方看一看，我想去那片神秘的高原，我要去寻找一个答案。

我还清楚地记得我将我要去高原这件事告诉父亲时，他对我说，"你应该在大城市，而不是在高原。以后你还有很多成为警察的机会，听爸的话，放弃面试。妈妈走了，你还有我。以后做什么决定之前，先给我商量下……"

"我去哪你管得着吗？我是死是活关你什么事？我就是想去看看那里到底有什么吸引你的，让你不要父亲，不要老婆，不要儿子。当初你是怎么决绝地离开我们，你心里最清楚。我才出生三天，你就走了，这一走就是十七年。爷爷走的时候，连眼睛都没闭上。我妈妈辛辛苦苦地等你，辛辛苦苦地把我拉扯大，你却在外面有了其他女人，还有了私生女，你觉得你还是个男人吗？你觉得你还是个人吗？我最需要你的时候你又在哪里？"

父亲青筋暴突，大大的手掌紧紧地捏在一起。但终究，他还是没有对我动手。想着这些，我的心不免有些疼痛。这些疼痛，一半来自于父亲，另一半来自于那个叫冉冉的女孩。

和格子衬衫男人谈话总是被他的话牵着走，但对于我这种不会引导谈话的性格来说，他确实是一个很好的聊天对象。他这么一说我想也没想就急着反驳："不是因为这个，因为一个女孩。"

"你对象？"

"不，还不是。"我也学着他刚才的样子看向窗外，就像能看到冉冉一样："只是我喜欢她，她还不知道。"我无奈地说，心里有些苦涩。

"哦？"格子衬衫男人动动身子，让自己坐得舒服些，问我说："你们认识很久了？"

"嗯。"我点点头，"八年了，我们初中开始就是同班同学。"

"确实很久了。"格子衬衫男人点点头，像是感叹给自己听，他又伸手想去拿烟，伸到一半又放下了。他看我的眼神很柔和，像是长辈在关切地看着晚辈。

我突然鬼使神差地想和他讲讲冉冉。

"她家在昆明，上初中时她的父母到成都去做生意，她也跟着一起去的。我们初中、高中都在同一个班级。"一时不知道该从何说起，我在脑子里整理思绪。

格子衬衫男人点点头，我继续说道："我从初中就开始喜欢她。她成绩很好，我那时成绩跟不上，也是她帮我补课。我当时觉得她一定会考上重点学校，我不想和她分开，所以我很努力地学习，希望能和她站在一起。"

和一个陌生人讲这些没有任何思想负担，感觉很轻松，但第一次将八年的恋情说出来还是觉得有些羞赧。

格子衬衫男人是一位很好的听众，他没有笑，只是静静听着。

叹口气，我继续说道："可是高考的她不知怎么发挥失常，只考了一所卫生专科学校。"

讲到这里我顿了顿，不知道如何表达当时的心情。

格子衬衫男人适时地问我："那么你呢？"

"我的高考成绩竟然出奇得好。"具体如何我并没有多说，食指轻轻刮着桌子。

　　格子衬衫男人微微一笑，笃定地说道："你放弃了，选择留下来陪她。"

　　他的笑容有安抚的意味，我想解释为什么留下来，继续说："我们是好朋友，也一直在一起，我从没想过会和她分开，所以我留在成都。"

　　保温杯的水早已放凉了，格子衬衫男人光顾着聊天，一直没注意，这会儿端起来咕咚咕咚灌下几口，嘴角还挂着水滴，他从衣服兜里抽出一张纸巾擦擦嘴角，感叹道："那么她一定很漂亮！"

　　"她不算很漂亮，但是眼睛大大的，笑起来有一个酒窝，感觉很甜很温暖。"我说，仿佛冉冉就站在面前。

　　格子衬衫男人羞赧地一笑，对自己肤浅的问话有些惭愧。想要开口说些什么，可他像是不善于表达有关女人的事物，我觉得他理解我的想法，可是他却讲不出来。

　　对于这点我很高兴，故事开了头，我想给他讲完，所以我继续说道："她大三的时候，就是去年夏天，突然对我说想要到藏区支教。她是一个很有主见有理想的女孩子。高中时，她说她想做一名医生，虽然后来考取的学校不好，但还是进了卫生学校。这次她说想去支教，我虽然诧异，但当时我就知道，她一定会去的。"

　　"然后她去了？所以你来找他。"格子衬衫男人的声线偏粗，说话时仍然带着淡淡的老北京味道，豪迈中带着文雅，就像他动作行为虽然粗犷，却丝毫不让人觉得烦厌。

　　我专注地看着格子衬衫男人，点点头，说："她走后我继续留在成都，直到大学毕业，我报考了藏区特警。"

　　我以为故事到这里完了，身体放松下来，背靠在椅子上，长吐一口气。

　　"一个很长的故事！"格子衬衫男人笑着说。

　　刚才只顾着说话还不觉得，现在他一笑，我顿时脸上发烫。

　　"小伙子！"隔了一会儿，格子衬衫男人突然感叹一声，说："你刚才不是问我为什么没有留在藏区吗？"

　　"嗯。"斜靠着椅背很舒服，直挺了一整夜的后背终于放松下来，我懒懒地不想再动，抬起眼皮好奇地看向他，示意他继续说下去。

　　格子衬衫男人正要开口，车突然停了下来。车到达康定，我和格子衬衫男人去饭店里草草吃了份盒饭。

我站起来活动活动僵着的身子，看着他扒开卫生筷，我笑着坐下来，说："话说了一半，等会儿可要接着说。"

格子衬衫男人爽朗地笑着点点头。他尝了一口青菜，咂咂嘴，嘟囔说："有点咸了！"

他嘴上虽然这么说，筷子不停地扒拉饭菜，就着大米饭囫囵吞下。他这样风卷残云一样的吃法，一盒饭很快就扫进肚子里。

格子衬衫男人盖上一次性饭盒的盖子，顺手把饭盒推到一边，胳膊肘撑在桌子上专注地看着我，感叹说："我要讲的故事还真得从这份盒饭说起。"

听他这么一说，我的好奇心一下子被勾起来。我疑惑地看向他，嘴里还嚼着干米饭。

"唉！"他抬起脸叹一口气，脸上很无奈。我知道他是想抽根烟。他这一口气叹得很长，仰起脸将空气深深地吸入胸腔沉进肚子里，然后又缓缓地吐出来。好像要叹一生那么长。

我手里有一拨没一拨地挑着面前的青菜，我不爱吃青菜，从高二开始。

一口气吐完，他才又说道："小伙子，你们这一代生的时候好啊！什么苦都没赶上！我们那个时候……"

"扑哧！"

我不想打断他，可是他说到这里我忍不住想笑，他的样子看起来要长篇大论，但是他的语气就像一位行将就木的老人在向下一代感叹自己悲惨又无奈的一生，这不像他的性子。

"没关系，你接着说。"我有些羞赧，赶紧解释道，"我是有点儿不适应你的语气。"

格子衬衫男人哈哈一笑，身体放松地向后靠去，自嘲地笑道："我是人没老，心先老了！"

"七几年那时候拉萨还在实行计划经济，整个城市破败得不成样子。那时候在内地市场经济已经开始探头了，可藏区发展得慢，不过好在有国家补助，日用品都是直接从北京上海运过去的。"说到这里，他神色有些不自然，端起保温杯喝口水润喉。

我耐心地等着他继续讲，虽然讲的是拉萨，并不是我要去的川藏高原，但我强烈的好奇心促使我专心听下去，我突然想到他刚才说要从盒饭讲起，但却之后没有提，也许是被我打断之后忘记了，不过这并不影响我的兴致。

喝完水，他平定了神色，这才继续讲："我那时候才十六岁，你也知道我家里是北京的，家里条件也不错。我到拉萨之后很不适应。在拉萨，肉、粮食之类的生活用品都是按人头供应到单位，部队里相对要好一些，但是我在家里奢侈惯了，对那里的艰苦生活很排斥。"

我点点头表示理解，但是我体会不到那种感觉。

他笑了笑，问我："大二八、解放球鞋你知道吗？"

"嗯。"我又点点头，老实说道："大二八我小时候在乡下见过，都是很老的东西了。"

"是啊，可是在那时候能有一辆大二八已经是奢侈品了。"他并没有看着我，眼睛盯着我身后的椅子，陷入回忆："家里从北京给我运生活用品，捎带着还有一辆大二八，部队里管得严，平时没机会骑，我就在每月休假那天骑上大二八满大街溜达。那时候傻乎乎的，还觉得自己特有型，碰上漂亮小姑娘还得意地吹口哨。"

他呵呵一笑，又说："不过也就是这样碰上她的。"

"她？一个女孩吗？"我想。

"那天下着雨，我一手扶车把一手打伞在路上闲逛，路过电厂的时候刚好看到一个女孩被一辆自行车撞了一个趔趄，手里提的几盒盒饭掉了一地，我就过去帮忙，我们就这么认识的。"他说。

很老套的桥段，不过也许到了重点，我正安静地听他往下说，他却不说了。

"然后呢？怎么不说了？"我疑惑地看向他。

格子衬衫男人端起保温杯喝水，杯子挡住他的半边脸，我看不清楚他的神色，他闷闷的声音好像从杯子里传出来。

他说："然后我们恋爱了！"

他没头没脑地说这么一句，我一时接受不了，就像在读一本小说，序章洋洋洒洒写了一大篇，正准备看更加精彩的正文时，翻开下一页竟然以一句话结束了！

格子衬衫男人放下杯子，爽朗一笑："唉！我是想，我这把年纪的人，和你一个年轻小伙讲这些，实在是……汗颜！哈哈！"

他这一笑，我也从沉闷中挣脱出来，咧起嘴轻笑道："每个人都有年轻的时候。"

格子衬衫男人笑得更加开怀。

"后来呢？后来你们怎么样？你又怎么离开拉萨的？"我急切地问。

"后来……其实没有后来。那天之后我知道她在电厂上班，每月休假我都到电厂去找她，那时候没有公园没有游乐场的，我就骑车带她在路上闲逛，逛得多了，聊得投机，感情越来越好。每次去找她我就把家里带来的东西给她捎去，可是她一次也没要。"格子衬衫男人脸上露出既无奈又了然的神色，很矛盾。

我不能理解这种矛盾，所以听他继续往下说。

"她是个很高傲的女孩，"格子衬衫微微一笑，"也很倔强，这是我以后才知道的。有一段时间部队安排我们连到电厂去帮工，电厂的条件更艰苦，你根本想象不到。"

"当时有个民谣：'电厂点蜡烛，煤矿烧牛粪。'"他说。

"这么说我就想象得到了。"我笑了笑，捶捶发木的肩膀，坐了一天的车，很疲累，但丝毫不减和他谈话的兴致。

格子衬衫男人也扭动身子，将一条腿折起来脚蹬在椅子上，继续说道："在电厂里每天工作将近十个小时，虽然苦，但总算和她能天天见面。"

冉冉的身影又浮现在眼前，如果能和冉冉天天见面，我想，只怕连药都会变成甜的。

我以为格子衬衫男人也是这么想的，但他的神色很淡，淡得看不出情绪起伏，他继续说："只有近距离接触时两个人的矛盾才会凸显出来。她是个藏族姑娘，身上带着藏式的高傲和狂野。她喜欢藏族的历史，她和我聊赞普松赞干布如何带领他雄劲彪悍的骑兵气势磅礴地踏上吉雪沃塘，聊吉雪河的改道，聊文成公主，聊拉萨城的建立。"

格子衬衫男人垂下头，让身体完全放松，我感觉到他无力的情绪，一种明知问题所在又不能逃避不能解决的无力。

他抬起脸，问我道："你知道我喜欢什么吗？"

我微一怔，正不知道如何回答。

格子衬衫男人叹了口气，原来他并不是在问我，也不需要我回答，他继续讲下去："我当时对藏区的了解仅仅是按例分发的几斤萝卜白菜，还有那些不到三层的木头水泥房子。她说的那些东西我听不懂，但是我仍然很耐心地听她讲，因为她是我喜欢的女孩。"

这种感觉我体会得到，就像冉冉电话里讲的象征希望和幸福的格桑花，还有孩子们的欢笑，我虽然不能体会，但我喜欢听。

我的思绪还没有从冉冉身上抽离，格子衬衫男人已经开始继续讲他的故事，他说："从认识她开始，我才算真正进入了藏区。我学会了观察生活，从观察中去探索她们神秘悠远的文化。那时的我深刻地体会到自己的渺小。"

他又一次伸手指着窗外的天空让我看，说道："就好比站在这样的天空下的感觉。"

夜幕悄悄地降临在这个浪漫的高原小城，如果寻找一种颜色命名藏区，可以是高原天空无限的蔚蓝，可以是德格印经院一层一层的白，也可以是随处可见的高原红；然而想要寻找一种味道命名藏区，那只能是无处不在的藏香了，它轻轻环绕着寺庙与人家，人们每天点燃，轻烟直上，连接着雪域与天堂。

藏香，是藏区民间日用中不可缺少的，人们用它朝佛、驱邪。佛经上说，一色一香无非中道，意思是说若心中精诚，焚香供佛，和用心香供佛一样。不食人间烟火的佛祖，便依靠这无定形、有诚意的烟雾，与尘世结成了隐约的联系。

高原的夜晚来得特别早。窗外，是一座座大山，山上插满了五颜六色的经幡。层层叠叠的云幕将落日掩在身后，唯留下淡淡的鹅黄光晕，像一幅囊括天地的淡彩水墨画。

云幕滚滚下远山如黛，好似沉睡的远古上神，神秘庄严。

我站起来，头向外伸想更贴近窗外，身子却不自觉向后退，我越是痴迷地去看越是打心眼里畏惧。

格子衬衫男人也看着窗外，感叹道："它能让你觉得自己像蝼蚁一样微不足道。"

我没有听出来他说的是这窗外的景色，还是他当时贴近的藏族文化，但是我特别想表达我此时的心情。

"不止是自己，我觉得在它面前任何生命都显得渺小，但它又像是最活生生的生命体，它拥有一切生命所拥有的美好——吸引你就像火苗吸引飞蛾一样。"我说。

"看来你已经开始和它对话了。"格子衬衫男人微笑着说。

我笑笑，只当他是调侃我，轻轻坐下来等着他继续讲他的故事。

格子衬衫男人露出一个意味深长的笑容，又转回最初的话题，说："当时的我越是贴近这种文化，越是被它吸引。我开始体会到我喜欢的姑娘为什么会如此执着地为她的家乡着迷，她执着的精神也感染了我。那时候我最大的乐趣就是看保罗·萨缪尔森的《经济学》，保罗七零年获得诺贝尔奖，财经报纸上经常出现有关他的文章，我为他着迷。"

我听得痴迷，他讲的这些我完全不懂。从康定到八美的路上，辽阔壮美的湿地草原风光绵延不绝。在宽敞的公路上，你总能看到骑着摩托车的藏民从你窗前呼啸而过，他们用围巾裹着，只露出两只炯炯有神的眼睛。似乎，天地间，任他独行。

"她对理想的执着精神感染了我，却体现在完全不同的领域，她的理想本身就是挚爱她的故乡，而我的理想在她看来是完全物质化的，庸俗现实的可怕。"格子衬衫男人继续说道。

我虽然听得不算太懂，但是也大概明白了他的意思。

"这个藏族姑娘的思想很单纯。"我说，话一说出口我就后悔了，我似乎没有立场去评价他们两个中的任何一人。

格子衬衫男人并不在意我的贸然，他点点头，补充道："她活在自己理想中的世界，我融不进去。"

我听得有些伤感，心里害怕后面发生的事情，但是我又执着地想确定答案，我问道："后来你们分手了？"

格子衬衫男人点点头，他依旧抱着腿坐着，却散发出沉寂的气息，万事了结之后的沉寂。

他原本静静地坐着，不带任何神色，突然一笑，说："你知道她后来怎么和我说的吗？"

他总是喜欢提出这样的疑问，唤起我的注意力，然后又自言自语地说："她说啊，第一次见到我的时候看我脚踩大二八的样子活像一个土暴发户，说我就是镶了金牙也掩盖不了内里的痞气。"

他顿了顿叹一口气，又说："可是她说当我扔了自行车上前帮忙的时候就已经被我吸引了，她喜欢我毫不掩饰的热情和善良。"

我看到格子衬衫男人的表情有些模糊，看不透他现在是什么心情。

"后来你们……"我不知道怎么说,又一次笨拙地提到后来。

"就像之前说的,我们没有后来,我们分手了,我也复员回到北京,之后又到绵阳。"格子衬衫男人静静地陈述道。

我突然明白为什么我会如此执着地往下问,原来我是希望听到他说一个相反的答案,比如——他们成家了,或者,格子衬衫男人并没有离开拉萨,但是显然我的希望是完全不可能的。

隐约觉得这个故事在某些地方撼动了我,但我又迷茫得把握不住重点。

故事讲到这里,格子衬衫男人松了一口气,眼皮阖起一半,但是精神很好,他又说:"其实,她爱我,至少当时是爱的,我也爱她,也许现在仍然爱着,但是到了我这种年纪,这种爱已经不是一段感情,也不是一个人,只剩下一种心情。就像藏在被现实磨黑的心底里的一点亮光,偶尔想起还是会觉得幸福。"

"这么说,你们没有在一起是因为感情和理想不合。"我试探地说。

格子衬衫男人听到我的话,沉吟了一会儿,说道:"算是,也算不是。"

我不解地看着他。

"可以说是因为感情和理想不合而分手,也可以说是现实状态与理想状态不符。我们相爱想在一起,这是理想状态;但我们各自追求不同,无法融合,这便是现实状态。"他说。

"为什么不能把现实状态和理想状态完美的糅合起来,或者说是在感情与理想之间找一个契合点?"我不假思索地问,因为我想到了冉冉。

格子衬衫男人定定地看着我摇摇头,"如果爱得不那么深刻,或者对于理想不那么执着也许有这种可能,但是不管是她还是我,都没有做到。我们受的感染太深,谁都不愿意妥协。"

被他的眼光注视得很不自在,让我觉得恐慌,来自心灵深处的恐慌。我想结束这个话题。

"说到北京,让我想起一个朋友,他也是北京人。"我说。

"同学?"格子衬衫男人迅速地从自己低沉的思绪中抽回,问道。

我点点头,轻松地说道:"他叫赵飞,是我的大学同学,我们关系很好,他常常说起北京。"

说到北京,格子衬衫男人又恢复了原本的豪爽,畅怀一笑,感叹道:"我已经很久没回北京了,等什么时候有时间一定要回去看看。如果说拉萨给了我追求理想的力量，那么北京才是我理想的本源。"

我们终于又回到轻松的谈话气氛里。

"也许这次去川藏，它也会给我追求理想的力量。"我笑着说。

"会的！"格子衬衫男人笃定地回答我。

"也……"我刚说了一个字，突然觉得不合时宜，硬生生卡住了。

格子衬衫男人了然一笑，温和地接着我的话说："也希望它能给你一份完美的爱情！"

我脸上烫得厉害，又找不出话辩驳，事实上我确实是想这么说的。

夜幕降下，窗外影子斑驳。火车的隆隆声越来越缓，突然嘎吱停下。窗外出现几盏暗淡明灭的路灯。火车停的地方是个不知名的小站。

格子衬衫男人看了看窗外，说："我到站了！"

"嗯？"我一时还没有反应过来。

他站起身去拿行李架上的包裹，一边对我说："小伙子，跟你聊的很开心，对了，还不知道你叫什么名字？"

"李峰。"我说。

格子衬衫男人走得匆忙，我一直在怔愣中没有回过神，也忘记问他的名字，想想也不过是个过客，就像很多人一样，在你的生命旅途上来了又走，兜兜转转。

大巴翻过雀儿山，路况越来越不好，颠簸得让人昏昏欲睡。好在窗外的高原美景让人留恋忘返，远方的雪山在阳光的照射下变得晶莹透亮，塔公草原上随处可见的格桑花幸福地开放着。阳光照在脸上有一种温暖的感觉，我闭上了眼睛。

大巴又缓缓前行，车里空了不少，我扭头看着窗外的黑暗，仿佛此时是昨晚的情景重现，但我的心情却轻松许多。

沿途的风光很美，那一片茫茫的绿色在蓝天的衬托下散发着独特的魅力，只是我已经失去了欣赏风景的心情，我感到自己的胃在强烈的颠簸下开始抗议，终于忍不住了，哇哇地吐了出来。车在山间穿梭，昏昏欲睡的我闭上了眼睛。梦里，我见到了冉冉。梦很长，但当我醒来后却又什么也不记得了。草原上吹起了大风，将一簇簇强壮的青草卷起，美丽的格桑花在风中摇曳。到达甘孜县，已经是下午六点了。我第一次坐这么久的汽车，感到全身快要散架，走路都没有了力气。

想到很快就能见到冉冉，我的心忍不住雀跃，在昏暗沉闷的车里，我像个脱离尘世的异类，欣喜、躁动。

每次要见到冉冉之前我都会有这种感觉。

记得大一那年暑假临近结束的时候，赵飞约我和冉冉出去吃饭，当时已经将近两个月没有见到冉冉，我也是像现在这样的心情，既高兴又紧张，我期待见到冉冉，又紧张得害怕见到她。

约在街边的小餐馆里。那天冉冉来得很晚，我不时地向门外张望，又怕被赵飞察觉，我像做贼一样偷偷用余光往门外瞄。

偶尔和赵飞的视线对上，我尴尬得不知所措，就讪讪地笑笑，装出一副若无其事的样子，口中嗔怪道："冉冉在忙什么呢！朋友都不顾了！"

再一次抬头时刚巧从玻璃窗外捕捉到冉冉快步向这边走的身影，我迅速地埋下头，假装没有看到，心里却乐开了花。

冉冉进来之后一个劲地道歉，解释迟到的原因。原来她利用暑假到孤儿院做义工，刚巧那天晚上有个心脏病的孩子伤寒发热，她不放心，直等到热度退下去才匆忙赶过来。

那时正值盛夏，冉冉一路匆忙跑过来，面颊沁出细汗，粘着额角几缕细发。我着迷地看着那几缕发丝，心里忐忑不安害怕被冉冉察觉，却又忍不住欣喜。

冉冉神色有些疲累，但是精神很好。赵飞说了句什么，逗得冉冉咯咯笑起来。

赵飞开朗健谈，冉冉涉猎广，对问题见解独到，他们两个很能聊得来。我很少说话，只是静静地听着。我羡慕能和冉冉侃侃而谈的赵飞，却也享受着倾听的乐趣。

心思细腻的冉冉不时地引我加入谈话，我感激她的体贴，这让我觉得在她心里挂念着我，也让我更喜欢她。

那天冉冉说的最多的就是她照顾的心脏病患儿。

这个孩子生下来就被抛弃在医院，先天性心脏病，医生断定活不过五岁，后来就被送到冉冉所在的这家孤儿院。

冉冉讲这些的时候表情很忧郁，我的心也跟着忧郁起来。

冉冉说，这个孩子原本身体就弱，又赶上发烧，躺在床上气若游丝的样子让她心疼。

我也觉得心疼，但是我想我没有冉冉疼得那么彻底。
　　赵飞说先天性心脏病会有紫绀的症状，严重时还会呼吸困难，然后他们又聊到心脏病上去。赵飞总是有能力让气氛调解，而我只要一看到冉冉多半就无心思考别的事情了。
　　冉冉喜欢孩子，这或许就是为什么冉冉会到川藏支教的原因。
　　四周的旅客们都已沉沉睡去，我仍旧毫无睡意。
　　我以欣喜期待的心情迎接我的新生活。

第二章 当爱靠近

　　第二天早晨，金灿灿的阳光铺泻在我的身上，我缓缓睁开了眼睛，看看表，已经八点了。推开门，天空碧蓝，白云悠悠，奔腾而下的雅砻江就在眼前，犹如千万匹野马在草原上奔驰。山腰上拉起的经幡在微风中轻轻飘动。金色的阳光照在脸上，给人一种温暖的感觉。新龙是一座袖珍的高原小城，全城只有一条公路，与雅砻江并行蜿蜒在城中，两边都是高耸入云的山。新龙是一座建设在山谷中的小城，从城的这头走到那头不过是一根烟的功夫。新龙有许多富于特色的藏式民居，藏居颜色鲜艳，主人都会选择自己喜欢的花纹风格将房屋装饰一新。藏居有很多窗户，窗户前摆放着开满鲜花的花盆，深红色的窗帘拉开了，新的一天悄然来临。在新龙县城，你随处都可以看见长相英武、肩宽步阔、目光深沉、头发里盘着红丝穗的康巴汉子，古铜色的皮肤下，散发着独特的气质。抬起头，一只雄鹰在空中飞翔。

　　什么是高原？高原不仅仅是一条路，高原不仅仅是一种地貌；高原，是一种信仰，一种精神。这个季节的川西高原总是伴随着最灿烂的阳光和一望无际的格桑花。夕阳西下的时候，远远的便能听到起伏不绝的酒歌，放牧人的黑帐篷上升起缕缕炊烟。这个季节的高原，是一幅活灵活现的山水画。

　　新龙县位于川西高原腹地，地处青藏高原末端。

　　汽车停靠的车站很小，小到只有几间破旧的房子，如果不是铁轨横穿其中，根本看不出这是个车站。

天蓝得扎眼，好像要把我融进去，我不敢抬头再看。

远处山峦连绵起伏，白雪皑皑，白茫茫的雾气绵延到山脚蓦然露出葱绿，如果说它像一张地毯显得狭隘生硬，但那片绿确实如一片铺天盖地的地毯一般席卷至身前。

这里的景色令我着迷，也让我心生忐忑，但我又忍不住追寻它，就像追寻冉冉。

一进县城，俨然是另一番景象：同样的钢筋混凝土城镇却完美地与周围高旷雄伟的风景融合起来。没有高楼林立，站在宁静的街道上一眼望去，可以看到远处巍峨的寺庙。

到单位报到，只有一栋宿舍楼，新警老警混杂着住在一起。

洛桑泽仁住在我的隔壁，我在宿舍整理物品，他没敲门，走进来和我打招呼。洛桑泽仁穿着迷彩短袖，短寸的头发整整齐齐贴在头皮上，给我的第一印象很整洁、很刚硬。

"我叫洛桑泽仁，你叫什么？你是内地的？"洛桑泽仁咧开嘴热情地笑着问我。他的嘴唇很厚，笑起来露出两排白牙。

他的普通话不标准，我听不太清楚，我重复他的话："罗桑？"

"不，不是。"他摆摆手，尽量咬字清晰地又说了一遍："是洛桑泽仁。你呢？你叫什么？"

"李峰。"我说。

洛桑泽仁是本地人，比我大两岁，待人很热情，我一来就拉着我出门，带我熟悉单位里的情况。

这是工作的第一天，洛桑泽仁的出现扫除了我的羞怯和不安，

初换环境的紧张让我暂时从对冉冉的思念中抽离出来。

新警陆陆续续来报道，我来得早，一时也没有什么事情。

安顿之后第一时间去找冉冉。

早晨起来我对着镜子压平领口，又反复看了半天，想到要见冉冉就忍不住紧张，我看到镜子中的自己耳根有些发红。

按着冉冉给我的地址去找冉冉支教的学校。冉冉说的这个地方很陌生，我完全没有听说过，再加上当地老乡大多不会汉语，连问了三个人都说不出个什么名堂，最后找到一个在路边卖酥油的老大爷才问出来，原来学校在镇子边上，坐车也要两个小时。

我站在一所破旧的居民楼前。说是楼,也只有两层,裸露的水泥墙上沁着水渍。

楼里面出奇的安静,没有读书声,也没有孩童的喧闹声。静得沉寂,就像我此时的心情。

我站在原地徘徊,看着面前的旧楼深深吐出一口气。时隔一年,我又一次追上冉冉的脚步。

"小伙子!你找人?"

从对面门里出来一位胖胖的中年藏族女人,长长的头发编成辫子披散在肩膀上。

我一直低着头来回踱步,直到她走到我的面前,拍拍我的肩膀,我才蓦然反应过来。

"啊?嗯!"我抬起头看到她好奇的表情,点点头。她面颊很红,红得发紫,这让我想起来冉冉曾经说过的紫绀。

"我,我找任冉冉,她是在这里吗?"我问。

"喔呀!原来你是找冉冉!"她似乎很高兴,又大力拍拍我的肩膀,这个动作使她紧裹在棉衬衫下的赘肉颤了两颤。

我不好意思地笑了笑,似乎我来找冉冉是一件很见不得人的事情。

"冉冉在上课呢,你跟我来吧!"她不容我反应便拉起我朝刚才的门里走。

她边走边说:"冉冉来这里一年多了,还是第一次有人找她呢!你是她的朋友?"

看她的服饰装扮我猜测她是个藏族女人,但是她的普通话出奇的好,不像洛桑泽仁一样磕磕绊绊一句话也说不清楚。

我点点头,但是我走在她的后面,我怕她看不到我点头,又赶紧说:"我是她朋友。"

走到门口她好像又问了什么,但是我没有听到,因为透过隔壁半开的玻璃窗我看到那个熟悉的身影,一头乌黑浓郁的长发垂肩,身穿一件雪白的衬衫。她虽然背对着我,但是我知道那就是冉冉,和我无数次梦到的身影一模一样。

这个我朝思暮想的身影一下子拉去了我的所有心神,我脚步顿住,贪婪地看着黑板前的冉冉。

教室很简陋，寥寥十几张课桌整齐地摆在教室中间，只是孩子们坐的凳子却五花八门，有几个还带着靠背，看起来很突兀。

没有讲台，一张半旧的老式电脑桌摆在黑板侧角。

"大家……小数点……三……"冉冉温柔清亮的声音断断续续传出来，击打着我的耳膜。

我看到冉冉走到墙角那张临时讲台上拿起书本。

我害怕她一扭头看到我，竟然下意识地想躲闪，但我终究站在那里没动。

冉冉又走回讲台继续着她的讲解，神情温和专注。

似乎在墙角处坐着的孩子在打瞌睡，冉冉走下来嗔怪地拿手指点点他的额头，微笑着和他说了什么。

透过窗户我看到了冉冉的幸福，看到了她飞翔的梦想。

藏族妇女已经走进屋子又折返出来。

"小伙子，怎么不进来？"她问。

我和她解释说站在这里等就好，我是想多看一会儿冉冉。

她笑了笑就不管我自己走进去，她的笑容很浅但眼角弯弯的，笑得很暧昧，我有些不自在。

我曾在脑中设想过无数次见到冉冉的情景，就在刚才我还在想。我一直在做准备，但总觉得没有准备好。

冉冉出门看到我的时候愣了一下，我脑子嗡的一声，瞬间不知道该怎么反应。

"李峰！"冉冉惊喜地叫我，笑得灿烂。

我也笑了笑，有点儿不好意思。

"你什么时候来的，怎么也不说一声！"冉冉快步走过来，眼睛晶亮晶亮地看着我。

真切的、活生生的冉冉站在我的面前，她看着我，我突然间觉得恍若隔世，但是又觉得自己的想法太酸。我轻轻甩甩脑袋，将这些想法抛开。

"哈哈，怎么一年没见你一点长进也没有，还是这么愣愣的！"冉冉微笑着说。

我也报以一笑，有很多话想说，但这些话从脑中生，腹中起，到喉头打了个旋吐出来只剩下："你，过得怎么样？"

"嗯？好啊！挺好的！"冉冉微微一愣，又问我说："你呢，怎么到这里来了？"

"我来这里工作，就在镇子上。"我老老实实地说，我希望冉冉能明白我是如何追随着她的脚步，但是我又说不出口。

"你到这里工作？"冉冉很惊讶，但也只是惊讶。冉冉把手里拿的书抬起来抱在胸前，我甚至看到她神色中有一丝落寞。

"我考上了特警，前天才到新龙，新警培训还没开始，我就过来看看你！"我说。

"很好啊！你不是一直就想做特警嘛，终于圆了梦想了！"冉冉还是一如既往柔和地笑着。

孩子们在院子里你追我我追你地跑来跑去。

"这所学校只有这些学生吗？"我看整栋楼到处都是安安静静的，奇怪地扭过头问冉冉。

"是啊！"冉冉感慨地点点头，继而又高兴地拉起我的胳膊，说："走吧，不要傻站着了，到我那里坐坐说说话，我们也好久没见了！"

冉冉就在旧楼后面的一间藏房里住。屋子倒是不小，但是只放了一张木板床，一张和临时讲台一样的老旧电脑桌，靠墙处还摆着一个木质书架。简单的摆设让整个屋子显得空荡荡的。

桌子上用矿泉水瓶子充当花瓶，插着一束淡粉色小花，样子很像桃花，但是有八个花瓣，是这里满街都能见到的寻常花朵。

"这就是格桑花，我和你说过的。"冉冉走进来把书放在桌子上，说道。

"这就是你说的象征着希望和幸福的格桑花？"我喃喃道。

"是啊，格桑花生命力顽强，风愈摧它就愈挺，阳光越盛它开得更娇艳。"冉冉说。

我笑了，说道："怪不得它象征理想和希望，它果然有这个资格。"

我们聊了很久，聊从前，聊现在，聊冉冉来到这里的生活。

我环视四周，整个屋子给我悲怆孤寂的感觉。

我忍不住问冉冉："冉冉，自己一个人在这里会不会觉得孤单？"

问的时候我脑中升起一个念头，我期待冉冉点头，然后我要告诉她，以后我陪着你就不会孤单了。

这时候有个小男孩噔噔地跑过来，手里捧着一束格桑花，一边跑口中高兴地大叫着,"任老师,任老师!"

冉冉笑呵呵地接住他扑过来的身子,点着他的鼻尖嘱咐他不要跑得太急,让他小心不要摔倒。

男孩的颧骨很高,浓眉大眼,面色黝黑,带着典型的藏族特征。他依偎在冉冉的怀里好奇地看向我。

在这个破败的屋子里,冉冉毫不掩藏地洋溢着她的幸福。

她摩挲着男孩半长的头发,微微一笑,看着我,说:"有他们陪我,我怎么会觉得孤独呢?"

"在这里我每一天过得都很充实,他们带给我欢乐和……幸福。"说到这里,冉冉有一丝恍惚。

"这里只有你一个老师吗?"我问。

冉冉摇摇头,说:"还有卓玛,我来之前卓玛就在这个学校,只是卓玛有心脏病,不能劳累。"冉冉说到这里语气很哀伤。这就是我喜欢的冉冉,善良的纯真的冉冉。

我想到先前在门口遇上的藏族女人,问道:"就是在你隔壁的那个人?普通话很好呢!"

冉冉点点头,继续说道:"卓玛身体不好,但是一直坚持学习,她丈夫是北京人,她的普通话就是跟她丈夫学的。"

我点点头。在冉冉身边我感觉到一种强烈的前进的力量。

我们有一搭没一搭地又说了会儿话。天色渐渐暗下来,因为要赶最后一趟车回镇上去,我不能留太久,只能和冉冉匆匆告别。

坐在回城的车上,我欢乐的心情也像车窗外不断后退的风景残像一样留在那栋老旧的小楼里,留在那个人身上。

刚到宿舍楼下就撞上迎面走来的洛桑泽仁。

洛桑泽仁高兴地拉着我就往回走,一边说道:"你这一天,跑到……哪里去了?"他说话一顿一顿的,努力地把每一个音都咬清晰。

"我给你带了些炒羊肉,就放在你的桌子上,快跟我去尝尝。"他说。

洛桑泽仁的热情带着不容拒绝的意味。

桌上不光有炒羊肉,还有奶皮。洛桑泽仁抽张椅子在我旁边坐下,一边说着:"这是我从家里带的风干羊肉,腊月里把羊肉切成条风干,留着吃的时候炒,味道鲜美,你尝尝。"

孜然放得多，掩盖了羊肉本身的膻味，确实很好吃，更感念的是洛桑泽仁的情意。

洛桑泽仁很健谈，坐在旁边从风干羊肉讲到奶皮，讲到藏区风俗，又讲到卡瓦洛日和纳木措。

他语速很慢，但是我仍旧听不全懂，但连猜带蒙也能大概明白他的意思。

"念青唐古拉山是我们藏族的神灵，他头戴白巾，身穿白衣，身下骑雄伟的白马，他象征着威严和力量。"他说。

我想起在火车上看到的那绵延不绝巍峨雄伟的山峦，还有它令人生畏的庄严。

从踏上川藏高原的那一刻起，或者说从踏上火车的那一刻起我就已经下意识地去探寻藏区的秘密，探寻父亲在这里一留二十年的原因，探寻冉冉对这个地方的热爱。

所以洛桑泽仁讲的时候我听得很认真。

洛桑泽仁讲到这里突然一笑，说道："传说念青唐古拉山和纳木措不仅是神山圣湖，而且是生死相依的情人呢，这才总有信徒、香客、前来朝拜。"

"是吗？"我有些诧异。

"呵呵，不过是传说，传说还有很多种版本呢，也有说念青唐古拉山有两位夫人的。"洛桑泽仁笑着摆摆手。

接下来的几天便转入繁忙的新警思想教育培训，还有许多入职的前期准备，我忙得焦头烂额。

等有时间再去看冉冉的时候已经一周过去了。去的时候我顺便给冉冉买了一些营养品带去，她的那个地方什么都没有。

去的时候冉冉在小楼后的空地上教孩子们画画。美丽的格桑花开了满地，远处的山地中有几缕青烟袅袅升起。

那天冉冉穿着一跳淡蓝色碎花长裙，像一只轻巧的蝴蝶。

黝黑的藏族小孩跑过来亲热地叫我叔叔，我陪着冉冉看画。

一派祥和温暖。

孩子们画画的时候，冉冉坐在空地上遥望远方，表情悠远，让我想到思念，蓦然心头一酸。

我不善言，觉得冉冉心里有什么事情，或者她有牵挂，可是我不知道她的牵挂是什么，也不知道怎么去问。

卓玛坐在我旁边编竹篮，灵巧的手指上下翻飞。

卓玛奇怪地看看冉冉，又扭头看看我，亲热地问我道："小伙子，你和冉冉，是恋人？"

我不知道怎么回答，只是不好意思地笑笑。

"是同学。"我老实说道，但是我又觉得这样说好像会离冉冉很远，所以我赶紧补充地说："我们是很好的朋友。"

卓玛有些惋惜。我们闲聊起来，她和我讲冉冉，夸冉冉热心，善良，是个好姑娘，说自从冉冉来了之后这里才像个学校。

"孩子们都很喜欢冉冉。"她说。

我点点头，看到那名黝黑的男孩不时地偷瞧冉冉，就像一个无家可归的幼子在找寻母亲的身影。

"冉冉时常会一个人发愣，我知道她有个牵挂的人，这次你来找她，我才以为你们是恋人。"卓玛感叹道，语气有些惋惜。

卓玛微笑着看向我，说："我真的希望那个人是你！"

我脑子很乱，理不清头绪。

看着冉冉坐在草毡上茫然地看着远方，眼神空寂迷离。

她看的不是我，我低下头，很伤感。

我总是在外围看着，走不到冉冉的心里去。我以为这次来藏区一定会有所改变，但是仍旧没有，至少目前还没有。

我带着我的伤感回到镇上，安慰自己："至少现在和冉冉在一起，我还有机会。"

我拖着步子蔫蔫地回到宿舍，洛桑泽仁不在。我一时间无事可做，歪在床上看书，神思不定也看不进去，随便翻着书页突然想起还没有办电话卡，又带上门出去。

办了当地的电话卡，我第一时间给冉冉发信息，告诉她我的新号码。

再回到宿舍的时候没来由的觉得疲累，我晚饭也没吃倒床就睡，睡得很沉，梦里冉冉站在漫山遍野的格桑花中微笑着朝我走来。

第二天起了个大早，是被洛桑泽仁拖起来的。

天还没亮，洛桑泽仁就在外面咚咚地敲门，我脑子还是迷蒙的，趿拉着鞋子去给他开门。

洛桑泽仁今天穿了一件雪白的短袖，圆领子，衬得他黝黑的面庞黑得发亮。看到他我一时还没有反应过来。

洛桑泽仁咧开嘴欢快地笑着，一拳擂在我的肩膀上，笑道："快，快起来，我带你出去转转。"

"转？"我一愣，还在留在梦里的脑子慢了半拍，无意识地念叨，"这么一大早转什么……"

洛桑泽仁已经等不及了，一把把我推进屋子里，催着我去洗漱。

"昨天你不在，上面来话，明天傍晚新警集训开始。今天我带你上街好好逛逛。"洛桑泽仁兀自坐到我的床边，说道。

洛桑泽仁继续说道："这两天要好好休息，我带你出去转转放松放松心情，看你这两天闷闷不乐的。"

我一边刷牙一边听他用不流利的普通话解释。

来到新龙县还没有真正地去看看它，有洛桑泽仁做导游，虽然语言不算太通，但是他给人带来的放松气氛我很喜欢。

洛桑泽仁是个急性子，不停地催促我，我马马虎虎擦了把脸就跟着他上街。临出门我才想到洛桑泽仁只说有任务却并没有告诉我是什么任务，想了想还是没有问，到时候自然就会知道。

天还没有大亮，洛桑泽仁说在这个时候看整个新龙县是最好的，远处太阳即将升起来的地方一片亮白，不断地向外围延伸，到外围又变成满片的海蓝，穹盖边缘又转成水墨黑。古朴的带着藏族特色的小城在晨光的笼罩下像是要从黑暗中挣脱般勃发，充满光辉和力量。

我望着远处被袅袅晨雾围绕的白皑皑的山峰发愣，洛桑泽仁也望着那个方向，却突然说了句与雪山风马牛不相及的话。

"你知道吗，新龙城古时候是白狼国的属地，是隋的附属国。"他说。

我看着远方通透纯净的白色天空和山峦，心下了然，原来他不过是看到这样的景色不自觉地发出感慨，并没有什么特别的深意。不过看那山峰，确实像白狼王一样伧勇伟岸。

我们放松身心，让自己沐浴在这纯净清丽的晨光里，没有明确的目的地，只是随性地走着。

街道两旁的一座座藏式木阁楼静静躺着，但鲜艳的色调逐渐从晨光中显出来，就好像一觉初醒，大大地伸个懒腰一般。

陆续有人从阁楼里走出来，街边的店铺开始忙碌，新的一天开始，在这样贴近自然的地方我觉得这些尘世的活动都显得飘渺，好像我是那个误闯进桃园的人。

两排蓝漆木顶的阁楼，间或从楼上坠下质地沉重却色泽明快的帷帐。楼下大门敞开，走近了看竟是一家家店面。

我沉浸在这完整的藏族风景中，不禁问洛桑泽仁："洛桑泽仁，你从小就在这里生活吗？"

"是啊！"洛桑泽仁扭过头诧异地看着我，转而又露出一个大大的笑容，"我从小就在这里，这里的一草一木我都熟悉。"

又讲到草木，我转回头，心中恻然，对未来的恻然。

一开了头，洛桑泽仁话匣子打开就合不住。

"等以后有时间了我带你到落日雪山去看看，还有雅砻江大峡谷，都要去转转看看，让你也……领略领略藏区风景。"他说到领略时顿了一下，继而又大笑起来，不过他这次讲的话吐字清晰多了。

我微微一笑，他说的这些地方我都没有听过，但是让我想到父亲，我想他一定去过。

路过一家店面，没有门头。门口竖着的一根造型奇异的喇叭状竹管一下吸引了我。

"这是什么东西？是个什么乐器？"我不禁扭头去问洛桑泽仁。

洛桑泽仁顺着我的目光看过去，笑道："那是钦，铜钦。"

"进去看看吧！"他说，"这家的乐器算是最全的了，店开了很多年，我小时候就喜欢来这里，不过也就是看看，我不懂这些，"洛桑泽仁说着耸耸肩膀嘿嘿一笑。

乐器我也不懂，但是我也乐得和他一起进去瞧瞧。

一个藏族老人伛偻着身子坐在门口抽烟，看到我们进去只是笑了笑说让我们尽管看。

刚进门入目是一排排古旧的木头架子，上面杂七杂八摆了许多我没有见过的乐器。

洛桑泽仁挑起一个浅圆筒带着柄的东西，手指轻轻击打在上面，发出沉闷的声音，我好奇地问洛桑泽仁："这是……鼓？"

洛桑泽仁点点头，屈起拳头又打了两下，说道："这叫柄鼓，和你刚才在门外看到的铜钦都是佛教寺院的乐器。"

我好奇地把玩着鼓下的连柄，洛桑泽仁语气很爽朗，继续说道："这个柄起个支撑的作用，击鼓的时候可以站着也可以坐着。"洛桑泽仁一边说一边蹲下做示范。

说到佛教我就一阵发懵，我想如果冉冉在这里一定可以和洛桑泽仁聊得很开心，冉冉懂得多，佛教经书，基督教义，甚至道教都可以说上一些，我突然觉得无论我如何追着冉冉的脚步，但某些地方总是差一截。

洛桑泽仁丢开那把柄鼓，又去看其他的东西，我环视四周，眼神突然被墙角扔着的一把旧吉他吸引。

"叮叮。"我走过去轻轻拨弄两下，琴身落满了灰，想来已经放了很久没人动过。

洛桑泽仁好奇地探过头，惊奇地问："你会这个？"

"嗯。"原本是不会的，只是那年赵飞突然有一段迷上摇滚乐队，硬是拉着我陪他学了一段吉他，我朝洛桑泽仁点点头，无奈地说："上学时陪朋友学过一段时间。"

洛桑泽仁很高兴，看着我的眼神发亮，嬉笑着说："想不到你还会这一手，回去可得弹给我听听！"

"好！等这次任务完成回来我就给你弹一首。"我笑着说。

美丽的高原晨光让我一扫昨日的烦闷，回去的时候脚步轻快了许多，手中多了一把旧吉他。

店主说这把吉他是他儿子带回来的，但是自从买回来就没用过，便放到店里卖。

也无事可做，我们脚步很慢，依旧是闲闲地往回走。洛桑泽仁絮絮叨叨地讲他小时候上音乐课五音不全被老师罚站的事，我微笑着听他讲。这样静谧和乐的时光让我浑身放松。

第三章　高原警营的第一次历练

回到单位刚好已经中午了,吃了饭,下午躺在床上看书,看的是阿来的《尘埃落定》——讲藏族土司制度的兴衰。

突然电话铃响,我拿出电话一看,是冉冉打来的。看到冉冉的名字我特别开心,忍不住露出笑容,但是手指却紧张地发抖。

电话接通,我高兴地叫了声"冉冉"。

"小李!是小李吗?"卓玛焦急的声音从电话里传来,只有卓玛喜欢叫我"小李"。她急切的语调让我心头蓦然一紧。

"嗯,我是李峰。怎么了?发生什么事了?冉冉呢?"我害怕是冉冉出事,急切地问卓玛。

"冉冉晕倒了!小李你快过来!"卓玛说着,话语已经带着哭音。

"怎么回事?卓玛,你先别急,我马上过去,冉冉怎么会晕倒呢?"听到冉冉昏倒的消息我急得想立刻到她身边去。

我心急如焚地跑出去,拦住一辆出租就往学校赶。

我很后悔今天没有去看冉冉,如果早点过去还能在她身边照顾她。

几乎小跑着冲进学校,孩子们围在冉冉住的小平房外面,之前给冉冉送花的那个藏族男孩一见到我就扑过来,眼泪鼻涕留了满脸,哭着说:"叔叔,任老师生病了!你快去看看吧!"

"冉冉!"我跑进屋子担心地唤道。

冉冉躺在床上,额头上搭着湿毛巾,面色苍白。看到这样的冉冉我脑子发懵,赶紧问卓玛:"怎么会这样,昨天不是还好好的吗?"

卓玛坐在冉冉床边，一手给冉冉换毛巾，一手给她擦着面颊脖颈处的汗珠。见我进来，皱着眉头着急地对我说："冉冉昨天夜里发烧，烧了一夜，今天一大早又坚持起来给孩子们上课，没想到一节课没上来就晕倒了！"

我走过去看着冉冉，叫了几声都没有回应，我赶紧说道："吃药了没有？生病怎么没有叫医生看看？"

我心中着急，语气很急，向连珠炮弹一样冲出来，说完我就后悔不该这么冲动，卓玛有心脏病走几步路就喘，又怎么去找医生呢！

卓玛有些自责，说道："我不知道冉冉从昨天夜里就开始发烧，今天早晨我看她脸色不好，问她是不是不舒服，她只说是伤了风，我就给她找了些伤寒的药吃了，没想到……"卓玛说着泪水顺着眼角流出来。

"卓玛……"冉冉睫毛微颤，微微睁开眼睛。

看她醒来，我赶紧问："冉冉，冉冉，感觉怎么样？"

冉冉看到我有些错愕，迷茫地看着我，那眼神像是在看一个期盼已久的人，过了半晌又露出失望的神色，不过也只是一刹那就迅速收了起来。冉冉扯出一个笑容，声音嘶哑地说："李峰……你怎么来了？我没事，烧退了就好了！"

我心头一动，哀伤感扑面而来，但是看到冉冉虚弱的样子，我强迫自己收回心神。

卓玛已经急得六神无主，见到冉冉醒来高兴地双手合十口中念经。

"冉冉，这样不行，我带你去医院！"我说。

冉冉轻轻摇头，只说不用。我第一次违背冉冉的意思，扭头问卓玛："这里最近的医院，不是，医生住在哪里？"我突然想到这个地方太偏僻，这才赶紧改口。

"这附近没有医院，离这里最近的是邻村的一个小诊所，平时村民有个小病小痛的都去那里。"卓玛说。

我不放心带冉冉到诊所看病，但是这里离县城太远，除了定点的公车其他时候基本没有车辆路过这里。而冉冉已经从昨晚烧到现在，再也不能耽搁，当务之急就是先把高热降下来。

想到这里，我果断地说："冉冉，我带你去看病，不能这么拖着！"

冉冉精神很不好，但仍然轻轻摇了摇头，说道："不要这么麻烦了，我歇歇就好。"

卓玛一听也是着急，劝她说道："冉冉，还是去看病吧！再这么烧下去烧出问题怎么办！"

"冉冉，孩子们都很担心你，你要是不好起来谁给他们上课呢！"我赶紧附和地说，这样的冉冉让我心疼，一揪一揪的疼，恨不得现在生病的是我。

一提到孩子冉冉就心软，而且她也实在没有力气拒绝了。

我走上前想抱起冉冉，但冉冉执意说自己可以走，我无可奈何，只能和卓玛扶着冉冉下床，可是冉冉一下床身子就站不住直往后跌。

我背起冉冉，卓玛身体不好不能一起去，她告诉我诊所的具体位置就留在学校里照顾孩子们。

天色已经全黑，我背着冉冉走了十多分钟也没有见一辆车过来。冉冉把头枕在我的肩膀上，呼吸越来越重。

藏区的月亮似乎也更大更亮，让我有种跑向天空的错觉，月光打在沥青马路上映不出一丝亮光。

我背着冉冉一路小跑，冉冉滚烫的身体烤得我六神全无，只想着快点儿到诊所去。

"李峰……"

背后传来冉冉轻柔的声音，我微微侧耳。

"李峰……谢谢你……"冉冉说。

冉冉轻柔的声音四散在四周沉寂的黑暗里，清风拂过，冉冉温热的呼吸随着清风抚上耳畔。

我心中百感交集，不知道该怎么回答。

静寂的夜路上只有我粗重的喘息声在黑暗中回荡。汗水自顺着脸颊淌下，滴落在地，我想象着它会摔得支离破碎，然后在地上绽开一朵晶莹的花朵，就像我的心也被冉冉这一句谢谢敲击得支离破碎。

冉冉，你知道我要的不是一句谢谢。若真要道谢，那到底是今日的我谢你给我带来前进的力量，还是此时的你谢我背你赶夜路去看病？

我满心的苦涩，在这苍茫的夜色中不断地膨胀，膨胀……

冉冉挂上吊瓶，我仍然不放心，只等热度渐渐退下来，我这才长出一口气，汗湿的衬衫粘腻地贴在身上，冷风一吹寒意入骨。

冉冉躺在诊所的简易床上沉沉地睡过去。

说是诊所，不过是一栋藏式小阁楼的偏房，里面摆了一张木桌，一排堆满瓶瓶罐罐的木架子，还有冉冉身下的这张简易床。

挺着啤酒肚的藏族中年医生给冉冉挂上吊瓶，又嘱咐我看着换药便兀自回去睡了。

我坐在床边看着冉冉沉睡的侧脸。

冉冉睡得不安稳，长长的睫毛轻轻抖动，面颊微微发红，不像刚才一样苍白得吓人，鼻翼随着冉冉浅浅的呼吸规律地扇动。我的视线描摹着冉冉略显扁平的鼻尖，满心的无奈和苦涩肆无忌惮地泻出。

在这古朴破旧的诊所里，我守在冉冉身边一夜没有合眼。

第二天清晨，冉冉一觉醒来精神好了许多，出了一夜的汗，长发还是潮的。

"李峰，真得谢谢你。"冉冉睁开眼睛看到我时说道。

我最怕听到她说"谢"字，似乎把我推得很远。

望着冉冉专注的眼眸我不能再装作听不到，叹口气无奈地安慰冉冉："我们是朋友，说什么谢呢。"

听了我的话冉冉阖上眼睛将头歪向一边，我不知道她在想什么，这样的气氛我不喜欢。

"只要你快些好起来，孩子们离不开你！"我说。

冉冉睁开眼问我几点了，声音带着病后的无力。

我看看手表还不到七点，冉冉说要回学校。

我担心她出门被冷风一吹病情会反复，想让她再输一瓶盐水，可是冉冉执意不肯。我暗自后悔刚才做什么提孩子们。

我送冉冉到学校，看着冉冉走进教室。

"冉冉。"我忍不住叫住她，看到冉冉扭过头看我，我却说不下去了，过了半晌我无奈地才说道："记得吃药，好好照顾自己！"

我想说"我喜欢你"可是我不敢，我怕这句话一说，我们甚至连朋友也做不了，我只能等，等着和冉冉的距离再近一点。

冉冉眉眼弯弯，朝我灿然一笑，嘱咐我路上注意安全。

我一时高兴又赶忙说道："别太累着自己，要是缺什么或者不舒服就给我打电话。"

冉冉满口应下，很礼貌但有些心不在焉。

我直愣愣地站在街上，看着冉冉走进教室，看着孩子们欢呼着扑向冉冉……

我们像部队里的新兵蛋子一样，要面对的第一个问题就是残酷的军训。按照规矩，如果在新警培训中有一项不合格，我们就得乖乖回家。

在这之前，我想讲一讲我在警营里认识的第一个人，这个男人在我往后漫长的特警生涯中扮演了极其重要的角色。

那个时候的我还留着长发和唏嘘的胡茬，我的行李并不多，我将行李放在大巴的行李仓里。从县城到训练基地有接近八十公里的路程。安顿好行李后，我转过身，看见一个穿得土里土气的男人。我从小都在火车站附近长大，每年春运来临的时候，我就会看到许多这样打扮的农民工。他们穿着劣质但光鲜的衣物，背着和自己身体差不多大的行李。我眼前的这个男人就是典型的民工模样，我转过身看他的时候，他居然对着我傻傻地笑，露出两排洁白的牙。

我的座位在大巴的最后一排靠窗的位置。那一天的高原有很好的阳光，阳光透过玻璃照在我的身上，有一种暖洋洋的感觉。冬天里的阳光总是让人觉得很舒服，让人不知不觉地想睡觉。

我的身旁坐着那个民工打扮的男人。男人看见是我，又是一阵嘿嘿地傻笑。

"哥，你是哪儿的啊？"

我不喜欢跟陌生人搭话，确切地说不喜欢跟陌生男人搭话。"成都。"

"哥，成都可是大城市，我从小到大只去过两次，一次是陪我爹去看病，一次是陪我娘去看病……"

我有点不喜欢眼前的这个男人，老土的打扮，身上还有一股奇怪的味道。

我没有回答他的问题，甚至没有再直视他，双眼望着窗外。

"哥，我是广元的。"男人的嗓门很大，他的每一句话都像喇叭一样，让全车的每个人都能听到。

我瞪了他一眼，没有接他的话。我现在真的不想说话，我想静一下，我想在这难得的阳光的抚慰下好好地睡上一觉，但身旁的这个男人让我的计划成为了妄想。

"哥，我学的是侦查专业，你大学里学的是啥？哥，你去过广元吗？

有时间了到我们村来玩吧。我们村可好玩了,我带去你去爬山,我带你去钓鱼。我知道你们城里人可喜欢钓鱼了,我家后面有一个很大的池塘,里面有好多的鱼……"

"哥,你叫啥?"

"哥,我叫杨发涛。"

我彻底崩溃了。"兄弟。"

"唉。"身旁的男人答应道。

"我想睡一会儿,可以吗?"

"嗯,你睡吧,到了我叫你。"说完,男人又是一阵傻笑。

我戴上了耳机,听着柔和的音乐,我很快进入了梦想。我做梦了,梦见了冉冉。

我不知道我睡了究竟多久,只觉得梦境是多么的美好。

"大哥,大哥,起来了!"身旁的男人将我摇醒。这样一个美梦居然没了,我有些愤怒。

我睁开了双眼,看见身上搭着一件外套。我一眼就认了出来,这是身旁的这个男人的衣服。

"到了?"我问。

"没有。现在吃饭。还有一个小时。大哥,中午你吃啥呢?要不你尝尝我从家乡带来的包子吧,我娘亲自给我做的,味道可好了,你尝尝吧。"男人一边说着,一边将一个包子往我嘴里喂。

"我不要。"我手一挡,男人手中的包子掉在了地上。我有些不知所措,想要给他说声对不起。

我的话还没有说出口,男人就蹲到地上,将包子捡了起来,然后大口大口地吃了起来。

"哥,真的挺好吃的。"男人嘿嘿地笑着。

我的警察生涯就是在杨发涛傻傻的笑声中开始的。我的下一站,会是什么样?我的下一站,又会遇到什么样的人,经历什么样的事?

我们身着迷彩,脚上穿着一双军绿色的胶鞋。我对我的这个形象非常不满意,甚至有些厌恶自己。我想和教官们一样,能够穿上威风帅气的警服。

军训的第一项内容就是队列训练,军姿站立一个小时,谁动罚谁。我总是小心翼翼地活着，不想招惹谁，更不想成为今天训练的主角。杨发涛站在我的左边，他以前在警校里呆过，这些训练对他来说简直就是家常便饭。我每次看到杨发涛，都有种想笑的感觉。的确，他长得充满了喜剧感。他的眼睛一个大一个小，嘴唇总是红红的，像是涂过口红一样，他的眉毛弯得有些离谱。

生活中总是充斥着各种各样的不幸，我的不幸在于从小没有父亲，在于当以为一切都回到幸福生活的时候一个陌生女人的来信让我的世界差点儿破碎，在于母亲的死，在于如海市蜃楼一样的冉冉。

我的思维有些混乱，我想要诉述的太多太多。可是当我陷入过往的回忆，我迷失了自己，我不知道那些关于梦想、关于爱情的故事究竟该从何说起。当我穿上警服的那天起，我就知道，关于我的故事将永远不会停止，喜剧或是悲剧都将不断地上演。我是一个怀旧的人，我一直活在过去。时至今日，当我一闭上眼，我的眼前还是会浮现出我和杨发涛、胖子在泥泞的山顶球场摸爬滚打的场景。我们满脸的泥，几乎找不到哪里是眼睛，哪里又是嘴。杨发涛总是喜欢傻傻地笑，这个时候，我终于又看到了他那洁白的牙了。推开窗户，远处放起了烟花。

在警营的时候，我常常半夜醒来，却再也睡不着了。这个时候，我的脑子里总是想着乱七八糟的东西。有的时候，我一睁开眼，会看到母亲就在身前。我一点儿不害怕，因为这是我最亲的人。我希望她永远都站在那儿，不要再离开，可是天亮后，再也寻不到她的踪迹。

军训的第一天，我就和教官干上了。说不清楚这究竟是坏事还是好事，在以后的每个日子发生的每一件事，我都会用一分为二的辩证法来分析问题。简单说，就是一句话，不要相信眼前的一切。

在我站了大概有半个小时的时候，我的额头突然一阵奇痒。教官像烦人的苍蝇一样在我面前晃来晃去。终于等到了他消失在我的眼前，我用迅雷不及掩耳之势，右手在额头上一阵狂抓。但不幸的是，这一切都发生在教官的眼皮子底下。

"哟！终于有人上套了。你可是第一个，祝贺你。"

我不想和他说话，低着头。

"怎么还不说话啊？！嗯，好，一千个下蹲，一千个俯卧撑。"

我的天，教官真是站着说话不腰疼。我这辈子活到现在加起来还没做到过一千个下蹲、一千个俯卧撑。

我站在原地，没有动。

"你耳朵是不是聋了？"教官靠近我的耳朵，一字一顿地说道。

"你才聋了。"我大声说道。

教官怎么也没想到，一个新兵蛋子会说出这样的话。

"好，我聋了。两千个下蹲、两千个俯卧撑！快做！"

教官的脸红了。

"我不做！"说实话，在艺术学院念了三年大学，我是懒散惯了。但我自认为我的脾气还算好。

"不做？我数三下，你不做，你试试。"

"3、2、1……"

我的大脑突然一片空白，几秒钟后感觉到左脸火烧火辣的痛。没错，教官给了我一耳光。

我没有还手，只是静静地离开了队伍。不要以为我就这样走了，有仇不报还是男人吗？！

我在训练场背后的树林里捡了一块砖头，然后悄悄地来到教官的身后，在教官脑袋上使劲一拍……

教官其实不坏，以前是一名武警，军事素质过硬，家是四川农村的，为人朴实，做事踏实，但那个时候我哪知道这些。

我把军训教官打了的新闻很快在新龙县城的各个角落里传播，最后衍生成各种版本。有一个版本我印象最深，说是我用手掌在教官的脑袋上轻轻一拍，教官的脑袋就开花了，我在瞬间变成了了一个隐藏多年的武林高手。

但传说并没有解决掉任何实质的问题，我被勒令写一篇五千字的检讨、赔偿教官的所有医药费和向他当面道歉。写检讨这种事对我来说倒是家常便饭，不要说五千字，五万字都不在话下。

我曾经一度拒绝向教官赔礼道歉，我觉得这是一个男人尊严的问题，所以我不会低头。中队长给我做了很久的思想工作依然没有用。大队长只用了一句：不去就等着被开除吧。

我和杨发涛买了一些水果就到医院去了。让杨发涛陪我的主要目的就是怕挨打。应该说，警校是男人的世界。而男人解决问题的基本办法就是拳头。我怕挨打，不带个保镖去怎么行。

教官躺在床上，看见我来了，转过头，没有说一句，玩儿他的手机去了。

我看见他的头上缠着厚厚的绷带，眼睛有些肿，我没想到我下手那么狠。当那块砖头朝着教官脑袋拍下去的时候，砖头碎成了两半。要不是教官在部队里呆过，可能早就一命呜呼了。

我把水果放在了病床的柜子上，尔后，沉默了起来。我不知道该怎样开口，事实上，我并不想来道歉。这本来就不是我一个人的问题，事情的导火索是他给了我一耳光。但是为了我能在这个学校呆下去，我必须要道歉。

我拿出了之前写的检讨，一字一句、抑扬顿挫地读了起来，声音浑厚而又响亮，这都是我当年在艺术学院里练就的。检讨不是一两个字，而是六千多个字。等我念完的时候，我的身后已经围观了许多年轻的护士了。她们捂着嘴巴不停地笑。

听完我的检讨，教官只说了一个字。

"滚。"

后来，我终于没有被开除。经过这次风波，我有了一种强烈的预感，我的从警生活绝对不会再是一帆风顺的了。

我还想说一说胖子。人一生中要遇到各式各样的人，但有的人，你即使天天看着他，也不会有什么特别的印象，但有的人，你只需要看他一眼，你就已经过目不忘了，胖子就是这样一个让人过目不忘的人。胖子是我新警培训时的战友，他睡在我的上铺。

胖子其实并不胖，一米八的大个子，体重一百刚出头。胖子以前在体育学院练田径，但他却爱上了文学，他说他是个诗人。

他没有骗我，他真的是个诗人。他喜欢吟诗作赋，他喜欢一个人坐在铸剑池旁找灵感。他有一个厚厚的笔记本，上面写满了他写的诗。我对现代诗一窍不通，我以为不断提行你就成了诗人。但每次胖子给我看他写的诗我都会认真地点点头，夸奖几句。

在正式入警前，我们每个月有六百块的补助，胖子基本上都用在文学上了。好多时候，这些高雅的东西最砸钱。胖子有一个愿望，他想出一本书。但是在那时，胖子连在报纸上发表"豆腐块"的机会都没有。即使这样，他仍旧不停地写，不停地投稿，他幻想着报纸上发表他诗歌的那一天。

我给他提议，诗歌现在多没市场啊，要不你写小说吧，整一个长篇的，一炮打响！

胖子总是文绉绉地说："文学是艺术中的极品，诗歌才是文学的精华。"他就是这样固执，写他的诗歌，不管别人怎么说。说实话，胖子的诗歌糟糕透了，我觉得他写诗纯粹就是把一句话分成几行来写。

胖子常常失眠，有时候，我半夜起来上厕所，看见窗台前有一个晃晃悠悠的影子，我总是会被这一幕吓一大跳。我担心胖子有一天想不通也去寻找海子、顾城去了，但这样的担心终究没有出现。

我和胖子是整个区队军事素质最差的两个学员。中队长找过我们谈过许多次话，她严肃地警告我们，不要以为进入培训基地就万事大吉了，这里有非常严格和残酷的淘汰机制，只要有一科考试不及格，你就可以回家了。

每次听了这样的话，我和胖子都会在中队长身后异口同声地说，"我是吓大的。"

我们都是在普通大学里混惯了的人，任何人的忠告我们都会当成耳边风。还是那句话，我们早就懒散惯了。在艺术学院的时候，大学三年，我几乎只在大一上学期认认真真地上了一个月的课。时至今日，我仍记得大学里第一堂课上人山人海的场面。"后来"是一个可怕的词，后来，上课的人越来越少，越来越少……直到偌大的阶梯教室里只坐着两三个学生。

在犯罪现场勘查课上，老师问讲台下的学生："你们为什么当警察？"

杨发涛站了起来，"我从小都想当警察，这是我的梦想。"

梦想，又是梦想。年少时的梦有几个人还记得？

胖子站了起来，"赚钱。"

胖子的回答肯定不是老师想要的答案，但整个教室里却爆发出了最热烈的掌声。我不太明白这掌声的意思，究竟是嘲讽，还是真的发出内心的欣赏。

我小声地对胖子说："你还说自己是诗人，太庸俗了。"

胖子说："诗人还不是要吃饭，诗人还不是要赚钱。"

"问你，赚钱用来干啥？"

"出书。"

"没必要吧，自费出书多没意思。"

"那是我的梦想。"

遇见这些人，我总认为是我上辈子修来的福。真的，这是我的真心话，和一帮坚持梦想的人在一起，我觉得特快乐。

我一直以为，父亲在我的世界里是那种可有可无的过客，童年那灾难般的回忆总是在我的脑海里不断浮现，带我走进一段又一段我曾经走过的路、流过的泪、受过的伤。但我从不曾放弃寻找父亲走过的足迹，我想寻着他走过的路，一路向前，直到世界的尽头。

我一直在试图寻找父亲在高原的种种故事，可是最终我发现，好多过往的事都已四处飘散，难以再寻到曾经的父亲。我问过许多看起来和父亲年龄相当的干警，是否认识一个叫作李建华的人。他们总是摇摇头，李建华，哪一届的啊？这样做，我只是在寻找一个答案，一个关于父亲的答案。关于父亲，我不明白的太多太多。我希望有一个讲故事的人出现在我的面前，像小时候我临睡前母亲给我讲故事那样将父亲的故事娓娓道来。

来到高原后，本来就很少和父亲说话的我几乎和他一下断了一切联系。只是偶尔，我会收到他发来的诸如"注意身体"、"最近好吗？"的短信。回他的短信我总是只回一个字，比如嗯，比如好。有些东西已经晚了，任凭你付出再多的努力；但有些东西永远不晚，比如说体能训练。

引体向上是最让我头疼的项目之一。有时候，我觉得自己就像香肠腊肉一样被无情地挂在半空中，偶尔，一阵风吹来，我也会随着风微微摆动。我希望就这样一直吊着，到了过年的时候，也好成为餐桌上的美味。

"李峰，你光吊着干吗？你要往上拉啊！"胖子在下面说道。

我没有说话，并不代表我不想说话，因为我一说话，我可能就会掉下来。

"不会吧，一个都做不了吗？你就试一下，来，我指导你。先深呼吸一口，来，吸气，呼气……"

胖子的话还没说完，我就掉在了地上。

"哥，你这样可不行啊！马上就要考核了，这个过不了可是要被淘汰的。哥，你平时得多练习啊。"杨发涛每说一句话，总是习惯在前面带个哥字。

我一言不发地向宿舍大楼走去。我很迷茫，确切地说，对于未来，我很迷茫。任何一项科目的不及格我都将会被淘汰出局,我不希望这样,因为我是个男人。

胖子依旧写着他的诗歌,循规蹈矩,又乐此不疲,这样的状态一直持续到春天。

那个冬天似乎特别长,都立春好久了,但一场倒春寒又将我们拖回了严寒的冬天。直到有一天,阳光穿过厚厚的云层,照射在我们的身上。我知道,春天来了。

杨发涛像个调皮的孩子,穿着作训服在训练场上肆意狂奔,他一路跑,一路呼喊着。春天,一个多么美丽、一个多么幸福的季节。春天,有我最喜爱的油菜花。我记起了童年的某个春天,我骑着自行车去了北川。一路上,都是繁盛的油菜花。我们钻进一望无际的油菜花地里,快乐地在比我们还高的油菜花地里穿梭,黄色的花粉落在了我的身上,四处都是油菜花的芳香。

我坐在地上,背靠着一棵巨大的梧桐树。阳光照在我的脸上,有一种很温暖的感觉。杨发涛坐在我的身旁,也靠在梧桐树上。

"哥,你喜欢春天吗?"

我点点头。

"哥,我可喜欢春天了。在村里的时候,每到春天,我就会一个人去爬山,我家东山上有一块很大的松树林,走累了的时候,我就喝一口路边的泉水,肚子饿了的时候,我就摘山上的野果子吃。"

"你以为你是孙悟空啊。"

"嘿嘿。"杨发涛总是这样傻傻地笑。

但很快,杨发涛的笑容停住了,转而开始哭。

"喂喂喂,你,你这是怎么了?"杨发涛就是这样一个率真的人,喜怒哀乐都随时表现在脸上。他就像一个孩子一样,疯起来比谁都要疯,沉默起来比谁都要安静。

杨发涛的眼泪一颗颗地往下流。

"我的兄弟,我的哥,你这到底是怎么了?"

杨发涛不说话,只顾着一个人哭。

"喂喂喂,是不是我哪儿又错了?好好好,对不起了,哥先给你赔个不是,对不起了,我的兄弟,我的亲哥。"

"不是你。"杨发涛终于说话了。

"那是谁?"

"没有谁。"

"那你今天这是哪根神经不对啊?"

"我想家了。"

我有一种欲哭无泪的感觉。

"你还是男人吗？你变姑娘算了！一个二十几岁的大男人，哭，有什么好哭的！男儿膝下有黄金！"

这句话一说出来，我就发现了自己的口误。

"喔，不对，是男儿有泪不轻弹！"

杨发涛哭得越来越厉害了。

"别哭了，注意点形象！不要忘记你现在的身份，你现在是警察。有真性情是可以的，但你不能总是哭吧。你想想看，以后你走上工作岗位了，要看见多少这样的事啊，我们的工作就是和一切不美好、一切阴暗的东西打交道、作斗争，你这哭哭啼啼的样子，还怎么能给人民群众安全感啊?！更何况，你的家乡真有那么好吗?山沟沟里，有啥好留恋的呢?我的兄弟，我的亲哥，你就别哭了好不好?水往低处流，人往高处走，你看看你现在，工作也有了，是件多么幸福、多么美好的事啊！"

杨发涛泪眼朦胧地盯了我一眼，"我们村可比城市好多了。"说完，他站了起来，一个人走向远方。

"你们村好你就回去啊，出来干吗?！"我在他身后大声吼道。

我微微闭上眼，杨发涛的身影越来越模糊，我居然睡着了。我不知道这一觉究竟睡了多久，直到感觉有人在不断地摇我。

"李峰，李峰，李峰。"

我很不情愿地睁开了眼，半眯着眼，看见是胖子。

"你干吗呢?没看见我睡得正香嘛?！"

"快起来，告诉你一个天大的好消息！"

"好消息?还天大的?"我顿时来了精神。

"嗯。你注意听啊。"胖子一本正经地从身后拿出一封快递。

"我的诗歌获奖了！还是全国一等奖！"

我打开快递，看见信封里面装着一份获奖通知书。

"祝贺你！胖子！你小子终于功德圆满了！请客，请客！"

"请客，必须的。"杨发涛在一旁附和道。

"请，必须的。"胖子开心地说道。

我仔细地看着这封获奖通知书，很快就发现了其中的猫腻。

"胖子，怎么还要交钱啊？六百块钱，对我们来说可不是一个小数目。"

"庸俗！怎么能用钱这个字啊！这个文学，多么高雅的艺术，被你这么一说，一点儿都不高雅了。"

"是是是，就你高雅。"

"你看清楚了，上面写的是工本费，你想想看，现在物价多高啊，组委会收六百块的工本费也是完全可以理解的。你再仔细看看这个，一个大红的获奖荣誉证书，一个精致的奖杯，只要我交了工本费，这一切都是我了。这可是全国大奖啊！"

"全国大奖？什么是全国大奖？"杨发涛在一旁问。

"我的涛哥，这个你都不懂。全国大奖就是……全国大奖就是和茅盾文学奖、鲁迅文学奖一个级别的奖项。"

"什么是茅盾文学奖、鲁迅文学奖啊？"杨发涛是一个无比执着的人，对于任何他不懂的事都要打破沙锅问到底。

胖子一时半会儿不知道该怎么回答。"这个全国大奖啊就好比……诺贝尔奖你知道吧，那是世界级别的，我的这个奖比诺贝尔奖低一点儿。"

低一点。胖子在说这三个字的时候加重了语气。

"诺贝尔奖啊，哥，你真能干！你可是中国第一个拿诺贝尔奖的人啊！哥，我真佩服你。"

"没没没，不是诺贝尔奖，是比诺贝尔奖低一点儿的奖。"胖子有些不好意思地说。

那天晚上，胖子请我们全寝室的人在干训食堂吃了一顿大餐，满满一桌子的菜，还有一瓶老白干。为了不被纠察发现，我们把老白干倒进了一个雪碧的瓶子里。我们大口大口地吃菜，也不停地对着胖子说着祝福的话。胖子喝多了，因为他太高兴了。

我坐在胖子的身旁，心里却酸酸的。梦想啊，梦想，他妈的梦想，狗屁梦想！梦想可以让人疯狂，梦想可以让人疯癫，梦想可以让一个学刑侦专业的警察上这种低级的当。这顿饭，我说了许多假话，除了杨发涛，其他战友也说了很多假话。

我说："胖子，你的诗歌写得真棒，给我们兄弟几个分享下你的创作心得吧。"胖子说："首先，感谢兄弟们长期以来对我的理解与支持。其次，这和我多年来坚持文学创作是分不开的。"我说："胖子，你小子终于成功了，继续写，争取以后拿个更大的奖。"喝得有些多的胖子稀里糊涂地说着酒话，"这只是万里长征的第一步，拿不拿奖倒是小事，我的目标是出一本书，一本我自己的诗集。"

我们说着这些不着边际的酒话，直到我远远地看见了一个熟悉的身影，那是被我打进医院的教官，直到那个时候，我居然都不知道他的名字。教官是警校的纠察，我小声地说："兄弟们，撒！"慌忙中，我们离开了食堂。而胖子，忘记了将他那瓶还未喝完的老白干带走。

第二天一大早，胖子按照获奖通知书上的地址，将六百块的工本费汇了过去。

直到后来，我才知道，胖子获奖的这首诗的名字叫《兄弟》。

为了能够顺利通过引体向上的考核，我每天都化身成一块腊肉，吊在单杠上。

我真的一个都做不了，除了这样干吊着，我找不到其他更好的办法。事实上，这是胖子给我出的主意，他说，你就这样坚持吊着，臂力会很快提升上来。他是学体育的，除了信他，我还能信谁。这说不上是一件悲剧的事情还是一件幸运的事，悲剧的是我只有一个人可以信任，幸运的是我还有一个人可以信任。

我每次吊在单杠上的时候，总会惹来许多人的目光。每当有同学或老师从我身旁走过的时候，他们总会向我这边投来诧异的目光。我只能笑笑，我用笑声告诉他们，我不是傻子，我只是在训练，我只是想顺利通过考核。

高原的太阳很毒，即使若干年后的今天，我仍对那座高原小城耿耿于怀，那是一座火一样的城市，我就是那火上炙烤着的小乳猪。我想，一辈子的汗水都在培训基地流光了。我吊在单杠上，汗水顺着我的身体留在了地上，形成了一块很大的汗迹。为梦想而奋斗，哪怕再苦再累，也是一件幸福的事。这种幸福，来自于心底最深处。刚开始吊的时候，三分钟不到就坚持不下去了。胖子给我取了一个外号，"三分钟先生"。

"李峰，不至于吧，三分钟不到你就不行了，你老婆以后肯定要提意

见的。"

"去去去，净瞎说。"

"嘿嘿。要不要我给你买一盒伟哥啊。"胖子说完，就笑嘻嘻地跑开了。

我在努力坚持，直到已经感觉不到双臂的存在，我似乎感到双臂即将和我的身体分开，手上的血泡染红了我的整个手掌。最要命的是在单杠上吊上一段时间，你会失去意识，重重地摔在地上。我都忘了究竟从单杠上掉下过多少回，我只是清晰地记得，那段时间，我的双手连筷子都拿不起来了，每顿饭都是杨发涛用勺子一口一口地喂我。我们成了警校食堂最奇特的风景，每次吃饭，你都可以看见一个大男人给另一个大男人喂饭。我听见有人从我们身旁走过的时候小声地说，那人是瘫了吧。

有时候，我也想过，假如我有一天我真的瘫了怎么办？现在，我却一点都不担心，因为我有这帮兄弟。这帮追梦的兄弟。

无论是烈日当空还是暴雨如泄，无论是白天还是黑夜，铸剑池旁的单杠上总有我的影子。我忍着双臂剧烈的疼痛，坚持、坚持，这是我心头的唯一信念。夜晚来临的时候，吊在单杠上的我总会忍不住仰望天空。小时候，我喜欢在母亲的陪伴下，坐在小凳子上，一颗一颗地数着天上的星星。母亲说，每一颗星星都是一个母亲。我问母亲，"那你是哪一颗呢？"母亲总是笑而不语。后来，我的眼睛近视了，再也寻不到星星的踪影。

一天晚上，我正在单杠上吊着，突然从远方走来两个正手牵手谈恋爱的学员。皎洁的月光柔和地挥洒在平静的铸剑池上，夜空中的点点繁星映衬出最浪漫的时光。两个年轻人不知不觉地走到了我的身旁，尔后在单杠下席地而坐。我的老天，这么大的训练基地，你们去学校后面的树林里啊，你们去大梯步的广场上啊，这两人去哪谈恋爱不好，却选择了这个地方。

我的老天，他们现在就在我的两腿下面。我屏住了呼吸，生怕发出一点儿声响，以免惊动了这对正在卿卿我我的恋人。谁没年轻过，谁都有这样的事，可是我的哥，可是我的姐，你们坐着倒是舒服，我可是吊着的。

夜晚静静的，周围的绿树紧紧地包裹着校园。

"我怕。"女孩依偎在男孩的怀里。

"别怕，有我在呢。"男孩说。

尔后，两人又是一阵狂吻。

五分钟过去了，十分钟过去了，十五分钟也过去了，那对恋人还没有要走的意思。

估计那对恋人是情到深处，他们聊着聊着居然躺在了地上。我彻底要崩溃了，你们倒是浪漫得不得了，这可把我害惨了。我的双手和腹部开始颤抖，闷热的天气让我的汗水止不住地往外冒。

"下雨了吗？"女孩发现一滴水滴在了她的额头上。

"没有啊，怎么可能，你看天上的星星和月亮，多浪漫啊！"男孩在女孩的额头上轻轻一吻，指着夜空说。

"不会吧，你看，真的在下雨。"又一滴水落在了女孩的额头上。

男孩含情脉脉地看着女孩，再次吻向了女孩额头上的那滴水。

很快，越来越多的水落向了女孩的额头。终于，她抬头望了望，居然看见单杠上吊着一个人。

"你看。"女孩指着单杠上说。

男孩在发出一声尖叫后，用一种难以想象的速度跑开了。

我从单杠上跳了下来，看看秒表，十六分二十八秒。我的老天，破世界纪录了。

从那晚以后，晚上很少再有人在铸剑池边谈情说爱了。因为训练基地里开始流传着那里有鬼，而且还是吊死鬼的传说。

我笑了。

不要迷恋哥，哥只是个传说。

我想象过自己离开集训队时的场景，离开的原因可能是我因为再次违纪被单位开除，离开的原因还可能是某一科考核不及格，被淘汰出这个队伍。

更多的时候，第二种的可能性比较大。我甚至想好了在被淘汰后，伤心地抱着寝室里的每一个兄弟痛哭，我要哭到天亮，把我的所有泪水都流在兄弟们身上。

因为我知道，朋友好比纸巾，当眼泪掉下来的时候，他们总是会在那里，帮你拭去泪痕。然后我会买很多很多的酒，和兄弟们喝得天昏地暗。然后在离开学校前，去把淘汰我的那个老师痛扁一顿。当然，这只是想想，随便想想而已。但现实远比你想象得要复杂和棘手得多。

第一个淘汰的不是我，而是胖子。二十五米精准射击考核上，五发子弹，胖子只上了一发。

在以前的训练中,胖子的射击水平虽然不是最高的,至少及格不在话下。可是到了最关键的时候,胖子掉了链子。教练又给了胖子五发子弹。

最后一次机会,如果五发子弹打出的总环数在二十环以下,对不起,你可以回家了。

胖子在进行最后一次射击的时候,我和杨发涛目不转睛地望着他,我们在心中不断祈祷着。装子弹、上膛、瞄准、射击,所有动作都是那么连贯。但我清楚地看到,胖子在射击的那一瞬间,手在抖。这可是射击中的最大禁忌,几毫米的晃动,极有可能脱靶。

验枪、下弹夹,胖子的射击结束了。

他不敢去看靶,双手捏成拳头,汗水不停地往外冒。我快步跑到胖子的靶位前,我却看到了最不想看到的结果:全脱!

一路上,我们都没有说话,反倒是胖子开始安慰我们:

"兄弟,没事,三百六十行,行行出状元。"

"兄弟,我准备回去经商,开一家我们镇上最大的超市,名字我都想好了,叫多又好。"

"兄弟,饭卡里还有两百块钱,都留给你们了,你们好好去撮一顿。"

"兄弟,记得每天去邮局看看,帮我看看我的获奖证书和奖杯到没到。"

"兄弟,以后常联系,手机号会换,但 QQ 号永远不变。"

胖子说着说着,我们都哭了。那天晚上,八个大男人抱在一起,哭得稀里哗啦。

第二天天还未亮,胖子就悄悄地走了。等到我们醒来的时候,已经寻找不到他的踪迹,书桌上摆放着他的饭卡和一个笔记本。笔记本里是他在警校里写的所有诗。望着那张空旷的床,那些关于青春、关于梦想的往事都浮现在我的脑海。人这一生,究竟要历经多少挫折、多少分别、多少沧桑,才会找到最终的心灵归宿。一路上,我们都忘记了哭。我们不断向前,不断向前,却忘记了回头看一看那些逝去的风景。也许,离别才是生活的主题;也许,相聚只是短暂的错觉。一路走来,记得过去的许许多多,却忘了自己到底谁。

胖子走后,我每天都去学校的邮局,可是一直到毕业,我都没有收到胖子的获奖证书和奖杯。梦想总是这样虚无缥缈,像一阵烟一样,飘散到天际你看不到的地方。你看天上那朵朵白云,其实都是我们的梦想。当梦想太多的时候，天空会下雨，这是在祭奠我们的梦想。

胖子虽然走了，但我们还是像往常一样喜欢坐在他的床铺上，聊天，抽烟，打牌。只是当看到那空空如也的床铺时，心里堵得慌。

我将胖子写的所有诗歌录入到电脑里，我负责校对，另外一个学设计的战友负责封面，一个星期后，我们将编辑好后的稿子交给了训练基地外面的打字复印店。胖子的书终于做出来了，书的名字叫《兄弟》。

结束了新警培训后，我在公安局局长办公室里报了到，我以为我会被分到刑警大队，这是我梦寐以求的地方。我小时候看过许多警匪片，我羡慕有一天也能够像他们一样，在最前线和犯罪分子作斗争。而且我在警校时学的专业也是刑侦。在我当时的眼里，只有刑警才是真正的警察。局长却把我安排在了派出所，新龙县最偏远的一个派出所。我想，这一切都或许和我打了教官有关。

高原的太阳很毒，没几天，我的脸上就出现了红血丝，继而变成两坨高原红，耀眼地挂在脸上。干燥、寒冷的气候使我的嘴唇很快地干裂、起皮，时不时迸开带血的口子，让我在吃饭的时候吃够了苦头。

我垂头丧气地提着一大包行李，踏上了开往一个叫着沙堆乡的汽车。沙堆乡于新龙县东部，平均海拔在三千八百米以上。我坐在一个靠窗的位置，望着远方美丽的雪山，直到视线变得模糊起来，最后什么都看不见了。我睡着了，我只感到一路颠簸。去过高原的或许都明白，高原的路不是路，是天路。路的一侧是高耸入云的大山，另一侧是深不可测的万丈深渊。它就像一条通往天堂的路一样，越往前走，越险峻。犹如西游记中一路西行的师徒四人一样，要想去天堂，必将一路磨难。我有时候在想，这不就是我的青春吗？

颠簸了三个多小时，我终于来到了沙堆乡派出所。我还没来得及拍去身上的尘土，就被所长派去出警了，和我一起出警的是一个叫程小白的年轻人。

程小白是自贡人，说话的时候卷舌音特别重。我问程小白，自贡有什么特产？他淡淡地说，恐龙。

当我和程小白来到报警人跟前时，发现对方是一个藏族姑娘。我听不懂藏语，程小白成了我的翻译。程小白和那个女孩一阵交流后，他告诉我，女孩的钥匙忘在家里了，要我们帮帮她。

我说:"是不是要我们帮她找开锁匠啊?开锁我可没学过。"

程小白说:"你这是在大城市里待惯了吧,这里是高原,这里是藏区,哪里有什么开锁匠。如果有开锁匠,她报警干吗?!"

对于生活,有的时候你能反抗,但更多的时候,除了妥协,你什么也做不了。我是警校刑侦专业科班出生,毕业后,居然被分在了这样一个偏远的派出所。苍天啊,大地啊,你就睁睁眼吧。

我问程小白:"她家在几楼啊?"

一阵交流后,程小白一脸无奈地告诉我:"六楼。"

我听了程小白的回答,我不知道究竟是因为高原反应,还是心里的落差感,在那一刹那间,我居然有些眩晕。

程小白望着我:"还站在那干吗,行动啊!"

我跟着程小白来到楼顶,然后将随身携带的攀爬绳固定在楼房的消防管道上。

程小白穿好保护绳,准备顺着绳子滑到那个姑娘的家中。

我说:"程哥,让我来吧。"

在警校进行新警培训的时候,攀爬是我们的必修课。我在摸爬滚打中,也逐渐学会了通过绳索快速地下降和上升。

程小白望着我,有些不敢相信自己的耳朵。

"程哥,让我来吧。"

程小白问:"你行吗?"

我说:"我行,学校里都练过。"

程小白上下打量了下我,说道:"兄弟,这里是高原。"

尔后,他径直向楼下滑去。

人生有好多个这样的第一次。无论你的第一次是快乐,或者是悲伤,每个第一次都是如此的刻骨铭心。这就是我的第一次出警,没有我想象中的枪林弹雨,只是帮助一个藏族姑娘翻窗找钥匙。

回去的路上,程小白开心地哼着小曲,而我却一言不发。难道这就是我未来的工作,我不甘心,我不甘心在警校里辛辛苦苦学来的一切就这样付诸东流,我不甘心我的青春就浪费在这些鸡毛蒜皮的小事上。

这里常常停电停水,一停就是十天半个月。停水还好办,可以用井水。停电可就惨了,五个大男人只能围坐在一起摆鬼故事,吓吓别人,吓吓自己。

　　我的警察生涯就这样开始了，但这样的开端远远不能让我满意。大多的时候，我就这样坐在派出所里，哪儿也不能去。偶尔会有人上来报警，但都是丢了牛丢了羊这样的小事，我的生活就这样波澜不惊地过着。我也就是在那段时间，开始养成了写日记的习惯，每天写一篇，有时候写两篇。我常常坐在派出所的门口，望着四周一座座大山发呆。

　　虽然在派出所可以吃到米饭和炒菜，但是由于海拔高，气压太低，煮出来的米饭、炒出来的菜都是半生不熟的，这使从小吃惯成都美食的我大觉委屈。可是委屈管什么用呢？这里是高原。高原，不仅仅是如诗如画的风景和热情豪爽的藏族同胞的故乡，也是条件恶劣、艰苦、生存困难的代名词。"选择高原就是选择了奉献"，王教练说过的一句话不经意地在我耳边响起，"还真是奉献啊，连自己的生活习惯都奉献出去了"，我苦笑着，模样要多难看有多难看。

　　除了吃，还有一个令我感到无法忍受的问题，就是无聊。

　　沙堆乡人数不多，民风也比较淳朴，派出所的工作并不繁忙。没有警情的时候，领导们会凑在一起开会、看资料或交流着彼此的领导经验，民警则只好无所事事地在座位上干坐着。派出所没有电话，也不通网络，仅有的一台电视机只能收两个频道，一个藏语的甘孜电视台，一个是转播的中央一套，还时不时坏掉。所长不在的时候，民警们会让一个人去把风，其他人围坐在一起打扑克牌、下藏棋。我对打牌没有兴趣，藏棋则一窍不通，所以更多的时候是坐外门外把风的那个。

　　独自坐在门外，望着四周一座座大山，我感到深深的寂寞。

　　我们都是一群二十多岁的年轻人，这个年龄的男人或是应该穿梭在灯红酒绿的夜晚，或是忙碌在为事业奋斗和结婚生子的阶段。而我们，却在大山中间，默默地看着每一次的日升日落，花开花谢。当黑暗来临的时候，我总是忍不住思念。

　　回忆像窗外那片片散落的雪花一样，承载着我所有的青春与梦想，随着微风，飘向远方。

　　那个夜晚，我做了一个奇怪的梦。梦见了故去多年的人住在一座四层木结构楼房上，楼房被一把莫名大火烧得干干净净。我想要上去救火，却发现这栋楼根本没有楼梯。我站在楼下，看着火烧得越来越大。在火焰中，我看见了母亲，看见了爷爷。

那些过往早已飘向远方，却在某个不经意间再次回到我的世界。

母亲的去世，让我更恨父亲了。有一天，我接到了一个陌生人的电话，那个人在电话里告诉我，"你的父亲高血压犯了，血压都200多了，你快来医院看看。"那个人的话还没有说完，我就挂掉了电话。在我最需要他的时候，他抛弃了我和母亲，一个人在高原为了他那所谓的梦想；在他需要我的时候，我不会出现在他的身边，我也有我的梦想。对于父亲，除了恨，再没有其他的了。好多时候我都在想，我究竟是为什么去高原呢？为梦想？为了寻找关于父亲的故事？又或是为了报复父亲？

我知道父亲有病，从他回到成都的第一天起我就知道。他带回来得除了一些牦牛肉外，还有一大堆药。提起高原，在大多数人的眼里那是最后一片净土，是蓝天、碧水、是遥远、神圣。但这些观点只是那些未曾到过高原或对高原了解甚少的人眼中的藏区。诚然，来西藏旅游绝对是一个不错的选择，但这里并不适合长期居住。对于长年生活和工作在高原的汉族工作者来说，高原是奉献的爱、是思乡的愁、是无声的泪、是现实的痛苦与无奈……

汉族工作者在高原往往一干就是二三十年，等退休后，大部分人不是闲庭信步，而是四处寻医问药。几乎每一个汉族人在进藏返藏时，都要承受头痛、胸闷、心跳快、气喘、呼吸困难等高山反应的痛苦。海拔四千多米的折多山是一条分界线，山的这边是内地，山的那边是高原。在内地一场很普通的感冒，在高原却要被高度重视，一旦治疗不及时极易引发高原肺水肿等恶性疾病乃至送命。而且，西藏紫外线特强，日光强辐射对人的面部皮肤损害极大，把人的脸部晒得又黑又红，使得在藏的汉族工作者与内地同龄人相比老了好几岁。由此，他们也就多了一个特殊的身份名片——高原红。

几乎所有内地的高原工作者都患有慢性高原心脏病、高原高血脂症、高原红细胞增多、高血压、心肌缺血、心房肥大、心律不齐等多种高原特有病。当然，父亲也不例外。

可是，在我的心里，我可以原谅父亲没有陪伴我的童年，但我却不能原谅他的背叛。这是一个男人最起码的生活底线。

灰色的大鸟从头顶飞过，派出所外的小河里有很多鱼，它们游得很欢快，只有彩色石头、白沙石、小水草静静不动。我的微笑透过雅砻江，穿过对岸的青山。

街上的人在往回走，河水往西流。所有的回忆都汇集成一条河，成长的微微疼痛，青春的点点痛楚。在无限透明的苍穹中，是一抹无比灼艳的黑，剩点点光亮。

第二天醒来，还没睁开眼，一阵钻心的疼在我的大脑里扩散开来。我的头开始疼，剧烈的疼。我努力睁开眼，却发现眼前的一切都在晃动，像地震发生那天一样。

我闭着双眼，以为休息一会儿就会好。可是半个小时过去了，头痛得似乎快要炸开似的。我的整个大脑都在嗡嗡作响，即使我闭上眼睛，也感觉到整个世界都在晃动，疯狂地晃动。我甚至在担心是不是沙堆地震了。我想自己揉揉太阳穴，或许这样可以减轻头疼。可是双手刚刚触摸到太阳穴，却发现头上的血管被绷了起来。我有些害怕，我真的担心我的头会突然爆炸，我的大脑里满是电影里那充满血腥的镜头。

我想站起来，却发现浑身无力。程小白走到我跟前，摸了我的头，大喊一声，不好，怎么一身的汗水。

我知道这是高原反应。大部分初到高原的人，都有或轻或重的高原反应，跟本身体质的好坏没有绝对关系。严重的高原反应还可能要人的性命。

程小白给我端来一碗稀饭，可是我没吃上几口，"哇"的一下，连同昨晚吃的牦牛肉一下全吐了出来。

我感觉到自己似乎快要死了，我紧紧地闭着眼睛，整个世界却依旧在疯狂地天旋地转。我的心脏咚咚地跳个不停，我感觉到自己的整个身体都在不断地积蓄能量，像火山一样即将喷发。

我整整躺了一天，但却仍没有好转。我在床上辗转反侧，怎么也睡不着。我不敢睁开眼，一睁开眼我就想吐。我的额头上布满了密密麻麻的汗珠，我大口大口地呼着气，生怕一口气上不来一命呜呼了。我咬着嘴唇，想让自己镇静一点。我尽量将自己带到那片美丽的草原，幻想自己正躺在格桑花的身旁，望着一片蔚蓝的天空，偶尔，会有一只苍鹰飞过。

夜幕悄然降临在这座高原小镇，我浑身无力地躺着，直到黑暗将我吞噬，我看到窗外闪烁的星星以及那轮弯弯的月亮。

第四章 特警大队才是我的归宿

我在沙堆乡派出所待了一个月,直到看到县公安局准备成立特警大队的消息。那一天,我依然像往常一样给所长送新到的杂志。所长下乡去了,并不在办公室。我将几本杂志放在了她的办公桌上,在准备转身离开的时候,突然被一张红头文件吸引住了。

刑警大队、治安大队、看守所、各派出所:

根据实战需要,为加强队伍建设,县公安局拟成立特警大队,编制二十名,人员编制在公安局内部调剂,不另行招聘。在本次招聘截止日期后,将由县公安局组织选拔和集训,择优录取。优秀士官和退伍兵优先录用。

这个时候的新龙县已经变得有些冷,冬天的脚步越来越近。但我知道,我的春天就要来了。

所长回来的那个下午,我就将想去特警大队的想法告诉了她。张红上下打量着我,嘴角带着奇怪的笑,"就你?"

我点点头,"是的,所长,我想去特警大队。"

"在派出所不好吗?工作轻松,也没那么多危险。干嘛去受那罪?那可都是真刀真枪的,子弹可不长眼睛。"

"嗯,所长,这些我都知道,但我就是想当特警。"

"好,我同意。"张红说完,就在推荐表上签上了自己的名字。

我接过推荐表，连声说着谢谢。

当我转过身，准备离开的时候，张红叫出了我。

"李峰。"

我转过身，"所长，还有什么事？"

"你还会回来的。"

所长带着笑，淡淡地说。

在回县城的车上，我一路都在琢磨所长的这句话。直到傍晚时分，客车到达了县城，我仍没想明白所长的那句奇怪的话。

第二天一大早，当我出现在县公安局的时候，已经有上百个民警等待在门外了。这些人和我一样，都是来参加特警面试的。

办公室里坐着三个人，除了局长，还有两个陌生的面孔。我是后来才知道，一个叫纪刚，还有一个叫田军。纪刚是特警大队队长，田军是特警大队教导员。用田军的话来说，他们一个是爹，一个是娘。

"你叫什么？"局长问。

"李峰。"

我感到气氛有些压抑，办公室安静得可怕。

"李峰，不就是在新警培训中打教官那小子嘛。"话一出口，引来周围一片哄笑。

"你这种武林高手，现在被分在哪个部门高就啊？"

"沙堆乡派出所。"我的回答一出，再次引来一片狂笑。

"哟，那真是稀客。"纪刚在一旁说道。

我笑着点点头，"是有点儿远，我坐了三个小时的长途客车，然后在县城住了一宿，接着就过来参加面试了。"

田军上下打量着我，"小伙子，你可能不行。"

我一脸的疑惑，"我哪儿不行了？"

"小伙子，我不是打击你。我们的选拔标准你也看了，首先一点就是优秀士官和退伍军人优先，其次对身体做了严格的限制，比如说身高一米七五以上，你有吗？比如说军事素质过硬，你硬吗？又比如说擅长擒拿格斗，你行吗？我们这可是选拔特警，你知道什么是特警吗？特警就是……特别的警察，用来对抗一般警察不能应对的暴力事件和突发情况。"

"你先做个自我介绍吧，着重介绍下你在入警察前的情况，比如说立功受奖。"

"我叫李峰,23岁,2009年通过政法体制改革试点考试以全州第一名的成绩考入甘孜藏族自治州公安局。"

"考第一名,为何报考新龙,你完全有能力去更好的地方嘛,来这儿不觉得屈才了吗?"纪刚问。

我一时不知该如何回答。多少个日夜,我也不断在心里问自己,为什么要报考高原藏区,为什么要选择广阔的草原,迷恋五彩的儿经幡?在那高原之上,不仅有梦中的冉冉,还有那巍巍雪山在召唤着自己。

"小伙子,你看看你的报名表,家庭情况里,父亲一栏怎么空着啊?"

我的笑容僵住了。我站在原地,没有说话,在我心里,我的父亲早死了。

"还站在那儿干吗?过来把该填的都填上。这些表我们可都是要存档备案的。"

我拿起的笔悬在了半空。

田军望着犹豫的我,轻声说道:"小伙子,这个,这个不难填吧。"

我在父亲一览的背后填上我父亲的名字。

田军接过我的报名表,眼睛像陷进去了一样,久久地望着那张表。然后,他将表递给了其他两位面试官看。

"你的父亲是李建华?"

我点点头。

我分明看见他们的脸上写着一丝诧异,三个人小声议论着什么。

纪刚开始摇头,"小伙子,你,我们不能要!"

我独自坐在格萨尔广场,享受着高原最温暖的阳光。我靠着一棵大树,闭着眼睛。我的脑海里反复出现着特警大队队长脸上诧异的表情,耳边回荡着他们小声的议论声。

我不明白,他们为什么不要我,难道就是因为我的父亲?

我想知道关于我父亲的一切,我甚至想打一个电话给他,让他亲口告诉我关于他的一切。可是我手机的电话簿里没有父亲的电话号码,我说过,在我心中,他早就死了。

每当我想起我的母亲,泪水总是止不住地往外流。我想知道她现在过得好不好;我想知道她在那边是否冷;我想知道她是否孤单。每一个夜晚,我都希望母亲能走进我的梦乡，给我诉述关于她在天堂的故事。有人说，每一个逝去的人都去了天堂。而我，现在就在天堂。我望着每一个走过我身边的人，我以为我会在这里找到我的母亲。

我闭着双眼，泪水流了出来。直到一个人拍了拍我的肩膀，递给我一张纸巾。我睁开眼睛，是田军。

"小伙子，哭什么啊？"

我低下头，不想让任何人看到我的泪水。

"不会是因为没选上特警就哭吧，何必呢？特警有什么好的，累、危险，总是冲在第一线。"

"我能不能问你一个问题？"我抬起了头。

"嗯，你问，随便问。"田军说道。

"我为什么不能进入特警大队？"

"因为……"田军似乎正在脑海里寻找一个合适的词语。

"因为我的父亲？"我问。

田军没有回答我的问题，他只是叹了口气。

"为什么？为什么？他是他，我是我。我知道他在新龙干了见不得人的事，我知道，我全知道，但你们不能因为他而把我否决掉……"

田军打断了我的话，他摇着头。

"别、别说了，好吧，你来吧。"

"但是请你明白，要想成为一名真正的特警，你还需要经过一系列的选拔和测试。这里是高原，你拥有的那些还远远不够。记住，距离一名真正的高原特警，你还差得很远很远。"

田军拍了拍的我肩膀，"小伙子，好好干，像你父亲一样。"

说完，他就走开了。

我依然坐在广场的某个角落里，看几个信徒们围着格萨尔像转经。

第二天，残酷的特警选拔集训开始了。在集训队里，我看到了洛桑泽仁的身影。

我究竟该用怎样的方式来诉述这段不平凡的青春经历？我真的不知道，好多往事都像一把尖刀一样，狠狠地扎进了我身体的最深处，当我想要将它拔出来的时候，却要忍受住钻心的、让人昏厥的疼痛。

我们每天都会进行十公斤负重跑，五公里，风雨无阻。在海拔三千多米的高原，这可不是儿戏。每次结束训练后，所有人的头都像要爆炸了一样，满嘴都是血腥味。

所有能够入选特警集训队的都是各个中队的业务标兵，可能只有我是一个意外。除了射击，其他项目都是我的软肋。用纪刚的话来说，我的入选完全是个意外。

那个时候，我的引体向上已经有了长足的进步，但比起一百的及格线，我还差二十个。所以，我对我在鹰队集训大队的明天并不看好。

鹰队的选拔极其严格，过程非常漫长，淘汰率达到了80%，也就是说，一个月后，真正能够在胸前挂着鹰队胸徽成为高原特警的只有那么十个。只要你有一项考核不及格，你就可以乖乖地卷起铺盖卷回家享受你的假期了。

在当时，其实我并不明白鹰队意味着什么，我更不知道在接下来的一个月里，我将经历怎样的热血青春。我是一个爱玩儿的人，做什么事都抱着玩儿一玩儿的态度，在我当时的头脑里，以为这次集训和小时候参加各种夏令营一样，是一次探索，是一次旅游。说简单点儿，就是玩儿。我在我的行囊里，甚至带上了笔记本电脑，我居然妄想着那个鸟都不拉屎的地方还有无线网络。

前方的路是什么样，没人知道；前方有没有路，也没人知道。在开始正式的集训前，所有队员都进行了一个严格的体检。我的身体虽然算不上健壮，但至少是健康的。一系列全面、复杂的检查后，我被告知我的身体不合格。

这怎么可能？我一顿要吃三碗饭，从不挑食，专吃肥肉，能吃，能睡，心态好，我这样的人，怎么会身体有问题？！

知道这个消息的时候，我正躺在床上。纪刚的声音有些低沉："具体的你去卫生所问医生吧。"我躺在床上，有点儿稀里糊涂的感觉。我总是分不清现实还是梦，有时候在做梦却像是现实一样，有时候明明是现实却有一种恍惚的感觉。

我穿着一身作训T恤来到了卫生所，我有些焦急，直接推开了负责体检的医生的门。

医生是个老太太，戴着一副老花眼镜，正专心致志地玩着偷菜。

我的突然到来显然让她有些意外，她赶紧关掉了电脑上的浏览器，她估计以为是哪个领导来检查工作。

她扶了扶眼镜，一看是个新警，有些生气地说："出去，喊报告。"

我擦了擦额头上的汗珠，赔着笑，又退回到了门口。

"报告！"

"请进！"

"医生，我的体检不合格？"

"你？参加鹰队集训的？你叫什么名字。"

"鹰队特遣小分队，李峰。"

医生低下头，从身下的抽屉里取出一摞体检表，然后一张张地翻了起来。

我有些害怕，我似乎在等待这一场审判。

终于，医生抬起了头。

"你叫李峰？"

我点点头，"嗯，是我。"

"哎哟，可惜了，可惜了。"医生一边说着，一边摇着头。

"医生，我到底怎么了？"我甚至能听到自己心脏跳动的声音。

"你的乙肝五项检测不合格，乙肝五项第135项阳性，其余两项阴性。"医生一字一顿地说。

"医生，你说通俗点吧。"我一脸茫然地看着她。

"说简单点，就是乙肝大三阳。"

"啊！"

我知道，我是彻底的完了。我垂头丧气地回到寝室，在床上睡了一天。这个时候，寝室里只剩下我和另外一个叫作杨发涛的男人了。

我就这样迷迷糊糊地躺着，也不知道睡着没有。有时候听见杨发涛在我耳边说几句话，但他说的什么，我已经记不清了。当我再次醒来的时候，天已经黑了。我一睁开眼，一个黑影就坐在我的身前，我吓得大叫一声。

"哥，是我啊。"

一听是杨发涛的声音，我这才缓过了神。

"哥，你怎么啦？怎么一天都不吃饭。我给你带了饭回来，你吃吧。"

我没有说话，我不想和任何人说话。我想一个人静一静，我想一个人想一想，想一想我的明天，想一想我的未来。

"哥，起来吃饭吧。马上就要开始集训了，不吃饭你可受不了。"杨发涛一边说着，一边将饭盒端到我的身前。

我不想听到集训这两个字，我心烦。

"哥，你就吃一点吧，我听大队长说，集训的训练量很大……"

我一掌推开了杨发涛，他手中的饭盒掉在了地上，饭盒中的米饭散落了一地。

尔后，是死寂一般的寂静。

"兄弟，在集训队好好混，不要给我们丢脸。"

"哥，你是啥意思啊？"

我将体检单递给了他。

他一脸茫然地看着手中的体检单。

"哥，是什么意思啊？"

"乙肝大三阳，我体检没过，去不了鹰队了。"说这话的时候，我脸上带着苦涩的笑。

"哥，不会吧。"杨发涛一脸的惊诧。

"怎么不会？你看吧，体检表上白字黑字写着。"我一边说着，一边走下床。我准备收拾东西了，我可以回家了，我可以享受我的暑假去了。

"哥，咱们入警前都是经过严格的体检来的，咱俩一切都正常啊。"杨发涛在我的身后说道。

是啊，我一切都正常啊。我心想。

"哥，会不会是弄错了啊？！"

第二天，在我的强烈要求下，重新验了血，最终的结果是，一切正常。

我拿着一块板砖，冲向了卫生所。杨发涛在我的身后不停地叫嚷着什么。你知道我那一天是怎么过来的吗？你知道我有多绝望吗？我一脚踢开了医生办公室的门，我要狠狠给她一砖头。可是当我踢开门，眼前正站着教导员田军。

田军上下打量着我，脸上挂着笑。

"留着劲在集训队使吧！"

几天后，我和杨发涛一起登上了开往集训地的大巴，我们要去的地方叫……那是个没有名字的地方。我都不知道该用怎样的言语来形容我们集训的这块地方。荒郊野外？鸟不拉屎？这些形容词还远远不够。简单地说，这里是神仙居住的地方。云雾缭绕、丛林茂密，还有四处游荡的蛇。你见过洗脸盆那么大的蜘蛛吗？我见过。你见过比鸟还大的蚊子吗？我见过。

当我知道要在这个地方待上一个月时，我有种想放弃的冲动。我不知道究竟是为什么，可能我是真的太不喜欢这个地方了。我和杨发涛不同，我在城市里长大，虽然从小没有父亲，但有母亲的娇生惯养。小时候，每年过年要四处走亲戚。有的亲戚家住在农村，我总是很不习惯，全身长那种很大很红很痒的疙瘩，所以，我不喜欢农村，我不喜欢大山。但是，现在不是我喜不喜欢的问题了，这个时候退出，那简直就不是个男人。

扎好帐篷后，我吃到了上山后的第一顿饭。白米饭，加了一点白开水。你可以想象，这种食物是多么的难以下咽。我草草地吃了几口就实在吃不下去了，我端着饭盒走到一棵大树下，将饭盒里的饭全部倒在了地上。转过身，是纪刚。

纪刚狠狠地看着我，我也看着他。

"狗日的！"纪刚骂了一句。

"趴到地上，给我吃干净！一颗饭都不许剩！"

这简直就是一种奇耻大辱，我站在原地，眼睛看着一边。

纪刚是练散打出身的，他朝着我的脚关节使劲一脚，我跪在了地上。

"李峰，你现在有两个选择：一个选择是马上收拾东西滚蛋，一个选择是把地上的饭全部吃完。"

从小到大，我从未受到过这样的委屈。我跪在地上，捏紧了拳头，然后朝着纪刚的裆部狠狠地砸了过去。但我又哪是纪刚的对手？他一个侧身，反倒是我摔了个趔趄。我起身抱住纪刚，两人厮打在了一起。我被纪刚狠狠地收拾了一顿，他的脸被我咬破了，而我的鼻子和嘴巴不断地向外冒着血。

"服气不？"纪刚在一旁挑衅道。

"服气的话就把地上的饭吃干净，不服气的话我们继续。"

除了将地上的饭乖乖地吃掉，我没有其他选择。我趴在地上，看见米饭周围已经有很多的蚂蚁和蜈蚣了。这里的蚂蚁和城里的不一样，个头奇大，咬着人非常疼。我用手将米饭抓起，大口大口地吃着。身后围着参加集训的几十个战友，他们有的小声议论着，有的发出呵呵的嘲笑声。我努力忍住泪水。我在心里发誓，总有一天，我要让你们一个一个的都倒在我的脚下。每一口，我都是吃得如此艰难。我甚至不知道，我吃的到底是米饭，还是蚂蚁和蜈蚣，我的嘴里满身泥土的味道。那一天，杨发涛说了许多安慰我的话，我却没有再说一句话。

夜晚来临的时候，我独自坐在帐篷外，我想一个人这样静静地坐着，不要说话，更不需要安慰。山上有许多楠竹，苍松滴翠，古樟参天，山下的赤水河静静地流淌着。我的集训生活就这样狼狈地开始了。

明天，恐怖的一万米武装越野正等着我。

一万米武装越野很像铁人三项，不仅要负重跑，还要攀岩，最后是游过一条河。当然，我不得不承认我们的武装越野比特种部队要好一些，好在我们负重没有他们多。我们穿着作训服和防弹背心，腰间挂着单警装备。

纪刚作为我们的大队长和总教练也参加了这天的武装越野训练。我练过一段时间的足球，但那都是好久之前的事了。说这一点，我是为了证明我拥有不差的腿部力量。纪刚一声令下后，我们便开始向目标进发。在新警培训的时候，我练得最多的就是一万米跑。但现在的情况和那个时候有了很大的不同，学校里是规整的跑道，而这里是一条条连路都算不上的小道。这里地形险要，四周悬崖绝壁。当我踏进那比人还高的野草林的时候，我突然有一种窒息的感觉。我看不清前方的路，我不知道我的前面是什么情况，我甚至怕踩到蛇。我从小都怕那个东西。可是我又不得不一直向前。

我一直紧紧地跟在杨发涛后面，他是个地道的山里娃，跟着他是肯定不会吃亏的。可是我刚跑了不到一公里，我的双腿就是开始发软。

杨发涛的速度很快，我有些跟不上他的步子。

"兄弟，等等我。"

我在他身后喊道。

杨发涛停了下来，望着我。

"哥，不会吧，这才开始啊。"

我大口大口地喘着粗气，摇着头，我能感觉到我脸色已经变得苍白。

杨发涛拉着我往前跑，慢慢地，我才找到了一些感觉。

可是我的右脚出奇的疼，我感觉到似乎有什么东西插进了我的脚掌里。

我们的面前是一片又一片丛林，更多的时候，我们不是在跑步，而是在爬山，摆在我们眼前的是一个又一个小山丘。遇到小山坡的时候，总是杨发涛先爬上去，然后他在上面拉我。我承认，因为我而影响了杨发涛这次越野训练的成绩，但他不拉我谁拉我啊，他是我兄弟啊。

　　我突然看到眼前有一条又长又粗的蛇，我吓得停住了脚步。这条蛇全身翠绿，一对黄色的眼睛警戒地望着周围。杨发涛跑了很远才发现我跟丢了，他回过头，看见我一动不动地站在原地。

　　"哥，你怎么啦？"

　　"蛇，这里有蛇！"我大声吼道。

　　杨发涛跑到我的跟前，拉着我就跑，根本没有理会身旁的小东西。

　　右脚那钻心的疼痛一次次地刺激着我的神经，我咬着嘴唇，直到鲜血从嘴角流了下来。

　　终于，我们穿过了那片茂密的丛林。可是我们的前面，连路都没有了。摆在我们面前的是一条死路。

　　"哥，要从这里顺着绳子滑下去。"

　　我小心翼翼地走到悬崖边，探出脑袋望了望山下。

　　我的老天，起码有五十米。

　　我仰天长啸。

　　"这他妈的谁想出来的馊主意？！"我大声骂道。

　　"哥，走吧，在学校的时候我们不是在攀爬楼训练过吗？"

　　"是，我承认，在警校的时候，我们每周都会进行这样的攀爬训练。可是那是以完备的保护为基础的啊。你瞧瞧这个鬼地方，就一根绳子。我的老天，我还想活命。"

　　"哥，我先下去，在下面保护你。"

　　"你保护我，我掉下去要把你砸成一堆肉。"我白了杨发涛一眼。

　　他又是一阵嘿嘿地傻笑。

　　杨发涛很顺利地顺着绳子滑了下去，可是我还是不敢。

　　我有恐高症，一站到高处我就觉得头昏目眩。

　　"哥，下来吧，你没问题的。"杨发涛在下面喊。

　　我壮着胆子走到悬崖边，往山下望了望，我的老天，腾云驾雾的感觉。

　　"哥，快一点儿，要不我们要成倒数了。"

　　我深呼吸了一口，然后闭上了眼睛。这，难道就是我想要的生活吗？我不断地问自己，一遍又一遍。五年前，当我第一次踏进艺术学院大门的时候，我想象过各种我的未来：我想成为一名导演，将自己写的小说全部拍成电影；我想作编剧，将我脑海里的所有故事转化成文字；我想成为一名记者，曝光这个社会上所有的阴暗面。我没想到五年后的今天，我居然在这片鸟不拉屎的地方进行着什么无聊的鹰队选拔。

但是摆在我眼前的只有一条路，那就是顺着绳子滑下去。只有这样，我才能活下去。

我走到绳子前，脑海里反复呈现着在警校里学习攀爬时老师讲的技术要点，双手用力，注意节奏……

没用多少时间，我顺利地滑到了山下。这下终于一马平川了，我心头上的那块石头终落在了地上。可是刚跑了不到一公里，一条河又摆在了我们的面前。我还能说什么好呢？跳吧，正好可以舒舒服服地洗一个澡。

我身上穿的那件防弹衣像一块巨大的铁块一样拖着我往下沉，我调整呼吸，向着终点不断进发。我喝了一口河水，感觉甜甜的，感觉舒服了不少。当我游到河中央的时候，右脚又开始疼。钻心的疼，疼得我头皮发麻。

更倒霉的是，我的右脚抽筋了。我慌乱地拍打着水面，我尽力控制住自己怦怦跳动的心脏。我在呛了几口水后，慢慢了失去了意识。我感觉到自己慢慢地沉入水中，像一支没有帆的舟一样。突然，一只有力的大手拉住了我的胳膊。

我知道我死不了，因为有我的兄弟在。杨发涛拖着我游向了岸边，然后准备给我人工呼吸。

我突然睁开了眼，"兄弟，我没有死。"

杨发涛嘿嘿地傻笑。

那天的一万米武装越野训练，我和杨发涛是最后一个到达终点线的。按照老规矩，我们被罚做了一千个下蹲，五百个俯卧撑。

吃饭前，纪刚对今天的训练做了一次总结性的发言。在敬了一个标准的军礼后，纪刚说："今天，是我们训练的第一天。今年，是鹰队建队的第四十年。这四十年，从鹰队走出了许许多多的公安英模，他们就是你们的目标，他们就是你们的榜样。

"你们都是警察中的精英，但是，你们距离鹰队还有很远很远的距离。今天，只是个开始，就像开饭前的开胃菜一样。今后的训练将更加艰苦，希望各位同志有一个心理准备，戒骄戒躁，发扬艰苦朴素的精神。"

鹰队的灵魂就是铁血。

纪刚警告我们，"记住，今天只是训练。等到考核那天，如果还是这样……"纪刚没有把后面的话说出来，但我们都明白。

纪刚转身的时候，我冲着他做了一个鬼脸。突然，我的大脑一片空白，重重地摔在了地上。

我似乎是做了一个无限冗长的梦。我梦见了冉冉，我牵着她的手走在满是落叶的校园里。我像是回到了过去一样，我甚至能闻到冉冉身上的味道。我深爱着这样一个女子，可爱、倔强、聪明、明朗，有很长的睫毛，像调皮的孩子。她是个容易受伤的孩子，上帝把她送给了我，由我来保护她。我以为爱情那样的简单，我就这样握着她温暖的小手，一起走到时光的尽头。每次梦到冉冉，我都会哭，我不知道这是为什么，或许是因为过去太美好，美好得以为会一直这样下去。

当我睁开双眼的时候，我感觉到我的右脚上缠着厚厚的绷带，微微有些疼。医生对我说，"你看看你的脚掌，都要被钉子刺穿了。"

"不会吧？！哪有这么夸张……"我话还没有说完，右脚突然传来一阵钻心的疼。

"今天要不是纪刚把你送来，你现在可能小命都没了。你看看你的鞋子，都被血湿透了，你一点感觉都没有吗？"

我的脚并没有太大的问题，但医生却要求我住院观察一周。这个可不行，集训只有四周，我哪能在这里白白浪费一周的时间。我坚持要走，医生却不让。我依然坚持要走，医生不高兴了，"你自己看看你的脚，伤得多深，你走可以，但出了事不要怪我们。"

就这样，我在写了一个保证书后又回到了集训队。当纪刚看到我一瘸一拐地出现在他的面前时，他笑了。

"李峰，你可以啊，带伤上阵，精神值得鼓励，但我丑话说在前面，我可不会可怜你，如果你考核不合格，你还是得乖乖地回你的乡下派出所。"

月光照在纪刚的脸上，眼角的丝丝皱纹布满了沧桑。纪刚的左脸上还留着我给他留下的咬痕。我有些忍不住想笑，但还是忍住了。我回到帐篷里的时候，杨发涛已经睡着了。

清晨五点，我们又被可恶的纪刚叫了起来。那段岁月，痛并快乐着。我们什么都不图，只为梦想。依然是和昨日一样的10000米越野，唯一不同的是，今天要求带上防弹头盔。我的脑袋很小，队里发的帽子总是有些不合适。在丛林里穿梭的时候，帽子总是戴不稳，不停地往下掉。在横渡大河的时候，远远地看过去，浮在水面的只有一个头盔。纪刚一边抽着烟，一边骂道，"狗日的，我还以为是海龟呢！"

我是第六十个冲过终点的，杨发涛是第五十九个。当然，他的实力远远不止这一点儿。如果不是照顾我，他的名次应该在二十名以内。在队内会议上，纪刚第一次表扬了我，大概的意思就是说李峰同志带病参加训练，取得了不错的成绩，他的这种精神就是咱们鹰队的精神，就是铁血精神。

那个时候的我哪懂什么铁血精神。我只知道我要跑快一点儿、再快一点儿，游快一点儿、再快一点儿。我不想丢脸，我永远都记得纪刚逼我吃地上的剩饭时的场景，让我最受不了的，是身后刺耳的嘲笑声。老子这辈子最瞧不起的就是这种落井下石的人，老子有一天会报仇的！

结束上午的训练后，我将湿透的衣服换了下来，用清水简单地洗洗。每天的训练量又出奇的大。渴了的时候，就趴在地上喝几口泉水，那种沁人心肺的感觉让我至今仍回味无穷。

吃过午饭后，我们有一个小时的休息时间。我和杨发涛躺在帐篷里，他很快就睡着了，我也朦朦胧胧地进入了梦乡。我隐隐约约听到耳边发出了小声的笑声，睁开眼，我看见一个长得有些像藏獒的男人正用笔在熟睡中的杨发涛脸上胡乱画着什么，四周围着许多看热闹的人，还不时地发出笑声。

"我操你大爷！"那个男人还没反应过来，就被我一拳打倒在地。

他趴在地上，鼻血流了出来。趴在地上的他，更像一只藏獒了。

我转过身，男人却突然从背后给了我一脚。

我发疯似的扑向他，将这个男人按倒在地。那个男人眼疾手快，突然一记勾拳，将我的一颗门牙打掉了。我满嘴都是血腥味，我会让他付出比我更惨的代价。我对我的拳头充满了自信，可毕竟都是学过擒拿格斗的人，他一个反扑，锁住了我的喉咙。

他死死地卡着我的喉咙，我几乎喘不过去气来。慢慢地，我感到大脑里变得一片空白，直到纪刚的到来。

男人终于松开了手，我一阵剧烈地咳嗽。

纪刚阴着脸，"你们两个到我办公室来。"

说是办公室，其实就是一个简易的帐篷。

"你们俩可以啊，会打架了。"纪刚从兜里掏出一支烟，抽了起来。

"说吧，谁先说。"

那个长得像藏獒的男人说，"是他先动手的。"

我狠狠地瞪了他一眼。

"李峰，是不是你先动手的？"

我将事情的来龙去脉完完整整地给纪刚讲了一次。

"你觉得你们这样配做鹰队的一员吗？你觉得你们这样配做一名警察吗？你们的拳头居然对准了自己的兄弟。兄弟，你们知道什么是兄弟吗？兄弟是有福同享有难同当，兄弟是两肋插刀，兄弟是同生共死，兄弟是愿意为了对方连命都可以不要！你们这样，和过去的国民党、日本鬼子有什么区别？！记住，这是第一次，也是最后一次。穿上作训服、防弹衣，戴上防弹头盔。"

我一脸茫然地看着纪刚。

"看什么看，一万米越野！给你们六十分钟的时间，晚到一分钟一千个俯卧撑，两分钟两千个，五分钟五千个。"

"那十分钟呢？"身旁的那个男人问道。

"十分钟……你就可以直接回家了。"

那一天，我和那个男人都在五十分钟内完成了一万米武装越野。一路上，我们都没有说一句话。

回到大本营，杨发涛给我递上一瓶矿泉水。

"我不要，你留着。"

"不，你拿着，你是为了我才掉一颗门牙的。"

"我不要，你自己留着喝吧，男人丢一颗门牙性感。"

"哥，你拿着吧！算是我还礼。"

"啥？啥？你再说一次，还礼？你还啊，你把那颗门牙给我还上啊。"

杨发涛这才发现自己说错了话。"哥，对不起。对不起，我说错话了。"

"记住，我们是兄弟！知道什么是兄弟吗？兄弟是有福同享有难同当，兄弟是两肋插刀，兄弟是同生共死，兄弟是愿意为了对方连门牙都可以不要！"

杨发涛嘿嘿地笑着。我一把夺过那瓶矿泉水，大口大口地喝了起来。

每当夜晚来临的时候,我喜欢一个人坐在帐篷外,抬头仰望星星。我不是在看星星,我是在想母亲。山下的雅砻江在一如既往地流淌着,岸边的绿草一片青苍。第二天,就是一万米武装越野跑的考核了。我想起了小时候,每次大考前的头一夜,我总是紧张得睡不着觉。妈妈教给我一个数羊的办法:一只羊、两只羊、三只羊,妈妈说,当你数到一千只羊的时候,你就睡着了。从今往后的每个失眠的夜晚,我都是用这种方式度过的,因为我每当数羊的时候,我就感觉妈妈在我的身边。

一万米武装越野跑没有时间的限制,只计名次。参加集训的一共八十名学员,但能够进入下一轮的只有仅仅四十名学员。也就是说,我要跑进前四十名才能继续留在集训队,说实话,我没有把握。

右脚的伤还很疼,就算不受伤,我也是五十名开外的水平。天还朦朦亮,我们就已经集合整队完毕。

"报告大队长,鹰队集训大队全体集合完毕,应到八十人,实到八十,请您指示。"

"同志们,稍息!"

纪刚总是给人一种很精神的感觉。

"同志们,今天是我们一万米武装越野跑考核的日子。多的话我也不想再说了。我就提一点希望,希望同志们公平竞赛,友谊第一,比赛第二。最后,祝同志们跑出好成绩。我在终点等大家凯旋!"

我忍不住笑了,还友谊第一,比赛第二呢?!这场男人之间的较量必将拼得个头破血流、你死我活。

在第一缕阳光照射在卡拉若山的时候,我们出发了。出发前,我对着天空大声吼道:李峰,雄起!

卡拉若山很美,山上云遮雾绕,时聚时散。登望江台远眺,雅砻江一泻千里,赤水状若游龙,如画风物,尽收眼底。

我憋着一口气,我想要证明给自己,我能行,我能行!我控制着自己的步伐,努力调整着呼吸。杨发涛就在我前方不远的地方,我能看见他的背影。出发前,我就告诉他,你跑你的,不要管我。纪刚也专门警告过,一万米越野全程都必须由一个人完成,如果发现互相帮助的现象,两个人都将被直接取消比赛资格,直接卷铺盖卷回家。但我知道,杨发涛一直在前方等着我。

前两公里我跑得很顺利，步频和呼吸都调整得非常好，甚至还一度的排在了前十位。但是连续一周的训练，让我的身体非常疲惫。那让人难以忍受的酸痛，使得我明天清晨起床都要付出巨大的努力，再加上如此寒酸的伙食，我的整个身体都要崩溃了。狗屁的梦想，我现在只想要一张床，好好地睡上一觉。

体能的巨大损耗我可以用意志来抵抗，但我的右脚真的无法再向前迈出半步，剧烈的疼痛萦绕我的整个身体。我想将头盔和防弹衣统统扔到地上，然后躺在这丛林里。我看见一个个队友从我的身旁超越，我听见自己急促的呼吸声，双腿已经不听使唤。

我不行了，我真的不行了。我一屁股坐在了地上，掏出随身携带的矿泉水，大口大口地喝了起来。我哪儿也不去了，我就在这里等着纪刚来接我，我就要回家了，我可爱的战友们。

杨发涛又跑了回来，焦急地看着我。

"哥，你是怎么了？快跑啊！"

我摇摇头，没有说话。

"哥，快跑啊，我拉着你，我们一起。"

"你走吧，我要回家了。"我将头盔和防弹衣脱了下来，感觉轻松多了。

"哥，我们说好要一起战胜所有的人，我们说好要戴上鹰队的胸徽的。哥，我们一起走吧。哥，我拉着你跑。"

"滚，马上滚！"我大声吼道，留给他的时间已经不多了，我可不想我们全部倒在这里。

"不！"杨发涛有时候固执得像头牛。

"不抛弃，不放弃，这是你说的。"

"你给我听好了，你现在不是一个人，你是两个人。懂吗？快跑，快跑！"

杨发涛盯着我的眼睛看了几秒，转身向前跑去了。

我躺在地上，闭上了眼睛。我将剩下的矿泉水全部倒在了自己的头上，我想让自己清醒一点，不要睡着了。

卡拉若山那如诗如画的旖旎风光，我想要张开双臂拥抱这里苍翠的青山，想俯身亲吻这里柔情的碧水。

我知道，任凭我怎么努力，我还是失败了，再多的努力最终还是徒劳。

这条路我走得很艰难，但我从未放下脚步。

我站了起来，走进一片丛林。我看见丛林里有一种叫不出名字的小白花，小白花犹如一个精灵，空中翩翩起舞，享受着夏日的气息。我听见丛林那边有哗哗的流水声，我想去看看那静卧的奇峰和蜿蜒的绿水。当我穿过丛林，一条大河出现在我的眼前。在河的对岸，我看见了一个熟悉的背影，那个人不就是纪刚吗？

山重水复疑无路，柳暗花明又一村。其实，机会无处不在。要随时撒下鱼钩，鱼儿常在你最意料不到的地方游动。一个人永远不会像他所想象的那样不幸，也不会像他所希望的那样幸福。我居然找到了一条近道！我穿好防弹衣，戴好头盔，扑通一声，跳到了河里。

那一天，我第一个冲过一万米武装越野跑的终点！而杨发涛，第十个到达终点。当他看到我的那一霎那，惊讶得甚至有些不敢相信自己的眼睛。

"哥，你真的是神了！"

在晚上的总结会上，我又受到了纪刚的表扬。

我的心情却有些沉重。

这天晚上，为了祝贺我们顺利考核的四十名学员，更是为了送别剩下的四十位战友，纪刚破天荒地让我们喝了酒。好多人都给我敬了酒，包括那个长得有些像藏獒的兄弟，他说着抱歉的话。我说："你不要给我说抱歉，给我的门牙说抱歉。"他不好意思地笑了，他说："兄弟，别的话不多说了，我自罚三杯。"直到这个时候，我才知道这个男人叫张扬。

杨发涛也喝了很多，这小子事实上特别不能喝酒，一喝就醉，一醉就话多，说完话就哭。那天晚上，杨发涛又哭了。他一个人坐在树林里，望着天空，他说他是想女朋友了。我只能笑笑，拍了拍他的肩膀，就走开了。

原先我并不喜欢纪刚这个男人，不仅仅是因为他逼我吃地上的剩饭，还有他那永远低不下的脊梁，给人一种高高在上、无法接近的感觉。即使他在全队总结会上当着所有战友的面表扬了我，在心里，我仍然无法原谅他。

在来新龙之前，我就知道纪刚有西南第一鞭腿的外号。那个时候，杨发涛还常常打趣地问那些人，"他的鞭真的那么厉害啊？！"我总是笑笑。我以为这只是个传说，直到我来到了集训队，在格斗课上，第一次见识到了纪刚的鞭腿。纪刚的鞭腿的确名不虚传，所有人都看得傻了眼。纪刚在瞬间收缩腹腰肌群，借腰转的力量将腿踢出，力量之大，打到让他的对手几乎是飞了出去。所有人都鼓掌了，我也第一次有些佩服眼前的这个男人。

有人在下面起哄，"队长，教教我们呗。"

纪刚笑了笑："这是祖传的，要学的同志请马上把学费交上来，看着大家都是战友的面上，我打个八折。"

纪刚的话还没有说完，下面又开始起哄，直到纪刚做了一个停止的手势。

"鞭腿的最大特点就是隐蔽，攻其不备，出奇制胜，而且攻击距离可远可近，灵活多变；再则是腿击力量大，关键时刻能起到一锤定音的妙用。但是，要想真正用好鞭腿去克敌制胜，不仅要技术全面，身体素质好，还要有灵活的实战技巧和良好的心理素质。几十年来，除了李建华，我没有败在任何对手的脚下过。"

我有些不相信自己的耳朵，那不是我的父亲吗？

人群里有人有人喊，"谁是李建华啊？"

纪刚突然停止了笑容，他的眼圈有些红，轻声的叹了口气："他是我兄弟。"

那个夜晚，我觉得特别漫长。我迫切地想知道一个答案，或是一段故事。我躺在床上久久无法入眠，任凭我怎样的一只只地数羊，依旧是徒劳。辗转反侧是一件无比痛苦的事情，我不得不一次次地强迫自己睡觉，又一次次地醒来。我都忘记我究竟是从什么时候开始起失眠的，只模糊地记得当我逐渐看到黎明却仍旧没有任何睡意的痛苦。有段时间，我甚至托关系买了一大瓶安眠药，在每个失眠的夜晚吃上几粒，可是随着赖药性的增强，我只有靠不断地增加药丸的数量而安然入眠。直到有一天，我睡了整整两天两夜，当我醒来的时候，我哭了，歇斯底里地哭。从那以后，当我睡不着的时候，我习惯喝一点儿随身带的二锅头。酒，真的是个好东西。

这天晚上，我掏出了藏在背囊最下面的二锅头，先是在鼻子前闻了闻，然后痛快地喝了一口。帐篷里有些闷热，我拿着酒瓶走到了外面，想要呼吸一下卡拉若山夜间最清新的空气。

失眠的不只我一个，还有纪刚。纪刚坐在一颗石头上，望着山下云雾缭绕的峻岭。我悄悄的将二锅头藏在了身后，走到纪刚的身旁。

纪刚的脚下有许多烟头，他看见了我。

"这么晚了还不睡？"纪刚递给我一支烟。

"嗯，你还不是一样。"我将烟点燃，深深地吸了一口。

"你父亲还好吗？"纪刚说这话的时候，眼睛一直望着远方。

我有些吃惊，难道纪刚一直都知道我和我的父亲？

我故作平静的沉默了一会儿，直到烟烧到了尽头。

"他很好。可是纪刚……"

"不要再问了，等我抽完这支烟。"

纪刚将还没有熄灭的烟头扔在了地上，然后用脚将它踩灭。

"二十年前，也是这样一个夜晚，也是在卡拉若山，我和你父亲抱着痛哭了整整一夜。你的父亲和我都是警校八〇届的同班同学，他在上铺，我在下铺。我们一起训练，一起学习，一起快乐，一起悲伤。那个年代，一个星期只吃得到两顿肉，但那个时候，我们训练量大，又正是长身体的时候，这点肉连塞牙缝都不够。我和你的父亲想出来一个好办法，就是去警校的铸剑池里钓鱼。我们花了整整一个晚上的时间，做了四支鱼竿，每人两支，因为鱼竿越多，我们钓着的鱼就可能越多。那个时候正是这里最冷的季节，天还没亮，我和你的父亲就偷偷地溜到铸剑池，一直到天亮，我们钓了十多只乌鱼。我们将这些鱼剖干净带到警校的后山上，放在铁饭盒里，生起火熬起了鱼汤。我这辈子永远都忘不了当时那个味道，香，真香啊！我们一口气吃完了所有的鱼，却仍觉得不解馋。你的父亲做出了一个疯狂的举动，他偷偷地翻墙出了学校，在外面买了一张很大很大的渔网。用你父亲的话说，就是舍不得孩子套不住狼。那天晚上，星星还挂在天空上，我和你的父亲又偷偷地来到了铸剑池，我们刚将渔网撒下去，静静地等待着鱼儿们落网，突然两束电筒灯光照在了我们的脸上。就这样，我们被巡逻的纠察抓个正着。这件事可算得上严重违纪，是要被开除的。我们在教导主任面前苦苦地求情，最后你的父亲将一包烟塞到了教导主任的兜里。教导主任说，'好吧好吧，看着是你们初犯，就饶你们这一次，你们就围着山顶球场跑五十圈吧，对了，再写一份五千字的检讨。'这哪成问题啊，不要说跑五十圈，跑一百圈也不在话下。可是检讨的事却让我们犯了难，五千字对于我们来说简直就是一个天文数字，五百字的作文我们都写不出来。那个时候，你父亲已经在和你的母亲谈恋爱，一个星期后，你母亲将两份检讨寄了过来，我们就这样蒙混过关了。

"那些过去的事总是那么美好，每当想起的时候，我的心中总是感到甜甜的，即使那个时候的生活是如此的贫乏。我们一起在泥泞的地上练习擒拿格斗，我们一起在大梯步练体能，我们一起吃饭，一起睡觉，一起抽一根烟，一起打架。我们是最好的兄弟，最好的兄弟。

"后来,,和你一样，我和你的父亲都来到了高原，我们一起入选了鹰队集训队。成为鹰队的一员是每个警校生的梦想，因为那枚银色的鹰队胸徽象征着实力和荣誉。但你的父亲没有走到最后，因为我，他被淘汰了。在去卡拉若山之前，我们都充满了信心。因为无论是格斗搏击，还是实弹射击，又或是查缉战术，我和你的父亲都是警校里数一数二的。直到二十年后的今天，你父亲创造的一万米和五十米手枪应用射击记录仍没有人超越。实弹射击考核那天，天空中飘起了雨，我永远都记得那一天，我和你的父亲并肩站在一起，雨下得很大，湿透了我们的迷彩服。但我们微笑着，用眼神给了对方一个鼓励。但那一天我的运气有些不好，我拿到的那把手枪总是出问题，我按照既定的程序，装弹夹、上膛，但套筒总是回不到原位。我看到你父亲焦急地看着我，直到他已经射完十发子弹，我才调整好手枪，打出了第一枪。我的双手颤抖着，我感觉到自己的状态特别不好，我知道自己完了，我甚至看到自己射出的子弹飞向了那阴霾的天空。我知道我可以回家了，我到了和战友们告别的季节。我沮丧地坐在地上，一言不发。你的父亲走过来，安慰我，'纪刚，不要灰心啊，感觉好不一定打得好，感觉差更不一定环数差，看了靶再说吧。'果然，我的胸环靶纸上布满了枪孔。而你的父亲，上面却一发子弹都没有。教官诧异地看着我和你父亲，想说什么，却最终什么也没说。就这样，你的父亲被淘汰了。夜里，教官找到我，将我白天进行射击的那张靶纸交给了我，他说：'你自己看看吧。'我接过靶纸，没有发现任何的问题。教官又说：'仔细地看，认真地看。'这回，我才发现了问题，我的靶纸上怎么会有十五个孔，而我只有十发子弹啊。我一切都明白了，我找到了你的父亲，我骂他是个骗子，他笑嘻嘻地看着我，什么也没说，然后又埋着头收拾自己的背囊了。我不停地骂他骗子，骗子，我哭了。他还是一脸满不在乎的笑。我一把抱住了他，终于，他也哭了。就这样，我们抱着哭了一夜，我们什么话也没有说。第二天一大早，他就走了。我没有送他。因为我害怕这样的离别。

"我们分别的那天，我悄悄地将自己那枚银色的鹰队徽章放到他的背囊里。回去后,他去了新龙最偏僻的派出所。那个时候我也不明白,他怎么会选择极度贫困的高寒地带呢,在我看来,那里除了山,什么都没有,更没有未来。他不说话,只是笑。我很心痛,更多的是一种不舍。再后来,由于通讯的不便,我们逐渐断了联系,直到有一天,我知道他因公负伤的事……"

因公负伤?我的心为之一震!故事永远都不会停止,我们只是在等待。等待一段关于过去,关于梦想,关于青春,关于男人的故事。

送走了那四十个战友,更为残酷的训练开始了。

你见过站军姿,但你见过在水中站军姿的吗?

当再次来到山下的这条大河前时,我们已经没了往日那种消暑纳凉的感觉。我们知道,等到我们的将是一场又一场非人的考验。我们站在漫过颈部的河水中,挺胸抬头,双手紧贴着裤缝线。火辣的太阳照在我们的身上,确切地说,是照在我们的钢盔上。我的头仿佛置身于一个蒸笼,热得感觉就快要爆炸。

小时候我经常去河边游泳,每当河水漫过胸部,我就感到一种无形的压力萦绕在我的周围。后来我知道,那是水压。而现在,水已经到了我的脖子。我的心脏"咚咚咚"地跳个不停,我感觉到自己的身体开始随着河水左右摇摆。

杨发涛就站在我的身旁,他小声对我说道:"哥,身体一定要用力,不然你会被水冲走的。"

灿烂的阳光照在水面上,射得我有些睁不开眼。我微微闭上了眼睛。

"哥,你不要睡着了。"

我知道,我知道睡着的后果,那就是被水冲走。

太阳当空的时候,水涨到了我嘴巴的位置。夏天里涨水是一件很寻常的事,每当上游下雨,下游就会涨水。一波又一波水浪打在我的脸上,我紧紧地闭着眼睛和嘴巴,我只能靠鼻子来呼吸。一个月的集训,唯独这一天我没有感觉到饿,因为我的肚子里装着满满的河水。我感觉到自己的肚子慢慢变大,我甚至担心肚子会不会突然爆炸。

河面上有很多叫不出名的水上昆虫,它们就在我们的眼前走来走去,有时候还会跳到我们的脸上,我恨不得一巴掌将它们打成一团肉泥,但是我不能动。纪刚说了,谁乱动一下就直接滚蛋。这个时候我才明白,生活没有排练，每一天都是货真价实、真刀真枪的战斗。

我站在水中，感觉一切都是那么的不可把握。我觉得一个水浪就可以让我彻底消失在这个世界上。有时候，会有螃蟹和河虾跑到我们的身上。杨发涛就是这样一个倒霉蛋，一只螃蟹顺着他的裤脚钻进了他的下面，然后在他的关键部位狠狠地咬了一口。看着他那痛苦的样子，我差一点儿就笑了出来。我还没来得及笑，一条满身花纹的水蛇突然出现在我的面前。我太怕这个东西了，直到现在，每当我想起当时那一幕依然恐惧得心里发颤。我感觉到我全身的鸡皮疙瘩都竖了起来，一种毛骨悚然的感觉。我屏住了呼吸，希望它快点儿滚开。杨发涛在一旁小声地说，"哥，别怕，那是红蛇，没毒。"这个时候任何人的安慰都毫无作用，我只希望这个小东西快点儿滚开，不要在我的面前晃来晃去。可是它居然向我游了过来，并且停留在了我距离我鼻子三十厘米远的地方。我鼓大了眼睛，我希望用这种方式让它退缩，可是它依然没有要走的意思，吐着蛇信子，似乎正好奇地看着我。我担心它在欣赏完我的模样后在我的脸上咬上一口，我甚至想到了它张开那张大嘴巴向我扑过来的情景。但万幸的是，这一切都没有出现，它就这样看了我一会儿后，就游开了。我悬着的心终于掉在了地上。我突然想起了小时候看过的《白蛇传》，或许，他看着我面熟，或许上辈子……想到这儿，我笑了。

我不知道我究竟喝了多少河水，水喝多了自然就想尿尿。在水中尿尿是一件不那么痛快的事，因为有水压。我不得不使出很大的劲，直到脸都变得有些扭曲。杨发涛问："哥，你在干吗呢？"我没有理会他，直到解决了尿尿这个问题。我突然发现我在做着一件多么愚蠢的事，我尿在河里，然后我又喝河中的水。我的老天爷，这水里可不止我一个人在尿尿吧？我顿时有一种眩晕的感觉。

纪刚坐在岸边，戴着墨镜，吃着瓜子，看起来舒服极了。我们四十个战友就这样在水中站了一天，等到我们回到岸上的时候，我才发现，所有人都胖了一圈，这都是水泡的。我的全身都脱皮了，一层厚厚的皮。有的地方我不得不用手去撕扯，疼，一种撕心裂肺的疼。我看着镜子里的自己，比过去胖了很多。这哪是胖，这明明就是浮肿。那天晚上我不断地做着同一件事，那就是上厕所。这天晚上，帐篷里的好多兄弟都说了梦话，但我却听不清楚他们在说着什么。有的人像是在呻吟，有的人又像是在哭。杨发涛也说了，他含含糊糊地说着什么。我将耳朵靠到他的嘴边，也没听清楚他在说着什么。那天晚上，我也做梦了，但醒来的时候，却一切多忘了。在艺术学院的时候，我甚至有过将每天做过的梦用笔记录下来的想法。我想，那一定是一件有趣的事。只是后来我发现，醒来的时候一切美好或者悲伤的梦都统统忘了。忘记也好，因为这本来就是梦。

　　实弹射击是我最喜欢的训练项目，我喜欢枪，更喜欢玩儿枪。每天晚上没有训练，但没有训练不代表着你就可以休息了。就像在警校的时候，就算没有课你也得在教室里待着，哪也不许去。有时候，我们会唱一晚的军歌，但更多的时候，散打才是我们晚上的主题。我们围坐在一起，先是由纪刚随意点一个学员上去，然后这个学员再在我们所有的学员中选择一个自己的对手，最终的获胜者可以获得一瓶纪刚的啤酒，但这都不是我感兴趣的项目，我感兴趣的还是枪。

　　有一天晚上，纪刚拿出十多把64式手枪，他说要今晚比一比手枪的分解和结合。我第一个报了名，也是第一个完成了手枪的分解和结合。我的时间是十六秒，杨发涛十九秒。那个长得像藏獒的叫张扬的男人有些不服气。

　　"有本事我们比一比92式手枪，你敢不敢？"

　　在新警培训的时候，我们碰得最多的就是64式和54式手枪，而92式手枪，我只摸过一次。

　　其他战友开始起哄，我说："比就比。"

　　张扬以前在部队里待过，熟悉各种手枪和步枪，我有些不自信。

　　纪刚将两把92式手枪摆在了我俩跟前。在开始比赛前，我提出了一个要求："我需要用五分钟的时间先了解一下这支枪。"

　　张扬在一旁坏笑。汗水湿透了我的作训体恤，额头上布满豆大的汗珠。我迅速地取出弹夹，拉出套筒，仔细地端详了起来。64式手枪的自动方式采用自由枪机式，设有联动击发、空仓挂机、弹匣回和弹膛有弹指示等机构；而92式手枪，采用的是尖头、弧形弹头及钢心铅柱组合结构，它的构造比64式手枪要复杂得多。

　　纪刚一声令下，我们迅速将枪拆卸开，又重新组装好。我们几乎是在同一时间举起了象征完成的右手。纪刚仔细看了看我们重新组装好的枪，然后说，三十秒，平手！

张扬有些不服气，他说："有本事咱们再比一比 77 式……"

"你以为我是开军火库的吗？！"纪刚大声说道。

那天晚上，我赢了一瓶啤酒。炎炎夏日，能有这样一瓶啤酒是多么舒服的事啊！我故意在张扬的面前喝，让他羡慕死我。

实弹射击是我们最后一个训练项目，也就是说，这个项目结束后，我们将开始最终的考核。

我们在崎岖的山路上步行了两个多小时，终于来到了一片空旷的地上。我喜欢这样，哪怕在山里走上一天，我也不会觉得是件难事，因为这样总比让你跑一万米武装越野和在水里泡上一天要好得多。一路上，我们有说有笑。二十多天来，我已经有些厌倦每日不变的伙食，不变的日程，不变的风景。我幻想着前方的路，就像小时候在放学的路上幻想母亲做的好吃的一样。

我们整队完毕后，纪刚开始介绍射击训练的方式。这可比在警校时的难度要高得多。首先，你要快速地奔跑五十米，接着穿过一个泥泞的深坑，然后越过一堆熊熊燃烧的火焰，再然后你要在浓烟密布的条件下，结合一把 64 式手枪，最后完成射击。

跑步对于我来说简直就是小儿科，我的五十米速度可以达到六秒三，但是在这样恶劣的条件下进行射击我还是第一次。一切都很顺利，我用最快的速度结合好手枪，单膝跪在地上，上膛，瞄准，准备射击。

就当我准备扣动扳机的那一霎那间，我看见我的靶位旁居然站着一个人。定眼一看，那不是杨发涛吗？！我抬起头，看了看身旁的纪刚。

"纪刚，他怎么站那儿啊？！"我一脸茫然地问道。

"射击！"纪刚阴着脸，冷冷地说。

"我怎么可能射击，我的兄弟正站在那儿。"

"纪刚，这样多危险啊！他怎么能站在那儿啊？！"我哭丧着脸，想要纪刚改变他那愚蠢的想法。

"射击！你听见没有？！射击，马上射击！"纪刚提高了嗓门。

在这之前，我对我的射击水平一直很自信。不要说三十米，就算是五十米我也能打满环。可是现在，我的靶位旁站着我的兄弟，要是射击的那一刻，手有微小的晃动，我兄弟可能就没命了。

"纪刚，子弹可不长眼睛啊！没必要这样吧。"我苦苦哀求道。

"少废话，听我口令：瞄准、射击！"

我感觉到我的全身都在颤抖，特别是我的手，抖动得越来越凶。我突然觉得整个世界都安静了，天空中突然下起了倾盆大雨，很快就湿透了我的衣服。我分不清楚我的脸上究竟是雨水，还是汗水。我看见杨发涛站在远方，脸上没有任何的表情。我的食指一直放在扳机上，却没有扣下去的勇气。

我承认，我没有这个勇气。我失败了。我将枪扔在了一边，双膝都跪在了地上。雨越下越大，电闪雷鸣，我深深地埋着头。

"李峰，你妈！你就这点能耐！你就这点出息！你这样子配当警察吗？你这样配成为鹰队的一员吗？"纪刚在雨中歇斯底里地嘶吼着。

我站了起来，朝着纪刚的腹部狠狠地给了一脚，纪刚一屁股坐在了地上。

"我这辈子最恨谁骂我妈了！老子弄死你！"我一边吼着，一边扑向了纪刚。我举起拳头，发疯似的在纪刚的脸上一阵狂打。我的每一拳都是那么的用力，我将我多年来所有的愤怒都发在了纪刚身上。我用力地踢着纪刚的腿，"鞭腿，他妈的鞭腿！"

那一天我打了纪刚多久我自己都记不清了，我只记得纪刚的血流了一地，我只记得纪刚至始至终都没有还手。纪刚一直睁着眼，他的泪水流了出来。

雨停了下来，山边出现了一条美丽的彩虹。纪刚挽起了自己的左脚裤脚，我看到，是一条假肢。

纪刚一句话都没有说，他费了很大的力气才站了起来，尔后，他走开了。我望着纪刚的背影，心里堵得慌。

后来，我才知道，那天的枪里装着的是空包弹。

后来，我才知道，纪刚的左腿是在一次追捕毒贩的途中受了重伤，最后截了肢。

后来，我终于明白了，什么是男人，什么是兄弟，什么是警察，什么是纪刚常常说起的铁血精神。

后来……

太多的后来，让我们追悔莫及。

这天晚上，杨发涛又说梦话了，他先是磨牙，接着就开始说梦话。

他说:"我想回家,我想抱一抱我家的小花。"

他说:"新龙的东西好难吃,我想吃妈妈做的包子。"

我问:"你还想什么啊?"

他说:"我想胖子了。"

我忍不住笑了出来。

我又问:"他们是谁啊?你想他们干吗啊?"

他说:"他们是我兄弟。"

兄弟,我的兄弟。

这一天,我盼了好久,可是当它真的出现在我面前的时候,我却有些害怕了。按照日程表,今天是集训的最后一天,我们将进行最终的考核。现在还留在队里的四十名学员,最后只会有十五个战友能够戴上鹰队的胸徽。

纪刚的每一招都如同他的鞭腿一样,来无影去无踪,我们不知道,纪刚今天又会搞什么鬼。

整整一个上午,我们就这样坐在各自的帐篷里,等待着纪刚的命令。可是一直到中午,纪刚仍没有出现。我有些紧张,一个月的努力,我可不想白费。杨发涛的话还是那么多,他喜欢给我讲他过去的故事。但他的过去又是如此的简单,他总是反反复复地给我讲着他已经给我讲过无数次的故事。我很无奈,但除了听着,我还有什么办法,即使我对他的那些老掉牙的故事都已经可以做到倒背如流了。

纪刚在午后终于出现了。我们穿好作训服和防弹衣,戴好钢盔,列队完毕,等待着纪刚的命令。

我在纪刚脸上留下的咬痕刚消退不久,这下又是满脸的淤青。纪刚的表情很严肃,他总是喜欢紧紧地捏着拳头。

"同志们,今天是集训的最后一天,也是最终考核的日子。下面,请各中队中队长出列,领取武器,考核马上开始。"

四个中队长走到纪刚跟前,却没领到什么武器,每人领到的只是一副扑克。

四个中队长一脸茫然地望着纪刚。

"纪刚,这是什么意思啊?"

"纪刚,发扑克干吗啊?"

纪刚说:"今天考核的项目就是打扑克,斗地主!"

身旁的杨发涛乐开了花:"斗地主,好,我最喜欢斗地主了!"

我闭上了眼睛,绝望地叹了口气。我的纪刚,你的壶里到底卖的什么药?

下午三点,考核正式开始。我、杨发涛还有另外个兄弟分在了一组。这真的是一朵中国警营里的奇葩,四十个穿着特警服装、防弹衣,挂着单警装备,戴着防弹钢盔的年轻人围坐在一起斗地主,我真的是叹为观止了。但现在容不得我多想,我先要把手头的这副牌打好。

我的牌技真的超烂,我就是那种四个2带个双王也赢不了的人。在警校的时候,每到夜晚无聊的时候,我和杨发涛、胖子总是喜欢围坐在一起打地主,我曾经创造过打五毛钱,输一百块的记录。说实话,每次斗地主,我摸到的牌都非常好,但我缺乏一种思维,一种战斗的思维,一种配合的思维,所以我总是输。

"兄弟,都靠你了。"我小声地对杨发涛说。但这引起了另外那个战友地强烈不满,"不许作弊!"他大声说道。

那个下午,是这一个月来最愉快的一个下午。我们开心地玩儿着牌,早把考核的事忘得一干二净了。纪刚坐在帐篷的门口,整整一个下午,没有说一句话,只是不停地抽烟,一支接着一支。

那天下午,我自然还是输多赢少。不多的几次赢牌,还是跟着杨发涛赢的。我说过,我的牌技超烂,烂到除了杨发涛、胖子外,没人愿意跟我打牌的地步。因为我不仅不会配合,还经常把自己一家的人炸得人仰马翻。

纪刚走了进来,他大声说道:"考核结束!"

纪刚的手中拿着一个信封。

我们全体起立,一个个都站得笔直。我们知道,紧张而又激动的时刻马上就要到来了。

"同志们,一个月的集训就要结束了。一个月的时间,是漫长的,也是短暂的。我们一路走来,有过欢笑,有过泪水,流过汗,流过血,但没有一个队员放弃。我要祝贺你们,我要祝贺每一个人,能走到今天,早就没了失败者。能够最终入选鹰队的只有十五个,也就是说,你们中的大多数,都要被淘汰出局。但你们记住,你们战胜了自己,你们不比任何人差。可能好多同志还在为下午的事纳闷,你们可能在想,这个斗地主能斗出个什么名堂呢？你们错了，小小的斗地主斗中可有大学问。

　　首先，你要学会接受命运。玩斗地主，有时候，你可以抓一手好牌，但更多的时候，你手中的牌并不可能让你满意。但无论怎样，请学会用平常心对待它。用平常心对待你手中的牌，用平常心对待你的人生。如果你手中的牌很好，但不要高兴得太早，记住一句话，你永远都不知道你的对手是什么牌，你的牌好，他的牌或许更好。而一手糟透了的牌，也不见得就输定了，也许你的伙伴会帮你赢这一局。

　　第二，你要学会配合。斗地主的魅力就在于不是一个人的单打独斗，而是团队间的配合。当你坐在"地主"的上家时，如果你没有绝对的把握跑掉，那么，你要考虑的不是自己怎样跑，而是怎样为你的伙伴创造出牌的条件。有时候，你可能要选择牺牲自己，将手中引以为傲的大牌出掉，让地主没法走小牌；有时候，你又必须时时注意你的伙伴，出他想要的牌，出地主害怕的牌。牺牲自己，保全伙伴，这样你才能笑到最后。

　　第三，让对手出错，自己不要出错。一副牌当中，肯定有好牌，当然也有烂牌。每一次出牌你都应该深思熟虑，保守一点儿，稳一点儿，等待对方犯错；一旦对方犯错，抓住机会，迎面反击。

　　最后一点，要有一个好的心态。打牌输赢都是正常的事，当你赢钱的时候，戒骄戒躁，记住三十年河东，三十年河西的道理；当你输牌的时候，不要冒进，不要着急，留得青山在不愁没柴烧。

　　我不管你们下午谁赢得多，谁输得多，我只想让你们懂一个道理，人生如牌，每一张牌都是你们的时间，每一张牌都是你们的青春。抓住青春，把握好你们的人生，为你的人生多来几个"炸弹"。

　　信封里装着最终入选鹰队的十五名学员的名字，这份名单是根据你们平时的训练表现而排出来的。无论你是否入选，请你都不要气馁。记住，人生很漫长，漫长到你无法想象，走好你人生的每一步，不要去预见烦恼或担心可能永远不会发生的事情，置身于明媚的阳光之中吧！好了，下面由我宣布最终的名单。"

　　纪刚说话的时候，总是这样抑扬顿挫，给人一种很有力的感觉。

　　没有意外，我和杨发涛最终成为了光荣的鹰队一员。我想到纪刚跟前说一声谢谢，但我却不敢。杨发涛捧着那枚银色的鹰队胸徽，亲了又亲。

　　那天晚上，纪刚把他带来的所有啤酒都拿了出来。我们喝着酒，说着不着边际的酒话。张扬跳到了桌子上，给我们跳了一曲迈克·杰克逊的《Billie Jean》。我们也跟着他跳，张牙舞爪地跳。我们先是这样嘻嘻哈哈地笑，最后又哭，抱着人就哭。我们的泪水中，有太多太多无法言语的东西。纪刚独自在一边，他的脸上没有表情。有人高喊，"纪刚，唱一首歌。"然后所有人都开始起哄。

纪刚说："算了吧，我唱歌太难听了，周围的乡亲不知道的还以为是狼在叫。"纪刚一脸哀求。

"不行！来一首，纪刚！来一首，纪刚！"我们大声呼喊着。声音一浪高过一浪。

终于，纪刚清了清嗓子："好吧，迫于各位观众的强烈要求，我就来一首《少年壮志不言愁》吧。"

多少年过去了，多少往事都随风而去，但纪刚那晚的歌声一直飘荡在我的心中。纪刚的歌唱得的确不敢恭维，但他唱得很认真，每一句话、每一个字都唱得很认真。这究竟是一种什么样的感觉呢？他就像是在一位普通话极不标准的学生正声情并茂地朗诵一篇课文。纪刚认真地唱着，一副若有所思的样子。我知道，他回到了过去，回到了曾经的青春岁月，回到了和我父亲一起为梦想而奋斗的日子。那些已经发黄的老照片在他脑海里一张张地浮现，那些远去的歌声在他的耳边不时回响。

第五章 鹰队与猎人的"游戏"

第二天一大早，被淘汰的二十五名战友走了。他们顺着山路走到镇上，然后乘着大巴回到了县城，他们可以回家了。而我们依然坚守在卡拉若山，我们的使命还没有结束。一场残酷的战斗即将在黎明打响。鹰队，必胜！

按照鹰队的传统，在集训结束后，将和一支正规的特种部队进行队内模拟战斗，目的是为了检验一个月来的训练成果，而我们的对手就是十五名特种部队野战队员。

和这群人对战，说实话，我真没多少信心。他们给自己取了一个名字，叫猎人。但纪刚说了，不要小看自己。是啊，不试一试，又怎么知道自己到底行不行呢？！而且，就算死，我们也得站着死。

这场战役前，没有动员，也根本不需要动员。当我看见身上那枚银色的鹰队徽章时，浑身都有了力量。纪刚问我们怕不怕，我们先是小声地说了句，不怕。纪刚很不满意，他抬高了音量，怕不怕。我们异口同声地回答道，怕。纪刚被气得直跺脚，而我们却哈哈大笑。后来，纪刚也笑了，他大声骂道，这群龟儿子！

这一天，我们没有训练，也没有任何的战术部署，用纪刚的话说，就是顺其自然吧。纪刚说话的时候，一副很轻松的表情，但我们知道，当我们戴上鹰队徽章那一刻起，我们就不再是我们了。那是一种荣誉，那更是一种精神。无论这个世界发展得多快，也无论这个世界变成什么样，有些老祖宗的东西是永远不会改变的，比如说铁血精神。

夏日总是那么漫长，知了在树上叫唤个不停。又到了一天的午后，我靠在一棵树下，不知不觉地睡着了。我梦见了满身是血、痛苦的呻吟的父亲。确切地说，那不是一个梦。那是纪刚给我讲述的一段有关父亲的往事。

八十年代的藏区和现在完全是两个样：没有路，没有电，几乎是一种近似原始的生活。父亲从成都出发，翻越二郎山的时候遇到了塌方，这一等就是三天。这三天，父亲就坐在长途客车上，饿了的时候吃一点带来的馒头和包子，渴了的时候就喝一口矿泉水，困了的时候就直接闭上眼睛呼呼睡一觉，坐累了就去车外站一站。但又不能站久了，因为山上随时都可能有石头滚下来。父亲心好，把随身带的食物和水都分给了车上的藏民了。所以，那三天，父亲几乎没有吃任何的东西。三天后，路终于通了。父亲从小在城市里长大，估计他那个时候，还从来没见过这种高耸入云的大山，一座连一座，压得让人喘不过气来。风景很美，但当你坐车坐得连吐的力气都没有了时，再美的风景都是浮云。几天后，父亲终于到达了单位，一个叫着新龙的小县城。那个时候藏区的教育非常落后，整个县城找不到几个会讲汉语的人。父亲就是在这样的环境下开始了他的故事。虽然眼前摆着许多的困难，但父亲好学、执着，又吃得苦。一年后，父亲就可以用流利的藏语与藏族同胞交流了。在藏区的第一个十年里，父亲凭借着自身的努力，和一张珍贵的公安专业文凭，很快地成为了小县城的公安局主管刑侦的副局长。父亲忘了他究竟破获了多少刑事案件，也忘了他亲手抓住了多少疑犯，但是那天晚上的事，他永远都不会忘记。九十年代初期的一个夜晚，父亲亲自随队抓捕一名杀人犯。那个时候没有现在这么好的警务保障装备，说简单点，就是没有防弹衣，没有防弹头盔，甚至手中的武器还没有疑犯先进。但即使这样，你也不能退缩，因为你头顶着国徽，因为当初入警时候的诺言。诺言可不是儿戏，说过就要做到。父亲带着干警将疑犯逼进了一间藏式小楼里，那个时候，天早就黑了，伸手不见五指的黑让恐惧扩散到每个人的体内。父亲用藏语在屋外喊话，"你现在只有死路一条了，缴枪不杀！我再给你十分钟的时间，如果再不投降我们就要进来了。"十分钟很快就过去了，屋内仍是一片死寂。所有干警都趴在屋外的一片丛林里。这个时候，按照原先制定的方案，父亲带领着五个精壮干警来到小屋的门前。手中的枪已经全部上膛完毕，随时等待着战斗。小屋是那种两层的建筑，二楼有一个很大的平台。黑暗中，父亲突然看见楼上一个黑影一闪而过，几秒钟后，疑犯的枪响了。三个年轻的干警倒在了地上，父亲因为避让及时，没有中枪。但疑犯的这个举动深深地激怒了父亲，那个时候，人与人之间特别纯，没有什么杂念，又何况这是在一尘不染的藏区。这些干警都是和父亲出生入死的战友，都是他的兄弟。愤怒的父亲端着微冲，一脚踹开了门，径直向楼上走去。

父亲一边走着，一边怒吼。父亲的声音响彻在高原寂静的天空，疑犯哪见过这种场面，吓得全身发抖。那个时候，父亲真是满腔热血，用他现在的话来说就是，怕死还来当警察。父亲和疑犯狭路相逢了。父亲和疑犯同时端着枪互相射击，几十秒后，世界安静了。父亲和疑犯同时倒在了血泊里。当其他干警冲上去的时候，看见父亲压在疑犯的身上。你可以想象，父亲当时真的是不要命了。

万幸的是，疑犯的所有子弹都打在了父亲的肺上。父亲醒来的第一句话是："我所遗憾的是我只有一次生命献给我的祖国。"父亲在医院躺了三个月，父亲出院了。因为这件事，父亲受到了州政府以及省公安厅的表彰，获得了个人一等功。

听着父亲过去的故事，我有一种热血沸腾的感觉。但是，我却依旧恨他。他是一个好警察，但他不是一个好父亲，更不是一个好丈夫，他的背叛，让我的母亲死不瞑目。

这天晚上，卡拉若山下了一场暴雨，但我知道，明天必将是一个艳阳天。

伴随着一阵阵紧迫的军号声，我走出帐篷的大门，灿烂的阳光照在了我的脸上。雨后初晴或云雾弥漫时，卡拉若山上云遮雾绕，时聚时散，山上古树参天，修篁滴翠。

"请大家检查一下自己的装备，每人一发信号弹、一支64式手枪、三夹训练弹、一只手表、一个手电筒、一把匕首、一只水壶、半斤米。记住，要是谁坚持不住了就发信号弹，接着就在原地等着，会有人将你接走。"

我们队伍的旁边站着十大队的特种兵。他们身着迷彩服，一副志在必得的表情。猎人的队伍里站着一个熟悉的人，马洪贵——那个曾经被我拍过板砖的教官。

吴政委担任这次比赛的总裁判，他仔细地检查着我们身上的每一件装备。

"同志们，鹰队和猎人的比赛即将开始。下面由我介绍此次比赛的规

则。

"我们将把所有队员带进一座原始森林,鹰队的目标就是通过你们的智慧,顺利地走出这座森林。而猎人的任务,就是想尽一切办法阻止鹰队的逃生。任何队员被子弹击中和被对方抓捕,都要被淘汰出局。"

我长长地叹了口气。

"哥,你是没信心吗?"

我白了杨发涛一眼,"我有信心。"

"那就好,嘿嘿。"

我有信心第一个被十大队抓到。

我们和猎人即将踏上不同的大巴。马洪贵走到我的面前,在我耳边说:"小子,等着我。"尔后发出一阵冷笑。

上车后,我们所有队员都被戴上了眼罩,用纪刚的话来说,这是为了防止大家偷偷地观察地形作弊。我的眼前变成了一片黑,黑暗总是让人恐惧。不知道为什么,降初的身影在我眼前不断浮现。在安达寨的那些日子里,我是真的喜欢上了这个善良淳朴的藏族姑娘。当她从我的世界里突然消失,我有些手足无措。我想要找到她,我想要告诉她事情的真相,可是这又有什么意义呢?

就这样一路颠簸了一个多小时,我们终于到达了目的地。一段路的终点,将是另外一段路的起点。一段故事的结尾,是另外一段故事的开篇。

我取下眼罩,阳光依旧刺眼,我半眯着眼,突然有一种眩晕的感觉。这一个月来,我简直是太疲惫了。杨发涛扶住了我,"哥,你没事吧。"我摇摇头,"没事,没事。"

出发前,纪刚没有说更多的话,他只说了一句:祝你们好运!

杨发涛将内裤脱了下来,我诧异地望着他。

"兄弟,你这是咋啦?减轻负重?"

杨发涛嘿嘿一笑,"哥,这是我在书上看来的,长途行军,内裤和大腿内侧会不停地摩擦,特别容易染上皮肤病。哥,你也脱了吧。"

杨发涛一边说着,一边来脱我的裤子。

我赶紧跑开了。

前方,是一片茂密的丛林。但我明白,那是一片未知的世界,那是一段未知的故事。我看了看手表,九点整。纪刚大声说道:"兄弟们,向着南边，出发吧，我在终点等着你们。"

背着行囊，全副武装的我们走进了丛林。布谷鸟在树枝上布谷布谷地叫着，大雨过后的丛林里非常潮湿，再加上野草上沾着雨水，没走多远，我们的作战靴就已经湿透了。有时候一阵风出来，树上的雨水也哗哗地掉下来，就像是一场暴雨一样。我们向着指南针指向的方向前进着。

张扬说："我们这样走也不是办法。"

我盯了他一眼，"那你还想怎样？"

张扬说，"我们都分分工啊，每个队员都要发挥出自己的特长啊。"

我一听，觉得有道理。

"你说，怎么分？"

我们用了半个小时的时间，选出了队长，然后给每名队员都有了自己的分工。

因为枪法准，我的主要任务就是狙击，我可能是世界上第一个用64式手枪来狙击的人。而杨发涛的任务就是——带路，带领着我们向着正确的方向进发。杨发涛从小在山里长大，眼前的这一切都他来说都是那么的陌生，又是那么的熟悉。山里人的根在山里，所以，尽管在大城市里常常迷路的他却在这样复杂的丛林里有着极强的方向感。

年龄最大的张扬做了我们的队长，尽管我没有举手同意。

"兄弟，靠谱不啊？"

杨发涛手握着指南针走在我们队伍的最前面。

"哥，你放心好了，没问题。我五岁的时候，有一回陪爹在山林里砍柴，我贪玩，到处走，走着走着就走迷路了。然后我一个人在山林里走了整整三天，最后回到了家里。"

"哟！还真看不出呢！你小子行啊。"

"嘿嘿，我爹我娘都以为我死了呢。山林里有许多野兽。"

"那你碰见野兽没有？"

"碰见了啊，碰见了熊。"

"我的天！你小子不会是吹牛的吧？"我停下了脚步，看着杨发涛。

"真的，一看见熊，我就倒在地上憋气，熊在我脸上嗅一下就走了。"

"能干！跟着你走，哥放心。"我使劲拍了一下杨发涛的肩膀。

没走多远，我就听见自己的肚子在咕咕地叫。但背囊里只有半斤米，我们还说不准会在这鬼地方待多久,所以,一天最多吃两顿饭。

"人是铁饭是钢,"我大声地对张扬说道,"报告队长,我饿了。"

张扬看了看手表,思考了几秒钟,说:"就地生火,吃饭。"

每顿吃这样的白米饭我早就习惯了,先不要管味道怎样,能吃饱就行。杨发涛在草丛里捉到一只两米多长的菜花蛇,他傻笑着,往我跟前走来。

"别,别过来!我真的是怕这个东西。"

"哥,今天中午我们有肉吃了。"

我们用钢盔做锅,半个小时后,一碗香喷喷的蛇肉汤摆在了我们的面前。其他战友都吃得津津有味,只有我不敢吃。

"哥,你就尝一口吧,真的好吃。"

"不,我不吃。我宁可吃白米饭也不碰那玩意。"

一阵风吹来,香味扑鼻。

"哥,你就尝一口吧,不好吃你就吐掉。"

我付出了巨大的勇气,闭着眼睛,喝了一口汤。味道真的不错,简直是太鲜了!

这一顿饭,是我到卡拉若山一个多月来吃到的最美味的一顿。

这一天,我们几乎没有遇到任何的困难,风平浪静地走了一天。到了夜里,睡觉成了一个问题。为了防止敌军的突然袭击,也为了防止这山林可能出现的野兽,我们不得不轮着把风,时刻警惕着。

"三个人一个小组,每一个小组守两个小时。"张扬吩咐好后,倒头就睡。

夜晚来临的时候,白日里热得不可开交的山林里变得特别冷。汗水和雨水湿透了我的作战靴和衣服,但我们的背囊里没有任何可以换洗的衣物,所以,就只有用自己的体温烤干它。我们围坐在一堆火前,互相依靠着进入了梦乡。可能是因为白天走得太累,这个夜晚,我睡得特别踏实。

有时候,我感觉自己正深陷一个深渊。无论怎样,都逃不出这个黑洞。

我们在丛林里走着,直到所有人都觉得口干舌燥。

一个叫吴云的小个子主动请战去找水。张扬皱着眉头,"快去快回。"

吴云刚走出几步,又被张扬叫住了。

"手枪上膛,一遇到危险马上开枪。"

我觉得张扬有些杞人忧天了,这荒郊野林的,会有什么危险?

但十分钟过去了,吴云还没有回来。突然,一声枪响在丛林的上空炸开。

　　有情况！张扬大吼一声。

　　我取出腰间的手枪，装上弹夹，上膛。我们朝着吴云刚才出发的方向跑了过去。没有看到吴云的影子，却看见了一个人的背影；我知道，那是马洪贵。

　　敌军就在我们的周围，气氛一下紧张了不少。行动才刚刚开始，我们就被捕了一个人。对于我们来说，任何队友的离开都是极大的损失。

　　怎么办？所有人都在问张扬这个问题。

　　放平心态，提高警惕，注意保护，继续向前。我想起了纪刚的话，人生就像斗地主。

　　我们整个队形呈倒写的字母"V"，杨发涛走在队伍的最前面，队伍的最后由我和张扬负责掩护。我们紧绷着神经，随时准备着战斗。张扬大吼道："睡觉都给老子睁开眼睛睡。"

　　直到这个时候，我才第一次感受到了战争的感觉。我明白，前方的路处处都充满了危险，稍不注意，就会掉下万丈深渊。

　　这正是一年中最燥热的季节，我们渴得都快要受不了。

　　"队长，找点水喝吧，我实在是不行了。"

　　"闭嘴。"

　　这个时候的张扬正是一肚子火，作为队长，他需要考虑得太多太多。

　　我有几次想反抗，都被杨发涛拉住了。

　　太没人性了！我在心里咒骂道。

　　太阳当空的时候，我的体力到达了一个极限。突然，前方的草丛里开始左右晃动。

　　"有情况，趴下！"张扬一声令下，我们都趴在了满是稀泥的地上，目不转睛地注视着草丛。

　　我掏出了手枪，瞄准了草丛的方向。

　　我们就这样一动不动地趴在地上，等待着什么。

　　这个时候，我多想趴在地上美美地睡上一觉！我的眼皮开始打架，我真的快要睡着了。

　　"哥，别睡啊，危险！"杨发涛在一旁提醒道。

　　"我知道，我就眯一会儿，我不睡，就眯一会儿。"

我真的趴在地上睡着了，直到听到张扬的口令。

继续前进。这个时候的我们犹如惊弓之鸟，前方一点儿风吹草动，都会让惊出我们一身冷汗。

整个下午，我们就这样走走停停。我感觉到前方的每一个地方都藏着我们的敌人，或是山草丛里，或是在树枝上，又或是在下河里，我感到无处不在的危险。我们不断地趴下，又不断地站起来，直到天黑。

夜晚又来了。集训的时候，我每天都盼望着夜晚快一点来临，因为这意味着我可以结束一天的训练好好地睡上一觉了。但现在，我对黑夜有一种莫名的恐惧。做了近视手术后，我的眼睛有些夜盲，每当黑暗来临的时候，我感到有太多的东西无法把握。为了避免被敌人偷袭，这个夜晚，我们没有再生火。我们依偎在一起，用体温温暖着自己，也温暖着对方。

那种伸手不见五指的黑长久地停留在我的心中，不肯离去。每当夜深人静的时候，我总会想到那个夜晚。我们横七竖八地躺在地上，杨发涛睡在我的腿上，我睡在张扬的啤酒肚上。杨发涛还是说梦话了，他说："龟儿子，老子整死你。"我笑着闭上了眼睛。

这一天，太阳依旧很毒。早晨起来，杨发涛就说他的眼皮在跳。我问他，是左眼还是右眼？杨发涛皱着眉头，好像都在跳。我打了一他的脑袋，别胡思乱想了，出发吧。

杨发涛的预感很准，这一天，我们在丛林里遇到了猎人。

一路上，我们没有遇到什么波折。中午的时候，杨发涛捉到一只布谷鸟，熬了一锅汤。"这鸡汤真好喝啊！"我感叹道。"哥，这不是鸡，这是鸟。"杨发涛傻乎乎地说道。"鸡和鸟有区别吗？"我问道。"有啊。"杨发涛摸着脑袋想了好久，也没想出它们的区别究竟在哪儿？本来就是，鸟会叫，鸡也会叫；鸟会飞，野鸡也会飞；鸟下蛋，鸡也要下蛋。我们一路上就这样说说笑笑，直到傍晚，夕阳挂在山头的时候，疲惫让我们放松了警惕，当我们费了很大的力气穿过一片沼泽地，然后爬上一座陡峭的小山丘，以为前方就是一片光明的时候，可是，等待我们的是十五个猎人的枪眼。

有时候，我觉得这简直就像是在拍电影，你永远都不知道下一秒会发生什么。我喜欢这样的感觉，刺激、热血，简直就是一部美国大片。

这群人离我们只有不到十米的距离，我们甚至连掏枪的机会都没有了。我们所有战友的眼睛都像火焰喷射器一样喷着火焰。投降，那是绝对不可能的事情。我们死死地盯着对方的眼睛，随时等待对手犯错误。可是，这些训练有素的特种兵怎么会轻易犯错？！

　　他们端着枪，向我们慢慢走来，充满了警戒。我不知所措地站在原地，双手不知道该放在哪个位置。我有些后悔我们这样冒进，如果一路上都提高警惕就不会出现这种问题了。可是现在，一切都晚了。难道我们就要这样全军覆没吗？难道一个月来的辛勤付出就要付诸东流了吗？我的大脑一片空白，我甚至希望手上有一枚手榴弹，在他们靠近我们的瞬间，拉开引擎，与他们同归于尽。

　　那天傍晚，卡拉若山突然刮起了大风，大风卷起了地上的尘土，四处飘散。我有些睁不开眼睛，用手不停地揉着双眼。当他们走到距我们三米的时候，意想不到的一幕出现了，张扬突然向那群人扑了过去，随即，震耳欲聋的枪声响成一片。在那瞬间，我目瞪口呆地望着张扬。风越吹越大，整个世界都变得模糊起来。他大声吼道："快跑，快跑！"我清楚地看见他那因为疼痛而变得扭曲的脸，以及撕心裂肺的怒吼。他的声音几乎就要震破我的耳膜，向着云霄飞去。我看见天空上，一只鹰呼啸而过。

　　我被眼前的这一幕惊呆了，直到杨发涛拖着我向山下跑去。那一天，除了张扬，我们没有再损失一个战友。

　　回去的路上，我们没有说一句话。夕阳很美丽，像一个巨大的蛋黄一样，高高地挂在山的那头。后来，杨发涛哭了。他说，张扬是为了救我们才死的。我赶紧纠正他："乌鸦嘴，他没有死，这只是在演戏，用的是空包弹。"但是杨发涛还是哭，任何人都劝不住。我有些为张扬担心，因为空包弹在近距离射击也是会致人死亡的。

　　我靠在一棵树上，不断地擦拭着手中的枪。我发誓，我要替张扬报仇。总有一天，他们会死在我的手上。

　　我抬起头，天很蓝，一只苍鹰在空中自由翱翔。

　　民间有一种传说，说老鹰是世界上寿命最长的鸟类，它一生的年龄可达七十岁。要活那么长的寿命，它在四十岁时必须做出困难却重要的决定。当老鹰活到四十岁时，它的爪子开始老化，无法有效地抓住猎物；它的喙变得又长又弯，几乎碰到胸膛，严重地阻碍它的进食；它的翅膀变得十分沉重，因为它的羽毛长得又浓又厚，使得飞翔十分吃力。

　　它只有两种选择：等死，或经过一个十分痛苦的更新过程。

它必须努力飞到一处陡峭的悬崖，任何鸟兽都上不去的地方，在那里要待上一百五十天左右。首先它要把弯如镰刀的喙向岩石撞去，直到老化的嘴巴连皮带肉从头上掉下来，然后静静地等候新的喙长出来。然后它以新喙当钳子，一个一个把趾甲从脚趾上拔下来。等新的趾甲长出来后，它把旧的羽毛都薅下来，五个月后新的羽毛长出来了，老鹰开始飞翔，得以再过三十年的岁月。它冒着疼死、饿死的危险，自己改造自己，重塑自己，与自己的过去诀别，这一过程就是一个死而复生的过程。

行踪的过早暴露，让我们陷入了一种绝境。吴云和张扬都走了，我们只剩下十三名队员。我们连夜逃亡，向着指南针的方向。纪刚说过，一路向南，就能凯旋。

身上的半斤米已经吃得精光，好在有杨发涛在，他有时候可以捉到蛇，有时候可以抓到鸟和野兔，但这一切，都要看运气。更多的时候，我们不得不饥肠辘辘地前行。路边有许多漂亮的野果子，我总是忍不住摘上几个。杨发涛说："哥，这东西不能吃，有毒。"我用手擦了擦口水，将果子扔到远处。

这一天，丛林里闷热得让人汗流不止，但是我们却不能停下脚步。猎人随时都可以追来，除了拼命地赶路，我们找不到其他更好的办法。

杨发涛说："张扬被抓了，我们还是选一个队长吧，国不可一日无君，家不可一日无主。"

经过鹰队所有队员的集体表决，我被不幸地被选为了鹰队的队长。因为我知道，从我当上鹰队队长的那一刹那，我就要随时做好牺牲的准备了。我成为队长的原因也很简单，就是我胆子大，谁都不怕。

前方出现了一条河，河水哗哗地流淌着。有队员提议，下河洗个澡。我想，是啊，在解决不了温饱问题之前，提前来一个彻底的精神享受也是可行的。正当我们准备脱掉这一身的累赘下河洗澡时，远方传来一阵说话的声音。不好，是猎人！可是，后退已经来不及了。我们十三个人齐刷刷地跳进了河里，将头深深地埋在水中。一秒、两秒、三秒，每一秒都是如此的漫长。我用手紧紧地捏住鼻子，心里不断地鼓励着自己，坚持、坚持再坚持。这群挨千刀的猎人居然在河边停了起来，他们拿出水壶，将十五个水壶装得满满的。我感到自己慢慢失去了意识，身体轻得似乎可以飞起来，直到呼吸到氧气的那一刻。

一只鹰从空出掠过，一条河在两岸浓密的林子的簇拥下，缓缓东流。没有风，天空一片蔚蓝。鹰居高临下地俯视着大地，骄傲而悠闲地翱翔在湛蓝的天空里。

　　我一直在等待着报仇雪恨的机会。终于，当一群猎人出现在我的视线时，我掏出了腰间的枪，装弹夹、上膛，一切都是那么的安静，我的心却"怦怦怦"地跳个不停止，握枪的手有些颤抖，这是我射击的最大毛病，我总是控制不好心态，稍微一紧张，手就发抖。

　　我和杨发涛趴在草丛里，目不转睛地注视着山下的一切。我们在等待最好的时机，一个可以能让对方最大化损失的时机。我们处于一个制高点，而猎人就在下面。是我率先扣动了扳机，"啪啪啪啪"几声枪响后，猎人的五名队员应声倒地，其他的猎人狼狈地向两旁的草丛里扑去。

　　我和杨发涛一路小跑，回到了我们的大本营———块茂密的丛林里。我们大声地呼喊着，和每一个战友拥抱。杨发涛从背囊里掏出一个装得满满的矿泉水瓶，"哥，给你。""我要这个干吗？我现在需要的是酒，满满一壶酒，我要好好庆祝这番伟大的胜利。"杨发涛什么都没有说，他扭开了矿泉水瓶，一股酒香扑鼻而来。我一把接过矿泉水瓶，"我服了你了，真的是酒。你小子哪儿弄来的？""嘿嘿，一直装在背囊里，跟胖子学的。"杨发涛傻傻地笑着。我脖子一扬，喝了一大口，"舒服，真他妈的舒服。"我又将矿泉水瓶递给杨发涛，"喝。"杨发涛摇摇头，"哥，我不喝，我要醉，我醉了可难看了。""喝！"我大声说道。杨发涛接过矿泉水瓶，喝了一口，然后，每个战友都轮流喝着瓶子里的酒。

　　我们的全身上下都被河水湿透了，为了避免感冒，这天夜里，我们所有人都是裸睡。十三个裸体横七竖八地躺在草丛里，望着月亮，发着呆。丛林里有许多小昆虫，它们在我们身上的各个部位自由地散着步。为了让关键部位免受这些小东西的骚扰，也为了我们李家的未来，我将钢盔放在了两腿之间。每次夜里醒来，我总能听见狼嚎的声音，我的脸上布满了冷汗和尘土，我全身的汗毛都竖了起来。我睁大着眼，仔细地听着由远及近的脚步声，枪紧紧地握在手中，食指已经悄悄地放到了扳机上。可是狼终究没有出现，我闭上了眼睛。

　　没有人知道，前方的路究竟还有多远，也不知道前方的路道有多少艰难和危险。但开弓没有回头箭，无论前方的路是激流险滩，还是曲折蜿蜒，我们的目标永远不会改变。

"哥，我的脚没了，哥，我的脚没了……"多少年过去了，杨发涛的嘶吼仍深深地刻在我的心中，我忘了不了，永远也忘不了那一天。

我不敢看杨发涛那血肉模糊的脚，我闭上了眼睛，泪水夺眶而出。杨发涛紧紧地咬着嘴唇，没有叫一句疼。他只是不断地嘶吼着，"哥，我的脚，我的脚没了。"我蹲在他的身旁，双手紧紧地握着他的手，"兄弟，别怕，有哥在。"

在行军的过程中，杨发涛踩进了猎人用来捕猎的捕兽器。和往常一样，杨发涛走在队伍的最前面，一路上，他都很开心。因为昨天，我们亲自"击毙"了五个猎人。他一路走一路笑，高兴的时候，他还会唱歌。他唱的歌都是老掉牙的歌曲，我几乎从来没听过。以前，我总是笑他。我们每次去KTV，他总是会傻乎乎地问KTV的经理，为什么没有我要唱的那些歌？经理总是说："先生，不会吧，我们这里的歌曲都是最新的，所有歌都有。"杨发涛一副很生气的样子，他说："我不要什么最新的，我要最老的。"很多时候，都是我和胖子将他劝走。那一天，卡拉若山上有很好的阳光，杨发涛高声唱着：我的梦有一把锁，我的心是一条河，等待有人开启有人穿越，也许只有一个人，才能明了这一切，遥远的思念，堆积在眼前……

突然，杨发涛的脚踩进一个陷阱里——"咔"的一声，一只铁夹子夹在了他的右脚上。我们试图帮他把夹子打开，但研究了半天，也没找到机关。接着，我们只好用力掰，但夹子生了锈，怎么也掰不开。我的手上全是杨发涛的血，我跪在地上，怒吼着使出全身的力气，却仍掰不开夹子。

杨发涛最初没有发觉疼，直到几分钟后，强烈的疼痛扩散到他身体的每一个部位。他满脸苍白，紧紧地握着我的手，嘴唇已经被他咬出了血，他却不曾掉一滴眼泪。

"兄弟，挺住，挺住！"我在杨发涛的耳边说道。

鲜血湿透了杨发涛的作战靴，额头上不停地冒着汗水，他将眼睛睁得极限大，张着嘴巴，急促地呼吸着。

"队长……"一个战友拍了拍我的肩膀，我狠狠地盯了他一眼，他默默地走开了。

我知道他想说什么，我也知道猎人紧紧跟在我们的身后，但是我不能放弃我的兄弟。

杨发涛的全身开始不停地颤抖，鲜血染红了土地。

我尝试想要背着他走，可是他微微一动，就会痛得大吼大叫。

杨发涛一把抓住了我的手，"哥，你们走吧。"

我紧紧地握着他的手，不想放开。

"哥，你们走吧，不要管我。"杨发涛使出全身力气，大声说道。

"别说话，你就这样好好躺着，别说话。"

"哥，你们走吧。这样下去我们会全军覆没的。"

"不，不！我要带你走，我要和你一起去杀猎人。"

"哥……"杨发涛没有说出这句话，就昏倒了。

我搂着他的脖子，大声叫着他的名字，"杨发涛，杨发涛，你个龟儿子！龟儿子！"

我的泪如泉涌。他是我兄弟。他是我的兄弟，我怎么能丢掉他不管？我想要叫醒他，我一遍遍地呼喊他的名字，可是他像睡着了一样，静静地闭上了眼睛。

"队长，咱们走吧。"

"滚！"

"队长，再不走猎人就来了，到时候我们全部都要完蛋。"

"滚！滚！"

我几乎歇斯底里地怒吼着。我躺在了地上，陷入了痛苦之中。

"我不想走，我想要陪在他的身边。"

"队长，快走吧，猎人过来了。"负责把风的张宇跑到我跟前，喘着粗气，大声说道。

我掏出了手枪，发出一枚信号弹。要不了多久，就会有人来救杨发涛的。

我明白，世界上少的是两全其美的时候，多的是鱼与熊掌的情况，因此，必须选择。但我害怕这样的选择，害怕这样的离别。那段日子，我常常陷入深深的自责之中。每当我闭上眼睛，杨发涛那苍白的脸庞总是会浮现在我的脑海之中。我放弃了我的兄弟，我放弃了和我同生共死的兄弟。

直到后来，我才明白，黄色的树林里分出两条路，可惜我不能同时去涉足，也许多少年后在某个地方，我将轻声叹息将往事回顾……

我总是忍不住向前方望一望，那是我在寻找杨发涛的身影。我早已习惯身边有那么一个喜欢傻笑的笨小子，习惯身边有一个执着得像只牛的男人。前方的路没有杨发涛的陪伴，我感觉身旁有些空落落的。

当我们看到前方有一片亮光时，我以为我们即将顺利地穿过这片丛林，抵达胜利的彼岸。可是当我们发现那是一条万丈深渊时，我知道，我们迷路了。我们十二个男人坐在地上，望着这一片片深不可测的丛林，无奈地叹着气。我闭着眼，我不敢和他们充满期望的眼神对视，我害怕。我站了起来，上膛，然后将枪口对准了自己的脑袋。他们诧异地望着我，想说什么，却又什么都没有说。

我闭着眼睛，想要轻轻扣动扳机。前方的路太漫长，漫长到我想放弃。可是我又怎么能放弃？战友那期待的眼神一直在我的眼前浮现，就像一群几天没吃饭的孩子围着他们的父亲，那充满渴望的眼神，我永远也不会忘记。

我们就这样坐在这儿，整整坐了一天。那一天，卡拉若山先是艳阳天，后来下了一场大雨，再然后阳光又撒在了我们的身上。

傍晚的时候，我站了起来，大吼一声，"走！"

战友们茫然地望着我，走，往哪儿走，事实上我也不知道。但我们不能这样坐着等死，因为我们身上挂着银色的鹰队胸徽，更因为我们是中华人民共和国警察。从穿上警服那天开始，我就不再仅仅属于自己，而是属于整个中国。

我走在队伍的最前面，一脸的稀泥，右手握着已经上膛的枪。我们就这样一路走走停停，饿了的时候就摘些野果子吃。这些果子都是杨发涛曾经给我们吃过的，味道并不好吃，很苦很涩，难以下口。第二天午后，我们的身体和心理达到了极限。一个大个子突然掏出了腰间的手枪，他将一发信号弹装如弹夹，我一把抢过了他的枪，然后狠狠给了他一耳光。这个将近一米九的大个子当着所有人的面哭了，其他战友也齐刷刷地哭了。

"哭，哭，还是不是男人？！"我大声骂道。

他们却越哭越厉害了。我望着天空，又看见一只鹰在蓝天下自由自在地飞翔，它的眼神是如此的坚定。

我突然感觉到，我们的青春，我们的梦想，在这片迷失的丛林里显得那么的渺小。

我背起行囊，起身独自往前方走去。我走得很快，但我总是忍不住用眼睛的余光向身后望一望。我等待着什么，不仅仅是前方的柳暗花明，还有我的身后。终于，那帮臭小子出现在了我的身后。他们擦干了眼泪，高昂着头，紧紧地跟在我的身后。这个时候，我的鼻子一酸，哭了。但谁也没看见我的眼泪，因为我走在队伍的最前面。泪水顺着我的脸颊一颗颗的滑落在地上，再也寻找不到关于它的踪影。

我们一路向前，凭着直觉往前走。卡拉若山的晚霞很美，夕阳的余晖和云雾交相辉映，映射出最美丽的风景。

望着一脸疲惫的兄弟，我决定独自去寻找食物。我知道前方的路有多么难走，我也知道那片黑暗有多么的危险。我可能碰到猎人，也可能碰到四处出没的野兽，但我已经没有了退缩的余地，因为我是队长。

我将子弹装满三个弹夹，带上枪和匕首，独自向前方走去。手电筒因为电池即将殆尽，发出的光已经非常微弱了。尽管如此，这一缕微弱的光在没有尽头的黑暗中点亮了我前行的路。

我希望碰到一只野兔，哪怕是一条蛇也行。这个时候的我已经不怕那个东西了，不仅不怕了，我还盼望着遇见它。我的脑海里反复浮现着杨发涛捉蛇的场景，我想，我也会捉蛇了。我顺着小路，向丛林深处走去。每当前方有什么风吹草动时，我总会警觉地掏出手枪，瞄准。我害怕遇到狼，害怕遇到熊，但我相信我的战友，只要我一开枪，他们就会以最快的速度来到我的身边。所以，前方的路是如此的黑暗，但我没有放下自己的脚步。突然，我听到路旁的草丛里发出"咕咕咕"的声音。我趴在了地上，用手电筒向草丛里照去，我看见了一只鹰。我看见一只鹰趴在地上，痛苦地呻吟着，它的翅膀不停地往外冒着血。我穿过密集的草丛，来到鹰身边。这只鹰很大，光是翅膀都有两米。我蹲下身来，用手轻轻抚摸它的羽毛，它那坚定的眼神深深刺痛了我。我想，我能救它。

可是，我突然感到太阳穴有一种冷冰冰的感觉。抬起头，原来是一把枪正对着我。

我被捕了，我被他们蒙上了一块黑布，走了一个多小时的山路，然后来到一间小屋里。我的脑海里突然浮现出旧社会革命英雄面对敌人的威逼利诱，慷慨就义的场景。我有些想笑，我有些分不清这究竟是模拟对战还是真的战争。那天晚上，我躺在一间小屋里，安安稳稳地睡上了一觉。这里没有丛林里那么冷，不用担心随时可能出现的野兽，也不会半夜睡到正香，一场暴雨免费给你洗个澡。我躺在地上，将那厚厚的防弹衣和衣服脱了下来，做了一个枕头。我闭上了眼睛，似乎感觉回到了家里，一切都那么熟悉。当我醒来的时候，阳光已经照在我的脸上了。我伸了一个懒腰，这一夜简直睡得太舒服了。

我看见了吴云，还看见了张扬，但我却不能和他们说话，我们只是默默地望了望对方。我被一个男人带到另一间屋里，我的双手被戴上了手铐。我坐在一张凳子上，等待他们的审问。

"小子，老老实实地说。"我听到一个男人的声音从耳畔传来。

那个男人走到我的跟前，用手使劲捏了捏我的脸，"说，其他的人在哪儿？"

所有的猎人都在这间屋里，我甚至在想，如果我有一把枪，我可以解决掉这里至少一半的人。

"想知道吗？"我笑着对他说。

他走到我的跟前，笑着说："想。"

我又问，"真的想吗？"

我看得出，他在努力压制自己的情绪。他的脸上依然挂着笑，点了点头："我想。"

"你想，但我就是不告诉你。"我冷冷地说。

他狠狠地给了我一耳光。

"你妈的！你不说是不是，好，你给老子等着。"那个男人怒吼着。

我感到我的左脸火烧火辣的疼。

他从墙角拿出一根木棍，在我的眼前晃来晃去。

"说，你们的人在哪儿？"

"我知道，但我就是不告诉你。"我的脸上一直挂着冷笑，只要我还有一条命，我就不会说。

他握着木棍发疯似的在我身上一阵乱打，我闭着眼，紧紧地咬着牙，脸上始终挂着微笑。

我知道，当兵的人脾气不好，下起手来特别狠，像对待阶级敌人一样。但我说过，我要站着死，我要笑着死。

这个时候，其他的几个猎人也加入到这一场殴打之中。他们对着我的腹部，我的腿，甚至我的太阳穴一阵拳打脚踢。我想反抗，可是我的手脚都被死死地锁着，我甚至在找机会狠狠地咬他一口。很快，我失去了意识，我已经感觉不到任何的疼痛，只感觉到自己的耳朵在嗡嗡作响，我甚至感觉到自己的身体轻得可以飞起来，一种很舒服的感觉。

当我醒来的时候，一个身着迷彩的漂亮女孩蹲在我的身边，用酒精为我擦拭着伤口。一阵钻心的疼在我的身体里扩散，疼得我快要停止了呼吸。我的双手不停地颤抖，我看到我的指甲盖的血迹。那个穿迷彩的女孩说："别动。"这个时候，我才仔细端详起眼前的这个女孩，她有着和冉冉一样的长睫毛以及大眼睛，她说话的时候，薄薄的嘴唇特别好看，她的手指很长，我想，她钢琴一定弹得特别好，但是我很快意识到自己现在所面临的处境。这个女孩是猎人的一员，她是我的敌人。

女孩问："头还疼吗？"

我一直盯着她，"你不会是想色诱我吧，我可不吃你这一套。"

女孩使劲在我的大腿上扭了一下，痛得我直叫唤。

我大声喊道，"骗子，骗子！"

女孩疑惑地看着我："谁是骗子？我哪儿骗你了？我是在救你。要不是我帮你挡开，你现在估计都送医院了。"

"你是骗子！"我盯着女孩的眼睛，一字一顿地说。

"为什么？"女孩问。

"因为你们解放军说要优待战俘，你们却在虐待我，骗子！"

女孩笑了，她笑的时候喜欢用一只手轻轻捂住嘴巴。

女孩温柔地说："你就说了吧，不然你还会挨打的，下一次我可帮不了你了。"

我摇摇头，"要我说，除非你们把我打死。"

"何必呢？你这样做又是何必呢？这只是一场演习，一场内部模拟，一场游戏。你这样做，又是何必呢？挨打的是你，流血的是你，你没必要这么坚持吧？！"

我笑着盯着这个女孩，轻轻地说一句："因为他们是我的兄弟。"

女孩气得转身离开了，我在她身后大声说："换作是你，你会说吗？我的解放军同志！"

后来，他们没有再打我，他们把我关在黑屋子里，不给我饭吃，甚至将窗户管得严严实实，不让阳光照进来。他们或许知道，有了阳光，鹰就可以飞翔。

这天晚上，马洪贵端着一碗香喷喷的饭菜来到我的小屋。

"吃吧，不要饿坏了。"

我已经整整三天一粒米未进了，我的胃病犯了，一天里总是要痛那么几次。我想吃东西，什么都想吃，哪怕是一碗白米饭都行。

我发疯似的从马洪贵手中夺过饭盒，我拿起筷子，可是他却哈哈大笑着。

我一脸诧异地盯着他，又看了看碗中的肉。我就不信这是人肉。

"吃吧，吃吧，尽情地吃吧，好好享受这顿野味。鹰肉，好吃的鹰肉，味道那简直是太棒了。吃吧，这可是我们猎人费了很大的劲，在草丛里整整蹲了一个下午才打到的。哈哈哈哈……"

我将饭盒放在了地上，没有再吃一口。我握紧了拳头，我发誓，总有一天你会死在我的手上。

我以为我就这么完蛋了，如同一个等死的犯人一样。我蜷缩在小黑屋的角落里，等待我的身体被黑暗一点点吞噬，直到我只剩下一堆白骨。我想吃回锅肉，我想在阳光痛痛快快地踢一场足球，我想我的兄弟，我想冉冉……我的脑子里想着一大堆乱七八糟的东西，像幻灯片一样在我的脑海里不断浮现，直到我睡着了。

这天夜里，我被一声枪响惊醒。我有一种预感，一种强烈的预感，我的兄弟来了。我站了起来，我的双腿有些发麻，我努力踮起脚，想要知道外面所发生的一切。屋外的狼狗汪汪地叫个不停。一阵阵枪声由远及近，向着我的方向不断赶来。就像大年三十放鞭炮一样，窗外传来一阵阵"噼噼啪啪"的声响。我兴奋地竖起了耳朵，仔细地倾听着周围的一切。

我看到了我的兄弟，他们大声喊着，"队长，我们来了！"我笑了，我知道会有这一天。我接过装满子弹的枪，大声怒吼着。

那个给了我一耳光的男人跪在地上，低着头，背对着我们。我举起了手中的枪，上膛后，对准了他的脑袋。

他小声说："有本事单挑。"

"单挑？来啊，谁怕谁。"我将枪扔到一边。

我赤裸着上身，在月光下开始了一场男人之间的战斗。我的战友已经全歼了猎人，我们鹰队已经赢得了这场较量的胜利。

他的身上穿着一件短袖迷彩，衣服的上面印着一把枪。我知道，那是猎人的意思。

透过衣服，我可以清楚的看见他身上的肌肉。而我，除了一身排骨，什么都没有。

但我不怕，我死都不怕，还怕你？！

他不愧是从特种部队出来的，准备活动都是那么的专业。他扭了扭脖子，活动了一下腕关节，然后对着天空大吼一声。

我就站在原地，紧紧地握着拳头。

我们对视着，等待着什么。

我们在慢慢靠近，直到我和他只有不到半米的距离。

突然，他一记勾拳将我打得眼冒金花，我趴在地上，没有动弹。我的耳边尽是我的兄弟的叹息声，我甚至听见有人大喊，"队长，我们一枪把他毙了吧。"

我看见他嘴边挂着一丝不易察觉的笑。

我拍了拍身上的灰尘，又站了起来。

我走到他的跟前，还没来得及动手，又被他一拳狠狠地打在了地上。

鲜血从我的鼻孔里流了出来，我用手摸了摸，然后伸出舌头，尝了尝血的味道。

我的大脑里一片空白，我甚至已经不知道该怎样出拳了。

我走到他的跟前，这一回，他没有再用拳头，而是狠狠地给了我一脚。

我的眼前一黑，整个人都腾空飞了出去。

我躺在地上，望着满是星星的夜空，我的耳边渐渐安静了下来。

我又站了起来，我知道，我不能就这么倒下。

我的视线有些模糊，我在努力看清眼前的这个男人。

我走到他跟前，他已经杀红了眼。

他又高高地举起了拳头，向着我的头狠狠地砸了过来。

我灵巧的一闪，鲜血也化作成一滴滴，飞向了远方。

他这一拳使出了全身的力气，他所有的重心都聚集在了拳头上，可是我这样一闪，他摔了个跟跄。

他很快就从地上爬了起来，怒气冲冲地朝着我走来。

在离我半米的时候，我以拳法为假动作，突然起前鞭腿抢攻，他又倒在了地上。

我笑着对他说："这是前鞭腿。"

一脸不服气的他又爬了起来，我左脚向前上一步，右脚屈膝从左脚内侧直线上提，我绷紧脚背，快速送髋将小腿向前弹出，犹如一枚炮弹般狠狠地击中了他的头部。

"这是后鞭腿。"

他一动不动地趴在地上，周围传来了兄弟们的欢呼声。

后来，那个男人问我，"你的兄弟是怎么知道你被我们关押的位置的？"

我问他："你想知道吗？"

他认真的点了点头："我想。"

我问："真的想吗？"

他点点头："我真的想。"

我对他说："我不告诉你。"

他哪里知道，那天我的独自出行寻找食物以及我的被捕，都是我一手设计好的圈套。我被猎人抓到后，他们没收了我的枪。但是我的兜里还装着另外两个弹夹，我每走一段路，就悄悄地将一发子弹扣在地上，一直到猎人的老窝，我用完了弹夹里的最后一颗子弹。我相信，我的兄弟一定能顺着这些散落的子弹找到我。

中国警察，一个了不起的群体，是一个值得我用心来讴歌和赞美的群体。我们不仅是这个时代最可爱的人，我们还是中华民族傲立于世界之林的基石，我们是保卫祖国安全统一、维护社会稳定发展、保护人民生命财产安全最有力的保障，我们才是共和国真正的脊梁！

我们赢了，我们真的赢了！一个多月的魔鬼训练，我们终于走到了最后。我知道，我们的胜利是一个个战友用"生命"换来的。

我们同时举起了枪，十二发信号弹同时在空中炸开，这是我们胜利的象征。

一个战友问我："队长，那个女的怎么处理？"

我盯着他的眼睛，"你还想怎样？你以为你是日本鬼子啊？！"

说完，队伍里发出一阵哈哈大笑。

那天晚上，张扬接到她老婆的电话，得知了女儿出生的消息。他开心得像个孩子，唱了整整一夜的歌。我们陪在他的身边，也跟着他唱歌。只是唱着唱着，我们都哭了，我们抱在一起，任泪水放肆地流着。我们有太多的话想要诉述，却一句话都没有说出口。我的战友，我最亲爱的兄弟，如今你们在何方？如今你们还好吗？你们是否还记得那个夜晚，我们抱头痛哭的那个夜晚。

我们回到了县城。我看见了拄着拐棍的杨发涛，他的腿没有什么问题，甚至连药都不需要吃，要做的只有静养。

搭上早班公车回到镇子里，洛桑泽仁看我精神不好让我赶紧补觉，说傍晚他叫我起床。

紧张得一夜没睡，很疲惫，倒在床上就睡了过去。

傍晚时分小队集合，洛桑泽仁是队长，另外还有两个新到的同事，比我晚两天进单位，一个身材高壮的山东小伙，还有一个是杭州人，长相秀气，一脸的文质彬彬。

坐在车上，远方山脉被霞光笼罩一片橙红，我和洛桑泽仁并排坐着，那两个同事坐在对面，车厢里弥漫着紧张凝重的气息，我却如何都集中不了精神。

路边，盛开着各种颜色的花朵，清澈甘甜的山泉静静地流淌着，调皮的松鼠在树上欢快地跳蹿着。高原的阳光像热情似火的藏族同胞一样，温暖着游子的心。

可是半路天空上突然飘起了雨，雨越下越大，山谷里开始起雾。车在雾中行，似仙境般有一种缥缈的错觉。

车外冷风夹着猎枪的土弹呼啸而过，冉冉生病憔悴的容颜，还有冉冉近在耳边的道谢，甚至冉冉临别时的疏远客气与心不在焉不断地在我脑中闪过。

我失神从车上滚下，洛桑泽仁一手端枪一手探出身来拉我，但是车速太快，洛桑泽仁只抓到我的衣角立刻就被坠地的引力挣脱。

坠地的瞬间我借势几个翻滚，身子滚在坑坑洼洼的山路上激得我头昏脑涨。子弹声风声在耳边呼啸，腹间一疼，肚子磕上路边的石头，接着一阵阵尖锐的疼痛钻着脑仁儿，我疼得曲起身子，蓦然腿上一热，一颗子弹尖锐地擦过。

洛桑泽仁跳下车来，在地上滚了两滚跑到我身边要拉我起来，这时候又是一连串的猎枪冲击声传到近前，洛桑泽仁不能近身，大声吼道："快走，带上它！"

我下意识接住，是一个巴掌大的盒子，天色低沉，昏暗中我看不清楚具体是什么东西。

洛桑泽仁看我接住，突然往后折返回去，匍匐在一块大石后面。

看着洛桑泽仁坚决的神色，我不能选择。我甩甩头，抱着盒子迅速离开。

天色雾蒙蒙，突然一个炸雷想起，瓢泼大雨立时降了下来，我忍住不去想身后危险的洛桑泽仁，任心中再担心，脚下不停地继续往前走。

大雨迷糊了视野，我也不知道仓促中我走到了哪里，山路崎岖，我尽在沟凹中翻行，只凭着感觉一路往北走，走到大路上就好了，我安慰自己。

大雨湿了土地，脚下泥泞不堪，腿上的伤刺骨地疼，我跛着脚，腹上方才掉下车时被撞的地方也一抽一抽的疼，雨水掩住口鼻，我大张着嘴，呼吸时连雨水都一并吸了进去。

腿上的伤口失血过多，我身体一阵阵发冷，但是不能松懈，我必须继续走。

无尽的黑似乎想要吞噬掉这个世界，一天的车旅疲劳再加上四千多米的海拔，让我的步子越来越缓慢，我的腿像被灌过铅一样，每走一步都要费好大的劲。

刚才洛桑泽仁不顾一切跳下车拉我的画面不断冲击在我的脑海，心里感动和悔恨交织。后悔自己工作时怎么不收敛心神，这个时候想冉冉做什么，可是一想到冉冉我的心又是一揪一揪地疼。

就这样不知走了多久，一轮圆月挂在夜空中，天上的星星像无数只精灵，眨动着可爱的眼睛。我已经没有了欣赏风景的心情，伸手不见五指的黑，让我每一步都走得如此的艰难。前方，对于我来说就是一个深不见底的黑洞。雅砻江的流水声越来越远，我走进了一篇茂密的丛林，我只有借助天空上那微弱的月光，缓缓前行。高原的夜晚很冷，我的汗水却湿透了衣服。

神智越来越不清晰，不知道走了多久，宽松的裤管紧紧贴在腿上。走出一波泥泞，冰凉的近乎失去知觉的双脚踏上一片裸露的石子地，我颤颤悠悠地走上前去。

不远处是一片藏式小楼，此时的楼群掩在灰蒙蒙的大雨中仿佛海市蜃楼一般。

终于遇到有人烟的地方，我紧张的心也放下了一半，想也没想就提着伤腿朝着前方跑去。

我抬起头想辨别方向，但是昏聩的大脑做不出反应，我无意识地朝前走，迷糊中看不清楚具体位置，只是摸索着撞开一扇门，随着木门嘎吱的声音，我"砰"的一声倒地不起，神智彻底涣散。

第六章 与藏香女孩结缘

　　我似乎做了一个长长的梦，只是当我醒来的时候，除了蔚蓝的天、一望无垠的草原，我什么也不记得了。

　　鼻端飘过一阵奇异的香气，梦境变了，变成了蔚蓝的天、绿盈盈的草原。鸟儿在天上欢快地唱着，草丛中开着五颜六色的鲜花，远方的雪山像头戴银冠的女神一般。高原的阳光明亮地照着大地，极目远眺，还能看见山坳里寺庙金顶、洁白的佛塔以及那多彩的经幡。空气中飘荡着明净的气息，独属高原的气息……

　　我慢慢睁开双眼，发现自己正躺在一个充满藏香的木屋里，屋外传来"哗哗"的流水声。通过窗户，可以看见蓝蓝的天空和飘动着的云彩。

　　我睁开眼睛，身体好像不是自己的，虚弱无力，看了看四周，是个完全陌生的屋子。

　　我躺在一张大竹木床上，窗外画眉鸟鸣，一个清瘦女子坐在院子里洗盆中的衣服，背对着我看不清楚样子，身旁还有一个三岁大小的孩子在堆小石子。

　　雨后的清晨洁净亮丽，鲜亮的色彩点缀着整个小院。

　　我扭过头环视屋子，几株绿叶子沿着窗脚深入屋子，衬得好像屋中皆是绿意。对面是一张竹木的短塌，还有洗脸盆架子，看起来像是四五十年前的那种类型，但是样子很别致。

　　我看得正鲜，门口传来"噔噔"的脚步声，声音轻巧，踏地竹木地板跟着"咯吱咯吱"地响。

一个穿着藏族服装、留着长辫的姑娘端着一碗酥油茶走了进来。一个美丽的藏族姑娘走到我跟前,我想从床上坐起来,可刚一用力,从头部传来一阵剧痛,我摸了摸头,发现缠着绷带。姑娘走到我跟前,将酥油茶轻轻放在了床前的一个小木桌上。

那女孩看到我醒来,脸红了一下,小声问:"你醒了?"

姑娘说话时细声细语。我这个时候才看清眼前的这个藏族姑娘。姑娘正是豆蔻华年,黑里透红的皮肤,弯弯的眉,大大的眼睛,嘴唇玲珑而丰满。女孩的脸颊上那两团醒目的高原红像挂着的两个红红的苹果,总是带着腼腆而又羞涩的微笑。从她身上散发出的淡淡香味扑鼻而来,我知道,那是藏香的味道。

我的大脑开始运转,想到昨天大雨中我好像迷迷糊糊跑到一家藏族小楼里,推开门我就神志不清了。

想到这里我蓦然想到洛桑泽仁交给我的盒子,我连忙想撑起身来在身边翻找,可浑身疲累不堪使不上力。轻轻一动绵绸被子摩擦在皮肤上质感粗糙,我一愣,感觉到自己赤着上身裹在被子里,腿上和腹部的伤已经包扎好。

那女子看我四下挣动,连忙将盆子放在门边,走过来着急地说:"你,你别乱动。"

"你是找那个盒子吧。"她说,说着她从床侧的架子上拿出一个盒子交给我,正是洛桑泽仁给我的那个。

我心下感激,温和地朝她笑了笑。

是个木盒子,上面刻着花纹,盒子有些浸水,我也没有打开,只是好好地放在床边。

"是你救了我?"我仰头看着那女子问道。

她的俏脸又是一红,她身材消瘦,却并不娇小,反而显得她身量颀长,面容也不在精巧之列,不像冉冉那样清秀可爱,但是却别有一般成熟的魅惑,却在这成熟中夹带着一抹害羞的嫣红,这样的害羞温婉让我心生喜欢,就像邻家妹妹一样亲近。

那女子看着我,却不敢和我眼光对视,她给我讲了昨天的事情。

"昨天你突然从外面冲进来我吓了一跳,然后我怎么推你你都不醒,我……"

知道是她救的我，我心里感激，觉得自己给她添了麻烦，抱歉地对她笑了笑，说："给你添麻烦了，真是谢谢你。"

　　她连忙摆摆手，继续说："昨晚你突然闯进来吓了我一跳，但我看你浑身是伤，一时也找不到医生，就先帮你简单包扎了。你现在还有哪里不舒服吗？要不要我去请医生？"

　　我动动伤腿，包扎得很好，我对她摇摇头，安慰她不要紧张，一点儿小伤很快就会好。

　　想到昨天危险的情况我对这个藏族女子充满了感激，要不是她也许我就醒不过来了。

　　"你叫什么名字？"我问她。

　　"降初。"她说，说完又欲言又止的。

　　我看着好笑，温和地说道："我叫李峰。"和她说话我不自觉地把语气放柔，害怕吓着她一样。

　　听到我的名字她很高兴，但是又腼腆地不知道该如何表示心情，踌躇了一会儿突然想到什么，说："我怎么忘了，你一定饿了，我去给你拿些吃的。"说着就要往外走。

　　我不想再麻烦她连忙说道："不，不用麻烦了，我这就准备回去了，昨天真是谢谢你！"

　　我试着坐起身子，降初过来在我背后塞了枕头扶着我坐起来。

　　"你现在还不宜挪动，而且昨晚看你浑身是伤，衣服上都是血迹和泥水，我就帮你把上衣洗了。"她说着指了指窗外，院子里一个木头架子上面搭着我的迷彩外套和衬衫。

　　看到迷彩上衣我突然面容一紧，这次行动是完全秘密的，也不能让人知晓我特警的身份。

　　我扭头看向降初，降初温顺地帮我整理散开的被角，近距离靠在一起，一阵藏香扑鼻。

　　降初什么也没问，没问我怎么会突然浑身是伤地出现在她们家门口，也没问我是谁，做什么工作。

　　降初还要出去拿吃的，我拉住她，说："没关系，我真的不饿。"

　　降初这才站住身子，但是又不知道说什么。

　　我看着她尴尬的样子试着转移话题，就玩笑地夸她身上很香，却不料降初腼腆，被我一夸害羞地绞着衣襟。

正不知道如何缓解尴尬的气氛，刚好方才还在院子中玩耍的孩子跌跌撞撞跑进来，这孩子身穿藏式服装，简洁可爱，看眉眼处和降初有几分相像，我友好地一笑，问道："这孩子是你弟弟？"

降初一愣，转过身去抱起孩子，笑着说道："不是呀，是我儿子。"说着又叫怀里的孩子跟我打招呼。

我很惊讶，诧异地来回在两人脸上来回地看。降初看起来二十不到，实在是想不到竟然已经是一位孩子的母亲。

小孩伸手揽住降初的脖子朝我开口唤道："叔叔好！"

"真可爱，和你确实很像！"看两人亲昵的样子确实不是假的，我微微一笑，温和地说道。

降初看我惊讶的样子解释说她们这边结婚早，一般女孩如果没有上班都早早地成了家。

"咦？孩子的父亲呢？不在家吗？我也得谢谢他！"我问降初。

降初怔愣了一下才反应过来我问的是什么，淡淡地笑了一下，说："他前两年就南下打工了，之后再没有回来，也联系不上。"

我听着惊讶，想到降初一个人带着孩子，心头一酸，更加感念降初的善良。昨晚上降初一个女孩子却对我这个突然冒出来的外人却不设防，而且全力帮助，也不知道是怎么把人事不省的我弄到床上来。

我关心地问降初："那你一个人带着孩子生活想必一定很辛苦吧？"

她微微一笑，摇摇头说道："挺好的，时间久了也习惯了，而且要是有什么难处邻里都很帮忙的。"

降初说的时候笑得很甜，她是个坚强的女孩，我想。

我赞赏地笑了笑，看到降初抱着的孩子在桌边放的一枚竹筒子，颜色碧绿，上面雕着两只交颈细语的黄鹂鸟。我看着精致，说："这是什么东西？看着精巧。"

降初拿起来笑着说："这是闲着没事自己弄的，不是什么好东西，可以放些小东西用。"

屋子里各处摆放着很多像这个竹筒一样别致的轻巧小物件，做工精致，很有意思。整间屋子不大，却被降初布置得洁净雅致，透着藏族风味。

降初看我喜欢那个竹筒，高兴地笑了，然后又说："我去给你做饭，你先歇着。"

我拗不过，而且衣服还湿着一时也动不了，只能点头让她去。

藏衣男孩跑过来好奇地看着我，我伸出手拍拍他的小脑袋问他："你叫什么名字？"

那孩子软浓浓地回答道："赖旭。我叫赖旭。叔叔这是怎么了？"

看着他天真的眼神，我笑着说："叔叔是赶夜路遇上大雨摔到腿了。"

"这样啊，那一定很疼。"赖旭好似恍然大悟一般，歪歪头说道。

这孩子让我想到冉冉身边的孩子们，还有那个每次我去学校都亲热地叫我叔叔的黝黑男孩。

赖旭很乖，搬个小凳子坐在床边，我逗着他说话。

降初进来看到后温和地责怪赖旭，说道："不要打扰叔叔休息，过来玩。"

降初手里端着一碗奶茶，让我先喝了润润喉，等会儿吃饭。我谢过之后静静地喝了，和洛桑泽仁给我带的奶皮和羊肉一个味儿，热情善良的藏族味道。

由于腿上伤口太深，再加上这里没有手机信号，我要在这座小木屋里住上几天。高原的天气，总是变幻莫测，先前还是烈日当空，这一眨眼的工夫就开始飘雪花。木屋外呼呼地吹着大风。我躺在冰冷的被窝里，蜷缩成一团，这样可以让自己的身体暖和一点。

降初说："阿哥，冷吗？"

我的嘴唇已经冻得发紫，但还装作满不在乎的样子，声音颤颤的，牙齿打着架，"不……不冷，暖和着呢！"

降初一把抓住了我被冻得冰冷的手，"还说不冷，都快成冻成冰块了。"降初一边说着，一边脱下鞋，爬上了我的床。降初那裸露的脚让我内心一颤，它像白杨树一样清冽多汁，日夜散发着乳白的芬芳。

降初掀开了我的被子，钻进了被窝。两个年轻的身体紧紧靠在了一起，冰冷的被窝逐渐暖和起来。我被降初的这一举动惊呆了，我甚至开始幻想，接下来将要发生的一幕……

降初温柔地问道，"阿哥，暖和吗？"我激动地点点头，"嗯，暖和，暖和。"我的血几乎就要被点燃，我万万没想到高原之旅居然会有这样的艳遇，一个大美人主动爬上了自己的床。

就在我还沉浸在幻想之中时，降初突然掀开被子，穿上鞋，"你……你去哪儿？"到手的鸭子飞了，我焦急地问。

降初回过头，"阿哥，被子暖和了就好好休息吧。"而后，微微一笑，转身离开了。

我静静地躺在床上，房外的鸟儿在"叽叽喳喳"地叫着。降初每天都会把做好的酸奶和饭菜送到我床前，除了酥油茶和牦牛肉外，降初居然还会做地道的川菜。她告诉我，这都是阿爸教她做的。我问降初："怎么没见到你阿爸？"降初说："阿爸去外地工作了，很久很久才会回来。"

我过了两天衣来伸手，饭来张口的皇帝日子，头部已经消肿，眼睛里的血丝也没了。一个午后，我推开了木门，我想要出去看看。

木屋的门前是一条小河，木屋的背后是一座大山，低矮的石头墙围绕着木屋，鸟儿在树枝上自由自在地唱着属于它们自己的歌谣，阳光洒在万物之上，让这幅山水画增添了几分灵动。

降初正在河里洗衣服，合着小河流淌的哗哗声，降初的笑容像格桑花一样美丽。

每天早晨，降初将若干砖茶或沱茶捣碎放入铁锅，掺水熬煮，几度开沸后，撒少量土碱，催出茶色。尔后，降初将沸开的茶叶水，倒进碗口粗、半人高的圆筒，放进一些酥油、少许盐巴，抓住筒中的木杵，上下搅动，轻提、重压，反复数十次，使茶叶、油脂和水融合，不多时，这便成了色、香、味俱全的酥油茶。

有时，打制酥油茶时，降初会加进核桃仁、牛奶、鸡蛋、葡萄干，酥油茶因此更加柔润清爽，余香满口，为茶中上品。

我喜欢酥油茶的味道，调和着糌粑，咸中带着浓香。

降初坐在我身旁，为我讲述酥油茶的传说：藏区有两个部落，曾因发生械斗，结下冤仇。辖部落土司的女儿美梅措在劳动中与怒部落土司的儿子文顿巴相爱，但由于两个部落历史上结下的冤仇，辖部落的土司派人杀害了文顿巴。当为文顿巴举行火葬仪式时，美梅措跳进火海殉情。双方死后，美梅措到内地变成茶树上的茶叶，文顿巴到羌塘变成盐湖里的盐，每当藏族人打酥油茶时，茶和盐就会再次相遇，就像牛郎和织女一样。

那天正是个晴天，鸟儿在窗台上"叽叽喳喳"地叫着，唱着属于它们自己的歌谣。阳光温柔地从天空中洒下来，给大地上的一切镀上淡淡的金辉，洁白的云朵在蓝宝石一样透亮的天空中静静地飘着。降初家的木屋的门前是一条小河，河水在石头间"哗啦哗啦"地唱着歌，给这幅美妙的风景画增添了几分灵动。

我走到窗口，惬意地享受着暖融融的阳光，却发现降初坐在院子里一块小小的石头前忙着什么。

我挪下楼梯走到降初身边问："降初，你在做什么？"降初吓了一跳，抬头见是我，高兴地叫道："阿哥，你的腿好些了吗？"

我有点不好意思地说："还有些疼，但是能走了。"降初放下手里握着的木槌，从石头边站起来，笑着说，伤口还没完全愈合，你还是多休息。

我随意地走着，目光被降初丢下的石头吸引住了。仔细一看才发现，原来它是一个浅浅的石臼，里面盛着一些翠绿色的粉末。

我凑近一闻，清香扑鼻而来。我好奇地盯着看了半天也没弄清楚是什么东西，刚想伸手取一些放到眼前细看，降初急匆匆地跑了过来："阿哥别动，这是要敬给神的东西！"

我急忙缩回手，然后问降初："这是什么香料啊？好香啊！"

降初咯咯地笑了，说："这就是藏香啊！"

"藏香？"我疑惑道："怎么和我在别处闻到的味道不一样？"

降初说："这不是做好的藏香，是做藏香的一种原料，叫雪巴，把它磨成粉，和其他原料合在一起，就做成藏香了。"

我闻着雪巴的清香，突然对藏香产生了浓厚的兴趣，兴冲冲地对降初说："藏族人什么时候开始做藏香的，藏香有什么讲究，你给我讲讲好吗？"于是，降初便给我讲了起来。

传说，莲花生大士刚到西藏时，为了降伏各类神魔常常举行焚香仪式，焚香可以供养佛祖、驱除邪灵。从那时候起，西藏的寺庙就开始燃香供佛。慢慢地，一般藏人也开始烧香，藏香就流传开了。发明藏香的是吞米桑布扎，他是松赞干布赞普时期的"七贤臣"里的一个。当年，松赞干布赞普派吞米桑布扎到印度学习佛法，吞米桑布扎在印度经历七年修习，学习了所有的知识。成为一名很有影响的学者。在印度学完归来，吞米桑布扎把印度的熏香通过自己的演变，发明了藏香，已经有一千多年了。

藏香的原料很多，柏木、檀木、丁香、豆蔻、地衣、土木香、余甘子、雪莲花、红景天、麝香、藏红花等各种草药都可以作原料，配方也各不相同，讲究的还在香里加入珍珠、玛瑙、珊瑚、松石等珍宝，那样做出来的香更珍贵。不管用什么配料，藏香里决不能加化学香料，它的香味必须全部来自于天然药材和矿物，因为香是要敬给佛菩萨的，一定要保持它的清洁和纯正，只有自然界中天然草木才有这样的洁净清香，才能用作供养之物，化学香料的缘起不正，诸佛菩萨、空行护法、天神自然不欢喜，人闻了也有害，所以坚决不能用。

除了供佛，藏香对人也很有好处。藏香蕴涵着十方诸佛菩萨的加持和愿力，好的香会让闻者生出喜悦，这种喜悦对有修持的人来说会马上转换般若性智，对没有修持的众生也可以使他们止息恶念，生出向佛的善念，心灵宁静，步入平和安乐之境。

听到这里，我问："每次我心情不好的时候你就会点香，也是因为藏香有使人平静安乐的功效吗？"降初笑了笑，没说话。

我是后来才知道，降初算是藏香世家，她的母亲就是寨子里制作藏香的高手。因为对藏香的制作产生了兴趣，我亲眼目睹了这种神秘的高原之香的诞生过程。

第一道工具是磨制香粉。把采集来的各种药草用"火法"或"水法"进行炮制，然后再磨成各种香粉。藏香的主要原料是一种生长在高山地区的柏木，做香时只取去了皮的树干，一点儿一点儿地在石磨上磨成粉，加水调和成香泥，多余的则做成一块一块的香砖备用。柏木磨起来很慢，一个人一天只能磨出小小的一堆，所以降初阿爸也会从其他地方买一些制作好的柏木香砖，用的时候直接磨成粉就可以了。

第二道工序是调香。把一些需要熬制的香粉混合在一起放入一口大锅中，加入特制的药汁熬制，然后过滤掉水分，和事先制作好的柏木粉、檀香粉等干燥香粉混合搅拌均匀。搅拌工作是手工完成的，我看见厂里的男男女女围成一圈蹲在地上，将双手插入冒着热气的原料中堆中不停地翻搅，厂房内飘着烟雾般的药尘，也弥漫着沁人心脾的清香。

第三道工序是放置。调好的香泥不能马上用来制香，必须盛在洁净的容器里放置一段时间，然后才能拿出来制成各种形状的香。

第四道工序是制香。将制作好的香泥装入特制的牛角或羊角里，用大拇指挤出细细的香条，放在屋里阴干，藏香就做好了。

我看到负责制香的工人们盘腿坐在地上，手拿牛角轻轻一挤，一条笔直的香线就轻盈地落在了制香板上，不禁觉得十分有趣，于是也想去试一试。降初说："做藏香要先斋戒的，阿哥，以后再说吧！"

降初对我说，藏香是佛前供奉之物，所以在制作者要保持内心的虔诚和清净，持守斋戒，洗净双手和清洁器具，都是为了延续最初的圣洁与虔诚，使藏香远离佛菩萨不喜欢的不洁气息。内心不洁净的人制作的藏香不会得到佛菩萨的接纳，质量也不会好。

我听着降初的话，陷入了沉思。

在我的软磨硬泡下，降初终于答应教我做线香。可是自己一动手，才发现制作藏香看似简单，真正做起来却需要很高超的技术。降初制香时，只需一只手握住牛角和香泥，另一只手轻盈而均匀地搓动，笔直的香条就轻轻巧巧地落在了制香板上。可是轮到我，不论怎么摆弄，就是没办法像降初让香泥通过牛角的小孔均匀而连续地落在香板上：用力小了，香泥挤不出来；用力大了，整个手指都跑到牛角里去了。折腾了半天，我也没做成一枝完整的线香，反而弄得自己手上、衣服上到处都是泥渍。降初看着我笨手笨脚的样子，忍不住在一旁偷笑。

除了在工厂里制香，降初有时也会到山里采集原料。这时正是藏红花的采收季节，降初准备到十多里外的山里采集野生藏红花。

我问降初："你们买来的藏红花不是还有吗，为什么还要去采？"

降初说："买来的药材虽然使用方便，可那是制作好的成品，和山林里直接采来的原料是不一样的，没有天地神灵给予的洁净之气，供养佛菩萨的效果也差好多。没有办法采的时候只好用买的，有机会，当然要自己去采。"

我接着问："可是，那样工厂的生产不就要停了吗？这样的话要少好些收入的吧？"

降初说："我们做香最要紧的不是赚钱，是为了付出心中的虔诚。心里只想着赚钱，香里就会有不洁之气，佛菩萨就不喜欢，这样的香也不值钱。只有用自己的生命诚心付出做出来的香，才会有殊胜的香气，才是真正珍贵的好香。"

我无话可说了，只好怏怏地沉默了下来。

走了十多里山路，我和降初来到一片开阔的草原上。为了照顾我的腿，一路上我们都走得很慢。这时正当深秋时节，山上的树木已经变了颜色，杉树的黄、栎树的绯红和松柏的绿交融在一起，形成色彩缤纷的彩林。金黄色的草原上流过一条条清澈见底的小溪，映着头顶的蓝天白云，使人感觉好像置身于绚丽多彩的油画中一般。

我和降初来到雄伟秀丽的扎呷神山。降初用石块堆起玛尼堆，然后把采集来的柏树枝一层层码放在桑炉里，先将柏树枝点燃，然后撒上降初带来的糌粑、茶叶、青稞和糖，尔后口诵"六字真言"，祈求山神佑护。散发着柏香白色的浓烟很快升腾起来，随风飘上了山顶。

回到小木屋的时候，天已经黑了，降初的阿妈做好了丰盛的晚餐，木质的餐桌上摆放着香喷喷的牦牛肉、双椒牛舌和青稞酒。

我端起酒杯，"老阿妈，降初，我敬你们一杯，千言万语都在这杯酒中。"我一饮而尽。

降初头一仰，杯中的酒也一干而尽。

降初的身上总是飘着一股奇异的藏香。有她的地方，总是能闻到那淡淡的清香。微风拂过，馥郁醉人。藏香，悄悄地揉碎在凛冽的风中。美丽的降初如那娇柔的花瓣，一瓣一心香，一枝一气节，淡淡的藏香沁透了高原夜晚的孤单与寂寞。

这是一股既陌生，又熟悉的味道，似乎在我童年的哪个时候出现过？

这天晚上，我不知怎么的，突然失眠了，在床上翻来覆去睡不着觉。明亮的月光透过窗户照进了屋里，屋外静得只剩下潺潺的流水声。我穿好衣服，提起摄像机，我想拍一点安达寨的夜景。

夜幕下的安达寨像一颗夜明珠一样散发着静谧和神秘，身后的大山像父亲坚实的臂膀一样紧紧包围着这个高原小寨。我一边摄像，一边欣赏着高原夜景，我顺着小河往下走。

突然，一个裸露的背影出现在我的眼前，定眼一看，是一个女人的背影。性感的后背，丰满的双臀，若隐若现的双乳……月光下的女人正在洗着澡，全然不知身后的一切，乌黑的长发在河水的抚摸下越发的靓丽。

一阵风吹来，降初身上那神奇的藏香飘来，我早已沉醉其中。

我就这样静静地站着，透过摄像机镜头，细细欣赏眼前的这个女人的身体。空气似乎在那一刻凝固了，河水也停止了流动。

我觉得，世界上只剩下我和这个女人了。

柔和的月光撒在小河里，洒在女人裸露的身体上，撒在我的心里。

不知不觉，女人突然转过身，露出挺拔的双乳，原来是降初。

我用手捂住了自己的眼睛……

我原以为降初会因为这件事而永远不再理自己，但出乎意料的是，降初像什么事都没发生过一样，清晨依旧会把香喷喷的酸奶端到我的跟前。从安达寨出发，走十多里山路，是一片碧绿的大草原。

我从未见过这样一望无垠的大草原，兴奋得像个孩子一样在草原上奔跑，或是摘一朵格桑花，趁降初不注意，悄悄放插在她的头发上，然后跑开。

降初在后面紧追，高原是高原人的天堂，我哪儿是降初的对手，几个步子，降初就追到了我。

我却突然倒在地上，不再动弹。降初被这意外吓得不知所措，她跑到我跟前，跪在草地上，轻声问："阿哥，你怎么啦？"

我依旧闭着眼睛，没有反应。

降初急得流下了眼泪，"阿哥，阿哥，快醒醒，对不起，我不是有意的，阿哥，快醒醒，我们回家……"降初的话还没说完，趴在地上的我"呵呵"地笑了起来。

我从地上站了起来，继续往前跑。降初没有再追我，她静静地坐在草原上，满脸的泪水。

我知道自己闯了大祸，但灵机一动，开始边唱边跳，"三只熊住在一家，熊爸爸，熊妈妈，熊宝贝……"滑稽夸张的动作很快惹得降初哈哈大笑。

蔚蓝的天空，悠悠的白云，降初和我背靠背地坐着，看长鹰从天空中呼啸而过，看可爱的羊羔品尝着美味的青草。

"降初，你会跳舞吗？他们都说藏族女孩能歌善舞。"我的摄像机镜头对准了草原上那些黄色、紫色的小花。

降初站了起来，什么都没说，在草原上翩翩起舞。没有音乐和伴奏，降初就像一只自由的小鸟飞翔在美丽的草原上，映衬着蔚蓝的天，降初如同一只闪烁在花丛中的彩蝶，美得只有在童话故事里才能找到。

降初边跳边唱："美丽的格桑梅朵，你盛开在辽阔的草原，你染绿了春天的颜色，吹醒了大地的睡眠……"

降初的舞姿深深地吸引住了我，当她跳完，我的镜头仍然久久地对着降初。"阿哥，阿哥，"降初提高了嗓门，"跳得好吗？"

我站了起来，开始鼓掌，"美，简直太美了。"

这个时候的降初美得就像悠然的牧歌一样，沉醉了太阳和月亮。叠嶂的连绵群山和这无边的草原像一对许下承诺的恋人一样紧紧地拥抱在一起。

我跟着降初上山挖虫草采菌子，降初每天听我讲我的梦想和大城市里的故事。在我离开安达寨的这天晚上，这里举行了篝火晚会，寨子里的老人、小孩、年轻人都穿着民族服饰，在星光的陪伴下，围着篝火跳起了欢快的锅庄舞，伴随着热情的锅庄曲，人们喝着青稞酒，互致祝福。

降初拉着我和寨子里的乡亲们一起围着篝火跳起了锅庄。

这天晚上，降初和我喝了很多酒，你敬我一杯，我敬你一杯。

这天晚上，降初和我说了很多的话。后来，降初捧着一个芳香四溢的盒子跑回来，把盒子往我手里一塞，小声地说了一句"送给你"。

门前的小溪倒映着这一轮明月，高高的夜幕挂满了星星，它们在无际的夜色中一闪一闪地眨着眼睛，好像点缀在晚礼服上的水晶一般璀璨光亮。我和降初静静地坐在这片宁谧的星光中，闻着寨子后山上传来的沁人心脾的泥土芬芳。

我打开盒子，一股熟悉的藏香味扑鼻而来，淡淡的星光下，一条羊毛编织的腰带静静地躺在盒中。

我接过腰带，"真漂亮，你手真巧。"

降初站了起来，笑着对我说："我妈妈格西木初是安达寨腰带做得最好的人。"说完，降初便害羞地跑向锅庄的人群之中了。

我独自坐在小河边，看着降初翩翩起舞的样子，降初哼着热情的旋律，人们也跟着呼唱，手牵手地跳起了锅庄。

突然，我想起了什么。我目不转睛地盯着降初，眼前的这个女人我一定见过。

我闭上了眼睛，那封陌生女人的来信和那十多张照片浮现在我的脑海中。对，这不就是照片里的那个女孩吗？

我走到降初跟前，问："你的妈妈叫格西木初？"

降初带着美丽的笑，回答道："嗯，对啊，格西木初就是美丽女神的意思……"

降初的话还没说完，我转身回到了屋里。这个夜晚，我失眠了。

我没有告诉降初我的工作身份，但是我把单位地址和电话号码留给了她。

"降初，这次真是谢谢你，如果以后有什么事情需要帮助可以过来找我。"我笑着说，然后又补充了句，"等我有时间了一定来看你和赖旭。"

降初腼腆地笑了，我看她神色有些踌躇，但我着急回单位就没细想。

第二天早晨，我背起行囊，悄悄地走了。

我顶着清晨的雾霭，坐上了开往小镇的汽车。我坐在靠窗的位置，想再看看这个美丽的小寨。

天气很差，先是下雨，接着又下雪，公路顿时变得又湿又滑。藏族司机一边低声念着经，一边小心翼翼地开着车。

向窗外望去，一条清澈的小河从木屋前经过，上山的铁索桥在风中微微摇动，一个熟悉的身影突然出现在窗前。

车在山间缓缓开动了，降初冲着我微微一笑。

车渐行渐远，降初的身影越来越模糊。我拿出了降初送的那根彩色腰带，风一吹，藏香扑鼻而来。

等回到单位，洛桑泽仁不在，同事说洛桑泽仁已经带着小队的其他两个人出去找我已经找了三天了。看到我回来，同事赶紧给洛桑泽仁打电话。

洛桑泽仁回来的时候我正在医院里躺着，腿上的伤口外皮已经开始见好，但是内里肌肉溃烂，无奈只能开刀下捻。腹上的伤严重些，有一颗石子刺进肉里。

洛桑泽仁看到我激动地走过来，说了句什么，用的是藏语我听不太懂，大概就是"谢天谢地"的意思。

洛桑泽仁看到我的伤忍不住关心道："怎么样？我找了你两天，你可吓死我了。"

看到洛桑泽仁头上有一处擦伤，我松了一口气，就怕洛桑泽仁要是出什么事情让我情何以堪。

洛桑泽仁上来就要掀开被子看我的伤势，我无奈地笑笑，表示自己没事，让洛桑泽仁安心。

在医院住着，洛桑泽仁请示后也过来照顾我，他每天换着样子从家里带来特色吃食给我。

洛桑泽仁回去给我拿换洗衣服时顺带着把电话也带了过来。

电话关了两天，打开一看只有一个移动的广告信息，其他什么也没有，心中不免有些失落。冉冉的病也不知道好了没有，我忍不住打电话过去。

冉冉正在上课，跑出来接电话没说两句就挂断了，听起来精神还好，我也放了心。

我没有告诉冉冉我受伤的事，心里告诉自己是不想让冉冉担心，但又何尝不是抱着自暴自弃的想法。我倒希望冉冉能来看我，可是我也知道即便是来了也是出于朋友的情谊才来，与其这样我宁愿不让她知道。

这天洛桑泽仁过来说："这次多亏了你，咱们小队立了大功。"

我知道他说的是那个盒子的事，但是这全都是洛桑泽仁的功劳，他现在这么说让我也不安承受。

"要不是你跳下来救我……"面对洛桑泽仁我不知道怎么说出感谢的话来。

洛桑泽仁满不在乎地摆摆手，笑着说道："说这些做什么？你没事就好，这次让你受伤我一直很内疚。"

是啊，人没事就好，看着洛桑泽仁平安地站在面前，我放松地笑笑，洛桑泽仁也笑，笑得爽朗。

洛桑泽仁突然一拍脑门，突然说道："啊！我竟然忘记了。"洛桑泽仁说着指指他带来的手提袋，那出里面一个小巧的笔筒，翠绿竹木做的，上面雕的却不是黄鹂，而是一对鸳鸯。

洛桑泽仁说："一个姑娘到单位去找你给你带来这个，还关心地问你伤好了没有，挺漂亮的姑娘，我刚一问谁她就害羞，支支吾吾地说是找你。怎么着，找你的这两天可发生了什么？这是哪家的姑娘，挺漂亮的。"

洛桑泽仁说着调皮地挑挑眉毛，我大窘，赶紧解释道："没什么，就是那天晚上受伤我无意间躲到她们家，她照顾我了一天，我和她没有什么。"

洛桑泽仁还是不信，笑道："你没看上人家姑娘，看起来挺不错的，你俩也般配。"

"没，我当她是妹妹。"我赶紧说道，想结束这个话题。

第七章 劫持案也可以这样解决

在医院养了两天，我急切地想见冉冉，在医院实在待不住，就搬回宿舍住着。腿上虽然还没好全，但是只要不太劳累并不影响正常走路，只是腹部的伤口深，还没有结痂，绷带缠着弯腰都不行。

这天夜里，伴随着匆匆的脚步声，纪刚叫醒了正在熟睡的我，"小李，快起来，有任务！"我一听，顿时来了精神，用最快的速度穿好警服，跟随着纪刚和特警大队的兄弟跑步来到县公安局门口。

县局门口还站着刑警大队的干警，整队完毕后，纪刚开始发防弹衣和防弹头盔。即使夜里的寒风呼啸而过，但我仍感到体内的血液在沸腾。

我站在田军的旁边，穿好了防弹衣和防弹头盔，顿时感到身体重了不少，但心里踏实极了。尔后，五辆警车在局长的带领下向黑暗中驶去。

五辆警车还在向大山深处行驶，四周一片漆黑，没有一点灯火。为了保证此次行动的顺利，五辆警车关闭了车灯。一路上，只有繁星和月亮散发出微弱的光，望着那山谷里无尽的黑，我感到从未有过的恐惧。身旁的杨发涛闭着眼，双手紧紧地握着那把五四半自动步枪。

警车在一个小村落前停了下来，纪刚整好队，局长站在队伍的最前头，铿锵有力地说道，"同志们，半个小时前，我们接到线人情报，5·17特大杀人案的犯罪嫌疑人刘某出现在他自己的家中，刘某罪大恶极，手上有五条人命，他有枪，同志们在任务中要注意安全，互相配合。"

我越来越紧张，双腿开始不停地哆嗦。子弹是不长眼睛的，它会朝着你瞄准的方向一路向前，在它生命的瞬间绽放。

局长在简要介绍完案情和犯罪嫌疑人的基本情况后，开始部署抓捕方案和人员分组。局长指了指不远处的一个正亮着灯的藏居，"那就是刘某的家，行动！"局长一声令下，各组分头向目标挺进。纪刚这组负责警戒和保护，队伍一路小跑，我在队伍的最后头，这是纪刚为了照顾我特意做出的安排。我从枪袋里掏出了手枪，并上膛，随时准备着战斗。

　　在高原上奔跑是件难事，在高原上穿戴着几十斤的防弹衣和防弹头盔奔跑那就更是难上加难了。我觉得双腿发软，离队伍越来越远。洛桑泽仁看见了脱离队伍的我，他跑到我跟前，一只手提着微冲，另一只手拉着我。

　　要到达犯罪嫌疑人的房屋，还要爬一小段的山路。由于犯罪嫌疑人有枪，所以队伍每前进一步都格外小心。对方在高处，这也加大了抓捕的难度。在前进中，队伍中不允许发出一丁点儿的声音，因为在这样一个安静的夜晚，很小的声音都会被无限放大。如果一旦被身在高处的犯罪嫌疑人发觉，后果不堪设想。我紧握着手枪，食指放在扳机上。我对自己的射击很有信心，二十五米内指哪儿打哪儿。但恐惧和紧张仍徘徊在心头，我将手枪握得越来越紧。

　　突然，"砰！"的一声枪响，响透了整个宁静的山谷。我因为太过紧张不小心扣动了扳机，当队伍进入目标房屋，犯罪嫌疑人早已不知去向，只留下一杯还在冒着热气的酥油茶。任务失败了，我们垂头丧气地下山了。

　　我低着头，站在局长跟前。局长气愤地说："不怕狼一样的对手，只怕猪一样的队友。你今天差一点儿要了我们二十多个干警的命！"

　　高原的夜晚如此美丽，抬头仰望天空，一颗流星从夜空划过。这一晚，对于我来说注定了又是一个不眠之夜。

　　已经一个月没有见到冉冉，虽然冉冉说她的病好了，但是不亲眼见到我还是不放心。

　　出了单位门口，刚想打车过去，看到马路对面有家药店，我想也没想就迎面走进去。

　　店主很热心，向我推荐一些常用药物，我一并买了带着。

　　刚到学校门口，一个小身影从门口面冲过来扑向我，是那个黝黑的藏族男孩。

　　他一边扑过来一边嘻嘻笑着，说："叔叔，叔叔来啦！"

　　我连忙接住他的身子，也不自觉地笑了，抱起他往里走，孩子们嬉闹着三三两两从身边跑过，只是不见冉冉。

"这几天有没有乖乖地听任老师的话？任老师呢？对了，还不知道你叫什么名字？"我尽量让自己声音放柔，微笑着问怀里的男孩。

我不擅长和小孩子打交道，这么说话总觉得怪怪的。

"岩寓，岩石的岩，寓言的寓。我本来叫岩浮，后来任老师来了之后说这个名字不好，就改叫岩寓。"见得次数多了，男孩也不怕生，开心地说道。

我笑了笑说道："是个好名字！任老师一定是想让你像岩石一样刚硬，又像寓言一样美好！"

"我长大了一定要对任老师好！"岩寓也拍拍手跟着我高兴地笑，说着看着我眨眨眼睛，"就像李叔叔对任老师这样好！"

我听了面上一僵，笑道："那你可要快些长大！"

岩寓煞有介事地点点头，我一手抱着他，一手提着东西走了没两步就有点吃不消，连忙把他放下，站住休息一下，腹上隐隐地疼，舒口气等着疼痛感缓过来。

我笑着拍拍他的肩膀，问道："怎么没见你们任老师，她不在吗？"

"任老师和卓玛大娘在做饭。"他说着牵起我的手拉着我向楼后面走去，刚拐过墙角就听到卓玛的声音。

"唉！冉冉你总是这样可不行！"

小楼后面有间大屋，我平时过来也没进去过，里面传来碰碰的切菜声。

我纳闷卓玛在说什么不行，门开着，我就直接走进去，问道："什么不行？是不是冉冉身体又不舒服了？"

岩寓见我进去，一溜烟跑开了。

屋子很大，摆满了破旧的桌椅。冉冉正在面板前切土豆，卓玛在她身旁的凳子上坐着搅鸡蛋。

冉冉一看我进来，热情地招呼道："你今天休息了？"

"嗯，前几天忙没有过来，今天刚好有空就过来看看你……你们！"我点点头，笑着说，"身体怎么样了？病好了吗？"

"早好了，上次电话里不就说了嘛！"冉冉说着，手下不停地切着土豆丝。

"不来看过我总是不放心。"我说着把手里提的一包药找地方放下。

卓玛看到我特别高兴，放下鸡蛋碗就起身招呼我过去坐。

"你们刚才说什么不行？"我纳闷地问卓玛。

卓玛手上沾了鸡蛋,她撩起围裙在上面擦擦,叹息道:"政府的补助总是批不下来,镇上给的一点儿钱够不上学校的日常开支,冉冉总是把自己的工资拿出来贴给孩子们!"

"不要紧的,卓玛!"冉冉微笑着打断了卓玛的话。

我心头一紧,只听卓玛继续说道:"若说要紧,哪有那么多要紧的事,只是你一个月才发多少钱,自己还不够,又拿出来给孩子们!"

卓玛说的时候带着几分埋怨,几分心疼,还有自责。我看向冉冉,冉冉穿的白裙还是大学时候的。之前觉得冉冉在这边生活拮据,可没想到会这么严重。

我洗洗手想去帮忙,卓玛过来拉着我把我推到椅子上,说:"这些事情你哪儿能做的来,都是些女人家的事。"

伤还没好,我也不再推辞,只是就这么坐着总觉得不好意思,笑着说道:"那你们这里有什么男人可以做的事?也不见找我来帮忙!比如修个房子什么的!"

冉冉听了"扑哧"一笑,说道:"李峰,没发现你还挺幽默的。"

"啊?"我被说的一愣,等反应过来想想自己说的话确实有点儿傻,只能不好意思地干笑两声。

我确实想帮冉冉做些力所能及的事情,只是一到冉冉这里手脚都不知道该怎么放,说话也不利索。

卓玛心思细腻,人又热情和善,她看出了我的窘迫,笑着接着我的话说道:"房子暂时是不用修的,只是上次冉冉生病不是叫你来帮忙了嘛!"

我刚想说"那不一样",忍了忍话又吞了回去。在我心里,冉冉就像女神一般的存在,冉冉是我在这里唯一的牵念,保护她照顾她就像我的使命,但是我不知道该怎么表达。

我不禁想到洛桑泽仁讲的念青唐古拉山的故事。唐古拉山和那木措是一对恋人,常有香客来祭拜,我不知道那些香客心中为什么而拜,但是我也想去看看,也希望在这片土地上,唐古拉山神能成全我的爱情。

"那次要不是你……唉……"卓玛想起冉冉生病的事还在感慨,冉冉脸上露出苦涩的表情,我赶紧截住卓玛的话。

"没什么的,只要冉冉没事就好。"我说。

我不希望任何人感念我的情意,更不希望卓玛或者冉冉把我感情的付出当做恩情一样记挂。

屋子里弥漫出香甜的大米味道。我坐着看冉冉熟练地倒油炒菜，心里说不上来是什么滋味，冉冉全心全意都在孩子们身上，梦想在这片土地上生根、发芽，这样的冉冉是幸福的，但是这样的冉冉让我心疼……

卓玛去叫孩子们过来吃饭，屋子一下子显得愈发空旷，看着隐在尘烟中的冉冉——冉冉墨黑的长发卡在耳后，一如上学时我一次次扭头看到的那张恬静的侧脸。八年了，八年的追寻我还是只能这样偷偷地凝视着她。我突然觉得有些不真实，就好像新龙县是不存在的，卓玛和孩子们都不存在，我们仍旧在那间几净明亮的教室里，做着少年时纯真又美好的梦。

岩寓是第一个跑进来的，举着手中的蝴蝶结高兴地嚷嚷着："我赢了，我赢了，莲丫头是个大笨蛋！"

后面两个小女孩追着他打闹，其中一个女孩头发散着，气鼓鼓地去抢他手中的蝴蝶结。

我看着可爱，不禁想到小时候我也是这般逗弄冉冉，看她急得追在自己身后跑，就觉得说不出的满足。

冉冉拿过岩寓手中高举的蝴蝶结，一边帮小女孩系头发，一边嗔怪岩寓："怎么又逗妹妹，去洗手吃饭了。"

小女孩鼻头一耸一耸地念叨："岩寓大坏蛋！"

岩寓也做个鬼脸，咻溜一声跑了，边跑边喊："莲丫头大笨蛋！大笨蛋喽！"

我看着冉冉无奈的笑容，心中酸涩。冉冉，你记不记得以前我们也是这般嬉闹的，在学校的教室里，走廊上，只是不知道什么时候开始，记忆中的校园不再梦幻绚丽反而隐隐透着昏黄，像一场老旧的黑白电影。

我不怕时光让记忆褪色，但是我怕昏黄的记忆干枯致死，再也开不出花儿来。

陪孩子们吃过饭，又陪着冉冉哄他们睡午觉。

卓玛吃过饭也去睡了，她不能劳累，稍一动动就得休息。

"冉冉，我这就回去了，你也睡会吧，下午还要上课。"我对冉冉说道。

冉冉出门在台阶上坐下，眯着眼睛看远天边的红日，过了一会儿，她才静静地说道："李峰，谢谢你对我的照顾，只是你工作也忙，工作要紧，以后……还是不要来了吧！"

"冉冉，我……"我急着分辩，却不知如何分辩，只能说道："冉冉，你忘了，我们是同学，也是……很好的朋友，现在既然在一个地方，我照顾你是应该的。"

冉冉扭过头来看着我，莹白俏丽的面庞映在正午的阳光下泛着和煦的光芒，很迷人，但脸上的神色犹豫不决，我实在不忍听她继续说出来拒绝的话，我连忙补充道："那我以后少来，如果休假我就过来帮你！这样可以吗？"

"我也是不想让你因为我耽误工作。"冉冉低下头轻轻说道。

"不会的，冉冉。"

不会的，我留在这里就是因为你，什么时候你都是第一位的，我想。

提前一站从公车上下来，漫步在街上，我想理理自己的思绪。

远远看到单位门口站着的人很熟悉。待那个清瘦的身影转过身来，降初温婉的面容映入眼帘。

我心中欢喜，暂且将冉冉的话放在脑后，我快步迎上去。

"降初！"我远远地就伸手招呼降初。

降初听到我叫她，扭过头看到我，还是站在那里没动，等我走近了，那熟悉的藏香再次扑面而来。

降初看到我很高兴，却不好意思地低下头，好像做错事的孩子刚好被抓包一样。

"李，李峰，我来给你送些东西……我……"降初侧着脸看向别处，讷讷地说道。

"什么东西？"我说，"你一个人带着孩子也不容易，上次的事我还没好好谢你，老是让你送东西过来我也不好意思！"

"你的伤怎么样了？"降初终于把脸转过来看着我，问道。

看着降初关切的神色我心下感动，说道："已经好得差不多了，你看我不是好好地站在这里嘛！"

我说着，抬抬胳膊踢踢腿给降初证明。

降初被我的样子逗得一笑，说道："你还是安生点吧，那么重的伤口哪有这么快就好的，小心伤口又裂开了。"

我无奈地笑道："哪能那么娇贵，这点儿伤还不算什么，对了，刚巧今天碰上你了，说什么也要请你吃个饭！"

"不，还是不了！"降初连忙摆手拒绝，她一抬手又是一阵清幽神秘的香味传来。

我笑道："你救我一命我还没来得及谢你，我心里也不安生。"

降初有些踌躇，绞着手指顿了一会儿才小声说道："赖旭还在家里，我不能在外面多待，我……"

我听了很失望，正不知道说什么，只听降初声音更低地说道："要是，要是你有时间，就陪我上街吧，我正要去给赖旭买点儿东西。"

降初说着脸上绯红一片，我连忙点头说："好，我今天休假，想买什么？"

"我想给他买些纸笔，下个月我想送他到幼儿园去，再给他买身新衣服。"降初犹豫着说道。

"这是好事啊，赖旭今年多大了，看起来有三岁多了吧？"我问降初。

两人并肩走着，边走边说。虽是并排走着，降初总是离我半米远的距离，我以为她是考虑到礼仪的关系，也不在意。

说到赖旭，降初的神色转眼变得灵动起来，说道："过了年就四岁了。"

"是吗！确实到了上学的年龄了。"我感叹道，转念一想又赶紧问降初，"你出来买东西，赖旭一个人在家吗？"

"邻居的阿姨帮我带着他，原本只是打算出来一会儿，刚才……"降初说到这赶紧闭口不吭声了。

我这才反应过来，原来降初只是过来找我的，也许买东西才是顺路，因为怕我心里不安，这才找了个理由让我有机会报答她。

很感动降初的体贴和善解人意，我以为降初是关心我的伤势才特地过来的，赶紧对降初说："我的伤也快好了，等好了我去看你和赖旭。"

降初甜甜地笑着点点头。

离单位不远处有一所中学，学校附近多得是文具用品店，我带降初到那里去。店主是个三十岁左右的妇女，我们去的时候她拿着计算器在算账，对人爱答不理的。

降初腼腆，遇到这样冷冰冰的店主很不自在。我看她拿着两本练习册犹豫着不知道选哪一本，我凑过去看了一眼，但是对幼儿的书籍我也不懂，只能去求助店主。

"你们要买儿童读物？"那女人只是瞄了一眼，又低下头去算账，淡淡地问道。

降初被她冷淡的态度顶回来，一时不知道怎么接话，小声地说道："我想给我儿子买本学前读物，可是我又不知道他这个年纪该看些什么！"

降初声音很小，我以为老板不会搭理正要拉着降初离开，没想到那女人一听到孩子就抬起头来，看了看降初又看看我问道："你想给儿子买书？"

"嗯。"降初咬住下唇轻轻点头。

"哦。早说嘛！"老板朝降初温和地笑笑，问道，"你儿子多大了？"

"快四岁了！"降初说。

老板前后的态度转变让我大吃一惊。降初和老板高兴地聊起小孩子，我百无聊赖地翻着书架上的纸笔读物。

看到这些书本我突然想到上午卓玛的话，学校里现在经费紧张，我既然来了就顺便给学校的孩子们也买一些文具用品，也算帮了冉冉。

我一边挑着书本一边听着她们聊天，原来这个老板也有个差不多大的孩子，只是在南方父母家里，没有带在身边，她和降初聊得兴起，倒是一改先前爱答不理的态度。

"真是幸福！"那老板看着降初感叹道。

降初腼腆一笑，只听那老板又问道："你们是一家的吧，怎么没带孩子一起出来？"

我一听就知道她误会了，赶紧摇头解释道："不是，我们是朋友。"

降初又是一阵不自在，脸颊红了个通透。

老板又呵呵笑着说："这倒是我误会了，看你们这样好的样子我以为你们是夫妻呢！"

她说着帮降初装好买的纸笔书本，自顾自说着："我喜欢孩子，只是已经一年没见过儿子了，见到你们忍不住多说了句，可别觉得我烦。"

"不会，不会。"降初赶紧说道，"我也喜欢孩子呢！"

没想到老板是个面冷心热的人，我正暗自慨叹，没想到她扭头看向我说道："你也喜欢孩子吧！"

"啊？我？"突然被这么一问，我也不知道该怎么回答，只能干笑两声，说道："喜欢……吧！"

对小孩子我没有具体的概念，但是冉冉喜欢，我想我也应该是喜欢的，而且赖旭、岩寓，还有学校的那些孩子们确实很讨人喜欢。

"呵呵，喜欢就是喜欢，怎么还有'喜欢吧'一说呢！"老板听了我的话笑着打趣。

降初也是一笑，扭头看到我抱着一摞本子，诧异地问："你要这些做什么？"

"我一个朋友在这边支教，我想买了给学校送去。"我说。

"是女孩子吧！这边偏僻的学校很少有男孩过来的。"老板笑着说道。

降初突然脸色一僵。

我点点头，有点儿紧张，就好像我对冉冉的情意被人看穿了一样。

把降初送上车，我一个人提着练习本慢慢踱步回去。到这里近一个月了，和冉冉一点进展也没有，但是降初的出现让我稍稍缓解了相思的苦闷。我喜欢降初的善良淳朴，但也仅是像对妹妹一样的喜欢，这种感情是如何都不能和对冉冉的情意相比的。

脑子木木地回到单位，刚走到门口就被门卫叫住。

"李峰，这是刚才一个姑娘留给你的！"门卫老大爷手里举着一个手提袋朝着我喊道。

我接过来打开一看，一个朴素雅致的木雕蝴蝶，原来降初今天专程送来的就是这个。巴掌大小，上面涂了鲜亮的颜料，就像在降初家里的那天看到的雨后清晨的小院一样颜色鲜亮。

蝴蝶背面刻着两行文字，看起来像梵文，我看不懂也不在意。

高原的天蓝得如此彻底，好似那措卡湖般清澈见底。苍鹰在空中翱翔，飞过天际边巍峨的雪山，掠过奔流而下的雅砻江。

一条路的终点，是另一条路的起点。天堂在哪里？通往天堂的路到底有多远？只有虔诚的信徒知道。他们一路俯身，他们一路向前，寻找着深藏在自己心中的梦。

高原，是离天堂最近的地方，在这里，人的灵魂得到救赎，心灵得到洗礼。闭上眼，你仿佛化作一粒沙，在空中随风飞扬。

"召之即来，来之能战，战之必胜。"这是特警大队的警训。

午后的高原小城笼罩在一片和煦的阳光中。蓝天下，几朵白云轻轻地飘动着。如果你要问高原人生活在哪里？他们会拂一拂衣袖，淡淡地告诉你，我们生活在云里。但这天的午后似乎和往常有些不同，一名三十多岁身穿黑色夹克的男子静静地站在雅砻江畔，眼神木讷，一副若有所思的样子，男子的脚下有十多个烟头。

县中心小学的孩子们踏着正午的太阳三三两两地往学校走，他们从横跨在雅砻江之上的大桥上走过，尔后会路过位于桥头的特警大队。孩子们会用藏语或是不太标准的普通话给值班的干警问声好，他们的脸上总是洋溢着幸福的微笑。

那个身穿黑色夹克的男人独自走进了县中心小学，守门的大爷以为他是哪位学生的家长或是新来的老师，所以并没有要求他登记。守门的大爷甚至心想：越来越多的年轻人选择投身藏区教育事业，孩子们有希望了。

穿黑夹克的男人穿过有些袖珍的操场，朝着教学楼的方向走去。

位于教学楼三楼的四年级二班的同学们正在上外语课，对于这些孩子来讲，学习是最幸福的事。

"Good afternoon, class."教英语的王老师大声向同学们问好。

"Good afternoon, teacher!"讲台下的四十多个学生恭敬地起立，向老师问好。

"Ok, What's the weather like today?"每次上英语课，王老师总会问这样一个问题。

一个扎马尾辫、脸蛋红得像个苹果一样的藏族女孩站了起来，带着腼腆的微笑，"Today is sunny!I am so happy!"

突然，教室里传来一阵急促的敲门声。王老师打开门，敲门的正是那个穿黑夹克的男人。

王老师望着这个陌生的男人，疑惑地问："您是？"

男人没有说话，径直走上了讲台，用平和的语速来了一番莫名其妙的自我表白后，露出了狰狞的面目。他一边说着，一边拉开黑色夹克的拉链："我身上有炸药，都给我老实点，不许乱动！"说着，男子从上衣口袋里掏出一把自制的火药枪。

天真活泼的孩子们哪见过这般场面，一个个都吓得不敢动弹。王老师偷偷地掏出手机，在手机键盘上按下110三个数字。黑夹克男子一把夺过了手机，看了看还没有拨出的号码，一阵冷笑，然后出人意料地按下了拨号键。几秒钟后，电话通了，"这里是新龙县公安局110指挥中心，请讲？"黑夹克男子告诉对方，"我身上捆满了炸弹，现在在中心小学，请你们马上过来。"男子说完便挂断了电话，他环顾鸦雀无声的教室，"谁是扎西措？"没有人回答他。

男子又提高了音量，"谁是扎西措？！"教室里依旧一片死寂。黑夹克男子怒了，近乎疯狂地叫喊："谁是扎西措？谁是？！谁是？！再不出来，我们就同归于尽！"话毕，教室最后排的一个小女孩哆嗦着站了起来……

接到劫持者的"报警"后，全副武装的特警大队的干警们在纪刚的带领下很快赶到了案发现场,纪刚任现场总指挥。在整队完毕后,纪刚开始部署解救人质的方案:"要千方百计稳定劫持者的情绪,在不惊动劫持者的情况下秘密疏散上课学生,并设法将劫持者诱至空旷的安全地带以便处置。"

这时,县中心小学有两千多名学生正在上课,如果黑夹克男子引爆身上的炸药,后果不堪设想。纪刚意识到了问题的严重性,立即派遣精干特警潜入教学楼,"各班学生立即停止上课,分批撤离,千万不要惊动劫持者。"

随后,纪刚确立了三套解救方案:"第一套,说服教育,现场感化劫持者;第二套,设法靠近,生擒制服劫持者;第三套,如果人质安全受到威胁,果断击毙劫持者。"

七月,是高原最美的季节。云淡风清的日子,四处都可以闻到沁人心脾的藏香。但这个午后,注定了将与众不同。校外围观的群众闻讯而来,焦急等待的家长越来越多,大队长交给了我一个光荣而又艰巨的任务:守住大门!

教学楼内的学生们沉重、冷静地转移着,但四年级一班与劫持者所在的二班一墙之隔,学生转移必须经过二班。为了不惊动劫持者,纪刚要求四年级一班继续上课。

大队长纪刚率领特警大队的干警来到四年级二班的教室外,试图与劫持者进行沟通,大队长用藏语问道:"小伙子,你这样做为个啥?你有什么要求,你说出来,我们都答应你!"

黑夹克男子大声吼道:"我没有要求。你们都给我走。"

大队长纪刚从警十多年,遇到过不少这样的劫持人质案,但凡这样的案件,只要劫持者提要求,一切都好办。可是这次,对方居然说没有要求。

纪刚尽量放缓语速:"我们是警察,我们是来帮助你的,不是来害你的,有什么困难,你尽管说,我们一定办到。"黑夹克听了大队长的话,语气缓和了不少,"我被骗了,我被骗了,我好没用……"

纪刚一听,顿时觉得又有了希望。"你被谁骗了?你被骗了就应该报警啊。这么多年来,我们公安机关不知破获了多少大案要案。你这点儿事对我们来说简直就是小儿科。说说看,到底是这么回事?"

黑夹克嘴唇微动,"我辛辛苦苦挖的虫草,被人骗走了,给我假钱……我这么没用,我怎么活啊……"男人断断续续地诉说着,带着哭腔。

纪刚听明白了,原来这个男人被人骗了,而被劫持的这个女孩,正是骗他虫草那人的女儿。

纪刚一边通过对讲机将此情况汇报给了纪刚,一边用藏语安慰道:"兄弟,不要急,我代表公安机关向你保证,一定帮你将骗你虫草那人给抓起来,将你的钱要回来。你把枪放下,这点儿小事我们一定帮你解决。"

黑夹克男子却依旧一意孤行,不听任何劝导,更不许民警靠近:"你们走,走,走!不然我引爆炸弹了。"为了平稳劫持者的情绪,纪刚要求除大队长和两位民警留作观察外,其他人立即撤离。

时光在一分一秒地流逝,在场的所有参战干警都急得像热锅上的蚂蚁。大家都知道,时间拖得越久,情况就越危险。聪明的黑夹克男子拉上了四年级二班教室的窗帘,狙击手无法行动。

漫长的等待后终于迎来了机会:黑夹克男子将人质带到了学校的操场,并将女孩捆绑在操场的一棵树上后,一手握起爆器按钮,一手将自制的火药枪顶在女孩的太阳穴上。

在场的所有人都屏住了呼吸,纪刚命令各方位的狙击手立刻调整位置,为射击做好准备。但经过仔细观察,却发现现场并不具备使用武力的必要条件:首先,劫持者站在人质身后,人质的头顶位于劫持者的鼻子处,如果从背后射击,击中劫持者的同时也极大可能击中人质,造成两败俱伤;如果从正面射击又容易被发现,后果不堪设想。而此时,大片的乌云遮住了太阳,整个县城都阴沉了下来。由于光线不好,狙击手无法保证射击的准确度。

在这千钧一发的时刻,纪刚决定利用谈判创造条件。学校外聚集着焦急的家长,他们密切地关注着现场的一切。"小伙子,小女孩是无辜的,我来换她作人质好不好?"黑夹克男子一惊,他万万没想到堂堂一个公安局大队长竟然愿意用自己的生命来换取小女孩的生命。但就当纪刚准备继续前行时,黑夹克男子开始大声怒吼:"不许过来,再过来我就开枪了。"劫持者的枪口紧紧地对着小女孩的头部。

纪刚停下了脚步,脱下了防弹衣,尔后将枪扔在了地上。纪刚一脸平静地说,"小伙子,你不要怕,我是来帮你的,我是来救你的。"

黑夹克问,"你能救我?怎么救?"

纪刚说,"我现在与你,与人质在一起,我们三人的生死也连在了一起,救不了你,救不了人质,我也没打算活着回去。"

纪刚意味深长地说，"小伙子，这样做，何必呢？"纪刚指了指不远处，"看，骗你虫草的扎西索朗已经被我们抓到了，你的虫草我们也找到了。"黑夹克有些动摇，举枪的手微微晃动着，他似乎陷入了沉思，但几秒钟后，他又暴躁了起来，"不，我一放下枪，你们的狙击手就会打死我。不，我不信你们，走开，走开！"

纪刚和黑夹克男子短暂了对视后，长长地叹了口气，"哎，可惜了！一个可爱的女儿即将失去自己的父亲，一个慈祥的老母亲即将失去自己的儿子，一个贤惠的妻子即将失去自己的丈夫……"

不远处，一个可爱的小女孩眼含着泪水，叫了一声："阿爸……"

黑夹克男子扔掉了手中的火药枪，呆呆地站在原地。这个时候，狙击手只需轻轻地扣动扳机便可结束掉他的生命，但纪刚做了一个"停止"的手势。纪刚和几名干警早已偷偷地接近了黑夹克男子的身后，一个猛扑，将他按倒在地，人质和劫持者均毫发无伤。

经爆破专家现场验证，黑夹克男子身上的十公斤炸药全是真家伙……

不战而屈人之兵。阳光穿过乌云，再次洒向了这座高原小城。当地老百姓经久不息的掌声，久久地回荡在我的耳边。暮色下的新龙像一位静穆、虔诚的信徒，远离喧嚣，宁静而又祥和。灿烂的夕阳把这个县城都染成了金黄……

八月初的一个傍晚，我和特警大队的兄弟们一起外出巡逻。寨子深处，炊烟袅袅。当车行驶到一个寨子前，一个七十多岁的老人从家里跑了出来，拦住了我们的警车。大队长皱起了眉头，"有情况，快下车。"

老人走到纪刚跟前，一把拉住了他的手，不停地说着"卡卓卡卓"。这是藏语里谢谢的意思。

老人说，自从有个了特警大队，寨子里再也没丢过东西，他是替所有乡亲来感谢警察的。

回去的路上，纪刚笑了，眼眶却又有些湿润。纪刚无奈地说，"我们保护了百姓，却保护不了自己远在他乡的妻儿。"

第八章 当我渐渐习惯温婉成性

傍晚我又忍不住到学校里去，但是没有冉冉，只有卓玛在学校里编着她的竹篮，冉冉带着孩子们出去写生去了，我放下练习本陪卓玛坐了会儿，无奈只能悻悻地回到单位。

降初总是隔三差五地送来些小玩意儿和吃食，我感念她的心意，一直说抽空去探望她和赖旭，但是总是有事情绊身就没过去。

这天中午结束一上午的训练，我到宿舍洗了个澡，套了个宽松的大T恤，正准备到隔壁叫上洛桑泽仁一起去吃饭。

刚拉开门，洛桑泽仁就迎面从走廊上过来。

"李峰，你的东西。"洛桑泽仁举着手中一个塑料饭盒叫住我。

"什么东西？来得正好，我正要叫你去吃饭呢！"我纳闷地说。

洛桑泽仁咧嘴一笑，在我看来，笑容里还透着诡异。

洛桑泽仁笑道："你就不用去吃饭了，这不，人家姑娘都大老远地送来了，快，还热着呢！"

"降初？"我诧异地问，现在只要一有东西送来我就自然而然地想到降初，"她人呢？"

"我在门口遇上她的，刚巧看到她在和门卫说话，我看着好奇就过去打招呼，这不！正好就给你捎上来了，也省得你再跑一趟。"洛桑泽仁说着，把饭盒递给我，推着我进屋。

"她又走了？"我问。

"是啊，我请她进来，她只说家里还有事，把饭盒给我就走了。"洛桑泽仁惋惜地说道，复而又好奇地看着我，"我说李峰，人家姑娘肯定对你有意思，不然三天两头儿地给你送东西，送了东西也不进来，不是害羞吧？"

我觉得无奈，只能说："我不是说了嘛，我们之间没有什么，她是关心我伤还没有全好，她是个善良的姑娘，你也知道我刚受伤时的那个样子，一定是吓着她了。再说，她有她的丈夫，我就是把她当妹妹一样。"

"你都强调多少遍了，不过她丈夫不是一直没有回来嘛，还不是和没有一样。"洛桑泽仁满脸笑意地调侃我。

"洛桑泽仁。"我专注地看着他。

"嗯？"

"怎么最近发现你普通话越来越流利了！"我说。

"我在很认真地学，当然越学越好！"洛桑泽仁笑道。

我也笑笑，打开饭盒，一阵肉香扑鼻，正勾起我的食欲。

我叫住洛桑泽仁，"这么多我一个人也吃不了，一起吃吧，你也别再跑食堂了。"

洛桑泽仁爽朗一笑，露出一口白牙，摆摆手拒绝："我还是不用了，你没看上面漂的红枣枸杞，那是人家特意给你做的补气生血的汤药，我一没受伤二没流血不用补。"

我无奈地看着乳白的汤里漂着的红枣，对降初的细心我很感激，但是这样三天两头儿地送东西我还是觉得别扭。

"咦？那不是降初吗？怎么旁边还有个男人？"洛桑泽仁站在窗台边向外张望，不解地说道："看身影像，她不是回去了嘛！"

我凑过去一看，一男一女两个身影站在大门边上，女孩身穿墨绿的裙子，看身材正是降初，正和她面前的男子在说着什么。我看那男子的身影很熟悉，男子身边停着一辆红色的山地自行车。

"怎么看起来像在吵架？不是降初被人欺负了吧！"洛桑泽仁把头伸到窗户外面喃喃地说道。

我也学着他的样子把头伸出去，正看到男子向降初伸出手却被降初一把打了下去。

"不行！我得去看看。"我踢着拖鞋就往外跑。

"我和你一起去！"洛桑泽仁带上门也一起跑出来。

等跑到门口降初已不见了人影，我转头一看那男子，白色T恤上印了个夸张的男子头像，两手扶着自行车扭头望着身后。

这不是……赵飞？

"赵飞！"我远远喊他。

赵飞扭过头，一看到我立刻就放下自行车走过来，"好小子，找你真是不容易！"

赵飞嬉笑着一拳擂在我的肚子上。

"别！"我一下没制止住，肚子上挨了一下，疼得我倒吸一口气。赵飞玩笑的一拳虽然不重，却正好打在伤口上。

"诶？怎么回事？"赵飞看我神色不对，赶紧扶住我，愣愣地说："诶？怎么了？怎么了？我没用力啊！"

我无奈地说道："上次出任务受了点伤，还没好呢，又被你擂了一拳。"

"啊，不要紧吧。"赵飞着急地要撩开我的衣服看伤口，我连忙止住他的手。"没事没事，早结了痂了，就是肉还嫩点儿。"我笑着说。

赵飞这才不和我争，笑着说道："原来是光荣负伤，我还以为怎么半年不见你都耐不住打了，跟个小娘们一样。"

洛桑泽仁气喘吁吁地跑过来，看我和赵飞亲密的样子愣了一下，笑道："原来你们认识！"

我拉过洛桑泽仁给他介绍赵飞，洛桑泽仁爽朗一笑，和赵飞打个招呼，说道："降初已经走了吧！那你们聊，我先回去了，没事就好！"洛桑泽仁说着又趿拉着鞋子跑回去。

"刚才和你在一起的那个女孩呢？"我问赵飞。

"啊！就是刚才那个藏族姑娘？她走了，挺漂亮的，怎么，你认识？"赵飞还是一副吊儿郎当的公子哥样儿。

"嗯，认识，她是过来找我的，你怎么着她了？"我狐疑地看着赵飞。

赵飞欢快地一笑："我能怎么着她，不过是看她在门口站着偷偷摸摸的样子觉得有趣，就忍不住逗逗她。"

我无奈地笑道："你可别，你不吓着她就是好的了。"

"这么关心，是你女朋友？"赵飞好奇地问道。

"不是，算是好朋友。"我指指刚才被赵飞打的地方，笑道："瞧这伤，我受伤的时候躲到她们家了，这才认识的。"

"哈哈！原来还是个美人救英雄的故事。"赵飞大笑着调侃我。

我不想和他继续争辩，埋怨道："你什么时候来的，也不打个电话提前说一声，我好去车站接你。"

赵飞拍拍自行车座，笑着说道："我可是骑它来的，你上哪儿接我去？"

赵飞上学的时候就喜欢旅行，这个我知道，但是骑车来川藏我一时有点接受不了，睁大了眼睛看着他，问道："你骑了多久？"

"也没多久，本来跟着驴友队，后来临时起意想过来看看你，我就一个人来了。"赵飞不以为意。

我无奈地点点头，对他突如其来的想法早已见怪不怪了。

赵飞一手扶着车把，一手上前揽住我的肩膀，笑道："走吧，到了你的地方还不热情招待一下，你住哪里？住宿舍吗？刚才那个男子是你同事？"

我点点头，让他把车停进车棚，带着他回到宿舍。

"你最近忙什么呢？"我问他。

赵飞笑着打哈哈："我这不是忙着来找你嘛！"

我无可奈何地听他岔话，甫一开门，赵飞看到整理得一丝不苟的床铺咂着嘴道："啧啧，瞧这阵势，真做了祖国的大好青年啊！"

降初送来的汤还在桌子上，已经凉了。

赵飞在屋子里东瞅瞅西看看，看他转来转去直晃眼，我无奈地叫住他："你就不能消停会儿，我这儿的椅子不能坐是怎么着！"

"呵呵，我这是视察战斗在一线的高原警察的工作环境和生活水平呢！"赵飞笑着调侃我。

"毕业后你不是回北京了吗？现在做什么工作呢？"我问他。

"我能做什么工作，还是这样东跑跑西逛逛的。"赵飞拉过桌边的椅子坐下。

赵飞是北京人，家里条件不错，大学还没毕业他家里已经帮他安排好了工作，记得是个事业单位，我诧异地问他："我记得毕业前你家里不就给你安排好工作了嘛，怎么？你没去？"

"你可得了吧！"赵飞连忙摆手，一脸的痛苦，说道："可别再提那个工作了，待遇倒是不错，可是天天让我对着一帮老头子老太太，连个说话的人也没有！我可待不住！"

"那你有什么打算？"我问他。

"暂时还不知道，走一步算一步吧！"赵飞低下头，看起来有点儿低靡。他这个样子让我莫名地觉得伤感。

"你可是咱们学校的一大才子，多少少女的春闺梦里人，只是你总不定下来也不是个事儿！"我说。

赵飞抬起眼睛，带着些挑逗意味地看着我，嬉笑道："你是让我工作定下来还是让我把终身大事定下来？"

我刚想说"两件事都定下来"，再一想依赵飞的不羁性子如果不是他真心想定，谁劝了也没用，再说我自己的事情还处理不好，也没有立场去劝他。

赵飞抬起头在我屋子里环视了一圈，突然惊喜地问我："你怎么还有这个呢，现在还弹吗？"说着，从椅子上跳起来走到门后。

我看他从门口取下那把旧吉他，说道："这是前些天无意间遇到的，就买了，买回来也没弹过，太久没练都快忘了！"

"是啊！都要忘了！"赵飞抱着吉他胡乱拨了几个音，似是无限回味，转而又把它端端正正地挂回墙上。

想起上学时被赵飞逼着练吉他那会儿，天天放学蹲在音乐教室后面苦练，总有一群小女生围着赵飞转，一会儿借口进来拿书，一会儿又有人说口琴忘了，不过是为了和赵飞搭个话。

赶上校园活动我俩上台表演，女孩子们更是活跃，却都是冲着赵飞去的，我也不在意，因为……冉冉也常去听我们弹琴。我不知道冉冉为什么会去，也许只是因为我们三个是朋友的关系去捧个场，但我还是会做梦似的想冉冉是因为我才去的。

"对了。"我扭头看向赵飞，"冉冉现在也在这里，你知道吗？"

赵飞刚放下吉他，象征性地拍拍手上的灰，心不在焉地说道："听说她到川藏支教来了，具体在哪里我还不知道，她没说我也没问。"

"冉冉现在做了她一直想做的事儿，看起来挺满足的，只是生活上拮据一些。"我说。

"这次可是圆了她的梦想了。"赵飞有一搭没一搭地说着。

"你也很久没见她了吧，刚好这次你来了，要不我们去找她？"我提议道。

赵飞听我这么说，笑着摆摆手说道："先别，去肯定是要去的，只是我今天刚到，这么久没见了，咱哥俩先喝一杯！"

赵飞说着就走过来拉我，我也笑了，说："还是别了，我这伤口还疼呢，恐怕酒是喝不了了。"

"那好，为了人民英雄，我喝酒你喝水，这样行不？快走吧，我这会儿还饿着呢，这么大老远跑来找你你怎么也得请我吃顿饭吧！"

"好好！"我无奈地起身，"这么些年了你还是这样急脾气，说什么就来什么！走吧！"

等坐在街边的小店里，赵飞一杯酒灌下肚才像活过来一样，神清气爽地说道："来的时候我琢磨着你怎么跑到这么个小地方来了，等真到了我才发现，这里的风景堪称人间一绝了！"

我笑着说："咱们几个里也就属你好这个。"

"是啊，我也知道你不爱风景，所以我还是纳闷，你到底是为什么来这里呢？如果在内地发展的前景会更好一点儿，生活条件也好。"他说，说完又一副很懊恼的样子。

一问起这个，我突然一僵，一时不知道怎么回答，讷讷地说道："我想来看看这里有什么吸引父亲的地方。"

话虽挡过去了，但我心中苦涩更甚，我知道，外面虽好，可是没有冉冉。

"看看你父亲为什么会为了它二十年不回家？"赵飞问道。

我点点头，看着赵飞狐疑的神色让我自己都觉得刚才说出的话不可信。我也并不是想瞒着赵飞我对冉冉的感情，只是这么多年过去了，一时也不知该从何说起，干脆就不说了。

"唉！"赵飞叹口气不置可否，低下头拿牙签剔着羊肉，状似无异地问我："说说你吧，事业我也看了，挺顺当的，感情生活有没有进展啊？有没有给我添个嫂子？"

我苦笑着摇摇头："还没呢，也许不久会有，也许永远也不会有了！"

"得了吧，听你这语气倒像是已经有了一样！"他说。

我什么也没有说，唯有满心的苦涩。

"诶？对了！"赵飞突然想到什么一样，猛地抬起头笑道："不会是今天见的那个姑娘吧，叫什么来着？"

"降初。"我说，"她也就是个朋友，我和她真没有关系。"

赵飞呵呵一笑："瞧把你急的！你还别说，那女孩看起来腼腆和顺的，性子还挺烈，我不过逗了她几句就生气了！"

我想到在楼上看到的情形，调侃赵飞："你那哪儿是逗啊，都成调戏了！人家能不生气嘛！下次见的时候赔个礼吧，到底是我的救命恩人呢！"

"好，得嘞！你放话了我一定去赔罪！"赵飞满口应下。

我俩并没有在这个话题上纠缠，又聊了些赵飞在路上的趣事，因为我不能喝酒，所以赵飞也没有多喝。

等从饭馆出来已经傍晚时分。晚霞落日交映，天边浓稠的橙红如情意，如相思。

送赵飞回旅馆后，我自己一人回到宿舍。

赵飞的到来就像给我平淡的生活注入一针兴奋剂一般，刹时让我清醒许多，心情也前所未有地放松。

第二天一早，赵飞就打电话过来说他自己上山去了，让我不要管他，他晚上过来找我，我也没在意，他一直都是这个性子。

我顺便给冉冉打了个电话，说赵飞过来了，要不要一起出来坐坐。

说到赵飞来的时候冉冉顿了顿，我以为她没听清楚就又重复了一遍，也许是我的错觉，但是冉冉的语气听起来心情很好，只是说要照顾孩子们走不开，让我们找时间过去。

忙了一天，傍晚赵飞打电话说在门口等我，我和他说冉冉让我们到学校去，赵飞把自行车停在单位车棚，我俩打车过去。

我有种错觉，冉冉今天好像更有神采，虽然衣服还是那件衣服，容貌还是那个容貌，但是就是看起来有种散发着光彩的感觉，甚至她身后的趴着藤蔓浸着水渍的水泥墙都更显得鲜亮。

我虽然诧异，但是这样的冉冉更是让我移不开眼。

赵飞一进来就先看到孩子们，和孩子们嬉闹在一起，逗岩寓逗得不亦乐乎，我从来不知道赵飞对孩子有这么大的热情。

冉冉闻声从教室里出来，看到我们笑得灿烂。

"哟！冉冉姑娘真是越来越漂亮了！"赵飞放下怀里挣动的岩寓，笑着夸冉冉。

冉冉竟然有些羞赧，但是很快就敛了神色，和赵飞玩笑说："难道这里穷山恶水比成都更养人不成？"

赵飞一笑，说道："关键还是你人美，底子好，走到哪里哪里就是风水宝地，自然越来越漂亮。"

冉冉被赵飞抢白得词穷，脸上一片微微漾起一抹红晕。

我没有当回事，赵飞见个女孩都是这样，所以我并不放在心上，有了赵飞在，气氛也不那么沉闷。

"赵飞你真是荒郊野地跑得多了，连风水宝地都知道。"我笑着说道。

赵飞嗤鼻："我怎么听着你这是损我呢！"

我们三人相视一笑，就算作罢。

"冉冉老师，麻烦带我们到你的教室参观参观可以吗？"赵飞装模作样地鞠个躬，逗得冉冉笑得开怀。

赵飞在这间空荡的教室转了一圈，回过头来拉张椅子坐下，对我感叹道："确实是什么都没有，跟你形容的一样！"

"这些桌子是教委批下来的，凳子也没有，都是孩子们从家里带来的。"冉冉无奈地说。

我搬了个小板凳在门边坐了，赵飞大喇喇反坐在一张竹木藤椅上，我俩看着冉冉拿过一件又一件东西讲它们的来历，冉冉讲得很认真，就好像每一件东西、每一件事都是她生命的所有一样，不像之前和我说话那般心不在焉。

"黑板也是你们自己刷的？"赵飞指着墙上挂的木黑板，上面刷子刷出的印迹还很明显，一道一道的像是绿油油的麦苗随风舞动的痕迹。

冉冉莹白的指尖摩挲着黑板，笑了："这是以前卓玛刷的，在我来之前就有了，一直用到现在。"

冉冉的目光让我想到以前看的一个故事：故事里的乡村老师因为没有粉笔，就用指头蘸着水在黑板上写字，写着后面前面的就干了，久而久之学生们的记忆力也随之增长。

岩寓这个孩子王又带头在外面嬉闹，我仿佛看到了一株株茁壮成长的麦苗在随风舞动，而冉冉就像久旱的甘霖一样出现在他们的生命里。

赵飞听得很专注，一反平日里嘻嘻哈哈的态度。

"学校原本什么都缺，这个电脑桌是村政府为了支持学校的工作从办公室里腾出来的。其实少一张办公桌又有什么关系呢！"

"那是格桑花吧！我看到路边有很多！"赵飞指着桌子上放的一束花说。

那束花平倒着躺在桌子上，像是新采的还没来得及整理，只是随意放着。

见冉冉点头，赵飞笑着说："我还记得上学那会儿我俩在台上弹吉他，你还被推举为代表上去给我们送花呢！"

冉冉脸色微红，摆摆手："女孩子们都想上去了，争到最后争不出结果来才推我去的。"

"早料到是这样，就说嘛！冉冉什么时候有那么浪漫了？当时我就跟李峰说肯定不是你愿意的，这不，我说对了吧！"赵飞说完又扭头看着我。

我不好意思地笑笑，当她出现在台上的那一霎那我感觉像做梦一样不真实，不管冉冉是不是出自真心的，我确实很高兴。

说到以前，赵飞又坏笑着看向我说："还别说，李峰第一次上台表演的时候老别扭了，怎么劝死活都不愿上台，最后还是冉冉过去劝才把你劝上去的。"

赵飞坏笑地朝我眨眨眼睛，我不明白他的意思。冉冉听他这么说只是淡淡地笑了笑直说我腼腆。

"说起来，李峰这头犟驴好像也只听冉冉的话了！"赵飞突然看向我，接着说道，"李峰，你和冉冉凑成一对儿多好！"

"我……"我没想到赵飞会突然说出这么一句，一时不知道该怎么回答，我赶紧去看冉冉的神色。

却见冉冉也只是微微错神，把头扭到一边，淡淡地说道："赵飞你别胡说。"

"我哪里是胡说，咱们都认识这么些年了，李峰对你是怎样的我可全看在眼里，李……"

"赵飞！"

我连忙叫住赵飞，害怕他再说下去会说出什么。冉冉别过头尴尬的样子狠狠地撞进我的心里，就像是我多年的感情被迎面扇了一巴掌。

气氛有些尴尬，幸而冉冉转了话题。

"先不说这个，赵飞你这次来川藏是……？"冉冉扭头问赵飞。

赵飞不以为意地一笑，说道："我不过是来玩的，也待不了几天，玩儿够了就回去了！"

我看到冉冉俏丽的脸上生出一丝失望的神色，但很快被敛了回去。

"是吗？"冉冉盯着桌角心不在焉地说，好像是说给她自己一般。

赵飞站起身伸个懒腰，踱到门边斜斜地站着，门外卓玛正在唤孩子们去吃饭，一派祥和。赵飞看了会儿才说道："都说藏区的风景美，我过来看看，转转，也没有什么特别要去的地方，或许待上几天就走，不过如果这里实在是吸引我了，也许待上个把月也说不定。"赵飞说到后面忍不住笑了。

我们也笑笑，赵飞的脾性大家都了解，没有哪个地方能拴得住他。只是冉冉别过头去的那一霎那，我还是看到了一瞬的落寞掩在眉间。

这般落寞一如平日里冉冉遥望远方的神色，又偏偏有些不同，可我看不出哪里不同，我心中的愁绪像是挽了个结，任我如何努力都解不开。

冉冉送我们到车站，路边格桑花开正艳，已入八月，也许再过些日子就看不到这满街的格桑花了，冉冉是八月底生日，现在已八月中旬，想到这里我扭头问冉冉："冉冉，今年生日打算怎么过？"

问过之后我又突然后悔，关心冉冉已经是习惯使然，但在教室里被赵飞调侃时冉冉的表情深深扎在我的心里，此时这么一问我甚至不敢去扭头看冉冉的神色。

走在前面的赵飞听到后扭过头来，嘴里还叼着根花茎，说道："哎呀，你不提我都忘了，这马上就到日子了，到时候可得好好庆祝庆祝！"

赵飞这样说着，冉冉微微一笑不置可否，但神色看起来很高兴。

"只要我那天不在山里就一定过来给你庆生。"过了一会儿，赵飞又扭过头来随意一说。

"那你最近就安生一点儿，别跑远了，守着给冉冉庆生。"我笑着打趣他。

赵飞状似不紧不慢地走着，却总是和我们保持一米远的距离，他轻飘飘的一句话顺着风飘过来："给冉冉庆生我自然会记得的，只是我耐不住这大好山河的诱惑，如果真是那天偏巧待在山里赶不及出来，我回来一定补上。"

这么说着，车站也到了，所以我没来得及看冉冉的神色，但我直觉她心中升起了一阵苦涩，那种让我无能为力的苦涩把我推得很远。

等到了镇上已经将近晚上八点，赵飞和我一起到单位取自行车，我俩走着有一搭没一搭地聊着天，却绝口不再提冉冉。

"小伙子！"

走到上次陪降初买书的那条街上，突然有人叫住我。

我转身一看，正是上次的女老板，女子喜笑颜开地从店里走出来，似乎找了我许久的样子。

"小伙子！可算遇到你了，还记得我吗？"

我微微一笑："怎么不记得，前不久还在您店里买过书呢，找我是有什么事吗？"

"呵呵，也没什么大事，上次和那个姑娘聊得投缘，我这儿有几件小衣服想托你给她带去，我看你们挺熟悉的！我儿子不在身边，衣服放着也是放着！"

"好啊！那我代降初谢谢你了！"我答应她。

老板摆摆手无所谓道："别谢了，也不是什么好东西，就是我的一个念想，我以为再也碰不上了呢，说来也巧，刚好今天遇到你！你在这儿等我一会儿，我这就去拿！"

老板娘说着就返身回店里，赵飞看着她的背影问我："降初是那个藏族女孩？"

我点点头。没过一会儿女老板便提着个小布袋子回来。

接过袋子我才蓦然想到，通常都是降初主动到单位找我，我并没有主动和她联系过，我甚至连降初的电话号码都还不知道，没奈何只能等降初下次来的时候交给她。

可是这次一连等了快一个星期都没有见降初再过来，我有点儿心急，想直接送到降初家里去。

这天周末，早晨吃饭的时候抽空给赵飞打了个电话，想着因为上次赵飞欺负降初的事儿让赵飞和我一起去给降初道个歉，可是一连打了几个都是语音提示用户不在服务区。

赵飞自从那天从冉冉那里回来就不见了人影，不知道又跑到哪里的深山野林里探险去了。昨天晚上还收到赵飞发来的电子邮件，里面尽是些风景照片，很漂亮。我以为他已经回到镇上，原来没有。

无奈吃晚饭拐到宿舍取了那位女老板要给降初带的衣服正要出门，赵飞的电话打过来了。

"李峰，在哪儿呢？快出来，我在你单位门口等你！"电话里赵飞的声音噼里啪啦传来，一通话好像不喘气儿一样。

"你去哪里了？"我问。

"哎呀，你别管了快出来，我带你去个好地方。"赵飞说道。

无奈提了东西出去，只见赵飞穿着一套长袖运动衣斜坐在自行车上等我，我看着纳闷打趣道："怎么我们过夏天，你过秋天呢？！难道你的时间比我们快一些不成？"

"你就别逗了，我刚从山上下来，这会儿还直打哆嗦。这不，我里面套着薄衣服呢。"说着拉开拉链给我看。

我笑着说："快别看了，你说要带我去哪里？"

"咱们骑马去！"赵飞兴高采烈地说。

"骑马？"我很纳闷，赵飞又看到什么了，想起来大早上的去骑马，"先陪我去一趟降初家里吧，把这个给她送过去。"

赵飞看着我手中的手提袋，神色有些古怪，突然笑道："你……不是看上人家了吧，冉……"

他说到一半停了口，我没听清他最后说的什么，也没在意，笑道："上次那个老板让送的，当时你不是也在嘛！"

"哦，我还真是忘了！"赵飞恍然大悟，转念又说，"她家在哪里呢？离这儿远不远，要是不远我们去送完东西去骑马。"

我对他突然对骑马的执着很是无奈，只能答应。降初住的村子离县城不算远，走路大概半个小时的路程，我俩推着自行车慢慢走着，赵飞一路上都在讲他这几天所到的地方。

拉日马是草原的天堂。一条土石路将拉日马草原一分为二，偶尔会有两三牧骑从草原深处踽踽走来。草原的边际，是相伴守望的雪山。牧骑骑着骏马在草原上奔驰着，阳光下，草原上印着青春的足迹。

"李峰，我发给你的照片你看了吗？"赵飞突然问我。

"昨晚上发的那个？很漂亮！"我说。

"有个杂志社联系我说想用那些照片。"他说，"昨晚上那位编辑跟我聊了一夜想让我和他们合作，我还没答应。"

我扭头看向他："这不是很好嘛！为什么不答应？"

"如果签了这家杂志社，我可能要在这里待上很长一段时间。"赵飞突然认真地看着我说道，面带愁容。

赵飞很抗拒有枷锁拴着他，即便是工作也不行。我不理解他的这种抗拒，想着也许是他成长环境的关系，所以只能不置可否。

"先不想了，我们不是去骑马吗？想这些事情做什么！"我试图开解他的愁苦，但我不擅长这些，只能以骑马转移他的注意力。

顺着记忆找到降初居住的那座小楼，可是上前敲了半天的门却没有人应。赵飞一脸笑意地左右张望，我纳闷他没来由地笑什么。

"原来那个有趣的姑娘住在这里呀！"赵飞自言自语地说。

"她叫降初，你也不要一直'有趣的姑娘'这样叫着。降初腼腆可经不起你逗她。"我说，"等会儿见到降初你可得给人家姑娘陪个礼。"

赵飞却不理我的话，只是笑盈盈地看着我说："我可不是笑她呢，这个地方我昨天还来过，没想到你说的降初就住在这里。"

我不解他的意思，只听他继续说道："昨天我路过这里看到有马场，这才叫了你一起来的，倒是巧了，我们可以先去骑马，等回去的时候再拐过来，兴许她那时候就回来了。"

上次来的时候我神智都不清醒，走的时候也是匆匆忙忙，也没有注意到这边有马场。跟着赵飞走了没多远就是一片幽绿广阔的草地，一眼望不到边。

草原已经绿透了，当一阵风掠过旷野，星星点点的格桑花轻轻地摇曳着……

"这边的藏民多是以养马为生，开了这么大一片草地做马场也算是物尽其用。"赵飞说道。

一排竹木搭起的马棚，里面马匹成群，不少外地的游客围在那里选马试手。赵飞去停自行车，我先到马棚那边的休息室找地方坐着等他。

看着身边一张张充满好奇的脸，我总觉得自己和他们格格不入，如果不是赵飞，我估计也不会想到过来骑马。

独自坐了好一会儿还不见赵飞过来，我纳闷地想去看看，还没起身就见赵飞牵着一个女孩从门口走进来。

"降初？"我纳闷地唤道。

"看！我就说李峰在这里你还不信！"赵飞看到我灿烂一笑，扭头对降初说道。

我快步走过去，想问："降初你怎么在这里？"又想问："你俩怎么碰上的？"还想问……

"我去停车刚好碰到她在那边喂马，就带她过来了！"赵飞对我说道。

"你，你放开！"降初小脸涨得通红，挣开赵飞钳住她的手掌，羞涩地不敢看我。

"你怎么又欺负降初了！"我埋怨赵飞。

赵飞眉头一拧，做出委屈的表情："我哪里欺负她了，我说你在这里她还不信我，我这不一着急就把她带过来了嘛！"

赵飞说得理直气壮，我看降初紧咬着下唇，轻声争辩道："哪有你这么叫人的，上来就抓着人不放。"

"诶？我……"

赵飞嬉笑着还想说什么，我看降初实在臊得厉害，赶紧止住他的话："你也别分辩了，今儿不是让你来跟降初道歉的嘛，怎么又闹上了！"

"不用你道歉！"降初倔强地说道。

赵飞对降初恼怒的态度不以为意，仍旧嬉笑着说："我可是好心来找你的，你怎么也该做出点儿欢迎的态度来吧，生气了可就不好看了！"

看他俩有愈演愈烈的形势，我赶紧插话问降初："你怎么在这里，赖旭呢？"

听我问话，降初的脸色这才好一些，说道："赖旭在邻居家里，我来看看马。"

"马？你养的？"我问。

"是啊，这边基本上每家都养马，集中养在一起，平时没事的时候就过来看看。"降初说。

"倒是个不错的办法，集中管理省时省力。"赵飞笑着接上她的话头。

降初一听他说话眉头就皱起来，低头看着脚面，虽然生气却也不大吵大闹，安静得让人生怜。

我赶紧解释道："降初，这是我朋友赵飞，你不要在意，他也没有恶意。"

降初轻轻"嗯"了一声，赵飞只顾着在一旁灿烂地笑，我无奈地白了他一眼。

我手上还提着文具店老板带给降初的衣物，这会儿突然想到，连忙递给降初。

"这是？"降初伸手接过手提袋的时候动作轻轻的，手指轻碰上我的手吓得突然缩了回去。

我觉得有些异样，降初的态度很奇怪，但我也想不明白哪里奇怪。

"还记得上次我们去给赖旭买书本去的那家店吗？这是那家店的老板让我带给你的，给赖旭穿！"我说。

手提袋里有几件丝绸短褂，做成唐装的样子，看来是店老板从家里带过来的。

降初抖开小衣服笑得开怀。

"既然来了，就到家里坐坐吧！"降初说。说的时候眼睛盯着手中的小衣服在看，仿佛看着看着就能看出什么异样的东西一般。

没有去骑马，我和赵飞跟着降初到家里去看望赖旭。原本是件好事，但是降初似乎不喜欢赵飞，也许是第一次见面时赵飞给她留下的印象不好，我这样想着。

赖旭看到我很高兴，只是在降初怀里朝我甜甜地笑。赖旭继承了降初的容貌，也继承了她腼腆害羞的性子。

想起赵飞在冉冉的学校时对岩寓他们表现出的热情，我以为赵飞很喜欢小孩子，原来不是，赵飞只是礼貌性地夸了赖旭几句，虽然我看得出来他喜欢赖旭，但他却并没有像之前一样表现出超乎寻常的热情。

越来越看不懂赵飞了。赵飞做事虽然豁达不羁，但也很细心，他的异样一定是有缘故的，但是我猜不到是什么缘故。这一瞬间我突然觉得赵飞在躲着冉冉，但这种感觉似有似无，捉摸不定。

降初虽然不喜欢赵飞，但是碍于我的面子对赵飞还算礼待。赵飞看到降初屋中摆的小工艺品很好奇，也不问降初拿出相机拍得高兴。降初也乐得不理他便任他去了。

我逗了会儿赖旭，又和降初叙了会儿闲话，中午饭是降初亲手做的，皆是藏式菜品，赵飞口中连连叫绝，吃完饭我看降初实在是累了便拉着赵飞离开。

赵飞走的时候还恋恋不舍，临出门还对降初嚷嚷："小美女，你的那些小玩意儿做得不错，送我一个吧！"

降初抱着赖旭脸色尴尬非常，我连忙拖起赵飞就走。

"哎……哎……别拉别拉，我自己能走，看把你急的，好像我抢了你家媳妇儿一样！"赵飞嘻嘻哈哈地挣开我的手去推车。

我无奈地站在原地。若我喜欢的是降初，我是不是就不会这么痛苦了，我不禁想。

往事一幕幕闪在眼前，我看到自己苦苦追寻着冉冉的身影，看自己白天假作欢颜，夜里独自舔舐伤痕，胸腹中像是裂了苦胆，翻山倒海。但每当看到冉冉我仍是抑制不住自己的心情，若说是中了爱情的毒，我也只能认了。

高原上，那美丽的格桑花盛开着，一股沁人心脾的藏香扑鼻而来。微风袭来，我总能闻到一股熟悉的味道，那是降初身上的香味。

午后太阳毒辣，我和赵飞并肩走在乡间小路上，自行车压过一道车辙印，弯弯曲曲向前延伸，路边格桑花花开正艳。

第九章 格桑花为谁而开？

"快起床！有任务！"我从睡梦中惊醒，看着同事们忙碌的样子，我有些失落，我知道这次任务又没有自己的份儿。洛桑泽仁对纪刚说："队长，田教导下乡了，还有两个同事请了病假，咱人手不够啊！"

纪刚皱着眉头，叹了口气，无意间，他的目光扫到了我。"李峰，一起去！"我几乎不敢相信自己的耳朵。"还愣着干吗？赶快啊！"纪刚提高了音量。

穿戴好防弹衣和防弹头盔，领到枪，几辆警车在局长的带领下向黑暗中驶去。我们这次的任务，是去抓捕上次因为我而逃走的杀人恶魔。

高原的夜总是这么静，抬头仰望，满天的繁星。同样的夜晚，同样的地点，我却有着不一样的心情。"行动！"局长一声令下，各小组分头行动，我们缓缓向目标房屋靠近。房子里亮着灯，隐约看得见有个男人的身影。"你负责守住这个窗，其他人跟我走！"纪刚尽量压住自己的声音。

我将自己隐藏在草丛里，双眼目不转睛地盯着屋内的一举一动。远处的座座青山连成一片，似乎想要吞噬掉山谷里的一切。门前的小河"哗哗"地流淌着，夜静得有些令人害怕。天空突然下起了雨，月亮被乌云遮住了脸。我躲在草丛里纹丝不动，雨水湿透了我的衣服和鞋子。

突然，我透过窗户看见犯罪嫌疑人用一把自制的手枪顶着纪刚的脑袋。犯罪嫌疑人疯狂地叫喊着什么，纪刚将枪扔在了地上。我尽量让自己安静下来，可是心跳越来越快。执行任务前，局长反复强调，没有命令，任何人都不许开枪。但我管不了那么多了，罪犯的枪口正对准着自己的战友。

上膛，瞄准，轻轻扣动扳机……"砰"的一声枪响后，犯罪嫌疑人手中的枪掉在了地上。

"怎么又是你！"局长阴沉着脸，"我说过多少回了，没有我的命令，不许开枪！"我低着头，小声地说道："局长，我错了，愿打愿骂随你了。"局长高高地举起拳头，朝我的胸膛打了过来。我吓得闭上了眼睛，局长的拳头轻轻地落在了我的胸膛上，"小伙子，好样的！"局长笑着说。纪刚给了我一个大大的拥抱，他在我耳边轻声说道，"好兄弟，谢谢你！"

高原的夜是美丽的，更是孤独的。不值夜班的时候，特警队的兄弟们会在网络的世界里消磨时光。

丁刚是一个老高原警察，妻子和可爱的儿子都在成都，一年到头也见不到几次面，他们交流的方式就是网络。丁刚登上 QQ 号，找到了自己妻子的头像，点开了语音视频。几秒钟后，电脑的显示器上出现了妻子和儿子的样子。"可可，看见爸爸了吗？可可快叫爸爸，快亲爸爸一下。"丁刚对着电脑的话筒说着。视频里的小男孩有一双大大的眼睛，乖巧极了。

小男孩奶声奶气地叫了一声"爸爸"，然后将红红的小嘴凑到摄像头前，表示亲了一下。丁刚看到视频里活泼可爱的儿子，幸福地笑了。

"乖可可，爸爸现在要和妈妈说话，你自己去一边玩，好吗？待会儿爸爸给你讲故事。""好！"儿子将这个字拉得特别长。妻子坐在了电脑前，"老婆，我想死你了！"丁刚说着肉麻的话。

"哎，老夫老妻了，就别这么肉麻了。"妻子淡淡地说。"我真的好想你，每天晚上想你想得睡不着觉。"丁刚说着还发出了一个"吻"的表情。

妻子在网络那头捂着嘴在笑。"去你的！"消息后面，还有一个害羞的表情。丁刚问道："儿子在哪儿？"妻子说："在客厅里看动画片，你想干吗？"丁刚一脸坏笑："你说干吗，快锁上门，我等着。"

妻子转身关上了门，几分钟后换上了半透明的性感内衣，视频里的妻子浑身都散发出一股成熟女人特有的魅力。

"老婆，我真的好想你。"丁刚坏坏的笑没了，一脸的惆怅。"我也想你。"妻子说。"有时间我就回来陪你。"丁刚说。妻子问："你什么时候才有时间？我想让你陪可可去看世博会。"丁刚一时不知道该怎么回答，他是特警队的中队长，每天都有忙不完的工作。

"下个月吧！下个月不忙就回来。"妻子对丁刚的回答有些失望，"下个月,好,我就看你下个月回不回来。我可给可可说了,对我你可以不守信,但对儿子一定要守信。"儿子躺在床上,在丁刚的故事中进入了甜蜜的梦乡。

赵飞终是没有和杂志社签约,但是他仍然背着相机推着自行车到处游逛,有时一连四五天不见人影,不过他每次回来一定会到单位门口给我打电话,次数多了我也不再担心。

降初最近总在马场,这是赵飞告诉我的。赵飞这几日的行程离马场近,总是隔三差五地遇上降初,回来之后就跟我抱怨降初对他爱答不理的还给他摆脸色。

看着赵飞无所谓的笑脸我想象得到,他和降初见面必定免不了一些争吵。又劝了赵飞几次,让他收敛一点儿不要逗弄降初,次数多了我也不再劝了,想着下次见到降初时要好好跟降初解释一下。

腿上的伤已经痊愈,留下一条蜿蜒的疤痕,就像那日的车辙印。腹上寸深的洞还没有长平,不过大体上已经无碍。不出任务的时候单位里闲得很,冉冉的生日要到了我想早些做点儿准备。

到街上订了蛋糕,在哪儿过、怎么过却难倒了我,我想给冉冉一个惊喜,给她过一个有意义又终生难忘的生日,但是我不擅长这些,我所知道的不过是几个人坐在一起吃个饭,聊聊天儿,再多的花样是怎么也玩儿不出的。

给赵飞打电话,电话里声音嘈杂,似是强烈的风声吹得赵飞的声音很小飘忽不定。

"李……我……呀山……你先……嘟嘟嘟——"

信号太弱,只听赵飞说了一句话电话就断了。

赵飞又跑到山里,这次也不知道什么时候能回来,只盼不要耽误了给冉冉过生日。

无奈只能自己张罗,到学校里去了一趟,卓玛听说冉冉要过生日很高兴,非要带着孩子们给冉冉庆生。岩寓带着一帮小孩把我围住,左一句右一句地问我:"任老师什么时候生日?""我们也想给任老师过生日呀。""任老师最喜欢什么礼物?"

看着一张张兴奋的小脸我觉得或许对冉冉来说,有孩子们给她庆生是最快乐难忘的。

和卓玛商量那天带孩子们一起去野炊,卓玛满口应下,地方卓玛来选,她对这里熟悉，毕竟带着孩子们不能到太远的地方去。

我让卓玛把野炊的事情暂时先瞒着冉冉，我想给她惊喜，这是我唯一能做的了。

回去之后我着急地联系赵飞，可是赵飞的电话一直打不通。

提前一天向单位请了假，夜里迷迷糊糊睡得不踏实，梦到自己包裹在一片虚无中没有出路。梦里胸口憋闷得厉害，想要大声喊叫，喉咙却像被扼住一样发不出来声音。我不停地走，不停地走，面前出现一处光亮——冉冉身穿白衣背对着我站着，我急切地想抓住冉冉，可冉冉始终没有扭头看我一眼，冉冉离我越来越远，消失在尽头，留我一人在四周漫漫无际的虚无中沉浮。

我惊得一身冷汗从床上坐起来，看着屋中的摆设，呆愣了半响脑子才开始运转。起来给赵飞打了个电话，依然是无法接通。迷迷糊糊地洗漱完，临出门时看到门后挂着的旧吉他，看着它发了会儿愣，想着如果赵飞去了还可以弹一首，就顺手带着。出门拐到蛋糕店取上蛋糕就搭车到学校里去。

盛暑燥热，可我却浑身发冷，口中冰凉冰凉的，早晨的梦境已经忘得差不多了，但莫名其妙的悲伤感压得我透不过气。

去的时候冉冉正焦急地站在大门口向街上张望，一看到我慌张地跑过来。

"李峰！你们这是搞得什么鬼？卓玛和孩子们去哪儿了？"冉冉一叠声的埋怨砸得我措手不及，吓了我一大跳。

接过冉冉手中的字条我才明了，原来卓玛带着孩子们先走了，并没有告诉冉冉去向，只是留了张字条让冉冉等我。

"到底是怎么回事？他们去哪里了？你倒是说呀！"冉冉焦急地催着我。

"冉冉，今天你生日，孩子们也想给你庆生，我们想给你一个惊喜，这才没有把今天的计划告诉你，不过没想到卓玛带着孩子们先过去了！"我连忙解释，"你不要担心，没事的！"

"是吗？"冉冉这才放松下来，我安抚地笑笑，拉着冉冉先回学校。

冉冉注意到我手中的蛋糕，抬起头笑着看向我："谢谢你，李峰！"忽而又问我说，"赵飞没来吗？"

"没有，联系不上他，手机不在服务区。"看冉冉神色落寞，我无奈地替赵飞解释，安慰冉冉不要多心，"他可能是跑得远了来不及回来，赵飞这个人你也知道，一跑出去就没个点，他不是故意不来的。"

"嗯，我知道。"冉冉点点头，看似不在意但明显精神有些低落。

我心里把赵飞从头到脚骂了个遍，不禁又想到如果今天缺席的是我，不知道冉冉会不会也像这般落寞，我想，不会吧！

卓玛定的地方在离学校不远的一个山谷，先前卓玛只是给我讲了路线，我还没有去过。我发信息告诉赵飞野炊的地址，以防他若是过来找不到地方。

走在乡间小路上，路两旁草地葱绿可人，清晨温润的气息将人包裹。我和冉冉并肩走着，这一刻我特别感谢卓玛的安排，甚至有些庆幸赵飞今天没有来。

我沉浸在短暂的虚幻的幸福中拔不出神，嘴角露出笑意。

冉冉心里挂念卓玛和孩子们，走得很急。

"怎么还没有到？李峰你确定这条路没错吗？"冉冉扭过头问我。

我看看卓玛给我写的标识点点头，路是没错，而且走的也不远，但是冉冉仍是心急得不行。

"卓玛不能劳累，她怎么能一个人带着孩子们走这么远呢！"冉冉说着加快了脚步。

冉冉这么一说让我不禁为自己刚才的庆幸感到害臊，也赶忙追上冉冉疾步走着。

翻过山谷，一望无际的草地绵延起伏，远处灌木丛丛，牛羊成群。顺着山坡往下走了没多久就看到追打嬉闹的孩子们。

"任老师！"

"任老师来了！快，快！"

孩子们看到冉冉兴高采烈地跑过来，脖子上挂着雪白的哈达，一人手中举着一束鲜艳的格桑花，遥遥看去就像一簇簇跳动的火苗。冉冉一路上的紧张感在看到孩子们那一刻四散消失，冉冉幸福地笑了。

浓浓的满足感涌上心田，诸日的劳累被冉冉的一个笑容冲得烟消云散。

岩寓第一个跑过来扑进冉冉的怀里。

"任老师生日快乐！"岩寓把脖间的哈达解下给冉冉戴上，笑道，"任老师最漂亮了！"

一个女孩子也跑过来像岩寓一样给冉冉戴上哈达，举着手中的花奶声奶气地说道："任老师又长大一岁了！"

冉冉被她的话逗乐，蹲下来轻轻抚着女孩的发丝，温柔地说道："老师越来越老了，就盼着你们快些长大！"

"才不呢！"岩寓探过头，争着说道，"老师才不老呢，老师只会越来越年轻，越来越漂亮！"

"那老师还不越活越回去了，再过个几年就跟你们一样大了！"冉冉笑着打趣岩寓。

听到冉冉这么说，女孩朝着岩寓嘟起嘴巴，说道："你看老师都说了，你说的不对，老师只会变大，怎么会越来越小呢？！"

"笨蛋，我才不跟你争！叔叔说我说的对不对？"岩寓跑过来抓住我的衣襟。

我抱起他，笑道："你们说的都对，不过你们任老师是个例外，只有她会越来越年轻！"

冉冉笑得灿烂，孩子们一个个排着队给冉冉送上哈达和鲜花。卓玛远远地坐着没有过来，面前铺着桌布，我快步走过去和卓玛打招呼。

卓玛身边放着装食物的竹篮，还有一叠风筝。我把蛋糕放下诧异地翻看那些风筝，都是牛皮纸糊的，有的画着简笔画，有的写上祝福的话语。

"这都是孩子们自己做的。"卓玛轻轻说道。

看着这些孩童的涂鸦我心里感动，也为冉冉感到高兴，也许冉冉真的属于这里，这一刻，我突然明白了冉冉一直以来的执着。

一个个大小不一的风筝飞上天空，孩子们竞相在草坪上奔跑着拉动手中的线绳。天空净蓝无一丝云彩，纷飞的风筝点缀着空无一物的天空。冉冉仰头望向天际，眼眶盈泪。

我望着冉冉轻声问道："冉冉，你会留在这里吗？"

冉冉半晌没有说话，在我以为她不会回答的时候冉冉低下头看向我。

"或许吧！"她说。

"那我也留在这里。"我轻轻地说道，声音很小，小得连我自己都险些听不到，但这句话却是我鼓足了勇气说出来的。

说完之后我紧张地不敢看冉冉，我既希望她能明白我的意思，但又害怕她明白。

冉冉顿了一下，我没有去看冉冉的表情，只是听她笑着说道："很好啊，如果你、我，还有赵飞我们都留在这里多好，天天都可以见面，就像上学的时候一样！"

对冉冉转开话题我有些失望，也有一丝庆幸。

"是啊，如果这样多好！"我说。

"可是赵飞他……"冉冉说了一半停下了，我知道她想说什么，赵飞留在这里的可能性很小。

我不想看到冉冉如此落寞的神色，我觉得刺目，甚至有种错觉，冉冉对赵飞……

我不敢想下去，连忙说道："兴许哪一天赵飞想留在这里也不一定。现在有个杂志社想和赵飞签约，如果签的话赵飞可能会在这里待很久。"

听到我这么说，冉冉似乎有些庆幸，转而又小心翼翼地问我："赵飞他怎么想的？"

"赵飞还没决定，不过多半是不想签吧！"我说，我不想打碎冉冉的希冀，但我又无可奈何。

卓玛把竹篮里的吃食拿出来摆上，我去招呼孩子们过来吃蛋糕。吃饭的时候冉冉被孩子们缠住说话，偶尔会抬起头看向远方地平线，她的落寞神色刺痛了我，让我不敢再看。

岩寓翻出那把旧吉他拨玩，孩子们都好奇地围过去非要我弹生日歌给冉冉听。

已经过了中午，赵飞终是没有来，我拿起吉他调音，心中说不上是什么滋味，苦涩得灼人。

指尖划过琴弦，"铮铮"的声音传出，伴着音律旋起，孩子们整齐地高声唱着生日歌。卓玛也放下手中的活计跟着一起哼唱。

冉冉面带笑意，轻轻地跟着节奏鼓掌。

幽静的山谷中回响着孩子们幸福的歌声，我多想时光停留在这一刻，再不要前进了。

然而时光又哪里会为了我停留，当一曲终了，最后一个琴音从指缝中溜出，空寂的山谷又归于沉静。

尽管是在这祥和的气氛中，我却突然没来由地觉得悲伤，觉得……累……

孩子们又三三两两跑开玩耍，卓玛被两个小姑娘拉过去一起游戏。冉冉静静地坐在身边，我无意识地拨动琴弦，心绪全部系在冉冉身上，琴音断断续续地飘出。也许是被山谷的孤寂感染，又或许是被天空的惆怅笼罩，或是……被冉冉落寞的神色……刺伤，原本断断续续的琴音逐渐连在一起转作流畅的曲子。

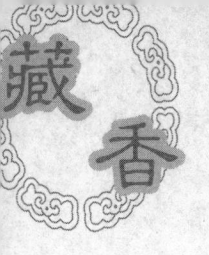

一阵微风拂过，吹散了冉冉的发，我轻轻哼唱：

天气真的是越来越冷
寒风围绕着寂寞的人
吉他都歌唱得那么认真
想你的时候 风一阵一阵……

从前我只是弹曲子，赵飞唱歌。听到我的哼唱冉冉诧异地扭过头来看向我。

我没有抬头，只是看着切剩下一半的水果蛋糕，上面写着两个红艳的大字——冉冉。我想，这两个字用的颜色不好，应该是水蓝色才对，剔透单纯一如冉冉。

"也许我 真的很笨，但是我真的很认真；也许你也有你想要的人在等，那就快承认，别留下伤痕……"

"李峰……"冉冉轻轻唤我。

我抑制着不让自己落泪，冉冉的彷徨，冉冉的落寞，冉冉似有似无的思念在此刻全部冲入我的脑海，我知道，自己离冉冉是越来越远了……

我想说，冉冉，不管你心里的那个人是谁，我都希望你幸福，也希望……你能明白我的心意。

只好趁着不深 才爱得天真
才能唱你要的歌声
你的一句话一微笑一个眼神
就让我变得完整
只好趁着不深 才爱得认真
才没那么多的恨
不管几星期几公里有多残忍
我都会陪着你
等着那个人……

冉冉哭了，哭得很伤心，我希望她说些什么，可是她没有，就像在我踏上火车时父亲的那个电话，断得戛然而止。

幸福像高原上那美丽的云朵，稍不留神，幸福便会化成过眼云烟。我不知道我的人生在讲述一个怎样的故事，幸福曾经离我那么近，现在又那么远。

或许我仍然是不甘心的，是的，我不甘心，所以琴弦又是一转：

不管几光年的距离有多遥远
我都会用心的
变成那个人。

冉冉把脸伏在膝盖上啜泣，我看不到她的泪水。

赵飞终是没有来，我沉默着帮卓玛收拾东西准备离开，冉冉领着孩子们走在前面。孩子们玩得累了，排着小队静静走着，一路上只能听到轻轻的呼吸声和踏在草地上的吱吱声。

等回到学校已经傍晚时分，意外的，有邮递员早早地等在那里，说有任冉冉的包裹。

是赵飞在网上订的冉冉的生日礼物——一台电脑。

原来赵飞并没有忘记今天，但是他选择邮寄礼物而不是亲自来送，他早就打算失约了吗？

教室里那张破旧电脑桌终于有了用途，我帮冉冉把电脑装好，就摆在那张电脑桌上。

卓玛累了一天，早早地回去休息，我又帮着冉冉做晚饭，安顿孩子们睡觉……我俩依旧有一搭没一搭地聊天，好像下午的事并没有发生。原来彼此都太珍惜这份友谊，所以选择了忽略，忽略了我求而不得的情谊。

回去的时候已是深夜，我嘱咐冉冉好好休息，又看着她锁上学校的大门，我才离开。

高原的夜空是蓝色的，像深海一样透明，泛着纯净，缠绕着月亮铺排到整个天际。圣洁的月光拂过道路两旁那一片又一片正在成熟的青稞地。

我在街上慢慢走着，虽然星光满天我却毫无困意。茫茫的夜色就如昨夜的梦境一般，冉冉虽然没有把我从身边推开，但是我不知道还能走多远。

慢慢走着，走着，没有目标，没有心急。空寂的大路上没有一个行人，只有我，背着个吉他，看着自己在月光下落寞的影子颇有流浪的意味，路边的格桑花已被夜色掩盖，我看不清它们。心中伤感突然想看日出，想看看这世间最强盛的希望。

没有回单位，我拦了一辆卡车，司机把我带到一处山坡。从车上下来，又徒手爬到坡顶，看着脚下一望无际的黑暗我觉得压抑，绝望的压抑。

在坡顶上坐了半夜，思绪乱飞，想父亲，想冉冉，想藏区，想我的过去、现在、未来……

我想象着父亲曾经站在这片土地上是什么样的心情，想象着我……是不是有一天也会以同样的心情留在这里。

忽而我又很羡慕赵飞，我想，一个人骑着自行车跑遍大好河山该是多么惬意。

可我还是我，我仍然沉寂在对冉冉的爱意里抽不出身，彷徨、无助……

东方地平线上蓦然炸出一抹光亮，像是正义的骑士将沉闷的黑暗击退。随着白光越来越亮，黑暗逐渐退却。

阳光驱散了黑暗，却驱不散我心底的阴霾。

朝阳初升，格桑花开得耀眼。

上午回到单位，头疼得厉害，将自己掩在被子里，什么都不想，睡得昏天黑地。这一觉直睡到第二天清晨，醒来后浑身都是沉沉的，鼻塞得难受。

洛桑泽仁以为我出了什么事，已经进来看了几次。

"发烧了！伤还没好透，这又是跑去哪里了？怎么搞成这样！"洛桑泽仁手放在我的额头上探了探，像个哥哥一样责怪我。

我朝他笑笑："没事，吃点儿药就好了！"

"都烧成这样了怎么会没事？！"洛桑泽仁给我端来温水，我就着水吃下几片退烧药。

"你先睡着，我去给你买点儿药！"洛桑泽仁说着，推开门出去。

屋子里又剩下我一个人，心情反而好了许多，没有昨天那么伤感。

起身给赵飞打了个电话，依旧不在服务区。

过了一会儿，洛桑泽仁回来，身后跟着降初。

"降初？"

降初站在门口绞着手指，轻轻说道："听说你生病了，我来看看你！"

"我去买药的时候看到她在门口站着，就叫她一起上来了，刚好你病着也需要人照顾。"洛桑泽仁说道。

"我今天来给那个女老板送些特产回礼，然后就走到你们单位门口了。"

被洛桑泽仁说出自己在门口站着的事儿降初有点害臊，连忙解释道。

我笑了笑，缓解她的紧张："还是要谢谢你来看我呢！"

"你，你感觉怎么样，病得严重吗？"降初走过来关心地问道。

"不严重，是洛桑泽仁太紧张了，吃了药睡一觉就会好的。"我笑着说。

洛桑泽仁拿过药片，说道："明明烧得浑身滚烫自己还不当回事！把药吃了让降初陪你，我要去训练了，今天我帮你请假，你就好好睡一天！"

降初接过药片要喂我，我觉得不好意思，挣扎着想起来。

"你别动，裹着被子捂汗呢，一动又进风了！"降初按住我的肩膀。

降初的手心很暖，让我觉得安心，吃了药药性发上来，眼皮越来越重，又睡了过去，睡得不安稳，出了满身的汗。

醒来时，降初在浴室洗衣服，屋子被降初整理得澄净明亮。透过玻璃门看着降初低头搓洗的身影，霎那间仿佛回到了那天清晨，降初也是这样蹲在院子里洗衣服，赖旭坐在身边。

"降初！"我叫她，声音发出来把自己也吓了一跳，低沉沙哑得厉害。

"嗯？你醒了，感觉怎么样，头还疼吗？"降初慌忙跑过来问我，手上还沾着泡沫。

看到降初担忧的神色我想到冉冉，冉冉生病的那天我也是用这样焦急的眼光看着她。

我不想让降初担心，强打起精神说道："已经好多了！"

"出汗了吗？"降初问。

"出了，满身都是汗。"我笑着说。

降初又转进浴室洗了手拿出干毛巾过来帮我擦额头的汗珠。我抓住她的手，看着她说道："没事，我自己来吧！"

降初突然脸一红，转过脸去，又转身回浴室把衣服晾出来。

"我，我先回去了，中午再来看你！"降初说道。

我点点头，降初对我好我知道，但我不能做出任何回应。降初临出门时，我叫住她："降初，这么远就不要来回跑了，我没事的。"

"没关系，你在这里一个人也没人照顾，我左右也没什么事情。"降初笑笑说道，说完就带上门匆匆走了。

我又睡了一会儿，再醒时降初已经来了。

"醒了？饿不饿，我炖了汤来，我知道你发烧不想吃东西，就炖得清淡，起来多少吃一点吧！"降初高兴地说道。

"赖旭一个人在家没关系吗？"我看她只回去做了饭就过来，不禁有些担心。

降初笑笑说："村子里的幼儿园开学了，赖旭在学校里，晚上去接就行！你安心养病，这些就不要担心了。"

我露出个微笑，想象着腼腆可爱的赖旭背着小书包在学校里的样子。

降初盛了汤端过来，又在我的背后塞上枕头。

降初的手艺很好，虽然是肉汤但是清淡爽口。刚喝了两口就被突如其来的声音止住。

"哟！小美女！你怎么在这里呀！"轻狂的声音从门口传来，降初霎时绷住了脸色。

我扭头一看，果然是赵飞，赵飞兀自走进来，边走边说："打你电话怎么打不通呢，总是关机，然后我就自己过来了！"

"我电话关机？"我很纳闷，想说应该是你的电话打不通才对。翻出电话来看原来是电量过低自动关机了，我无奈地笑笑，降初主动接过电话去充电。

"你这是怎么了？"赵飞拉过椅子，坐在床边问我。

"吹了冷风，发烧了，你不都看到了！"我说道。

"我看到什么？"赵飞坏笑着看向我，"我只看到你俩打情骂俏的。"

降初直愣愣地站着不搭理他，我无奈地说道："你就别打趣了，我皮糙肉厚的不怕你挤兑，可降初腼腆，你也不让让她。"

赵飞笑笑还没说话，我突然想到电脑的事，赶紧问他："那台电脑是你送的？"

"是啊！"赵飞无所谓地说。

看他肯定的语气我不禁有些恼怒，"你一早就没打算去给冉冉过生日吗？这才提前安排人把礼物寄过去？"

"哪能啊！"赵飞赶紧摆摆手，笑道，"电脑是我前几天在网上买的，邮寄地址写的是学校地址，我当然是打算过去的，谁知道在山里耽搁了，这不，一回来就准备找你陪我去给冉冉赔罪嘛！"

原来是这样，我笑笑说道："现在估计得你自己去赔罪了，学校里可都是老弱妇孺，我病着过去还不把他们都给传染了。"

"你呀！"赵飞调笑道，"还真像个小娘们一样，不是受伤就是生病，每次都要多亏人家小美女照顾你！"

降初紧咬着唇："你，你就不能说话尊重点儿！"

"我这是夸你呢！"听到降初反应，赵飞笑得更是开怀。

"行了赵飞，说了，你别逗她！"我赶紧说道。

"好了好了，你是病人，听你的！"赵飞哈哈一笑才算作罢。

"对了，给你看看我这次拍的照片！"赵飞说着从包里拿出笔记本电脑。我这才注意到他还穿着上山的冲锋衣，看来是一下山就跑到这里了。

赵飞这次拍的不同于以往绿意盎盎的草原景色，图片打开清一色的白皑皑雪景。

"怎么样？"赵飞兴奋地问我。降初也过来跟着看了几张，虽然还是不喜欢赵飞，但也不禁惊讶地合不拢嘴。

照片上的拉日马草原，辽阔得看不见边际。牧人骑着骏马，飞奔着，他们似乎在自豪地吆喝着，那渊远苍凉的低吼也久久回旋在辽阔的草原上。草原远方的雪山峰顶云雾缭绕，波澜壮阔，好像看到了神境。

"漂亮，壮观！"我说，"你上雪山了？"

"是啊，我这次跑得远，都出了新龙县了！"赵飞得意地说。

"怪不得回不来呢！"我自言自语地嘟囔。想到冉冉之前问的话，我问赵飞："你想好和那个杂志社签还是不签？"

一说到这个，赵飞就一脸郁闷，说道："杂志社那边还是催得厉害，但是他们是藏文杂志，我就必须留在这里做专职的摄影师。"

"这有什么不好！"我无奈地说道。

"当然不好。"赵飞一脸理所当然，"我可不想一辈子待在一个地方。"

"唉！"我无话可说，只能无奈地笑笑。

又和赵飞聊了一些有的没的，降初待在这里浑身不自在，她还是不喜欢赵飞。

降初起身要走，我想下床去送她。

"你别，你躺着吧，我自己回去就行。刚出点汗别又伤风了，来回折腾病就难好了！"降初制止住我，硬是不让我动。

"得！我去做护花使者，走吧小美女！"赵飞绅士地起身要去送，可是降初说什么也不肯，偏巧洛桑泽仁这个时候进来。

"洛桑泽仁，麻烦你送送降初，我这……"我对洛桑泽仁说。

"这就走了？不多坐一会儿！"洛桑泽仁对降初说道。

"不了，我家里……还有点儿事。"降初不善撒谎，说话的时候眼都不敢抬。

洛桑泽仁手中还提着饭盒，他把饭盒交给赵飞说道："这是我刚去食堂买的，先凑合吃点，我去送降初。"说着拉了降初出门。

走在门边洛桑泽仁和降初说了句什么，用的是藏文我俩都听不懂。

"你打算什么时候去给冉冉解释？"我问赵飞。

"等你好了吧！咱俩一起去。"赵飞轻描淡写地说。

我不知道赵飞为什么执意要拉着我一起去，而且现在我还不知道该怎么面对冉冉。我开玩笑说道："我可是去给冉冉庆生了，失约的是你，到时候冉冉要是罚你难道我也要陪你受罚吗？"

赵飞伸出两个指头轻轻一摇，笑道："你这点儿说不通，一来，我之前并没有确切地答应冉冉要去给她庆生；二来，即便我是真的失约，咱们冉冉心善，肯定不会罚的，所以你就放心地陪我去吧！"

我无奈地只能答应。

"那你好好养病，我还有点儿事儿，我得先走了，咱们晚上联系！"赵飞说。

"你能有什么事？"我笑着打趣他，话音还没落，赵飞已经不见了踪影。

赵飞刚走，洛桑泽仁就回来了，他笑得开怀，我纳闷地问他笑什么。

"我告诉你啊，降初喜欢你！"洛桑泽仁神秘兮兮地探头过来说道，"我以前就说嘛，你俩关系肯定不一般，这不，人家姑娘都承认了！"

我装作不在意地摆摆手，笑着说道："你什么时候跟赵飞一个样儿了，也去欺负降初。"

嘴上这么说着，心里却既无奈又苦涩。

"我哪里用得着套话，不过是闲问了两句，降初老实，就说了，还让我答应保密不告诉你呢！"洛桑泽仁信誓旦旦地说道。

"那你怎么一转身就告诉我了！"我笑道。

洛桑泽仁也笑，说："我可是为了你的终身大事考虑，这么好的姑娘可得抓住了，你们汉人有句话是怎么说的……'过了这个村子，就没有这个店了'，是这样吗？"

"洛桑泽仁你不只普通话精进了，连俗语都能套用两句了！"我笑他。

洛桑泽仁无奈地笑说是最近和我们这些内地人呆得多了，耳濡目染也能学会两句。

"再说了，降初是不是送给过你一根腰带？"洛桑泽仁问道。

我点点头，"是啊，这又怎么了？"

洛桑泽仁说，"在草原上，腰带是情深意重的青年男女定亲的信物，长长的腰带象征爱情的深切和持久，正如歌中所唱：'我俩交换的是长长的腰带，为了相爱到白头。'用腰带表达的爱情是极为慎重、圣洁的，有一首歌谣中这样唱道：姑娘给我了一条彩色腰带，也织进了一颗忠贞的心。别轻浮的把腰带系在腰间，这爱情的信物要永远缠在心坎。"

我一听，腾地一下坐了起来。直到那个时候我才明白，降初要送给我的不是腰带，而是她自己。

降初送给我的那根彩色腰带静静地放在我的书桌旁。一阵风吹来，总能闻到一股淡淡的藏香。降初翩翩起舞的样子又浮现在我的脑海。

我捧着降初送给自己的彩色腰带，凑在鼻前，藏香四溢。闭上眼睛，降初像格桑花一样美丽的笑容浮现在脑海。

热度到下午就退下去了，床上躺得久了就想下床走走。降初把屋子收拾得一尘不染，光滑的地板砖仿佛能照出人影来，让我觉得没地方下脚，生怕踩脏了地板。

踱到窗户边上向外看去，入目是单位的自行车棚，在阳光下透出一大片阴影。隐隐看到有个人站在那里，刚想看看是谁电话突然响了。

降初把电话放在桌子边充电，我走过去拿起一看，是冉冉。这是冉冉第几次给我打电话？我不禁想，我以为我已经不在乎了，可是拿起电话我还是紧张得发抖。

"李峰！我在你单位楼下，你在吗？"冉冉柔和淡雅的声音从电话那头传来。

我心中一咯噔，转到窗户处朝外看，果然车棚处的那个人身影俏丽，两手托着电话歪在腮边，正是冉冉。

"我在宿舍，我看到你了，等等，我这就下去。"

我一边痛骂自己一边还是像个刚动春心的少年一样向楼下跑去。我满怀希望地想着冉冉会说什么，会不会是想通了过来告诉我她喜欢我。

"冉冉！"我远远地招手。

冉冉今天有点不一样，看不出来哪里不一样，只是让我觉得与我说话时更自然了，却也更疏远。

"李峰，昨天到今天打你电话一直打不通，我以为你出什么事情了，所以过来看看，可是过来又找不到地方。"冉冉说。

"我电话没电忘记充了。"我尴尬地笑笑，挠挠头。

"呵呵！"冉冉微微一笑，说道，"你没事就好，有几句话我想对你说。"

"什么？"我很平静，平静得连我自己都不敢相信。

"我……我想我应该告诉你，不然对你不公平。"冉冉迟疑地说，面色很痛苦。

隐约猜到后面的话，但是我想，至少冉冉现在的痛苦表情是为了我……

"李峰，谢谢你对我这么照顾，我……我喜欢……赵飞……"冉冉别过头去不看我，我知道她是不忍心看我失望的脸色，但是她的语气却出奇地坚定。

我并没有露出丝毫失望的神色，就像这一切是我意料之中的一样。可是，我虽然隐隐觉得冉冉对赵飞不一样，但并不确定冉冉喜欢的就是赵飞，蓦然听到，我仍然觉得天旋地转，面上再是不动声色也掩盖不了我翻腾的心绪。

"我这次来也是想找……赵飞……"冉冉继续说道，"我想当面谢谢他的礼物。"

冉冉不敢看我，可我却目不转睛地盯着她，好像下一刻就会看不到一样。

我强压住翻腾的思绪，轻声道："赵飞现在估计不在县里，等他回来我让他去找你好吗？"

我说得很小心，怕吓到紧张的冉冉。

"李峰，谢谢你！"她说。

我笑道："我们不是朋友嘛！不要再说谢谢了，我担不起。"

冉冉走了，我第一次将冉冉独自丢在街上转身回到宿舍。我想睡觉，我累了……很累……

趴在窗边想找寻冉冉的身影，可是冉冉已经走远了。

脑中思绪万千却缕不到头绪。刚才强装的平静早已荡然无存，脑中像过电影一样闪着八年来的片段。

"李峰，你把我的钢笔藏哪里了？"

"李峰，这道题不是这么解的！"

"李峰，我留在成都上学。"

"李峰，今晚赵飞会来吗？"

"李峰，我要走了，到川藏支教。"

"李峰，赵飞会留在这里吗？"

冉冉终究还是离我而去了，不！应该是我从来都没有走近过冉冉！我脱力地倒在床上，看着屋脚的一处裂痕，心也裂了。蒙上被子，我终于走向了感情的尽头。

这场病来势凶猛，一连拖了一个星期，最后转成肺炎，无奈只能住进医院打吊瓶。

降初依旧每天都来，带上自己亲手熬的汤药。

我承受不了降初的热情，却也一边自责一边自私地享受着降初的关怀。我以为这是我生病的特权，是的，我自私任性地这么认为着。

赵飞给我打了很多个电话，我没有接。我不知道该以一种什么样的态度面对赵飞。

我自欺欺人地、不负责任地逃避着，逃避冉冉，逃避赵飞。

洛桑泽仁下班后来看望我时，带来了赵飞。有时候我不禁使坏地想洛桑泽仁就像个拉皮条的，总是在最糟糕的时候带来我最不想见的人。

赵飞进来看到我，脸上没有一点嘻哈的表情，上来就质问我："你怎么回事！打电话不接，宿舍找没人！住院了也不通知我！"

我情愿赵飞此刻仍然是一副无所谓的样子，他紧张愠怒的神色刺伤了我的双眼，让我不敢看他，好像我心中所有的揣测都是肮脏的，低下的。

事实上，我的揣测确实是肮脏的，对于我们的友谊来说肮脏至极。因为在我的揣测里赵飞和冉冉是一对"偷情的狗男女"，而我却是那正牌的受害者。

我低下头不理会赵飞的质问。

赵飞冲上来抓起我的衣襟扬起手来，但是高扬的巴掌却没有落下来，轻轻问了句："现在好些了吗？"

我睁着眼睛看向他，霎时为自己肮脏的想法觉得无地自容。

"没事，病已经好得差不多了，本来早就可以出院，洛桑泽仁硬是要我再养两天！"我说。

"没事就好，你可吓死我了！还以为你出了什么事，怎么联系都联系不上！"赵飞说着，挨在床边坐了。

这么两句话让我多日的苦闷一时飞到九霄云外。

"这两天找你找得焦头烂额的，哪里都没去成，给冉冉打电话她也不知道你去了哪里！"赵飞说道。

"我，我来的时候太匆忙没有带电话。"我说，"冉冉……她还好吗？"

"我没去学校，应该还不错吧！"赵飞说道。

我想到冉冉那日的话："我喜欢赵飞。"

看着赵飞关切的神色，我心中不安，冉冉喜欢赵飞，那么我……想要成全冉冉。

"你去学校一趟吧，冉冉想当面谢谢你的生日礼物，你之前不是也想去给她赔礼吗？"我说。

"等你好了一起去吧！"赵飞不以为意，看着床头的药水瓶。

"我还不知道什么时候才能出院，你自己过去吧！"我别过头去，一来我希望能给冉冉和赵飞单独见面的机会；二来，我现在实在是没有心力看到冉冉对赵飞眉目含情的样子。

"你不去我一个人多无聊，那就再等等吧，这边杂志社约了个稿件我还没开始准备呢！这两天净顾着找你了，什么也没做！"赵飞无奈地说道。

"什么稿件？你和杂志社签约了？"我诧异地问，心里说不上来是个什么感觉，我希望赵飞待在川藏和冉冉在一起，又希望赵飞离开，这样我还有机会。

"没有，不过他们表示可以暂时先合作着，签约的事儿以后再说。"赵飞说道。

"哦，原来是这样！"我说不上来是失望还是庆幸，"这次他们要什么稿件？还是那些风景照片？"

"不是。"赵飞说，"编辑只说需要些稿件，估计是人文方面的，策划案在邮箱里我还没来得及看！"赵飞说道。

我知道赵飞这两天是因为找我、担心我才放下自己的事情没做，心里有些后悔。

"还是去看看冉冉吧！生日的事情你理应去道个歉的。"我锲而不舍地劝说赵飞。

"等有空了就去！你不要管这些了，赶紧养病身体要紧！"赵飞岔开话题，似乎不喜欢我提冉冉。

赵飞看我不说话，也闲得无聊在病房里转来转去。病房里有三张床铺，如今除了我占的这一张其他的都空着。赵飞在旁边的床上躺下，无聊地问我道："怎么这次那个小美女没来看你？"

"降初上午还在，这会儿刚走没一会儿，说是回家做饭去了。"我说。

赵飞咧开嘴角笑了："这感情好，幸好没碰上她，省得看她脸色，你还别说，这小姑娘还挺倔的，一副清高的样子，在她眼里我好像就是个烂泥里的臭虫！"

赵飞轻描淡写地说着，嘴上挂着笑意。

我对他的评价很无奈，也不认同，但我还是笑了，说道："我也庆幸，幸好你俩一前一后错开了，不然又得斗嘴！"

"哪是我和她斗嘴啊，分明是她恶意曲解我！"赵飞说。

"得了吧！我怎么总觉得每次都是你先挑的头呢！"我笑他。

赵飞来了劲儿，从床上坐起来："可不是我非要挑头的，她一看见我就一副待理不理的样子，一点儿都不和颜悦色，这样算不算她无理在先？"

"她才二十岁，你好歹比人家姑娘年长几岁，怎么跟个孩子一样！"我说。

"二十岁也不小了，再说我哪里像个孩子了，不比你还大一岁呢！"赵飞又躺了回去，还搬过脚边的被子靠在腰后。

要说古话之所以总是被人传唱，是有一定道理的。就好比现在，赵飞话音刚落，被子还没放稳，病房的门"嘎吱"一声开了，露出降初刺花的衣角。所谓"说曹操，曹操到"便是这个情形吧。

"嗯？"赵飞腾地一下从床上跳下来，惊得合不拢嘴。

我满脸尴尬，好像背后说人坏话被抓包了一样，但是我和赵飞刚才也并没有说什么。

降初提着往常的塑料饭盒，看到赵飞也在这里，突然也是一愣，继而就冷下脸来。

"你怎么也在这里！"降初脱口而出，说完好像有些后悔，又低下头去。

等开始的一惊过去,赵飞大喇喇地坐下,玩笑道:"我怎么就不能在这里了?我朋友住院,身为好哥们的我来医院看看也是常理吧!"

"你!"降初憋得面颊通红。

"我怎么,我还纳闷小美女你怎么天天来呢,难道说……你对李峰有点儿非常的心思?"赵飞戏言。

赵飞说的时候我就直觉不好,想要截住他的话,可是已经来不及了,我紧张地看向降初。

降初听了赵飞开玩笑的问话尴尬得不知所措,手里提着饭盒愣愣地站着。我赶紧给她解围,催促道:"今天做了什么好吃的?放着吧,别拎着了!"

刚说完,我就恨不得打自己一个耳光,这句话说得实在没有水准,更显得欲盖弥彰。

赵飞呵呵笑着,我瞪他一眼,他赶紧掩了笑意,但眉角仍是高高挑着。

"我和李峰也是朋友……所以我来照顾他。"降初这句话像是硬从喉咙里挣扎出来的,软弱无力。

我笑笑接过降初的饭盒。

"好了,你们要开始你们的爱心午餐了,那我这个外人还是赶紧走吧,别在这里碍眼!"赵飞伸个懒腰调侃着,站起身要走。

"你!"降初找不出话来辩驳,别扭地转过头去。

我看向准备出门的赵飞:"这就走了吗?"

"是啊,我还有事呢,回去赶紧看看那个策划案是什么内容。"赵飞已经走到门口,转过身来说。

"你别忘了去学校!"我赶紧说道,自己都不明白自己为什么这么执着。

赵飞摆摆手跨出门去,"有时间再说吧,你赶紧养病!"

"喂!"他这样不以为意的态度让我很着急,也有点儿生气,就好像我捧在手心里珍视的宝贝在别人眼里就如破鞋草履一样不值一提。

"赵飞——"

腾腾的脚步声消失在走廊上,赵飞已经走远了。

赵飞来的时候洛桑泽仁已经走了,这会儿突然又打电话过来。

"李峰,有个女孩找你,现在在单位呢!"洛桑泽仁粗犷的声音从电话里传来。

"嗯?谁呀?"我问,我莫名紧张起来,第一反应是冉冉。

"她说她姓任,我已经让她去医院了!"洛桑泽仁说道。

冉冉来了!我急忙坐起身找鞋子,降初看我着急的样子很纳闷,慌忙给我把门口的鞋子递给我,问道:"这是怎么了?怎么急成这样?"

冉冉身上的幽香飘到鼻尖,我突然停下动作,弯腰定在那里。是啊,我这是怎么了!我不是已经打算好了要给冉冉创造幸福嘛!我该退出了……

我又慢吞吞地躺回床上,看降初愣在那里我安抚地笑笑:"没事,有个朋友要来!"

降初神色不定地问我:"那……我要不要先回去……"

"没事,你也没吃饭呢吧?过来一起吃吧!"我招呼降初。

我给冉冉打了个电话,告诉冉冉赵飞刚出医院,估计没走远,让冉冉直接去找赵飞。

打电话前我以为我的做法很无私大义,其实不是,因为冉冉没有给我无私的机会——冉冉说她联系不到赵飞,想到我这里来问问。原来,我所有的心理建设都是徒劳的,自以为想成全赵飞和冉冉,到头来不过是我自己在自作多情。

没过一会儿冉冉发来信息,说她遇到赵飞了,让我不要担心。

我觉得好笑,也笑了出来,降初莫名其妙地看着我。

我想象着冉冉和赵飞牵手走在街上,温柔甜蜜。

想象着两人谈笑风生,赵飞弹弹冉冉的鼻尖,一脸的宠溺。

想象着……

我不敢想象。

第十章 一半海水一半火焰

在医院又待了两天,回到单位就开始忙起来,降初依旧每天都来,说是我病刚好还需要调养,自此之后连带洛桑泽仁的午餐也一起送过来,洛桑泽仁这两天不住地夸降初。

下班回到宿舍,刚进走廊就看到赵飞蹲在我的宿舍门口抓耳挠腮的。

"赵飞?"我诧异地叫他,"你什么时候过来的,怎么不打个电话?"

赵飞看到我就站起身,说道:"唉,别提了,我这两天忙着取景忙得头昏脑涨的,想着你快下班我就直接过来了!"

等进屋坐下,赵飞才正色说道:"我来找你有事!"

"什么事?"我问,一边取了暖水瓶去烧开水。

"你陪我去冉冉的学校走一趟吧!"他说。

我猛地回神,手里还捏着壶塞:"冉冉出什么事了?"

"不是冉冉,"赵飞连忙摇摇头,"是我自己,上次不是跟你说那个案子吗?里面有一部分是说藏区教育问题的,我想到冉冉那里去取景。"

"哦!这样,真是吓我一跳。"我松了口气,"你怎么不自己去了,这不是好事儿嘛!等报道出来也可以争取点儿社会支持。"

"是好事啊,好事才来找你呢!"他说。

看我不接话他又说道:"明天不是周末嘛,你索性闲着也是闲着,陪我去一趟吧。长路漫漫啊……"

一听他开始耍赖,我赶紧截住他的话:"还说我像娘们呢,你看你现在的样子像不像个深闺的怨妇!"

"得！怨妇就怨妇了！总之你得陪我去一趟！"赵飞拿出死猪不怕开水烫的架势。

我只能无奈地说："明天降初要过来，我要是走了，人家大老远的跑一趟找不到人也不好！"

"你还真是，左一句降初又一句降初的！"赵飞调笑我，又说，"那就让降初一起过去，她还没见过冉冉呢吧？过去认识认识！"

想到降初一见赵飞的表情我就觉得头大，但赵飞已经说到这种地步，不答应也实在不够朋友，只能勉强点点头。

我想问问赵飞那天他和冉冉都说了什么做了什么，明知道这不是我该问的，也不是我该关心的，但就是压不住沸腾的情绪。

"不是我非要找你一起去。"赵飞说道，"那天冉冉来找我非要说给我谢礼，我怎么能要呢！我怕这次去了尴尬，所以就想着咱俩一起去！"

"怎么会尴尬呢！"我无奈地说。

赵飞叹口气："冉冉这人你也知道，太重礼数了，你说我不过是送台电脑，还是送给学校的，她又非要给我回礼，她现在的生活状况也不好，我当然是不能要的！"

我猜想，冉冉大概是真的想送他点儿什么吧！

赵飞留下来一起吃了晚饭，高兴地回去了，留下我一个人辗转反侧。

第二天一大早，赵飞就背着相机过来敲门，降初来的时候已经将近九点了，因为提前没有和降初说今天要到冉冉学校去，我也不知道降初愿不愿意去。

"小美女，今天有个很艰巨的任务要交给你！"赵飞一见降初推门进来，就开始胡侃。

降初被说得一愣，一时也忘了面前站着的这人是赵飞，抬起脸好奇地问："什么任务？"

"你们单位又派任务了？"降初又转过头问我。

我和赵飞被逗得一乐，赵飞笑道："真是可爱！不逗你我都忍不住！"

降初登时绷起脸，郁闷地看着赵飞："你就不能好好说话吗？！"

"平时还行，一看到你我就管不住嘴了！"赵飞打蛇追棍上似的接着降初的话说。

降初扭过头不理他。

"好了，他跟你开个玩笑，别跟他一般见识。"我笑着安慰降初。

赵飞也笑，说道："言归正传不啰嗦了，再啰嗦没时间了！"

"今天赵飞要到一个小学校取景，咱们一起去，说不定能帮上忙。"我对降初说道。

降初点点头，对我的话她从来都是听的。

"你打电话通知冉冉了吗？"我问。

"通知了，冉冉已经开始准备了，不过要拍实景，也没什么准备的！"赵飞说完又突然懊恼地说道："早知道不送电脑过去了，咱们还能拍个破败实况，哈哈！"

我撇撇嘴，挤兑他说："那不成咱们也别去学校了，直接让孩子们到野地上上课，连教室都没有，岂不是更惨！"

"得了得了，不废话了赶紧走吧！"赵飞摆摆手说道。

冉冉正在上课，卓玛出来迎我们，还没进学校，赵飞就架起了相机，降初虽然极不情愿，但还是主动上前帮他。

"小李，听说你生病了，现在怎么样？"卓玛一脸关切地问我。

"早好了，只是最近一直忙得抽不出时间来看你们。"我对卓玛说了谎，如果我真想来又何曾会抽不出时间呢！

"年轻人可要照顾好自己的身体，身体是革命的本钱啊……"卓玛还在絮絮地劝我。

我不好意思地笑笑，卓玛的关心让人心里很暖。

降初和赵飞工作之余还不忘斗嘴，冉冉出了教室一看到降初脸色突然一变，我给冉冉打招呼，她虽然开心地笑了但却忍不住看向赵飞和降初。

"他们……"冉冉踌躇着问我。

"哦！还没有给你介绍。"我强压住心头的苦涩，拉过降初向冉冉介绍道："这是降初，我朋友！今天刚巧碰上就一起过来了，介绍你们两个认识一下。"

降初正拿着赵飞的相机盖子，面对冉冉很拘谨，不过还是很高兴地和冉冉打招呼："你好！"

"我叫任冉冉，你真漂亮！"冉冉笑着夸道。

冉冉这么一说，降初更是害羞，低着头轻声说道："你也很漂亮，从前没听他们说过你呢！"

"降初，快快，过来帮我扶着相机！"赵飞一手端着三脚架一手撑着相机朝这边喊道。

降初点点头跑过去，冉冉似乎误会了什么，神色很落寞，我看她只是定定地站在那里，周身散发着孤寂，像一朵遗世的幽兰。

我不忍看到冉冉这样的神色，想给冉冉和赵飞一个单独说话的机会。

我走过去叫上卓玛。

"卓玛，我们今天中午估计要在这里吃饭了，我去帮你吧！"我说。

卓玛很高兴，说道："也多不出几个人的饭，我一个人就行，你们在这里说话吧！"

我笑笑不作答，只是走过去叫上降初和卓玛一起去准备饭菜。

"哎？"赵飞见我拉走降初很不满意，说道，"怎么一会儿没见你俩就卿卿我我的，把小美女借我用一会儿都不成，小气！"

我知道他在开玩笑，也不生气，说道："冉冉对这里熟悉，拍照的时候她可以在一旁给你讲解，让冉冉帮你吧，我和降初去帮卓玛准备午饭。"

冉冉脸上飞起一抹红晕，我心中苦涩，只当自己没看见拉着降初要走。

赵飞一把拉住我，急道："这可不行，还是让降初帮我吧，我看着她逗乐！"

"你！"降初听到赵飞的胡说八道，气得一瞪眼，"你这人怎么这样，我好心帮你！"

赵飞邪邪一笑，说道："你怎么听不出好赖话呀，说你逗乐那是喜欢你呢！"

"谁稀罕你喜欢！"降初恼怒地说道。

可这些看在冉冉眼里却像是在打情骂俏一般，我赶紧叫住降初。

"降初，走吧，做饭我还不太会，这个你在行，陪我过去吧。"我说。

降初愤愤地放下手中的相机盖子，转身跟着我。

"李峰，还是我去做饭吧，让……降初帮着赵飞吧！"冉冉说道。

我沉下脸忍住不去看冉冉，越是看到冉冉失落的神色我心里越难受。

"不了，我和降初待惯了，你陪着赵飞吧！"我说。

听到我的话降初好像很高兴，抬头看了看我，又赶紧低下头跟着我走。

赵飞静静地捣鼓相机没有再说话。

我感觉最近赵飞有点儿躲着冉冉，不知道为什么。

拉着降初拐进教学楼后的大屋，卓玛正在削土豆皮，我看她身旁放了一麻袋的土豆。

"怎么经常吃这个吗？上次来的时候就是炒土豆。"我问卓玛。

卓玛一见我俩进来，连忙说道："说了我自己可以的，你们也很久没见了，出去说说话不是很好？"

"没关系。"我说，"赵飞陪着冉冉在外面。"

卓玛笑了笑让我们坐下，说道："这个季节土豆便宜一些，而且孩子们爱吃就多买了点存着。"

"孩子们正是长身体的时候，也得多换换菜样。"我说。

"唉！"说到这里，卓玛长叹一口气，无奈地说道，"学校的补给太少，也苦了这些孩子了！"

降初正在洗手，听到卓玛这么说，问道："孩子们都还在教室吗？刚才也没有见到，这个学校有多少个学生？都多大了？"

"这会儿都在教室自习呢！十六个孩子，最小的才四岁，最大的十二岁了！"卓玛感叹道。

降初作为一个母亲，对孩子的话题总是很感兴趣，她也走过来蹲坐在卓玛身边帮着削土豆，说道："确实都还是长身体的时候，需要多补充营养，我刚才进来的时候看到楼后面有很大一块空地，怎么不开出个小菜园来！"

"以前这么试过，只是我身体也不行，又要照顾孩子们，一时也忙不过来，种子播下去却没工夫管，都荒了。"卓玛惋惜地说道，"要不是后来冉冉过来，我都不知道自己能撑到什么时候！"

"冉冉……真能干！"降初羡慕地说道。

卓玛一说到冉冉不禁露出笑容："是啊，冉冉是个好女孩，可是留在这里……真是耽误她了！"

冉冉……听到卓玛夸冉冉，我有些伤感，想转移话题。

"等下周我来把地开出来，以后我一有空就过来帮忙。"我端着盛满水的盆子走过去说道。

"这样，不合适吧，你工作也挺忙的，也不能老麻烦你。"卓玛说。

我赶紧说道："怎么是麻烦呢，我和冉冉……是好朋友，这些都是我该做的，而且，我也喜欢这些孩子们！"

"我也可以时常来帮忙的，正好可以带儿子过来玩儿！"降初小声说道。

卓玛听到降初有孩子很诧异，但是很高兴地问道："多大了？叫什么名字？上学了没有？"

降初幸福地一笑："四岁了，叫赖旭。"

"很好听的名字！"卓玛笑道。

"是他阿爸取的。"降初说到这里低下了头，神色黯然。

卓玛没注意到降初的神色，继续说道："真是幸福呢！"

降初笑了笑，她没有告诉卓玛孩子的父亲失踪的事情，这时候我才真切地体会到降初心中的苦。

"聊什么呢，这么开心！"赵飞托着相机走进来，一边还不断在拍摄。

"唉，校园生活剪影。"赵飞苦笑着叹道。

我无奈地笑笑，指着那一麻袋的土豆，说道："你也多拍拍它吧，也许能争取点儿社会的援助。"

"瞧你们俩说的，搞得我们这里好像难民营一样！"冉冉走进来笑道。

赵飞眯着眼睛把镜头对向冉冉，玩笑道："那让我也拍拍咱们难民营里的一枝花，呵呵！"

冉冉抬手轻轻推开镜头，无奈地说："你真是，都不能正经一点！"

"咱们李峰多正经！"赵飞朝我眨眨眼，笑道。

我不懂他眨眼的意思，沉下头去不说话。

冉冉尴尬地笑了笑，转而对降初说道："真是麻烦你了，第一次过来就让你帮忙做这些事情。"

"呀！没关系的，我也帮不上什么忙，能给孩子们做点儿什么我也高兴！"降初笑得腼腆。

也许是我的错觉，总觉得冉冉看降初的神色很复杂。

吃过饭降初在陪卓玛说话，我主动扛了锄头到后院开地，没想到赵飞也跟了过来。

我想让他去陪冉冉，于是我笑道："你一个公子哥儿哪儿会这些事情，你去陪冉冉聊天吧！"

赵飞不肯，笑道："怎么不会了，你这是小瞧我呢！"

他说着还真的去拿了锄头过来学着我的样子刨地。

"唉！不是你这个刨法，你这哪里是锄地呢，你这是挖树坑呢！"看他生涩的动作我无奈地笑道。

赵飞嗤之以鼻,辩驳道:"你好歹也算是个人民警察,你这算不算是对广大人民群众的歧视?"

正午阳光强烈得刺眼,赵飞终究是干不了这个,只是站着和我斗嘴,但丝毫没有离开的意思。

我看着被他弄得一团糟的地方,无奈地说道:"少爷啊,你可赶紧走吧,别在这儿添乱了!"

"我干得不好说明是你这个老师教得不好!"赵飞笑着分辩道。

冉冉端着一盆衣服走过来,我连忙叫住她:"冉冉,快把赵飞带走!"

赵飞只是扭头看着冉冉,复又转回来,虽是笑着,却显得很无奈,带着点儿赌气的语气说道:"别赶我了,就算我什么都不会,在这儿陪着你说话不是挺好!"

赵飞这么明显拒绝冉冉的意思让我很诧异,心里很不是滋味。

冉冉埋头离开了,我也没了聊天的心思,赵飞坐在草地上嚼草根。

卓玛来的时候已经傍晚了。

"咦?冉冉没跟你们在一起?"卓玛惊讶地问道。

"没有啊!冉冉不是去前院了吗?"我心头一惊。

赵飞也匆忙爬起身,担心地看着卓玛。

"冉冉说要洗衣服,后来一个下午都没见她,我以为她和你们在一起呢!"卓玛担忧地说道。

我和赵飞对视一眼,难道是赵飞下午明显拒绝的神色伤到了冉冉?我心里悔恨,不免对赵飞生怨,可是现在不是生气的时候,天色越来越沉,冉冉现在还不知道在哪里。

我甩了锄头就跑出去,赵飞也随后跟出来。出了学校只有一条路,我向东赵飞向西分头找冉冉。

冉冉不见了……我脑子里只剩下这一个声音不断地提醒着我,冉冉可能会遇到危险,冉冉可能会害怕,会无助彷徨。

我喜欢冉冉,正如冉冉喜欢赵飞一样,所以我能体会她的失落,体会她的伤心,同时也为她的伤心而伤心。

我常常在想,我该用怎样一种颜色来定义我的青春。我想,它应该是蓝色,因为我的青春在高原的蓝天下;我想,应该是红色,因为我的青春有关忠诚与责任。回忆像一首永不停息的歌,在某个片断中,起伏着、跳动着,是忧伤,又或者是快乐。从序曲到尾声,早就忘记了歌词,却依旧哼得出旋律。

我发疯般的在小路上奔跑,不愿放过丝毫的痕迹,远远的一个树影都能牵动我的心情。

夜色渐渐降下来,一望无际的草地不再碧绿,由远及近地陷入昏沉。

不管几星期几公里有多残忍
我都会陪着你
等那个人……

那日的歌声还在耳边回响,冉冉,我会陪着你守护着你,我一定会尽我最大的力量让你得到幸福……冉冉……

夜色越来越浓,我心中的不安和害怕也越来越强烈。

心不知不觉地跑到冉冉生日那天野炊的山谷上,像是被什么强烈的念头牵引着心一般。

高原实在是太美了,青色的山川就像一条巨龙一样横卧在川西大地,放牧人骑着黑色的藏马,唱着高亢的牧歌在天地间奔驰。沿着318国道,两山之间散布着村寨。放眼望去,弯曲的乡间小道一路向上,道路两旁是五彩的经幡,置身于美丽的高原,你几乎分不清这究竟是梦还是现实。朵朵白云在空中飘动,美丽的格桑花在山间盛开。远方的雪山若隐若现,朴实的藏民转着经轮,嘴中念念有词。

暝暝的月光打在幽谷中,有个人坐在不远处的草地上,长发白衣——冉冉!

"冉冉?"我轻轻走过去,眼前的冉冉在月光的照射下像个虚影,我不敢相信自己的眼睛。

冉冉转过头看到我:"李峰?"

看到冉冉眼中的诧异我突然开始畏缩起来,我知道,冉冉此刻想见的是赵飞而不是我。

"怎么坐在这里?跟我回去吧,大家都在担心你。"我柔声说道,顿了顿,我又说,"赵飞他,也在找你!"

冉冉只是愣愣地看着我并不作声。我想上前去牵起她的手，走到近前我就被惊住了，月光下冉冉的脸颊上两道泪痕微微闪耀。

"你哭了？"我顿时慌了起来，"冉冉，别哭冉冉……"

我尽量让自己声音放柔，但是仍是抑制不住紧张感，我伸出手轻轻擦去冉冉面颊上的泪痕。

冉冉就像木偶一样坐着不动，任凭我的指尖划过她的脸颊。

"李峰。"冉冉说，声音沙哑，想是已经哭了很久。

我的心被人揪起来一样的疼。

"李峰，如果我喜欢的是你那该多好！"冉冉说。

冉冉的语气伤感得让我心疼，我轻轻拉起冉冉，叹道："冉冉，我喜欢的冉冉是坚强的，勇敢的；是敢爱敢恨勇于追求梦想和幸福的冉冉。"

"你喜欢赵飞，这是既定的事实，你不必因为这个而难过，也不要为此懊恼，我喜欢你，所以我想让你幸福。"我说。

冉冉没有说话，静静地由我拉着往回走。回去的路上寂静得怕人，突然一声电话铃响惊得我浑身一抖。

"喂？李峰，找到冉冉没有，我这边都找遍了就是没有冉冉的人影。"赵飞粗重的喘息声传来。

"找到了，我们正在回学校的路上，你也赶快回去吧！"我说。

赵飞的语气明显一松，直叹："找到就好，找到就好！冉冉没事吧？"

"没事，冉冉没事，不要担心，赶快回去吧，我们就要到学校了！"我看了一眼安静的冉冉说道。

黑夜太安静了，冉冉听到电话里赵飞的声音表情这才放松。

等回到学校时赵飞早已等在门口，一看到我们就赶紧跑过来，直拉起冉冉的手关心地问道："你怎么不说一声就跑出去了呢，把大家都急坏了！"

冉冉笑笑，让他不要担心，笑得很轻，但是我仍然能从她的眼神中看出欣喜和落寞。

降初要回去照顾赖旭，在我们出去找冉冉之后不久就告辞离开了，我又觉得对不起降初，把她带来的是我，抛下她的也是我，可是降初却没有任何抱怨地一个人静静地走了。

孩子们都已经睡下了，卓玛仍熬夜等着冉冉回来。

找回冉冉，我和赵飞就不停脚地往县里赶，半路上拦下一辆面包车，这才能歇歇脚。

八月末的新龙，青稞早已收割完毕，青稞垛规矩地排列在田里。奔腾而下的雅砻江河水漫过了河滩上的丛林，它像一条巨龙一样蜿蜒着围绕着新龙县城，走向远方。格萨尔广场依然热闹非常，转经的老者、磕长头的虔诚者、小贩和背着单反相机的游客，他们用自己的视角辨别着天堂的颜色。拉日马草原似乎总是被圣洁的月光照着，那些飘蔓的五颜六色的经幡间掠过的风，总能拂动心底最深处的思念。第二天是周日，我睡了一天，晚上赵飞打电话过来说稿件通过了。主编夸照片拍得很好，还想亲自去冉冉的学校看看。杂志社找了最好的作者为照片写样稿。

赵飞约我晚上一起吃饭，算是对我陪他去学校拍照的谢礼。

晚上在街上转了半天，最后选在一家热闹的火锅店。当麻辣羊肉一上桌，两人都暂且扫清了昨日的阴霾。

"你会留在这里吗？"我问赵飞。

赵飞微微一笑，说道："你已经第几次问这个问题了，真是年纪大了啰嗦，我都被你烦得烦不胜烦了！"

但是赵飞说话的语气却丝毫显不出烦厌的情绪。

我笑笑，无奈道："我也是想替人问问，问得多是因为我希望你留下来，总是期盼着下一次问你的时候你会告诉我你改主意了，愿意留在这里。"

"我的脾气你还不知道吗？"赵飞无奈地笑道，"若是想让我在这里待着，就一定要有个非待不行的理由，而且还必须是我心甘情愿，不然就算待在这里也必定不能长久！"

我无法左右他的思想，更没有办法代替他出现在冉冉面前，我只能选择沉默。

这天我俩喝了很多酒，直到酩酊大醉，我是因为失恋的伤感，却不知道赵飞是为了什么。

赵飞给我的感觉一直是飘零的，没有定数，从来没有见他真正地对什么事情特别上心，工作是如此，恋爱也是如此。

酒劲儿上头，我脑子有些发晕，我问赵飞："你有喜欢的人吗？"

赵飞也喝得高了，脸上红扑扑的，他愣了一下才反应过来，嬉笑道："有啊，还很多呢！"

我知道他又要提那些过去的女友，不耐烦地一挥手，正色道："我是说正经的，你有，有喜欢的人吗？"

　　"这个啊，我想想。"赵飞真的托起腮做出思考的样子，我看着想笑，过了一会儿他说道："还真是没有！"

　　"那冉冉呢？你喜欢吗？"我问他。

　　"喜欢啊，我们是好朋友嘛！"赵飞一副理所当然的样子说道。

　　我咽咽吐沫，说道："冉冉喜欢你……"

　　赵飞抬眼看了看我，做出一副无所谓的样子轻描淡写地说道："哦？是吗？"

　　我被他不以为意的态度激怒了，语气也变得严厉："我觉得你在躲着她，从你来到藏区开始，不！也许是从很久以前就开始了，只是我没发现。"

　　赵飞不理我，独自喝着酒。

　　我想到昨夜冉冉负气离开的情景，还有冉冉的泪颜，心中翻腾。

　　"你为什么要躲着她，说啊！"我催促他，语气就像一个濒死的老人在呐喊世界对他的不公。

　　赵飞仍旧喝着酒，我慢慢等他，一杯酒下肚，赵飞神色有点恍惚，看向我轻声说道："你——李峰，你喜欢冉冉是吗？"

　　我点点头，有点悲戚的意味。

　　"可是冉冉喜欢我……"他看着我的眼神悠远，"我不想伤害我们之间的兄弟情谊，所以我只能躲着她！"

　　我想过装作什么都没有发生，我也想过为了冉冉努力改变自己，让自己更成熟，变得让冉冉慢慢喜欢上自己。我知道，多少年来，只有一个女人真正地走进过我的心扉，这个女人就是冉冉。对于冉冉，我已经爱在了骨子里。

　　这样说来似乎有点儿矫情，但好多时候，生活就是这样矫情。一个大老爷们儿可以掉皮掉肉掉脑袋，却好多时候会为了一个女人而掉眼泪。大老爷们儿的心也是肉长的，大老爷们儿也是吃五谷杂粮长大的。

　　好多时候，冉冉在我心里就是纯洁的女神，我就是她那最虔诚的信徒。我恨不得把她放在家里，天天把她供上。可是当有一天，手头的这块宝贝不再属于我，她的人生不再有我。她叹气的时候，我不会再去安慰；她难过的时候，我不会再陪她一起难过。也许伤心都是多余的，唯独剩下遗憾，遗憾我的人生中不再有你。

"你——"我腾地站起来，指着赵飞生气地说道："你就为了这个理由躲着冉冉？你把我李峰当成什么人，又把冉冉当成什么人！"

赵飞不解地看着我："我当你是好兄弟，我知道你喜欢冉冉，所以我不会和冉冉有什么的！"

"你知道冉冉一直喜欢你？"我挑眉问他，身子晃了两晃。

"先前我并不知道冉冉喜欢的是我。"顿了一会儿，他放下酒杯，无奈地说道，"我也是在冉冉离开成都后才隐隐察觉到的。"

"你！"我酒气上涌，脑中一片空白，等我反应过来时已经一拳打在赵飞的腹上。

赵飞被我提着衣领从座位上扯起来，弯腰捂着肚子。

"你明明知道冉冉喜欢你你还躲着她，你知道她有多难过吗？你知道昨晚上她一个人坐在野地上哭得有多痛苦吗？"我指着赵飞厉声控诉道。

"呜！"赵飞挣开我的钳制，慢慢站起身，从赵飞安然的眼神中我看到双目赤红近乎疯狂的自己。

"感情的事情勉强不来，李峰。"赵飞轻声说道。

"你又没去接触，怎么就知道自己不喜欢冉冉？"

赵飞望着我，眼神很不解，说道："冉冉是个好女孩，但并不是我喜欢的那个人。你以为你让我接受冉冉是对冉冉好吗？"

"不然呢？起码冉冉不会像现在这么痛苦？"我说。

"你是在强词夺理！李峰，你醉了！"他说。

我是醉了，但是我脑子很清醒，我不想看到冉冉痛苦，如果我给不了她幸福那么我希望赵飞可以给他。可是赵飞却对她毫不上心甚至置之不理，他说为了兄弟情义，兄弟情义……

"哈哈哈！"我长笑两声转身离开了，笑自己可笑的想法和可笑的感情。

我确实醉得厉害，回去时在路上跌了一跤，差点儿睡在大马路上。

我顺着后山的一片山坡走着，放任着纷乱而又忧伤的思绪。月光默默地挂在头顶，朝我的身上洒下温暖的光辉，空气中摇曳着微风，远处的山坳里露出一角洁白的佛塔，五色的经幡在夜幕之下静静地伫立着，似乎在诉说一个个古老的故事，又似乎在传达佛的教谕。

第二天一早接到赵飞的电话。

"李峰。"赵飞的声音很平静。

我没有接话想听他说什么。

"李峰，昨天的事情，我们就当没发生过吧！"赵飞说。

忘了，我能忘了昨天的事情，却忘不掉冉冉对赵飞的感情，它就像一根刺插在我的心头。

赵飞还在继续说："我要离开几天，也许明天就回来，也许我就直接回北京了，今天给你打电话就是想跟你道个别。"

赵飞终于还是要离开了，我想。

托洛桑泽仁买了些青菜种子，原本应该送到学校去，但是突然觉得自己已经没有再去的必要，就打电话给冉冉让她抽时间过来取。

两天后的清晨冉冉如期而至，上穿一件雪白的带蕾丝花边的短袖衬衣，衣角掖进藏青色的短裙里，清秀淡雅，我看得出神！她还是那么美……

冉冉来的时候我刚晨练回来，脖子上还挂着毛巾，接到电话就到大门口去接她，说了会儿话才想起来洛桑泽仁带来的一包种子还在宿舍。

那把旧吉他还在门后挂着，又生了灰。冉冉看着吉他踌躇了一会儿，吞吞吐吐地问我："赵飞他……还在县里吗？"

我不知道怎么回答，赵飞自从那天早上那通电话之后就再没了消息。我不敢告诉冉冉，怕她伤心。

"最近没怎么联系，他可能又去哪里玩了吧！"我故作轻松地对冉冉说。

"呵呵，他总是这个样子！"冉冉在床边坐下，无奈地说。

我迟疑了一会儿，才轻声地问："你，还好吗？"

冉冉灿烂地笑了笑，看着我说："挺好的。"

我笑笑不置可否，如果真的挺好，那眼神中的落寞神伤还有眼角的淡青色黑眼圈该如何解释？

坐着闲聊了一会儿，冉冉还要赶着回去给孩子们上课，不能久待，我送她去车站。

青石街道透着凉意，路两旁的格桑花已经凋谢，忽而一道清风吹过，荡起冉冉的长发。

"快要立秋了，多加件衣裳吧。"我说。

"嗯。"冉冉点点头上车。

我站在原地看着冉冉在靠窗的位置上坐下，看她扭过头对我挥手道别。赵飞离开这里已经将近半个月，我想他是不会回来了。在公车离开时荡起的沉沉烟雾中我想，我们的故事或许就到此终结了。

太多的感慨萦绕在心头难以抹去：欢乐的、痛苦的、愤恨的、哀伤的……冉冉的身上凝聚了我太多的青春影像和情感记忆，这些东西如果不见不想，可能永远沉睡在平静下来的心底，一旦翻起来，便是一番波澜，搅动人的心情，使它再也无法平静了。

只是，感慨又如何？不管是爱还是恨，过去的种种都已成为记忆了。

初秋的清晨已经有了些微凉意，临出门的时候我从椅子上拿起外套套上，心里想着今天的工作安排。从那天之后我再没有去看过冉冉，只是偶尔通个电话，冉冉的落寞气息越来越浓，甚至从电话里就能渗透到我的骨头缝里去，我更不敢见她。

推开门，我看到一个意想不到的人。

"赵飞？"

赵飞仍旧穿着他那件印着夸张的人物头像的T恤。手臂上扎着绷带，头发似乎长了一些，盖住半个耳朵，颇有点艺术家的味道。

他就站在我的宿舍门前，灿烂地笑着。

"我回来了。"他说。

"你不是走了吗？你没有离开新龙？"我诧异地问他。

赵飞还是一副大大咧咧的样子，但是我总觉得有哪里变得不一样了。

"我想搬来和你一起住。"他没有回答我的问题，笑着对我说。

"嗯？"我有些摸不着头脑，"怎么想过来和我一起住了？前段日子你去了哪里？我们都以为你回北京了，冉冉……也这么以为。"

说道冉冉，我迟疑了一下，让我想起赵飞走前我俩在酒馆的争吵。

不过赵飞看来并不在意，好像真的忘记了那件事情，对我提到冉冉也没做什么表示，只是微笑着给我解释说："没有，我去了一趟落日雪山，在那里耽误的时间太久，后来又在马场那边遇到点儿事情，所以没有回来。"

"马场？降初家附近的那个马场？"我问。

"是啊！"

"怎么没听降初提起过，你没遇到她吗？"我问。

"离得那么近肯定会遇上的，不过碰上了也就是斗斗嘴，不冷不热的，降初估计没有在意所以才没告诉你。"他说。

说来也是，我一直以为赵飞已经离开新龙，更不会想到降初和赵飞这两个冤家会碰巧遇上，所以也没问过降初。

"你这是怎么了？受伤了？"我指着赵飞缠着绷带的手臂问道。

我话音刚落，赵飞立刻脸一垂做出一副可怜兮兮的样子，哀求地看着我："伤得很重呢，这不是到你这里求助来了！"

"快别这么看着我，我受不了，你到我这里求助就是想搬进来和我一起住？"我好笑地看着他。

"是啊，你看我胳膊受了伤，手不能挑肩不能扛的，生活也不能自理，你可是我铁哥们，这个时候还不施以援手？"赵飞又开始胡侃。

我可架不住他耍贫，赶紧问他："你这又是怎么受伤的，跟歹徒搏斗是怎么地，我怎么没发现什么时候少爷你有这样的思想高度了！"

"你就别磕碜我了，跟歹徒搏斗那是你们警察的事情，我一普通老百姓，就是想搏斗我也遇不上啊！哎！说了这么半天你也不让我进去，真是的！"赵飞说着，推开我往屋里走。

"喂，你还没说呢，到底怎么伤的，严不严重？"我返身跟着他进屋追问道。

赵飞一进来就"扑通"往床上一倒："你可别问了，别提有多窝囊了，回头再告诉你吧。"

看看时间七点五十，还有半个小时上班，索性我也拉过一张椅子坐下，看着他问："你怎么突然想到来我这儿住了，可别说是想让我照顾啊，你的那套我不信！"

"嘿嘿。"赵飞高兴地一笑，"我要说我打算留在川藏了，你信吗？"

"啊？"刚听他这么说我很高兴，但是立刻又充满狐疑，"你是说真的？之前怎么劝你你都不愿意留下来，现在怎么想通了？转了性？"

"以后再跟你说吧，我已经和那间杂志社签约了，以后要长时间留在这里，房子还没找，所以就想着先来你这儿凑合凑合，既然决定留下来了，老住旅馆也不是个事儿！"他说。

"唉！"我叹口气，"那我也不问了，你想住多久就住多久，以后咱们都在一起也好相互照应。"

我看看表，该去上班了。

"行李在哪儿呢？等我下班去帮你搬，我得先去上班了，你要是不出去我柜子上有书，可以看着解解闷。"我说。

赵飞打个哈欠，摆摆手说："你去吧，我睡一会儿，昨晚上一晚都没睡，行李都还在旅馆，也不急一时半会儿的，什么时候搬都行。"

他说着，阖上眼睛翻身倒在床里边就睡着了，我拿了钥匙出门。

一个上午我的精神都是恍惚的。我在想赵飞回来的事儿要不要告诉冉冉，冉冉知道这个消息一定很高兴，但是我还不知道赵飞现在对冉冉是什么态度，又怕让冉冉空欢喜一场。

想了一上午电话还是没有拨出去，等中午回到宿舍赵飞还在睡，看来是累得很了。

"赵飞回来了？"和洛桑泽仁到单位食堂吃饭，周围吵得很，洛桑泽仁坐在对面拔高了声音问我。

"嗯，回来了，前几天他去了落日雪山，这次回来估计就不会走了。"我说。

洛桑泽仁大口嚼着饭菜，点点头："这可是好事儿啊！你们的事儿我虽然不明白吧，不过我看得出来，那个叫冉冉的姑娘肯定会很高兴。"

"也许吧。"我说。说完就埋头扒饭。

"你喜欢冉冉？"洛桑泽仁又说道，说完把筷子放下伸手拍拍我的肩膀，看着我语重心长地说，"本来我不该多嘴，不过我还是想跟你说，降初啊，是个好姑娘。"

"嗯，我知道，我也很喜欢她，但不是像恋人的那种喜欢。"我说。

"对了，这两天怎么没怎么见降初过来？"洛桑泽仁问我。

"上次她来的时候说她养的一匹母马要下崽了，她最近估计忙这个事儿呢！"我解释说。

"我说呢！"洛桑泽仁有点儿惋惜，转而又说，"我还是想劝劝你，如果你要是和降初在一起肯定会很幸福，降初对你可真是没的说。"

"我知道，但是我放不下冉冉，虽然我明知道已经不可能了。"我说，"这段感情积蓄得太久了，我接受不了别的女人。"

"唉，随缘吧！"洛桑泽仁说。

给赵飞带了份午饭放在桌子上,刚出门,冉冉的电话就打过来。

听着冉冉疲惫的语气我再也忍不住,就把赵飞回来的事情如实告诉了她。

"真的?"冉冉和我的反应一样,开始还不相信,跟我再三确认之后高兴得笑起来。

不过只高兴了一会儿,冉冉的语气又低沉下去:"刚好赵飞回来,你俩什么时候有时间就到学校来吧,上次种的青菜已经吐尖儿了,我还得好好谢你呢!卓玛也惦记你。"

我知道她担心什么,于是笑着说道:"冉冉,这次赵飞可能就不走了!"

"嗯?"冉冉很诧异,过了一会儿才轻声说道,"是吗?这,挺好的!"

"李峰。"电话那头冉冉突然叫我的名字,"谢谢你!能常常见到他我就很高兴了!如果……"

后半句冉冉没有说,但是我理解,这些我都理解,我的心情也是如此,只是我的感情里已经没有"如果"了。

晚上我和赵飞到旅馆去收拾行李,其实没多少东西,除了换洗衣服和摄影器材,剩下的就是那辆赵飞天天不离身的山地自行车。

东西搬完,赵飞在川藏的定居生活才算正式开始。

赵飞虽然和杂志社签了约,但是他的工作无非是取景拍照,算是自由创作行列的,工作时间上并没有受到限制。赵飞如果不去野外,就喜欢在宿舍待着看书,整资料。

这天降初来的时候我还没有下班,所以她先碰上了在看书的赵飞。等我一进宿舍就看见降初在椅子上坐着,赵飞在一旁高兴地和降初说话,降初还是板着脸不理他。

赵飞看降初不理他也不介意,自个儿讲得兴起。

看到赵飞这个样子我吓了一跳,笑道:"怎么转了性儿了,刚才听洛桑泽仁说降初过来时,我还怕你俩又出什么事呢!"

"哪能啊!"赵飞爽朗一笑,他浑身的氛围很柔和,不像平时的他。

"怎么,你们现在住在一起吗?"降初问我。

"是啊,现在我也算是半个房东了。"我笑着扭头对赵飞说,"你可得按月交房租啊!"

赵飞也跟着我玩笑道:"哎,钱是没有,我就独身一个,不然你把我收了，想我英年才俊的，总值个房价吧！"

"去你的！"我朝他虚晃一脚，他笑着躲开。

"小马下崽了？"赵飞搬过椅子坐得离我远点儿，扭头温和地问降初。

降初原本还板着脸，这会儿扑哧一笑，说道："小马怎么下崽？"

"诶？"赵飞愣了一下才反应过来也哈哈大笑，一边装模作样地说道："看，我就说吧，我一见到你脑子就兴奋得不会转圈了，你还不信！"

降初啐他："就讨厌你这么油嘴滑舌的！"

"那好，那好，我不油嘴滑舌了。"赵飞呵呵一笑，当即正襟危坐，正儿八经地问降初："你看我这个样子还油嘴滑舌吗？"

"降初说你油嘴滑舌，跟你坐姿有什么关系？"我无奈地取笑他。

"不懂了吧，我这叫先'立身'，后'行言'。"赵飞一脸的洋洋得意。

我无奈地笑笑不理他。

看到降初来一时高兴忘了时间，我连忙招呼两人一起去吃饭。

"今天我请客，我们到外面吃吧。"赵飞说，说完还没等我俩说话就热心地问降初，"降初你想吃什么？"

我只当赵飞又犯了毛病，一见美女就找不到自个儿，并没有多想。我想着上次冉冉打电话让我们去学校的事儿，原想探探赵飞的口风，可是这几天我俩之口没再提过冉冉，我一时也不知道该怎么问。

降初柔顺，吃什么做什么向来是以别人的意思为先，赵飞见降初不做声，摇头叹道："那我来挑吧，上次我见街上有一家卖红烧狮子头的，我们到那儿去吃吧，总是吃羊肉也有点腻了，让降初尝尝内地的饭菜。"

降初扭过头看我，说："李峰，你想吃什么？"

我一愣，赶紧说道："什么都可以，你们说吃什么都行！"

降初问我的时候赵飞把脸别了过去，我看不清他的神色，不过他再转过来时已经满脸堆笑，招呼道："走吧，既然你们两个都没有主意那就只好听我的吧！"

菜还没有上来，我问降初："赖旭最近怎么样？在学校待得惯吗？"

"待得习惯，赖旭很喜欢学校。"降初转着手中的茶杯，说道，"你也知道，赖旭在家基本没什么人一起玩儿，在学校里孩子们多，能玩儿在一起，赖旭也高兴。"

赵飞拿起茶壶帮降初添上茶水，笑道："小孩子们都喜欢热闹！"

"赖旭送到学校上课,你也能轻松一点儿。"我说。

"轻松是轻松了,只是天天闲着没事干也难受,所以才经常过来找你……"降初有些害羞,紧攥着茶杯抬起头看着我说,"你会不会觉得我很烦?"

"怎么会呢!"我笑笑说,"你什么时候来我都欢迎!"

说完我看看赵飞,玩笑道:"现在赵飞也在,你要无聊了还能跟他斗斗嘴。"

赵飞头点得如小鸡啄米,赶紧接话:"是啊,是啊,你要是想了我就带你去爬山探险。"

"我不喜欢那个!"降初看了赵飞一眼,安静地说道。

赵飞碰了一鼻子灰也不生气,又说:"那你喜欢什么我就陪你做什么去,不然我帮你喂马?"

我被赵飞逗得直乐,笑道:"你还是别了,到了马场我估计你连公马母马都分不清吧!"

"你甭笑话我,你就分得出来了?"赵飞嗤之以鼻,"不过什么都抵不住学嘛,我这么聪明还怕学不会?"

降初只是紧攥着茶杯不说话。

菜一上来,赵飞不住地给降初介绍菜式,每一道菜都要给降初夹上一点儿。

降初从刚进饭馆就有些不安,我原本没在意,此时才意识到这里的装潢应该算是整个新龙县最好的一家了,降初可能不太能接受。

想到这里我安慰降初,开玩笑道:"降初想吃什么了再加菜,不要跟赵飞客气,这顿饭算作他之前欺负你的赔礼!"

"对,对!"赵飞借助话头,笑道,"算是我的赔礼,不要跟我客气!"

我原本不过是个玩笑话,没想到赵飞的态度会扭转得这么快,怔了一下,不过转念一想也就释然了,想必赵飞斗嘴斗得累了,想和降初和好也不一定。

"赵飞。"我想着怎么开口冉冉的事。

赵飞正夹了一块剔了刺的鲤鱼给降初,听到我叫他,他疑惑地转过头来,"嗯?怎么了?"

"还记得我们上次开的那块荒地吗?后来我托洛桑泽仁找了些青菜种

子种上了。"我说，我本想说"冉冉想让我们到学校去"，临了终是没有直接说出来，我怕再看到赵飞不以为然的神色。

"真的种上青菜了？"降初兴奋地问我。

看我点点头，降初很高兴，小声说道："什么时候种的？现在长得怎么样？"

"之前冉冉打电话过来说已经冒尖儿了，不过我最近一直没去过学校，现在长成什么样了还真不知道。"我说。

我看赵飞没有什么特别的表示，就对他说道："冉冉她知道你回来了，要不要抽个时间去看看她？"

"可以带上我吗？"降初在一旁小声地询问，"我想去看看那些孩子们。"

降初刚说完，赵飞就大方地笑道："那咱们就去吧！"

听到他答应，我很高兴，我以为赵飞想通了在试着接受冉冉。吃完饭回去我就给冉冉打了个电话，告诉她我们这个周末就过去。

降初在家里也没什么事情，经常过来玩儿。

赵飞虽然偶尔还和降初斗斗嘴，但更多时候都是在哄降初高兴。

这天下班，降初也在，赵飞非拉着我俩要打扑克。

"我不会这个，你们玩儿吧，我该回去了！"降初不擅长这些东西，有些窘迫。

我看看天色还早，笑道："你回去也没什么事做，赖旭还没有放学呢！"

"快，你走了我们两个玩儿个什么劲儿啊，难不成我俩排火车吗！"赵飞也挽留她。

"不，我真的不会，洛桑泽仁不是在隔壁吗？可以让洛桑泽仁过来陪你们一起玩。"降初无奈地说。

"洛桑泽仁最近忙呢，也不好意思叫他来。"我说。

明天就是周末，要见到冉冉我的心情很好，觉得多日来的苦闷心情终于放松了些。

降初终于还是拗不过我俩，答应留下来玩儿了一会儿，赖旭下午五点放学，降初四点的时候走了，走的时候赵飞想去送她，降初不肯，赵飞也没再多说什么，只是笑笑让她一路小心。

对赵飞的态度我是越来越摸不清楚了。

送走降初我直接拐到单位食堂买了晚饭带回宿舍，今天有邻县的支队到单位联谊，食堂里第一次挤得人山人海，我光排队排了将近半个小时，买完饭估摸着降初也该到家了，正想着到宿舍给她打个电话问问，没想到刚到宿舍门口电话就响了，我一手提着稀饭一手端菜，实在腾不出手拿电话，我以为是冉冉打来确定明天我们去学校的事，我连忙叫赵飞出来帮忙。

"赵飞，接一下稀饭，让我接个电话。"我朝屋子里喊道。

赵飞正在屋子里看书，听到我叫他应声出来接过饭菜。我甩甩手上的水珠，拿出电话一看，原来是降初。

"降初，到家了吗？"我说。

"李峰，李峰，赖旭他……赖旭……赖旭出事了，我不知道怎么办，我……"电话那边降初哭得上气不接下气，不住地抽噎。

我赶紧安慰降初，温和地说："降初别急，慢慢说，是怎么回事？"

赵飞看我神色不对也紧张地看着我。

"赖旭从楼上摔下来了，现在昏迷着，我不知道该怎么办！我……"

"怎么摔的，下午不是还好好地上学去了吗？你别急，我……"我话还没说完，电话就被赵飞一把夺了过去。

"降初，我们现在就过去，现在在家还是在医院？"

我从没有见赵飞这样认真的神色，他对降初的关心已经超乎了我所认为的情感范围。

我们拦了车就往降初家里赶，在车上接到冉冉的电话，冉冉问我们明天什么时候过去，现在降初这边情况不明，我也确定不了，只能如实对冉冉说了，让她不要空等。

冉冉听到赖旭的事情也很焦急，只说让我们一有消息就告诉她，我有点心不在焉地——应了。

赵飞在路上打了120急救。

到的时候，降初的小阁楼被里三层外三层围了个结实，我和赵飞好不容易挤进去，只见赖旭直挺挺地躺在床上，降初在旁边痛哭流涕，一个穿着白大褂的中年土医生站在床边，另外还有一个光头和尚在屋子正中坐着，打坐念经。

赵飞一看这情形就急了，跑过去拉住降初，柔声道："别哭，别哭，告诉我怎么回事。"

他看降初的表情我似曾相识，是了，这个神态就像我看着冉冉的时候。

我被自己的想法惊了一瞬，不过霎时回过神来，现在救人要紧，我赶紧跑到床边看赖旭。

赖旭眼睛紧闭，唇上没有一点光彩，我心头一惊，看向身边的中年医生问道："现在什么情况，摔到哪里了？"

降初早已哭得说不出话，中年医生无奈地说道："孩子身子太弱，从三楼摔下来要不是摔到草地上有个缓冲，只怕就危险了。"

"那现在怎么样？"赵飞急切地问道。

"右臂骨折，估计肋骨也有损伤，因为没有精确的仪器，现在还不能下定论。"那医生说。他每说一句降初就抽得更厉害，甚至开始浑身发抖。

"救护车怎么还不来！"赵飞急的直跳脚，不停地往门外看。

我也着急得不行，有心想抱着赖旭上医院可是又怕不知轻重地伤到他。那大和尚还在念经，我不懂藏族的习俗，但他的经文在我听来就好像驱鬼的往生咒一样，更让我心烦意乱。

"赖旭怎么摔伤的？"我问那中年医生。

"具体也不太清楚，只是听说下午孩子们在做游戏，这孩子失足从三楼摔下来了！本来摔伤是不宜挪动的，学校的老师不懂，心里着急就把赖旭抱回来了。"医生说道。

赵飞忍不住爆了句粗口，说道："好好的怎么会从三楼摔下来？"

那医生叹口气："应该是学校的栏杆老化了，赖旭摔下来的地方栏杆断下来一截。"

"这么小的孩子怎么能让他去三楼呢，旁边就没个老师吗？"我说。

赵飞揽着降初，不停地给她擦眼泪，安慰她道："放心，没事的，救护车马上就到了，赖旭会没事的！"

降初此刻哭得伤心，也顾不得讨厌赵飞，只是一径伤心地痛哭。

听到我的话赵飞说道："现在说这些也没用，赶快救人要紧。"

这里太偏僻，救护车过来的时候已经过去了半个小时。到医院做完检查，赖旭性命无碍，但是脑部摔伤严重急需手术，赖旭被推进了手术室，降初因为伤心过度昏厥，在病房里躺着。

我和赵飞守在手术室外，赵飞不停地来回走动，一会儿去看看降初醒来没有，一会儿又看看手术室的红灯，坐立不安。

天已经全黑，从赖旭被推进手术室到现在一个半小时已经过去了，我心里焦躁不安。

冉冉打电话过来。

"赖旭现在怎么样？"冉冉焦急地问。

我不想让冉冉担心，只挑了好的情况说："没有大碍，只是骨折现在在手术室，没事的冉冉，你早点儿休息吧，一有情况我就告诉你。"

"骨折严重吗？降初呢？"冉冉追问道。

"降初在休息。"我说，说话的时候有气无力的，有种心力交瘁的感觉。

"在哪个医院呢？我现在过去？"冉冉说。

"别。"我赶紧说道，"这么晚了路上也不安全，再说我和赵飞都在，你别担心，一有消息我就告诉你。"

冉冉等我一再保证一有消息第一时间告诉她，这才挂了电话。

赵飞还在焦躁地来回走动，我实在看不过去，说："你别动了，动得人心烦意乱的。"

"接个骨头也这么慢吗！"赵飞语气很冲，"这时候就是个开颅手术也差不多了吧！"

"你那臭嘴！都不会说点儿好听的！"我啐他一口。

赵飞拉长着脸，脸色黑得吓人，眼神里满是心疼和悔恨，他说道："今天真不该拦着降初打牌，她要是早一点儿回去兴许这事儿就不会发生了。"

对此我也很后悔，"是啊，今天这事儿是得怨我们！"我说。

赵飞又去了降初的病房，进去看了一会儿又走出来。

"还没醒过来吗？"我问。

赵飞点点头说道："让她睡着也好，现在醒了也是煎熬。"

我想想也是，就没再多问。

"李峰，"赵飞突然叫我，"你不是问我为什么突然想留在川藏了吗？"

我没料到这个时候他会说这件事情，在最不恰当的时候和最不恰当的地方，我以为他是想转移我们两个的注意力，让我们从等待的焦灼中脱出身来，所以很认真地点了点头。

"那天从落日雪山下来，我本来准备回县城去找你，路过马场的时候我一时心痒又耽搁了几天。"赵飞说。

我点点头，他说的这些之前他都讲过。

赵飞垂着头，但是神色很平静，他继续说道："在马场待的两天我自己骑车闯到林子里面,却没想到会遇到一头狼。"

"什么?"我吓了一跳,看看赵飞手臂上的伤口,难道?

赵飞无奈地笑笑,说:"我当时身上只有一把短柄折叠刀,不过也算我好运,也许那是一头饿过气儿的野狼,竟然被我用折叠刀杀死了,不过也挂了彩。"

他轻描淡写地说着,我却听得惊心动魄,后背直渗冷汗。

"然后呢?"我直觉没这么简单。

"杀死了那头狼我以为没事了,精疲力尽的我就坐在原地休息,没曾想却引来了一群狼!"他说道,"当时我就想,也活该我倒霉,逛林子都能逛出狼来,原本我以为自己死定了,却没想到降初匆忙赶了过来。"

"嗯?降初?"

"是啊,降初说当时她正在附近挖野菜,听到狼嗥直觉不对,就提着火把跑过来,狼怕火,我也就得救了!"他说。

"竟然发生这么危险的事情!你怎么不告诉我?"我紧张地拉过他受伤的那只手臂问道:"这是狼抓的?回来之后有没有打破伤风针?"

"打了,放心,当时群狼一退我就跟着降初回到村子包扎伤口。"赵飞说。

"降初是个善良的女孩!"他又说,"她明明那么讨厌我,却还是不顾危险地去救我!"

我点点头,听他继续说下去。

"后来我才发现,我之前之所以喜欢和降初斗嘴也正是因为她吸引着我,不,应该是我被她吸引。"赵飞长出一口气,"那天降初举着火把出现在我面前的时候我才明白过来。"

"我喜欢她,很喜欢!"赵飞看着我专注地说道。

我心头一凛,脑中不断回想着赵飞的话。

"降初的腼腆、害羞、善良,她的每一点都在深深吸引着我,所以我决定留在这里。"他说。

我张张嘴像是脱了水的鱼,连个泡泡都吐不出来。

"我知道你想提冉冉。"他低下头,说,"冉冉虽好,却不是我喜欢的。我喜欢降初,这次我很认真,希望你能明白我的心情,李峰。"

赵飞此刻表现出来的认真和专注让我感到害怕,我如何不能明白,正因为明白，我才更能体会冉冉喜欢你的心情，也让我更为冉冉伤心。

我也终于知道，感情一事强求不来，我喜欢冉冉，冉冉喜欢赵飞，赵飞却喜欢降初……

我不能因为冉冉而逼迫赵飞，也更不能因为赵飞让冉冉伤心。

手术室的灯还亮着，降初醒过来了，赵飞过去陪她，尽管她很讨厌看到赵飞。

赵飞的这一点我很欣赏——他总是勇敢地直白追求自己想要的，尽管会遇到很多困难和阻挠，但是他认准的事情一定会做到底。他对爱情也是如此，当他明白自己的心意时总是大胆地说出来让对方知道。

手术室的灯熄灭时已经半夜三点了，赖旭被推出来的时候脸色苍白得像张白纸。

赵飞在医院陪着降初，而我，可耻地逃了……

第十一章 时光静好与君语

　　站在医院的走廊上，秋日的夜风拂过，温柔地将这彻骨的凉意吹进骨缝。

　　第一次来这家医院是因为受伤，那时候刚认识腼腆温柔的降初。

　　第二次来因为发烧肺炎，那时我失恋了，冉冉的一句话结束了我长达八年的暗恋。

　　今晚是第三次，却是赖旭住院，今天，赵飞像我坦白他喜欢的人是降初……我为冉冉创造幸福，陪她等待幸福的梦也被打碎，碎得连渣滓都不剩。

　　这家医院就像是我痛苦的见证，在这里，我觉得压抑。

　　冉冉还没有睡，发信息过来问赖旭的情况，我轻描淡写地大概说了下情况，让她不要担心。

　　我不敢告诉冉冉赵飞的事，不敢告诉她赵飞最终决定留在这里是为了降初。原本我们约好了明天见面，冉冉还抱着一线希望，希望着她感情的"如果"。我没有勇气打破她的希望。

　　赖旭在这里住了一个月，赵飞每天都来，降初要照顾赖旭腾不出手，他每天换着花样地给降初和赖旭送饭，送水果。

　　降初以为赵飞带来的饭菜是随意在街上买的，其实不是，只有我知道赵飞是如何上心地在我的小宿舍里学做菜。

　　赵飞要求医院给赖旭用最好的药物，费用他来出，却不让医院把这件事告诉降初。

降初对赵飞依然冷淡,她已经被赖旭的伤牵得心神不安,哪里还管得了赵飞所做的这些事情呢!

赵飞也不恼,依然每天热情殷切地往医院跑。

我白天要上班,只有下班的时候能陪赵飞到医院去探望降初和赖旭。

教育局要举办一次藏文化展览,让赵飞所在的杂志社看到了商机,决定做一次藏文化影像比赛。赵飞负责摄影部分,所以赵飞最近也是忙着医院和杂志社两头跑。

中午回到宿舍赵飞不在,桌子上留了饭菜和一张纸条。饭菜是赵飞做给降初的。赵飞在纸条上说他今天中午要到杂志社加班,让我把饭菜给降初送去。

看着纸条我苦涩地笑了,既然忙成这样又何必多此一举地跑回来一趟给降初做饭呢!只要给我打个电话我自然会买了送去。

我打开饭盒一看,做的是宫保鸡丁和竹笋炒肉,细心地没有放辣椒,赖旭不吃辣。赵飞他细心的时候竟然可以细心到这种程度,我不禁咂舌!心中苦涩难耐,若是赵飞的细心是用在冉冉身上那该有多好!

还没走到病房门口就听到赖旭的哭闹声,我赶紧快步走进病房。降初正和年轻的护士压着赖旭打针,赖旭死活不肯,又踢又打的。

"赖旭,乖乖听阿姨的话,打完针妈妈给你买棉花糖!"降初按着赖旭的手臂着急地说道。

年轻的女护士梳着蘑菇头,笑起来甜甜的,她一手拿着针筒,一手捉住赖旭乱踢的小脚丫子,温和地笑着说道:"宝宝乖,不打针病怎么能好呢?"

经过这一个月的调养,赖旭已经恢复了七七八八,只是一些外伤还没有长好。现在赖旭一条腿上还绑着石膏,另一条腿被护士抓在手里,急得他嚎啕大哭。

降初怕伤着赖旭也不敢太用力,没几下就被他挣脱了。

"赖旭!"我连忙走进去把饭盒放在床头柜上,过去拉起赖旭的手。

降初一看是我来了,连忙让出地方,微笑着说:"我以为你晚上才会过来。"

"赵飞中午加班,他做了饭菜让我带来。"我说完就转头看向赖旭,没有注意到降初一闪而逝的失落神色。

"赖旭。"我弯下腰摸摸他的脸颊说。

"叔叔！"赖旭看到我伸手揽住我的脖子，眼中含泪，耍赖地控诉道："阿妈非让我打针，可是打针很疼，我不想打！"

"不打针伤就不会好，伤要是不好赖旭可要一直住在医院里了，难道赖旭不想出去玩儿吗？"我哄他。

到底是个孩子，说到出去玩儿登时来了劲儿，说道："我想出去玩儿，叔叔带我出去玩儿，可是我还是不想打针！有没有不打针也能出去玩儿的办法？"

我失笑，说道："那可没有，你看妈妈急得都快哭了，赖旭也不想让妈妈伤心不是？"

赖旭的视线在我和降初的脸上转来转去，歪着小脑袋想了一会儿，最后像是下了很大的决心手臂紧紧搂着我的脖子闭上眼，说道："那打吧，叔叔记得等我身体好了要带我出去玩儿！"

"一定去。"我说。

护士针扎上的时候赖旭还是哭了，眼泪鼻涕直流，小脸都皱成包子了。

打完针，赖旭躺在床上看看门口，然后抽着鼻涕问我："今天赵飞叔叔没有来？"

我笑笑说道："赵飞叔叔今天有事儿，他晚上再来看赖旭。"

赖旭瞪着大眼睛，天真地说："我喜欢赵飞叔叔，他会给赖旭讲故事。"

我对赖旭微微一笑。降初拿起饭盒用小勺子盛了一口饭喂着赖旭，却不敢抬头看我，神色有些尴尬。

我笑道："你也去吃饭吧，我来喂他。"

降初很不好意思，解释道："小孩子不懂事，他也很喜欢……你的。"

她只是说着，却不把饭盒递给我。我摇摇头，笑道："我知道，而且赵飞确实会哄小孩子喜欢。"

"你也是啊！"降初手臂一震，猛地抬起头看着我说，"刚才要不是你，我一定劝不住赖旭。"

赖旭喜欢谁不喜欢谁我并不在意，就算赖旭不喜欢我我仍然很喜欢他，不知道降初为什么会对这个事情这么执着。

我让降初自己去吃饭，我端着饭盒喂赖旭，刚喂到一半电话响了。

"冉冉？"接起电话我有些紧张。

赖旭住院后冉冉来看过几次，也常给我打电话问赖旭的情况，我们又恢复到亲密朋友的关系。这对我来说应该是件好事，至少冉冉常常联系我了，但是我一直没有告诉她赵飞的事情，这让我每次看到冉冉都有一种强烈的负罪感，让我紧张得不知所措。

"李峰，赖旭最近怎么样？"冉冉问。

"恢复得挺好的，再过不久就能出院了。"我说。

"你现在在哪里呢？我下午想到医院看看赖旭，顺便……顺便有点儿事情托赵飞帮忙。"她说。

我知道她是怕我伤心所以说到赵飞的时候有点儿迟疑，其实她没有注意到：尽管她和我说话的时候很尽力少提赵飞，但是她每次主动找我也都是因赵飞而起，我早已有了心理准备。

"我现在在医院呢，赵飞他……今天挺忙的，还不知道什么时候能来。"我说。说完又怕冉冉误会我是故意不想让她见赵飞，连忙又说道，"不然你先到医院等他吧，他晚上一定会过来。"

"好，那我等会儿就去！"

"嗯，路上小心。"我心不在焉地挂了电话，想着晚上冉冉来该如何应对，如果赵飞告诉冉冉他喜欢的是降初该怎么办？

我心里纠结万分，这件事情冉冉迟早是要知道的，我又能瞒到什么时候呢？

"是冉冉吗？"降初在一旁问我。

"嗯。"我点点头，"她等会儿要来看看你们。"

心里想着冉冉的事儿，我也没心情注意降初，随意地搪塞她。等回过神，继续喂赖旭吃饭。

"这次赖旭出事儿多亏了你们帮忙，我都不知道要怎么感谢才好！"降初说，"冉冉住得那么远，也常常过来给赖旭送一些书本和玩具，我觉得挺不好意思的。"

"谢什么，不都是朋友嘛，理应帮忙的。"我说。

"可我心里不安……"降初迟疑地说。

我笑笑，说："那就等赖旭出院了，请我们吃顿饭，可是很久没尝过你做的菜了。"

降初高兴地点点头，这才继续吃饭。

下午的时候冉冉就过来了，带了一沓图画，我看着好奇，随便翻了两张，都是小孩子的涂鸦，画得还不错。

"这都是岩寓画的。"冉冉说。

"岩寓？"我惊讶道，"呵，看不出来嘛，岩寓还会这个！"

冉冉笑得很开心，说道："我生日那天孩子们做的那些风筝你还记得吧，那上面的画都是岩寓画的呢！"

怎么会不记得，我点点头，笑道："原来咱们学校里还有个小画家。"

赖旭吃完饭就打瞌睡，这会儿看到画又精神起来，拉着冉冉非让冉冉给他讲画上的内容。

降初看赖旭缠着冉冉，抱歉地对冉冉说："刚过来先坐着歇一会儿吧，别由着他闹，怪累的。"说完又训赖旭，"阿姨大老远过来，让阿姨休息会儿。"

赖旭撇撇嘴不答应。冉冉微笑着点点赖旭的鼻尖说："赖旭想学是好事儿啊，兴许以后也是一位画家呢！"

我最怕冉冉和我说到赵飞，所以有赖旭缠着冉冉我正求之不得，我赶紧脱身到走廊上站着。

降初也随后跟出来，走到我身边问我："你今天下午不上班吗？"

"嗯，下午单位没什么事儿，就不用去了。"我说，"怎么了？怎么突然问这个？"

"不，不，没什么。"降初有些羞赧，学着我的样子趴在栏杆上看外面，解释道，"我是怕耽误你工作。"

"哦，不会。"我不以为意地看着大门方向。

"每次你来，我都很高兴。"降初很轻很轻地说。

不过我没有注意听，因为我看到赵飞推着他那辆红色自行车走进医院大门。我快步跑下楼梯，刚好在楼梯口撞上正要上楼的赵飞。

"诶？跑这么急做什么？是降初她们出什么事了？"赵飞有点紧张。

"不是。"他紧张的样子让我觉得刺眼，"降初没事，是冉冉来了。"我说。

赵飞舒口气："那你跑这么快做什么，我以为怎么了呢！"说着就往楼上走。

我想拉住赵飞，告诉他不要把自己喜欢降初的事情告诉冉冉，可是心底有一个声音却希望冉冉对赵飞死心。

降初看到赵飞有些不自在，静静地坐在赖旭床边不说话。

赵飞跟冉冉打过招呼就很自然地去问降初赖旭的情况。降初只是淡淡地说了句"还好"就不再吭声了。

赵飞也不生气，逗了赖旭两句就转过身来和冉冉说话。

"赵飞，我有点儿事想托你帮忙。"冉冉看到赵飞很高兴，说道。

"什么事，只要我能帮上的，你尽管说。"赵飞扭身从床头柜上拿过一个苹果削着。

"你看看这个吧。"冉冉说着把刚才赖旭在看的一沓画递给赵飞。

赵飞好奇地接过去，一张张翻看，赞赏连连："嗯，画得不错，谁画的？"

"岩寓。"冉冉说。

"岩寓？那个黑黑的藏族小孩？"赵飞惊讶道，"不错嘛！"

冉冉笑了笑，接着说道："你们杂志社不是要办一个影像赛事嘛！我听说有儿童绘画组的，我想……"

"想让岩寓的作品参赛？"赵飞扬扬手中的画稿笑道。

看赵飞和冉冉谈笑风生并没有什么异样，我悬着的心才算放下，走过去在隔壁的空床上坐下听他们说话。

"可是我是负责摄影组的，绘画方面不归我管。"赵飞想了一会儿，苦恼地说道。

冉冉轻笑，露出半边酒窝，笑道："你把我当什么人了，你以为我让你帮什么忙呢？"

"啊？"赵飞愣了一下，也"扑哧"一笑，说道："看来是我想歪了，哈哈！"

"我是想着你之前在学校的时候是美术社团的嘛，又学过油画，想让你帮岩寓辅导辅导！"冉冉说。

"得嘞！小事情，看来是我多想了。"赵飞尴尬地想挠头，手伸起来才发现手上还握着水果刀，连忙把削好的苹果递给赖旭。

赖旭抱着苹果也凑热闹央求道："那叔叔我也要学！"

"好好，赖旭也学，叔叔教你！"赵飞微笑着哄赖旭说道。

冉冉看到赵飞对赖旭如此自然的关爱，眸色一闪，我心头微紧。不过冉冉很快就恢复笑脸，说道："等赖旭出院了可以和岩寓一起学呢！"

降初有些不好意思，说："还是不要了，赖旭哪里做得了这些，别耽误你们的事儿了！"

"不会的。"冉冉笑道。

赵飞伸手擦掉赖旭嘴边沾的果屑说道："赖旭想学什么我都教。"说完又捏捏赖旭的脸蛋逗他说，"赖旭你说是不是啊？"

赖旭吃苹果吃得上心，高兴地点点头。他看不到自己阿妈不自然的神色，也看不到冉冉的失落，但是这些全部敲击在我的心头，我想带冉冉离开病房，可我没有立场和理由。

赵飞答应有时间就去学校教岩寓画画；冉冉趁天黑前还要回学校，我们坐着又闲聊了一会儿就散了。

我去送冉冉，赵飞又骑车回杂志社加班。

秋日霜正浓。九月底的时候赖旭终于可以出院了，俗话说"伤筋动骨一百天"，赖旭腿上的伤还得再回家养些日子。

不过单单赖旭可以出院这件事已经让降初乐得合不拢嘴，只要赖旭恢复得好，回去好好补着总会康复。

降初这两天忙着给赖旭办理出院手续，原本正是需要人的时候赵飞却不见了，连一声招呼都没打。

赵飞再经过遇狼事件以后已经不再像以前一样毫无预兆地消失了，尤其是对降初更是一天不见就度日如年。

可是现在到了紧要时候他却不见了，我心中如五味杂陈，摸不着赵飞到底是什么想法。

这两天单位里也忙得厉害，赶上周五晚上才有时间到医院去。去的时候降初正在收拾东西。

"出院手续办完了吗？"我问降初。

降初在叠赖旭的换洗衣服，点点头说："嗯，都办好了，明天就可以走。"

"那是最好，忙了这几天赶上明天周末休息，我过来帮你。"我说。

降初灿烂一笑，说道："正好，我想明天到家里做些菜请你们吃个饭。"

"改天吧，明天你回去又得一通收拾。"我说。

降初微笑着摇摇头，说道："明天吧，累点儿没关系，也算庆祝赖旭出院，图个彩头。"

听她这么说我也觉得有道理，笑着连连点头，说道："那好，明天咱们就好好庆祝庆祝！"

说到庆祝，我猛然想起赵飞，问降初："怎么赵飞还是没跟你联系？"

降初脸色沉了下来，不过不明显，降初说道："没有，他不是和你住在一起吗？"

"这几天没见他回宿舍，打电话到杂志社，杂志社也说赵飞放假休息了几天，并没有见他过去。"我纳闷道。

降初神色有点儿不自然，好像既觉得松了口气又有些担心的样子。

"他是不是回家了？"降初问我。

"这倒不会吧。"我说。

降初有点儿惋惜，说道："那明天如果还是联系不到他就先请你和冉冉，等他回来了再补请，你看可以吗？"

我笑笑，说道："你就是不请他，他也不会在意的。"

我这话几乎是脱口而出的，想到赵飞对降初的感情我不禁又头疼起来。

"他在不在意我还是要请的。"降初说，"而且……"

"而且什么？"我问。

降初支支吾吾地说："而且……我希望到时候你能一起去。"

"嗯？"我有些诧异，不懂降初的意思。

降初把叠好的衣服装起来，这才支吾道："我不想和他单独待在一起，觉得尴尬。"

一时间我头疼得更加厉害了。

晚上回到宿舍给冉冉打了个电话，让她明天一起去降初家里，冉冉说她上完课就过去，可能会晚一些，就问我要了降初的地址说要自己过去。

冉冉电话刚挂掉，正想洗洗睡觉，谁知赵飞突然打电话过来。

"赵飞？"我一听是他，话就像连珠落盘一样问过去，"你怎么回事？这两天去哪儿了？降初忙着出院呢！"

话说到一半，想了想我还是补上了一句："冉冉也打电话找你很多次，说是你上次教岩寓的笔法他学会了，画了几张图想给你看看。"

赵飞一直笑呵呵地听我说，等我说完，他才慢悠悠说道："先别问我这几天做什么去了，明天有点儿事想让你帮忙。"

"什么事？你明天不来医院吗？"我问。

"我今晚来不及回去了，有件礼物想让你帮忙送到降初家里去。"他说。

"什么礼物？"

"我已经找人送过去了，明早十点左右估计就能送到你单位，你到时候接上东西直接送到降初家里可以吗？"赵飞说。

"什么东西，怎么还搞得神神秘秘的。"我纳闷。

赵飞轻笑，说："倒不是什么好东西，但是挺要紧的，明天你可一定要送过去。"

"好，放心吧，你现在在哪儿呢？"我问他。

"我在外地呢，估计明天中午才回去，对了，你刚才说冉冉什么？"赵飞说。

我有些无奈，不过他总算也想到冉冉了，我说："冉冉说岩寓按照你教的画了几张画想让你看看。"

"这样啊！"赵飞答得爽快，"我明天回去就去找她。"

赵飞越爽快我心里越堵，因为这样的赵飞显然已经不再担心冉冉对他的感情了，让我更为冉冉担心。

"明天降初要给赖旭庆祝庆祝，想请我们到她家里吃饭，冉冉也过去，你去吗？去的话我让冉冉把画带上。"我说。

赵飞那边的声音开始嘈杂，像是火车过山洞的声音，他说："让他带上吧，我明天中午过去。"

第二天一大早我就赶到医院，降初已经收拾好东西等着了，我找洛桑泽仁借了一辆吉普送他们回去，毕竟赖旭还带着伤，坐公车也不方便。

把降初送到家里安顿好就马不停蹄地回单位，赵飞说礼物会在十点左右送来，到单位的时候已经九点四十了，我索性就在单位门口等着。

等一辆全封闭的轻卡开到我面前，光头的司机跳下来问我是不是李峰时，我彻底懵了。

赵飞轻描淡写地说是一件礼物，可看这车的体积只怕塞头牛都没有问题。

我惊讶得合不拢嘴巴，再三和司机确认这车里的东西是不是找我签收的。

"确定是给李峰没错，货主姓赵，说是你朋友，让我到这里接上你，然后你会带我把那东西送到目的地。"光头司机说道。

我给赵飞打电话，可是语音提示用户不在服务区，无奈只能跟着司机上了卡车。

"这送的是个什么东西？需要用卡车来拉？"路上我实在想不通，就忍不住扭头问司机。

那光头司机看着豪爽，说话却一板一眼得很，只说赵飞当时交代了不到地方之前不能告诉任何人，所以一到地方我就知道了。

我心生好奇，不知道赵飞这葫芦里卖的是什么药，既来之则安之，只能安安稳稳地坐着，等到了降初家里再说。

刚到村口，一辆白色面包车停在路边，我以为只是个过路车辆，并没有在意。等卡车开到近前，从面包车上下来一人，穿了一身淡灰色休闲衣，头发杂乱，有点儿艺术家的味道。

"赵飞？"我吓了一大跳，连忙招呼司机停车。

"赵飞！"我蹭地跳下车向他跑过去。

"我以为还要再等一会儿呢，没想到这么快！"赵飞笑着朝我招招手，走过来说道。

"你这是跑到哪里去了？"我问，其实我还想问"你怎么不骑自行车了"，但是又觉得不合时宜，所以没有问出口。

"我回了一趟成都。"他说。

"你回成都做什么？"我不解地问，"我以为你回北京了。"

"回成都给降初准备礼物呀！"他理所当然地说。

一看到他提起降初满眼放光的神色，我就觉得疲惫。

"车上是什么？"我终于想起来问他。

赵飞神秘地一笑，说："礼物！"

"丫什么礼物，我当然知道是礼物！"被他吊胃口吊得难受，我说话也不免有点儿急。

赵飞还是不紧不慢的样子，笑道："呵呵，几天不见都爆粗口了！"

"你！"我真想一拳擂上去，但是终是没有动。

赵飞看我急得不行，赶紧摆摆手，笑着说："别急，现在不是我不说，我不是想给降初一个惊喜嘛！你要是知道了，到时候你的表情露了陷岂不是前功尽弃了！"

"我就这么没水准？还表情露馅！"我无奈道。

不过转念想想也就作罢，斗嘴我是如何都斗不过赵飞的，既然他有安排，想必一定不是什么坏事，我也不需要担心。

"今天冉冉也要来，你……"

"我怎么？"赵飞问我。

我想说"你不要太过"，但是赵飞喜欢降初已经是事实，赵飞原本追降初就追得困难，我又有什么资格要求他。

看着这些天赵飞对降初上心的程度和他努力的劲头，我已经不知道我该站在哪一边了，一面是我朋友，一面是我喜欢的人。

一想到这些又开始头疼，我连忙说道："那快走吧，我们早点儿去还能帮帮降初，她一个人又要带孩子还得做饭，难免忙不过来。"

我和赵飞上了面包车，卡车不远不近地跟在后面。

上去一看，车上很干净，没有被用过的痕迹。

"新买的？"我问赵飞。

赵飞点点头，说道："以后就打算留在这里了，买辆车也方便一点儿，毕竟工作也需要。"

"怎么不买辆越野的，你不是喜欢往山里跑吗？"我让自己完全放松靠在椅座上，大脑懒得思考，想到哪里说到哪里。

"我还是喜欢骑自行车进山。"他说。

我理解地点点头，不再说话。看着窗外逝去的地平线，我想，赵飞是真的打算留在这里了。

"你不是想知道卡车里装的是什么吗？"赵飞突然问我。

"是啊，你又不说，我就等着一会儿和降初一起看好了！"我淡淡地说道。

"我给你讲个故事吧！"赵飞说。

"讲吧！"

"其实也不算是故事，是藏族的一个传说。"赵飞望着前方路面似乎是在不经意地提起什么无关紧要的事情一样，事实上，我确实认为这个故事是无关紧要的，不过一听是藏族传说，我还是来了兴趣。

"藏族崇尚什么颜色，你知道吗？"赵飞问我。

"不知道，颜色也有崇尚的？"我诧异地问。

"那当然，就像我们汉族以前崇尚紫色，以紫为尊，后来又崇尚明黄，用明黄代表天子，藏族也有他们崇尚的颜色。"赵飞娓娓说道。

"我天生对艺术缺少天分，要不怎么来干警察呢，哪能和你搞艺术的比？"我自嘲式的说道。

赵飞笑笑，说道："我可不是搞艺术的，想我阳光帅气的运动型帅哥，别被你说得久了变得忧郁又多愁善感了，唉，别说，你挺多愁善感的，还忧郁，这么说来你比我更像……"

我一听他要扯远，抬手轻轻拍拍座椅，说道："扯哪儿了？你还说不说！"

"说，说！"赵飞这才继续说道，"藏族自古以来崇尚白色，他们认为白色是纯洁高尚的颜色，就像藏地的雪山、白云、溪水……"

说到这里，我想到洛桑泽仁说到白狼王时的崇敬之色，当时还不理解，原来他这种心情除了源自他对民族的热爱，还有颜色这么一层缘故。

"白色却是代表圣洁。"我说。

赵飞轻笑一下，调侃我说："你这是听冉冉说的吧，就你这个木讷性子会去研究这些女孩子的玩意儿吗？"

我不甘示弱，也笑道："你也承认你喜欢研究这些女孩子的玩意儿？"

赵飞一副不可理喻的表情看我一眼，说道："你就学着贫吧！"

他一提冉冉让我想到上学的时光，这才忍不住挤兑他，可是多想无益，我也不再逗他，让他继续说下去。

赵飞又恢复到认真的神色，看向前方的眼神悠远，让我不禁怀疑他有没有在认真开车。

只听他说道："藏族有个传说，说上古时期，有位青年，有一天碰到一只老鹰叼走了一条小白蛇。"

我不禁插话道："难不成是个白蛇许仙的故事？"

赵飞笑笑，无奈道："你别急嘛，听我讲，不过虽然不是也差不多！"

我耐心地继续听他说下去。

"那年轻人用一块肉和老鹰换了这条小白蛇，原来这条小白蛇是年保玉载匝日山神的小儿子。"

我点点头，笑道："然后山神之子想要报答她，化身做女人？"

"不是，是山神因为年轻人救了自己的儿子想要报答他，然后山神就问年轻人说'你想要什么作为答谢？'年轻人就说自己想娶山神的女儿做妻子。"

"还挺贪心。"我说。

赵飞不理我继续讲道："有一天，年轻人遇到一头白牦牛，而这头白牦牛正是山神的女儿所变，年轻人用缠着五色彩带的棍子碰了白牦牛一下，霎时年轻人只觉得眼前一花，一位美丽绝色的女子站在他的面前。"

"报恩记。"我笑笑说道。

"是啊，我想说的是最后一句。"赵飞怅然地说道。

"最后一句是什么？"我问。

"最后就是，这个年轻人和白牦牛所变的女子成亲了。"赵飞说。

"也没有什么特别，神话故事都是这个结局。"我不以为然地说。

"可是现实中想求得这么一个结局实在太难，所以我向往。"赵飞说。

我第一次听赵飞用这么忧伤的语气说话，好像赵飞自从遇上降初之后生出了很多他之前并没有的情绪。我有些伤感，我对冉冉，冉冉对赵飞，赵飞对降初……我们每个人的心中都有这么一个美好的幻想。

过了一会儿，我百无聊赖地随口说道："只希望现实中也能找到像他们两个那样长相厮守的感情和结局。"

"长相厮守？"赵飞讶然，笑道："不，他们并没有长相厮守。"

"嗯？不是成亲了吗？"我问。

"是成亲了，不过后来因为年轻人杀了一头白牦牛，仙女便回去了。最终还是没有在一起。"

我皱皱眉头，说道："这个结局可不好！"

"那我们只当他们成亲就是结局吧，后面的倒是可以忽略掉。"赵飞说，"后来的部分估计也是想体现白牦牛锐减的原因的，与爱情只怕没什么关系。"

"你想得倒开。"我笑着说。说着，前方已经可以看到降初家的小楼，一时我忘了问赵飞讲的这个故事和礼物有什么关系。

赵飞把车直接开到降初家门口才停下，秋日的小楼映着高山远水，显出一种另类的清谷幽色，像一朵默默盛开的幽兰。

我看着光头司机从口袋里掏出后车厢的钥匙，塞进锁孔。后车厢是又装上去的铝合金板，把卡车后箱包得严严实实。

随着车门打开，一声低沉的嗡叫传入耳中。

突然，一颗牛头从车中伸出来，还四处拱动。光头司机放下卡车的后盖支在地上，后盖形成一个斜坡。

一头雪白的牛顺着斜坡从车上慢慢踱下来。

我惊得合不拢嘴，要不是赵飞刚才在路上讲的那个故事垫底，我还真不知道该做出什么反应。

赵飞在一旁看着这头牛笑得开怀。

我捅他一下，无奈道："这牛你怎么弄成白色的？"

赵飞笑道："这可真不容易，开始我想找个奶牛来的，谁知道奶牛身上的黑斑根本掩盖不住，只能找了一头老黄牛，在牛毛上刷了色。"

"你怎么不干脆找白牦牛呢？"我笑他。

赵飞也乐，说："我倒是想，只是那白牦牛现在总共不剩多少了，你让我残害野生动物吗？"

"你把牛身上刷上白漆就不算残害了？"我笑他。

"这也是无可奈何嘛！等完事我再给它洗掉还不成？"

等赵飞从卡车厢中拉出一根绑着五色彩带的长棍时我彻底被他吓到。

"你！你还打算把神话复原不成？"

赵飞看我惊讶的神色，笑道："既然是做样子，自然要做得真一些！"

"你打算怎么给降初惊喜？"我不解地问道，"就凭这头冒牌的牛和一根棍子？"

赵飞笑笑，说道："你不知道藏族对祖先神话的崇敬程度，能不能给降初惊喜我还不知道，我只是想用这个故事和道具向降初表达我的爱意。"

赵飞爽朗地笑着，我一直以为他很勇敢，但我竟然在他的笑容中看到了不安，说到底一旦陷入爱情，不管你是谁总是会患得患失的。

看着这头冒牌的白牛在啃着路边的干草，我心中突然升出一种不好的预感，我总觉得，这头假牛是个不好的征兆。

"赵飞。"我叫住他。

"嗯？"赵飞扭过头，突然又抓狂跳脚地朝我说道，"你能不能不要对着一头牛叫我的名字！"

我不理会他的玩笑话，说："你说这头牛是假的，会不会就不灵验了，预示着真正美好的结局是不会有的。"

赵飞上前擂上我的肩膀，急道："怎么你就不能说句好话？"

我无奈地笑笑。赵飞转过身往面包车处走，突然他低沉的声音传过来。

"牛是假的，我的心意是真的。"赵飞说，说得很认真，很坚定。

浓郁的伤感失落涌上心头，皮肤都被压抑得无法呼吸，就好像我是那头刷了漆的牛，浑身上下都喘不上气。

我突然想到冉冉，遭了！冉冉今天过来如果看到这个场面还不知道会怎么伤心呢！

可是我，我，我急得团团转，不知道该怎么办，是劝冉冉回去，还是劝赵飞？

光头司机开着空车一溜烟走了。

赵飞回面包车上拿东西，我赶着牛先进院子。

降初听到动静，从二楼的窗户里探出头来，当她看到牛时先是一愣，接着便露出说不上是激动还是害羞的神色，想来两者都有。

我看到降初的反应，这才觉得或许赵飞的这一招有用。

降初慌忙从楼上下来的时候，赵飞刚好进院子。

降初看到赵飞手里拿着的彩绸长棍突然就顿住了脚。降初迟疑地看看我又看看赵飞，紧紧咬着下唇。

"降初？"我叫她。

降初这才反应过来，慌忙点头说，"快进来吧，先进来歇会儿，我去炒菜。"

"不急，说会儿话我们也去帮你，赖旭呢？"我问。

"赖旭睡着了，他睡了我才能去做饭，所以有点儿晚了。"降初说。

我看看表还不到十一点。"现在还早，不用这么着急。"我说。

"降初。"赵飞也走了过来，走近了我才看到他的衣袖里鼓囊囊的，看起来很奇怪。

"你，来了。"降初很不自然，好像是不知道和赵飞说什么。

我连忙解释道："赵飞他前两天回了一趟成都，所以没去医院。"

赵飞对我的解释很满意，还调皮地对我笑笑，可他哪里知道我心中的苦涩。

降初轻轻别开脸，不去看赵飞灿烂的笑容，淡淡地说道："去不去医院有什么关系。"

赵飞一听，立刻笑着接口道："你这句话很有歧义啊，不知是埋怨我没去呢，还是说我不去也好，去了你也不欢迎？"

这个玩笑开得有点过了，腼腆的降初不善表达，她虽不喜欢赵飞，但也没有不欢迎他的意思。

降初一听就变了脸色，紧咬着下唇准备扭头进屋。赵飞一把拉住她的胳膊，说道："别在意，我就是开个玩笑。"

降初别扭地挣动着，想甩脱赵飞的钳制，也许是我的错觉，好像降初很快地抬头神色莫名地看了我一眼。

"别，降初，我有一件礼物要送你！"赵飞柔声说。

降初看了一眼我面前的白牛，诧异道："这个？"

赵飞温柔地笑了，说道："我把我的心送给你，它们只是承载我的心意的容器和载体。"

降初还是一劲儿地挣扎，努力平静地说："可是我并不需要。"

"不，你需不需要都没关系，只是我想给，你收下之后随意想放在哪里都是你的事情。"赵飞认真地说。

降初站着不动了，但还是不抬起头看他。

赵飞有点无奈，轻轻放开降初的胳膊，站直了身子灿烂地一笑，说道："而且，不都说'精诚所至，金石为开'嘛，总有一天你会接受我的。"

降初不再理他"噔噔"跑到楼上去，突然又跑回来，淡淡地说道："你们先进来休息会儿吧，我去做饭。"

"真是可爱！"赵飞叹道。

我看着降初又转身跑开，无可奈何地朝赵飞笑笑，冉冉对我只怕也是如此。我失笑，对赵飞说："我说不行吧！我看你也别整这稀奇古怪的东西了。"

我刚说完，那头白牛喷个鼻响，甩甩尾巴，尾尖差点甩到我脸上，我慌忙一侧身躲过去。

赵飞看着我哈哈大笑，说："你看连头牛都不认同你的话。"

我也乐："我跟个畜生计较什么，它要是能听懂人话你怎么不和它谈谈，让它去降初那里说说你的好话。你还别说，说不定到降初那里，这头牛都比你说话管用。"

"去你的！"赵飞虚晃一脚踢过来，我连忙躲开，脸上笑得灿烂，我说："也别恼了，先进去帮忙吧！"

赵飞神秘一笑，说道："我这还没完呢！你等等。"

"怎么？还有后续部分？"我笑问。

赵飞往后退开两步，望望二楼的窗台，笑说："你瞧好吧。"

我虽然好奇他要干什么，但是有了前一次的经验，我半信半疑道："你还要做什么？快进去吧，别玩儿了，降初要是喜欢这些早喜欢了！"

我说着就走过去扯起白牛身上的缰绳，打算找个柱子先把它拴起来。半天不见赵飞动静，我扭头奇怪地看着他，问道："愣什么呢？"

赵飞定定地看着二楼窗台，听我问他，扭头过来疑惑地说道："你刚才说降初不会喜欢这些东西？"

我纳闷，不知道他又有什么打算，点点头说："是啊，我是这么说的，想来降初这么安静的人不一定会喜欢你这么吵吵嚷嚷的表达方式。"

我也只是猜测，其实降初喜欢什么我也不明白，就像我不明白冉冉为什么不喜欢我。

"不应该啊!"赵飞喃喃自语道,"女孩子都喜欢这种浪漫夸张的方式,这是她们共同的特点。"

赵飞谈过的女友没有一个连也得有一个排,对女孩子他的了解自然要比我多很多,但是现在用到我们两个身上一个也没有成功过。

冉冉生日的时候我给她弹吉他,召集全校孩子们给她过生日。赵飞选择在赖旭出院这一天利用藏族神话向降初示爱。

冉冉在生日的第二天告诉我她喜欢的是赵飞,而降初虽礼貌地请我们进屋,却并没有把赵飞的心意放在心上。

也许是人不对,也许是时间不对,总之,我们两个都是失败者。

想到这里我心下恻然,对赵飞说:"别想了,进去吧,兴许降初就是个例外呢!"

赵飞摇摇头,无奈地笑着说:"戏开场了,总是要演完才好。"

我对他的执着很无奈,摇摇头站在一旁不说话看他要做什么。

赵飞仰头朝着二楼大喊降初,降初闻声从二楼窗台探出半个身子,不解地望下来,说道:"你们还不进来吗?菜就要做好了,你们先进来吃点儿东西!"

窗台是竹木围的栅栏,降初一探身子,长长的发辫垂下来,映着被清风微微吹起的墨绿长裙,别有一番淡雅妖娆风味。

我看着降初,笑笑不说话。

赵飞见降初出来,轻笑一声,轻声说道:"降初,我爱你!"

"什么?"降初纳闷地眨眨眼。

赵飞声音太轻,被风声带走,也只有身边的我听清楚了。

"我——爱——你!"赵飞一字一顿地大声说道。

降初脸颊蓦然涨得通红,飞快地看了我一眼,别扭地说:"你怎么还这样,我都说了不喜欢……了!"说完就要转身往屋子里走。

"别走,降初!"赵飞着急地叫住降初,虽然着急,却还是带着笑意,因为他和我都知道,降初心软,不会这么决绝地进去的。

赵飞话音一落,降初果然停住了脚步,但并不转过头来,侧身说:"还有什么事!不能进来说吗?"

"不能,降初,转过来!"赵飞还在要求,我不知道赵飞又要做什么,虽然不认同，但是也制止不了他。

降初虽然不情愿但还是轻轻转回头，纳闷地看向赵飞，一边柔声责怪道："你到底想怎样？"

就在降初扭过头的瞬间，满天的蝴蝶翩翩起舞，衬得这秋日雅致的小楼里五彩缤纷，灵动无比。

降初讶然站在那里，被一时的胜景惊得一动不能动。缤纷乱舞的蝴蝶纷纷向她飞去，围着她旋转飞扬。降初站在蝴蝶中间，长发飘扬，面颊清丽，美丽异常。

赵飞衣袖轻动，又是一拨蝴蝶飞出。我这才想起来刚才他到面包车上取东西取得原来是这满天的蝴蝶。原来刚才他就是把这蝴蝶藏于袖中，现在等好时机一并放出来。

第十二章 岁月不宽宏

　　降初自出生起就带有一股神秘异香,是藏族里很具传奇色彩的一种藏香,淡雅中透着浓郁,沁人心脾!第一次见她的时候她浑身的藏香最吸引我的注意,但是此后也只是认为是降初的一个特点并没有太上心过。此时蝴蝶绕着她旋转飞舞才让我明白,这藏香也如降初的品质一般美好。
　　望着美丽的降初,赵飞开心地笑了,这次他声音很小,很平淡地说了句:"降初,我爱你,但只是想让你知道,你接不接受都无所谓,因为这是我的事情!"
　　我不知道降初有没有听到,但是这句话把我完完全全击倒,此时此刻,我无比羡慕大胆的赵飞,我也想在这般美丽的场景中,轻轻地,轻轻地告诉冉冉:"冉冉,我爱你!你已经是我生命的一部分,不可割离的一部分。尽管你喜欢赵飞,尽管你如朋友般待我,我仍然希望你能幸福!"
　　看到赵飞对降初示爱,我又开始厌弃自己,我心里虽然这么想着,可是我在做什么,我在帮着赵飞追降初!
　　我满心满心的愧疚都在冉冉的身影撞入眼帘的那一刻升华到极致,将我燃烧得体无完肤。
　　冉冉站在门口,瞪大了眼睛看着这一场面,然后蓦地转身飞奔而去,我甚至看到她转身的瞬间一滴眼泪飞落,映着阳光熠熠闪烁。
　　"冉冉!"我惊叫,随即飞跑出去追冉冉,如果我刚才没有无意地一扭头,或许冉冉就会从我们身边消失,我惊恐地想着。
　　身后赵飞也扭头看过来,但是我满心都在冉冉身上,后面如何我已经

注意不到了。

"冉冉！冉冉！等等我，冉冉——"我边跑边叫冉冉。

冉冉的淡蓝色长裙随着她的跑动飞扬起来，像一朵盛开的牡丹花，仿佛要把一生的情谊都在这一刻绽放出来，有种遗世的孤寂的美，准备着下一刻凋零。

我追着她的脚步，坎坎坷坷，我的过去、我的现在都在追着她的脚步。

"冉冉——"我想叫住她。声音透着关心和绝望，可是我知道，我此时的绝望不及冉冉的万分之一。

我体会过得知深爱的人喜欢别人时的感受，所以我不忍也不甘将赵飞对降初的情谊告诉冉冉。

可是，可是正是因为我的犹豫、我的无能让冉冉在这么个措手不及的情况下得知这个消息，还是在赵飞表白爱意的时刻，赵飞的浪漫冲击了我，更冲击了冉冉，虽然我不知道，能不能冲击到降初……但是这样浓郁的表白只会把冉冉的心瞬间撕毁击碎。

"冉冉……"

我不知道冉冉有没有听到我叫她，她没有回答我，脚步也没有停，飞快的奔跑让她险些摔倒。冉冉头轻轻昂着，长发在身后飘荡。

这是我喜欢的冉冉，即便是最伤心的时候也不愿低头的冉冉。

冉冉跑到车站，一辆破旧的公车刚好停下，就在我和冉冉还差几步距离的时候，我眼睁睁看着冉冉上了公车，车门关上，公车晃晃颠颠地开走。

冉冉仍然坐在窗边，她最喜欢能看到外物的位置，我站在飞扬的尘土和尾气之中，情景一如上次冉冉到单位找我时临告别的伤感，只是这一次，冉冉再没有回头隔着窗玻璃朝我招手。

我慢跑两步，终是定定地站在原地扶膝喘息，像一条脱水的鱼。一路走来，到底是谁对谁错。

边镇的公车稀少，一般半个小时才有一班，望着身后漫漫苍茫的石子路，我心中一片怅然。

这才想起来赵飞的那辆面包车还在降初家门口停着，早知如此也该开了他的车出来。

等我追到学校已经是傍晚时分，落日余晖洒在破败荒凉的校园里。岩寓在校门口蹲着，一看到我立刻扑上来。

"叔叔，李叔叔！"岩寓高兴地扑过来，"叔叔，冉冉老师一回来就在小屋子里不出来了，李叔叔！"

我抱起岩寓轻声哄他，说道："带叔叔去任老师那里，卓玛呢？你们吃过饭没有？"

"还没有，刚才任老师哭着回来，卓玛大娘担心她，在老师门口和她说了好一会儿话，现在才刚去做饭。"岩寓说。

岩寓歪着脑袋，做出神思的样子，说道："任老师今天不知道怎么了，一回来就不理我们，自己在屋子里呢！"

我勉强笑笑，对他说："那叔叔先去看任老师，岩寓去帮卓玛好不好？"

"好！"岩寓一点头就从我怀里跳出来，几步跑到小楼拐角处，口里喊着："卓玛大娘，李叔叔来了！"

我走到冉冉的小屋外，屋门紧闭，像是将我、将这世间都隔绝在外。刚才一路追冉冉过来心中还不做它想，只是担心冉冉，可是等真站到这小屋外，我又不知该如何是好，犹如近乡情更怯的感觉。

"冉冉。"我轻轻走过去。

冉冉没有理我，屋子里安静得可怕，我不由得又紧张起来，我连连拍动木门。

"冉冉，我知道你在里面，开开门，冉冉！"我着急地喊着。

屋子里仍是没有动静，瞬间我的脑袋就像要炸开一样！难道冉冉出事了？不，不会的，按照冉冉的性子不会的！

可是我越这么安慰自己，危险的念头越往脑袋里钻，我急得后背发凉，直想撞开木门。

"冉冉——"我说。

"扑通！"

屋子传来一声木板跌落声。

"咚！"

我的心一颤，再也等不了了直接破门而入。

冉冉在凳子上坐着，头发散乱，一副凄凉低落了无生趣的样子。冉冉抬头木木地看着我。

"冉冉！"

我能感觉到冉冉的视线在随着我移动，但是我心里却明明白白地知道，她不是在看着我，她看的是我的悲哀，她的悲哀还有诸多的无可奈何。

冉冉这样的神色让我想起一句话：

此生执着什么？
你若问我，
我答奈何，
无可奈何……
缘来缘去得之失之，
这浮生不过如是。

我，冉冉，赵飞，降初我们之间数来数去不过是缘来缘去，得之失之，谁都没有错，奈何谁都无可奈何……

"李峰！"冉冉轻声叫我。

我仍然站在门口，想上前去却畏惧上前，就像初来川藏在火车上看到窗外的藏景一般，我渴望近前却又畏惧近前。

"李峰，你告诉我，赵飞是不是喜欢降初！"冉冉轻轻地说，但不是问话的语气。我知道，她只是想从我这里得到再一次的确认，她甚至已经不相信了自己的眼睛。

我没有勇气点头，我怕我一点头就把冉冉点到万丈深渊之下。

可我不知道，我的犹豫在冉冉眼里更是无尽的折磨与彻骨的绝望。

"冉冉。"我张张口，感到喉咙里的干涩，"赵飞他，他的性子你也知道，哪里有一次是认真的。"

我这么说着，可是这话连我自己都不信，如果赵飞之前的所有都是虚情假意，那么这一次对降初，只怕是所有的真心、所有的心力都心甘情愿地交付了出去。

"他没有一次真心吗？"冉冉轻轻说着。

听着冉冉伤心的语气，我再也坚持不了。

"冉冉！就算他是真心的又能怎样！感情的事情不是我们能控制的，你不要这个样子！你这个样子让我心疼！我心疼啊……冉冉！"我近乎哀求地对冉冉说。

冉冉诧异地看着我，好像从来没有认识过我，说："李峰？你也知道感情是不能控制的,你又如何能要求我的情绪!"

冉冉的反问让我登时愣在原地,是啊,我的确不能要求她做什么,可是她这句话深深地刺伤了我,既然冉冉也知感情不能控制,她又怎能阻止我对她的关心呢?

这一刻,我想到降初,我的一句简单的关怀她都会轻轻转过头去高兴半天。一直温顺可人的降初,降初她默默地做着自己的事情,别人一点的关心她都能十倍地还回去。

等等!我再想什么!我恨不得给自己一巴掌,我竟然在拿冉冉和降初比较。

"冉冉,我不该妄图可以让你开心,但是我希望能分担你的伤痛。想哭就哭出来吧!哭出来之后我们就忘掉这件事情!"我说。

"不能了!忘不掉的,李峰!"冉冉轻轻说着,面无表情。

"我……"我不知道该如何表示。

冉冉继续说道:"你回去吧,我不会有事儿的,我想一个人待会儿。"

我劝阻不了冉冉,也许她真得该静一静。

"冉冉,你如果不想看到我,我就去帮卓玛,等你好了,我再进来看你。"我说。

冉冉垂下头,带些抗拒地说:"你走吧,不要再在学校里了。"

我不能答应她,但是此时也不想和她争辩,点点头,就要转身出去。

我仍然还是忍不住,趁关门的时候留恋地看着冉冉,冉冉突然抬起头看着我。

"等等!"她说。

我连忙止住脚步,看向她。

"把这个给赵飞带去吧!"冉冉从木桌上拿起一沓白纸,起身走过来递给我。

"什么?"我很诧异。

"岩寓的画稿。赵飞答应辅导岩寓的,让他再帮忙看看吧,马上就要比赛了。"

"好!"我说。

身后的门再次关上,我站在原地不知所措。

托卓玛好好照顾冉冉,就赶紧回单位了,手里还捏着冉冉交给我的画稿。

刚到单位门口就看到赵飞新买的面包车停在门口,以为赵飞已经回来了,就快步往宿舍走。

没曾想，到了门口降初在门口站着，绞着手指，一看到我就连忙迎上来。

"降初，你怎么在这里？"我问她。

降初没有回答我的问题，着急地问我："冉冉怎么了？是不是我哪里惹她生气了，怎么突然就跑走了？我很担心。"

我疲惫地笑笑，回答说没事，让她到屋里坐。

开了门我才想起来怎么不见赵飞，我问降初："赵飞呢？没跟你一起过来？"

降初看着我，轻声说道："我……我和他吵架了……"

"嗯？"我很纳闷，降初会和赵飞吵架倒是我始料未及的，按说赵飞的性子看似张狂实际却温柔得很，降初也是个柔和性子，这两个人怎么会吵起来呢？

降初低着头，像是犯了错误的孩子："我非要过来他不让，然后我们就吵起来了。"

一缕长发垂在降初身前，随着她胸口紧张的起伏像是新抽的蚕丝般轻轻弹跳，我的视线定在那缕发丝上，心里很乱，听她说话也不太专心。

"邻居过来帮我看着赖旭，我要去坐公车来，最后赵飞拗不过我就开车带我过来了。他给你打电话打不通，我说了他两句，他把我送来就出去了，也不知道去了哪里。"降初说。

"你非要过来做什么？"我莫名其妙地升起一团火气，觉得冉冉的离开甚至可以怨到降初身上，可是我明明知道降初并没有错，但是看她这副委屈担心的模样我心烦意乱，说话也不由得冲了些。

降初紧抿着嘴角，半响才支支吾吾地说："我担心冉冉，更想来……看看你！"

她委屈的模样最是令人生怜，看她这个样子我不由地想柔声哄她，可这个念头刚升起来就被我压了下去，我面无表情地说："看我做什么？"我还想说："还嫌我不够烦吗？"但是终究是忍住了。

"我……"降初嗫嚅着不敢说话。

看她这个样子我也发作不起来，只是心里憋得难受，我说："进来坐吧，我给赵飞打个电话。"

拿出电话一看，又是电量过低已经自动关机，我起身去找充电器，降初安静地坐在床边一动不动。

"李峰，今天的事儿……"降初说。

"嗯？怎么了？"我心不在焉地答道。

"我，我不是有意的，之前并不知道赵飞会，会这么做。"她抱歉地说。

我沉默了一会儿，摇摇头说道："这不怪你！"

我以为她是在为冉冉气走的事情感到抱歉，我想，这件事不怪降初，也不怪赵飞，我们谁都不怪，可是不怪他们我又不知道去怪谁。

想起冉冉伤心欲绝的样子，我恨不得把赵飞绑了送到冉冉面前，可是赵飞这般费心费力地追降初我也是看在眼里的。

其实，我心里有个阴暗的念头，赵飞追降初追得辛苦，我一边看着着急，一边却庆幸，为喜欢赵飞的冉冉庆幸，为了喜欢冉冉的我庆幸，可似乎还不止这些，但是我并不想费心去想。

"我就是，有点儿担心……"担心什么降初没说，我以为她是担心冉冉。

"感情这种事谁也掌控不了，冉冉会想明白的。"我不耐烦地说。

"感情谁也掌控不了……"降初重复着我的话，定定地看着我，仿佛要看到心里去，一时间我更是心烦意乱，别过头去。

"等我联系到赵飞，让他送你回去吧。"我说。

降初没有回答，我也不需要她回答，插上电源刚想给赵飞打电话，突然电话铃声响起："冉冉！"

我迅速接起电话。"冉冉。"我说道。

"小李?"

"卓玛?"

这是第二次卓玛给我打电话，我直觉又要出事，硬是压下狂躁的心跳。

"小李，冉冉可能……"卓玛的声音很无力。

"可能什么?"我再也压抑不住，心脏狂跳。

"冉冉说，她要离开了，她要离开学校。"卓玛平静地说道，声音低得不能再低，仿佛要低到无尽的土地里。

"为什么？她什么时候说的？刚才我回来的时候不还好好的吗？她还给我岩寓的画稿，想让我带给赵飞。"我一连串的疑问问出来。

卓玛却并没有回答我，不需要她的回答，因为我心里明白为什么，只是，我承受不了冉冉要离开的事实，至少，我以为我是承受不了的，因为爱冉冉，追随冉冉已经成了我的习惯，已经贯彻到我的生命里。

降初愣愣地坐着，看着我的眼神很悲哀，我无心理会。

给赵飞打了个电话，电话接通，赵飞那边很吵，听起来是在喝酒划拳的声音。

"你在哪儿呢?"我着急地问他。

"在外面。"赵飞的声音也很平静,似乎这一天所有人都可以平静地跟我说话,只有我像被踩了尾巴的猫一样张牙舞爪、不知所措,我觉得不公平。

"我不问你在哪里!赶快回来!冉冉要离开这里了!"我近乎咆哮地说道。

"我不懂你的意思。"赵飞显然已经有了几分醉意,原来他早就打算去喝酒,也怪不得面包车在门外停着。

我恨不得从电话里提起他的衣领,我说:"冉冉要走了,离开新龙县!"

赵飞半晌没有说话,也许他在思考,我想,但是我急得不行。过了一会儿才有淡淡的声音传来。

"这和我又有什么关系?"赵飞淡淡地说道。

"和你什么关系?"我跳脚。

"降初在你那儿吗?"赵飞问我。

"在呢。"我扫一眼降初,说道。

"哦!"

"你'哦'算什么!"我急道。

赵飞不说话了。

"要么你回来立刻去见冉冉,要么你回来把降初送走!"我吼道。

降初又咬唇看着我,面颊红得滴血,想起今日沐浴在秋日的阳光里蝴蝶环绕的迷人如仙女般的降初,我突然有种冲动上前去轻抚她的嘴唇,不要被咬破了!

我猛地甩甩头,将这个荒谬的念头甩出去。

"她那么挂念你,我又如何能带走……"赵飞说。

赵飞的声音很模糊,我没有听清。

第十三章 最强风暴

　　降初自己离开了，走的时候第一次郑重地直视我的眼睛，看得很深很深。我只做不解，轻轻带上了门，甚至没有送她下楼。
　　不自觉地走到窗前看着降初踩着夜色离开。
　　赵飞一夜未归。
　　第二天是星期日，本来想找洛桑泽仁借车，可是敲了半天门也没有人回应，想是洛桑泽仁周末回家去了。
　　下楼看到赵飞的面包车仍停在大门外，我执着地想让他陪我一起去学校，又打了个电话给他，这次是关机。
　　到路上拦到一辆出租车直奔冉冉的学校去，脑中不断回想着卓玛昨日的话。想到冉冉要走，我有些脱力，我为了冉冉来到这里，现在她要离开了，我觉得瞬间没了牵挂，没有了牵绊我待在川藏的理由。
　　可是我静下心想想，即使冉冉走了，我想我还是会在这里，这让我对自己的感情产生了质疑，想到格子衬衫的话，他说，藏区的草木山水会留我，这个我不知道，也没有感觉到，我害怕的是……藏区的人在留我：洛桑泽仁，卓玛，降初……
　　我不敢想下去，这个念头让我觉得害怕。
　　所以我把所有的纠结，所有的害怕都归结在对冉冉的担心和对冉冉要离开的彷徨中去，我告诉自己，冉冉是最重要的，一次又一次。
　　司机把我丢在离学校有一段距离的大路上就不愿再往前走，下车的地方恰巧正是我第一次照着地址来找冉冉那天下车的地方。

我顺着原路，缓缓地，一步一步地走过去，仿佛是那一日的镜头重复。再一次看到学校的旧楼，阳光下依旧是斑驳破败，裸露的水泥墙依旧沁有水渍，只是，墙上翻腾缠绕的植物已经开始枯黄。

这是个不好的兆头，我想。

在门口踟蹰了半天，卓玛看到我小跑着过来拉我，卓玛脸上神色满是担忧和焦急。她说："冉冉今天要上最后一堂课，上完课她就走，车票已经订好了，网上订的。"

我有点儿讨厌赵飞送的那台电脑了。

犹如来这学校的第一日，卓玛引着在门口徘徊的我来到教室门口，只是这次，卓玛已经能亲切地叫我"小李"了，而不是陌生的"小伙子"。

隔着玻璃窗看到冉冉站在讲台上，手里拿着书本认真地给孩子们上课。

这一次，冉冉的长发高高地束了起来，好像在彰显着新的生活即将来临，她脸上没有了往日的落寞神色，代替的却是无尽的绝望。

孩子们朗朗的读书声想起来，比往日更加整齐，更加响亮。

一样的小楼，一样的教室，一样的位置，一样热心的卓玛，只是我们……物是人非大概就是这个意思吧。

这节课上得特别长，长得留恋，长得烦躁。因为，这节课有多长，我就在外面站了多久，我的混乱思维就维持了多久。

冉冉终于合上了书本，手撑着书桌抬起头来，专注地看着孩子们，我没听到她的声音，但是看口型，她说的是："我要走了！"

岩寓先站起来的，他的声音很响亮，他说："任老师，你不能走，你答应要辅导我画画的，你还让我参加画展，你走了画怎么办？"

冉冉强作微笑安慰他说："老师会让赵叔叔继续交你的，他一定会给你很多帮助。"

"不行！任老师，我舍不得，我们舍不得你走！"岩寓的声音像是哭了出来，带着浓浓的哭腔。

"老师，我们不想让你走！"孩子们异口同声说道，还间或伴随有低低的抽咽声。我不禁有些动容。

孩子们离开座位跑过去拉着冉冉，岩寓索性抱着她的手臂嚎啕大哭。

冉冉弯下腰安慰他们，被孩子们挡了视线，我看不到冉冉现在的表情。冉冉似乎挣脱着想狠心甩开孩子们，里面的哭声更盛。

不知什么时候，卓玛也走到身边，轻轻地抽泣，我见过很多女人哭泣，或坚强的，或伤感的，或害羞抽咽的，可我没见过卓玛这样的哭法。

卓玛的眼睛眯得就要看不见，两行眼泪像泉水一般顺着肥胖的脸颊不断地流下，卓玛撩起外衫的衣角垫在手下紧紧捂着口鼻，发出轻轻的抽噎声，喉头滚动。她的泪，她的抽咽都不能让我动容，但是她那眯得看不见的眼眸中深深的悲伤无奈让我动容，她肥胖的手背暴起的青筋让我的心狠狠地抽动。

卓玛，是如此深爱这个学校，如此深爱这些孩子们，所以，她也深爱冉冉。

冉冉还站在讲台上，但是孩子们没有再围着她，我感到纳闷，以为孩子们被冉冉说服了。

我看着岩寓先静静地回到座位上站着，其他孩子们也齐齐地排着队回到各自的座位站着。

"感恩的心，感谢有你"由岩寓起头，所有孩子们整齐划一地唱了起来。

"伴我一生，让我有勇气做我自己……"

嘹亮的歌声完毕，孩子们动情地喊道：

"任老师，你不要走，我们不舍得让你走！"

冉冉紧捂着嘴巴站在那里，我知道她也在哭泣。

岩寓像变戏法一样从抽屉里抽出一束鲜红的格桑花，紧接着，所有孩子们都从各自抽屉里抽出一束束鲜红的格桑花。孩子们捧着火红的花束慢慢走到冉冉身旁，一如冉冉生日那日漫天跳动的花儿火苗。

格桑格桑，希望和美好！

冉冉最喜欢的花，只是，已经进入秋日，孩子们从何而来这么多盛开的花朵。

冉冉哭了，哭得很伤心，但不是消极低沉的哭泣，冉冉蹲下身子，放声大哭，哭得很生动，富有活力。

她为孩子们所感动，为梦想哭泣，我想她也为将要埋葬的感情哭泣。

最后一堂课有了续集，因为孩子们不知从何变来的花束，因为孩子们整齐划一的歌声，因为孩子们一个个憧憬留恋的眼神，这所学校将有最后的第二节课，第三节课……

也许不会有最后，也许不定在什么时候还是会走向终止，但是至少暂时冉冉不会走了，我想。

我没有进去见冉冉，看着冉冉和孩子们哭作一团，我默默地走进卓玛的办公室，这是我第一次走进这间屋子，第一次来的时候是被冉冉吸引了注意没有进来，后来几次更是没有机会。

小屋里放着一张桌子，两把椅子，还有一些编织了一半的竹筐和干枯的藤条，一个炉子放在墙角。

我挑了一把椅子坐了，我以为只要冉冉不会离开，我心中的烦乱就会消失，但是没有，我甚至更加烦乱，因为我所有缠绕纠结的情绪没有了一个寄托点，我又说服自己，我是为冉冉的伤心而心绪不宁。

卓玛扶在桌子上啜泣，眼泪已经不流了，但是手上的青筋依旧没有消退，甚至脖颈处都被她紧绷的情绪引出青筋盘绕。

我体味着她的情绪，试图以此来转移我的注意力。

"孩子们在家里都养了盆栽的格桑花。"卓玛吸吸鼻子努力平静地说，但是颤抖的语气暴露了她的伤感。

"盆栽的？"我惊疑，望着光秃秃的天花板。

卓玛点点头："盆栽的格桑花养在屋子里，一年四季都会开花。"

"是吗？"我喃喃道。

我想我该走了，这里就像冉冉的家，孩子们都是她的家人，她在这里是幸福的，这种幸福是爱情不能给的，也不能替代的。

冉冉似乎也明白了这个道理，所以，我该走了，我应该赶紧回去，找到赵飞，不管他和降初发生了什么冲突，也不想再想这些感情纠缠，我只是想回去把岩寓的画稿交给赵飞，让他看看。

因为这是冉冉即便已经打算离开时仍旧挂念的事儿，也是我现在唯一能帮冉冉做的。

回到单位，那辆面包车没有在门口，我试着给赵飞打电话，"滴滴"两声之后传来赵飞的声音。

"李峰？"赵飞说。

"你在哪里呢？"我问他。

"我在降初家门口。"赵飞的声音有点失落。

"哦！"我说，"什么时候回来，我拿了岩寓的画稿，想让你看看。"

"嗯……冉冉怎么样了？"赵飞迟疑着问我。

"可能暂时不走了。"

"嗯，那太好了！"

"你什么时候回来?"我问。

"一会儿吧。"他说,"降初现在不在家,我想等她和她说句话,然后我就去看冉冉。"

我看看天色,已经快到正午了。

"降初应该在家做饭。"我说,说完又觉得异样,我好像对降初的了解太多了。

"是吗?可是我从早上七点等到现在都没见她。"赵飞说。

我很诧异,有些微微的担心,但很快被我甩出去了。

"那赖旭呢?"我自然地问。

"赖旭在邻居家里。"

"哦!这样,那我在宿舍等你回来。"我平静地说。

拖着疲惫的双腿回到宿舍,令我诧异的是,一个本不该出现在这里的身影闯入眼帘。

降初静静地靠着门站着,手里提着那个我熟悉无比的塑料饭盒。

"降初?"

降初看到我有一瞬间的欣喜,不过立刻又掩盖了下去。

"我,我想你昨晚一定没吃什么东西,就煮了些粥给你带过来,没想到你不在……"她说。

她说完又背过脸去,我又看到那缕轻轻跳动的发丝,若说冉冉的一切都能让我心情荡漾,让我欲罢不能,那么降初就让我觉得甜蜜和安心,所以我说,降初该是个妹妹的存在。

"进来吧。"我推开门说道,突然觉得这两天说得最多的便是这句话,无论是对谁。

降初默默地跟进来,把饭盒放在桌子上,轻轻说道:"怕是已经凉了,我去热。"说着就要去往临时被赵飞改作厨房的阳台上走。

"歇会儿吧,现在还不饿。"我说。

降初被我叫住,又觉得不做点什么似乎很尴尬,温顺地站在那里不再说话。

"赵飞去找你了,你知道吗?"我说。

降初摇摇头:"我早上就出来了,没有见他。"

"他现在在你家门口。"

降初突然想解释什么,张了张口却不知道说什么好。我并没有在意她犹豫的表情,我有点儿想让降初赶快回家,这样赵飞就可以回来给岩寓看画稿，也想打电话给赵飞告诉他降初就在这里。

可是，我又觉得我的想法龌龊不堪。

傍晚，我们接到任务：向甲孔乡进发，抓捕一名犯罪嫌疑人。我从纪刚的口中得知，由于争夺夏季草场，两个家族发生械斗，其中一方使用全自动步枪，打死一人打伤一人，犯罪嫌疑人已经逃到原始森林。"你杀我一人我就杀你一人"是这些家族和同胞一直秉持的传统观念。

我没有感到这个夜晚有什么不同，我背着56式半自动步枪，穿上防弹衣，踏上了开往甲孔乡的征途。

我的身旁坐着一脸沉稳的老王。老王是特警大队年龄最大的一个，在去特警大队之前，我就从程小白口中知道了老王的传说，据说老王有一次下班途中，遇见有人持刀抢劫一个中年妇女，老王挺身而出，徒手与三名歹徒搏斗，并最终将其顺利制服。老王是退伍兵，在机关里待了整整十年。老王过腻了这种一成不变的日子，他想去基层，去一线。他觉得自己浑身上下有使不完的劲。将近四十岁的老王报名参加了特警大队，让全县的干警都大为惊讶。我常常在他面前开玩笑，"最美不过夕阳红，温馨又从容……"在特警大队的日子，老王的话最多。他常常给我讲他和他老婆的故事，讲他即将出生的孩子。

老王说："再过几天，就是老婆的预产期了。"

老王问我："老来得子的孩子是不是都特聪明？"

我点点头："嗯，特聪明。"

"喔，那就好。"老王自言自语地说。

其实，老王和他老婆十年前就结婚了。可是结婚后，他老婆一直没怀上孩子。那段时间，夫妻两人常常爆发战争。老王说："肯定是你的问题，我身体好着呢。"他老婆又说："我身体可没问题。"后来，他们一起去了医院，最终的结果是老王的问题。从医院的检测报告上可以看到，老王的精子存活率很低。老王给我讲，他是老高原，结婚前他在武警交通部队修路，一次炸山的时候，飞石将他的下身砸中，从此以后，他那方面就不行了。这么多年来，老王一直在寻医，直到用藏药治好了他的命根子。

两个小时后，我们到达了甲孔乡。那一天的夜晚，天空中依旧有很多的星星。我们借着星光，慢慢向原始森林里靠近。一路上，老王都在滔滔不绝地讲着他那还未出生的孩子。

他说:"其实我早想好孩子的名字了,男孩的话就叫王帅,女孩的话就叫王贝。"

他说:"我希望孩子的性格像我,样子像他妈。"

他说:"我给孩子买了许多东西,尿不湿、奶瓶、漂亮的衣服,还有一大堆小人书。"

他还说:"不管我的孩子是儿是女,以后我都让他做警察。"

突然,一颗子弹划破了高原的寂静,狠狠地扎进了老王的腹部。几乎只用了一秒钟的时间,剧烈的疼痛在老王的全身上下扩散开来,一股股暖泉般的液体从腹部不断涌出,染红了天蓝色的警服。

那一晚,高原的夜空闪烁着明亮星星,柔和的月光铺洒在一望无际的草原上,满是沁人心脾的泥土芬芳。夜空中布满了千万颗水晶般的明星,缀附在无际的夜幕之下,遍布苍穹的每一个角落。星光或明或暗,但点点微光汇集在一起,点亮了整个夜空。漫天的繁星扑闪着大眼睛,密密麻麻的汇成一条长长的银丝,悬挂在这巨大的天幕之上。

老王的视线变得模糊起来,远方的雪山似那渐行渐远的骏马,随着风消失在草原的尽头。

老王紧咬着牙,想要拾起近在咫尺的 64 式手枪,他的每一个细小动作都将使出他全身的力气。他的手离枪越来越近,在手指触摸到枪的一瞬间,他痛得几近扭曲的脸恢复了平静。

送到医院,已经是两个小时后了。那天晚上,我亲手击毙了那名犯罪嫌疑人,那名犯罪嫌疑人被我的半自动步枪打成了塞子。

老王给他那还未出生的孩子写了一封信。

给亲爱的孩子:

爸爸要和你玩儿一个游戏,我们来捉迷藏好不好?我知道我的孩子一定很聪明,但是这一次,爸爸决定躲好久好久。

你先不要找,等爸爸藏好以后你再来找我。要等到什么时候呢?等你十二岁的时候,再问妈妈,爸爸躲在哪里,好不好?

你一定找不到爸爸,因为爸爸会躲在一个很难找到的地方。我知道你会想爸爸,爸爸会趁你睡觉的时候,跑到你的梦里和你玩积木;在你画图画爸爸的时候,不管好不好看,你觉得是爸爸,就是爸爸;当你拿爸爸的照片看时，爸爸也在看你。

等你有一天长大，爸爸要拜托你一件事，要你照顾和孝顺爷爷、奶奶和妈妈，看你是不是比爸爸以前做得好。

爸爸猜想，我们这一次玩儿躲迷藏要玩儿这么久，爷爷、奶奶、妈妈有时候看不到爸爸，他们一定会哭，但是你不能哭，因为你知道爸爸只是在和你捉迷藏，爸爸没有走，爸爸永远都陪着你。你就要逗他们笑，让他们开心。

好了，亲亲我的宝贝，我们的游戏现在就开始咯。

写完最后一个字，老王就走了。五天后，老王的孩子出生了。

那段时间，我常常陷入痛苦之中。我的脑海里反复浮现着老王血流如注的样子，我时常做噩梦，梦见倒在地上的不是老王，而是我自己。我常常在半夜惊醒，然后再无法入眠了。我不敢再看到枪，甚至不敢再看到防弹头盔、防弹衣。我以为，执行任务时有了这些就不会再出现任何问题了。可是老王死了，他死的时候这三样东西都有。我对自己产生了强烈的怀疑和深深的自责。如果我当时提醒老王提高警惕，这一切或许就不会发生了。老王就死在我的脚下，我清晰地记得中弹后他躺在地上全身颤抖的模样，我陷入了极度的恐惧。纪刚说，老王死得伟大，死得光荣。但是，再伟大、再光荣又有什么用。人死了，什么都没了。女人没了老公，儿子没了父亲。纪刚说，这就是我们的命，谁叫我们是警察呢？永远别忘了警察前面有两个字：人民。在罪犯眼中，你就是雷电；在妻子眼中，你就是高山；在孩子眼中，你就是摇篮；在人民眼中，你就是青天。若干年后，我终于明白了纪刚当初的那些话。

这一年的八月，纪刚一个人悄悄上路了。他要去成都，他要回去见两个女人，而那两个女人都不知道。

从川藏到成都，一千余公里的车程。如果是坐大巴，要坐整整两天的车。但是纪刚不想让等待再次延长，因为等待的时间已经实在太长了，他怕再这样等下去……

纪刚不敢再想了，人为的不敢再往下想了。活着，是这个中年男人的最大愿望。

纪刚找了一辆三菱车，谈好了价格就上路了。司机是个藏族小伙，他当然认识这个皮肤被晒得黝黑的汉族中年男人。

藏族小伙掏出一支烟递给旁边的纪刚，因为常年往返于省城和高原之间，这个藏族男人的汉话说得很流利。

　　藏族小伙给纪刚点上烟，纪队长，去成都做啥子？又是去抓人哇？

　　纪刚猛地吸了一口烟，却一句话都没有说，他早已习惯了沉默。

　　纪刚望着窗外逐渐明亮起来的天，从兜里掏出了手机。手机的背景是两个女人，一个大女人，一个小女人。看着看着，他就哭了，但哭着哭着，他又笑了。上一次看见这两个女人是在什么时候，纪刚在心头数了数，尔后长长地叹了口气，已经八年了。

　　他要回家的事，没有告诉任何人。他想给这两个女人一个惊喜。

　　这一年，是纪刚上高原的第十个年头。在高原上，时间早已不再是时间，唯一永恒的就是孤独与寂寞。对着石头说话，对着牦牛大笑，对着镜子里的自己痛哭。

　　这一座座连绵的青山埋葬了纪刚的所有快乐与悲伤，或许有一天，也将埋葬他自己。他实在太累了，他不怕苦，不怕死，但他怕看不到希望。

　　他心头明白，离开这里的理由有无数个，留在这里的理由却只有一个，但正是那唯一的理由，让他选择留在了高原。

　　那就是自己的兄弟，那些荣辱与共，出生入死的兄弟是他在高原上所积累下来的唯一的财富。

　　纪刚带兄弟下乡抓人，要坐八个小时车，然后是骑马，然后是徒步，渴了喝一口山泉，累了躺在路边睡。无数个夜晚，他们在雪地上慢慢睡去。无数个夜晚，他们在凛冽的大风中前行。在嫌疑人的枪口下，他们从来没有退缩过。

　　他们在一起行动的大部分时候都是夜晚，因为只有暮色才可以掩护自己，迷惑对手。他们在黑夜中前行，路旁都是万丈深渊，有时候，走着走着，人就少了一个，再往前走一会人又发现少了一个。直到行动结束，他才在深渊之下看到自己走失的兄弟。没走多远，他又在路旁的丛林里看到一具血肉模糊的遗骨，他认得散落在一旁的警号。

　　除此之外，他还有一颗比常人大几倍的心脏。

　　天刚放亮不久，三菱车便驶入了雅新路，车也变得越来越颠簸。在一段公路的转角处，纪刚让司机把车停了下来，他拿着一瓶青稞酒走了下去。

　　公路旁，有一颗巨大的石头。他弯下腰在路边摘了一把格桑梅朵，尔后默默走到那巨石边上，对着石头说了半天的话。他打开手中那瓶青稞酒，洒在了那块巨石之上，然后又往自己的喉咙里猛灌了几口。

巨石之上，刻着五个人的名字；而巨石之下，埋葬着五条年轻的生命。那都是纪刚手下的兵，在一次泥石流中被巨石砸中，遗体至今还埋在这块石头之下。

纪刚说：“我从来都不会觉得自己孤独，我时刻都能感觉都身旁有自己的战友，他们有的活着，有的死了，但他们从来都没离开过，我一闭上眼，就能看到他们的笑，能听到他们的声音。

"走的这五个战友，最年轻的才19岁。他父亲就是警察，后来在一次武装抓捕行动中牺牲了，组织上为了照顾他们，让他的儿子免试入了警。这个小子高中毕业后，就直接做了警察。我看他身体好，听说还在省运会上拿过奖，是国家二级运动员，就直接把这小子要到了特警队。可上班不到一个月，连工资都没拿到，就走了。"

"有一个小伙子，出事前刚结婚不久，他老婆的父亲是省政府的一个说得上话的大领导，调令来了几次，这小伙子就是不愿意走，我骂过他，打过他，这小子就是不肯走。有一次，他喝了酒，半夜跑到我家里面，抱着我的腿哭，他说：'队长，这里穷，这里工资低，这里连语言都不通，这里连自来水里都有牛粪，这里危险，但是队长，我舍不得，我舍不得你们，我舍不得特警队，我不走，我不走。'但这小子后来还是食言了，他走了，永远地走了。

"还有一个叫杨洪，家是德阳中江的，母亲死得早，从小靠他爹拉扯大，生活过得不容易，他父亲又上了年纪，身体有病。出事后，我们一直不敢跟他父亲讲。这事就一直瞒着，我们说，杨洪去执行任务去了，要很长时间才回来。后来，他爹居然坐了两天的车，一个人跑到高原来看他儿子了。我啥话都没说，直接跪在了老人面前。老人一句话都没说，连一滴眼泪都没掉，转身就走了。但我心头明白，老人的日子也不多了。

"我们外出执行任务，常常见不到一户人家，山谷里风大，携带的帐篷刚架好就被风吹翻。我们找了一颗大树，几十个大男人依偎在一起，相互取暖。天亮了，吃一点儿糌粑，喝一点儿山泉，又继续上路了。每次到乡下办案，我们会带上锅碗瓢盆，还会带上柴米油盐，路途遥远，干警们只得自己动手，丰衣足食。从这一座山到那一座山，你可以领略春夏秋冬四季的不同风光。

"我心里难受。他们刚才还在和我说话，可是一转眼就走了，但我老是觉得他们没有死，他们只是去了另外个地方，他们仍旧活得好好的。我跟他们说话，我给他们讲特警队的事，他们都能听到，他们一定能听到。"

三菱越野车继续前行，纪刚说着说着就睡着了，又或者他根本没睡着，他只是不愿意再讲了。这是他心头的伤疤，讲一次，就会被揭开一次。

车到雅江时，已经是中午了。进藏的车辆很多，大多数都是来旅游的。吃饭的地方就在公路边，灰尘很大，纪刚心情好，点了一份雅鱼，炒了一棵大白菜。开车的藏族小伙坐在他的身边吃泡面，纪刚看到菜的分量很足，就邀请藏族小伙和他一起吃。吃饭的时候，藏族小伙又问了纪刚一次去成都干啥？这一次纪刚没有再沉默，他笑着告诉他：回家。

纪刚1989年入藏，1997年与自己的高中同学刘逸云结婚，第二年就有了女儿纪珊珊。2003年，年仅二十八岁的纪刚因为在一次抓捕行动中立功，被特警支队破格提拔为特警大队队长。从此之后，纪刚就再也没有回过一次家。最后一次看到女儿，她才五岁。而在当时，和家人联络的方式，便是书信和电话。他还记得，第一次听到女儿在电话里喊爸爸时，自己热泪盈眶的模样。

刘逸云每次给纪刚打电话，又或者是写信，说的最多的一句话就是，你什么时候回来？

每次刘逸云这么问，纪刚总是不知道该怎样回答。到了后来，纪刚就觉得烦了。只要刘逸云一问这个问题，他就会发火。从那以后，电话里的沉默就越来越多了。

什么时候回来？纪刚也总是这样问自己，可是他也不知道。

后来，刘逸云就很少给纪刚打电话了。刘逸云在信里说，女儿要长大了，以后的开销大得很，打电话太浪费了，我们以后就写信吧。

汽车继续前行，不久就开始翻越折多山。坐在后面的一个姑娘突然哇哇吐了起来，将中午吃下去的所有东西都吐了出来。她这一吐，坐在她旁边的一个中年妇女也开始吐。纪刚突然一阵眩晕，胃中一阵翻滚。他紧紧闭上眼睛，咬紧牙关，这才慢慢缓过神来。这个时候，突然乌云密布，空中落下了拇指大的冰蛋子。很快，远方山峦的头顶已经变成了白茫茫的一片。透过窗户，纪刚看到公路上有许多藏民在跪长头。

车到康定，纪刚在情歌广场附近买了几袋牦牛肉和一串用牦牛角做成的吊坠，他想把这些送给女儿。妻子妇科病很严重，他又去彩虹桥买了几朵雪莲花。买完这些，他们又上路了。

车过天全，便很快驶入了成雅高速。纪刚闭上了眼睛，嘴角挂着浅浅的微笑。他能感觉到，家，已经越来越近了。

夜里十点的时候，三菱越野车终于到了新南门车站。一下车，纪刚就感觉到闷得喘不过气来。刚走几步，汗水就湿透了衣服，难以隐忍的压抑在心头徘徊。

他身上穿的这件深蓝色的T恤，还是刘逸云八年前给他买的。站在川流不息的人群之中，纪刚仿佛感觉自己已经离开了几个世纪了。

纪刚没有直接回家，而是钻进了一家名叫小红美发的小店里。他说，剪发，洗头，刮胡子。他闻到一股浓烈的香水味，透过那面巨大的镜子，他才看到自己身后站着一个穿着暴露的女人。

这个女人化着浓妆，看不出真实的年龄，可能有三十了吧，纪刚这样想。

这个女人的大半个奶子都暴露在外面，她带着让纪刚看不懂的微笑，暧昧地说道："哥哥，我们这里不剪头。"

纪刚有些害怕与这个女人的目光相碰，他有些害怕，但他又有些想。他说："不剪头？那给我洗个头。"

那个女人将手放到纪刚的头上，两块柔软的胸脯紧紧地贴在了他的脊梁上。女人娇滴滴地问："哥哥，你是洗大头呢还是洗小头？"

纪刚的身体开始颤抖，血液在瞬间和着外面的温度沸腾起来。最后，他逃出了那家美发店。

他在新南门附近逛了半天也没打到车，他顺着滨江路往下走，一直走到了合江亭。他从合江亭打车，往玉林小区走。距离并不远，但却走了整整半个小时。开车的小年轻问他："你是西藏的吧？"

纪刚本来想说："我是土生土长的成都人，老子在桐梓林砍飞刀的时候，你娃还没生呢。"但是他没有这么说。八年，已经将一个人改变得太多太多，他甚至能闻到自己身上酥油茶和牦牛肉的味道。他说："嗯，我是甘孜新龙的。"

小年轻带着纪刚兜了一个大圈子，才将车停在了玉林小区的门口。纪刚知道这小子给他绕了路，换了他当年的脾气，估计连车都要给他砸了。可是现在，他没有这么做。他心里又开心，又紧张，他不知道该用怎么的表情面对自己的妻女，他不知道见到妻女的第一句话该说什么好。

他站在自家小区的门前，可是他却忘了回家的路。他自己都有些不相信，这条梦到过无数次的路为什么突然找不到了呢？那座大烟囱去了哪儿，守门的刘大爷去了哪儿，曾经的自己，去了哪儿？

他一边走，一边向路人打听。后来，他终于走到了自家单元的门口。他认得门口那棵银杏树。那棵银杏，是他在香港回归祖国那一年和刘逸云一起栽的。

他站在家门口，却没有勇气敲门。他内心忐忑不安，他一遍遍地骂自己没出息。后来，他终于鼓足勇气敲了门。

他已经想好了，等到门打开后，他会给妻子和女儿一个大大的拥抱，或许抱着大哭一场，然后一家三口去小区外面的秦妈火锅好好聚一下。他要喝酒，他会让刘逸云喝酒，等到喝醉了，他会牵着两个女人回家。

他甚至早就计划好了这三天的安排：第一天，他会带着女儿和老婆去欢乐谷痛痛快快地玩儿上一天；第二天，他会带着妻女去看自己那年迈的父母；第三天，他想去看看特警队牺牲战友的父母。

他将耳朵贴在防盗门上，希望听到一阵急匆匆的脚步声，或是一个女人扯着嗓门问，"谁啊？"可是等了半天，他所希望的都没有来到。他使劲拍了拍门，大声喊了刘逸云的名字。

隔了半响，门终于打开了。开门的是一个坐着轮椅的女孩，借着灯光，纪刚清楚地看到这个女孩没有右腿。

女孩一脸青涩，看模样有十四五岁。十四五岁，和纪姗姗差不多大小。花样的年龄，却失去了右腿。纪刚的心微微有些疼。他连忙道歉，说："对不起，我敲错门了。"

纪刚转过身，准备往楼下走。可是他刚走几步，就听到身后传来一个女孩的声音。最开始，他以为自己听错了，他没有回头，只是停下了脚步。

他听到，那个女孩在叫他爸爸。

他希望那个女孩是认错人了，他抱着一丝侥幸转过身，却清晰地看见女孩脸上与自己相似的眉目与神情。

他推开门，看见客厅的正中央摆放着一个女人的遗像。他感到山塌了。他沉默了许久，最后"扑通"一下跪在了地上。

她怎么能走呢？她怎么能丢下我和女儿就走呢？她还没有跟着我过上一天的好日子怎么就了呢？她说好要和我拍婚纱照，怎么就这样走了呢？我不愿相信她真的走了，我不相信。

他跪在地上，泪水不停地往下掉，最后，他哭得已经没了眼泪。姗姗用手轻轻抚摸他那布满风尘的头发，他就这样靠着女儿睡着了，那一夜，他睡得特别的香。因为他回家了，回家了。

在刘逸云的坟茔前，珊珊说："妈妈死了，死了已经五年了。2003年检查出乳腺癌，她谁都没有说，一年后，她就走了。死的时候，她留下了98封家书。我看了时间，这些信一直写到了2012年。我懂她的意思，每隔一个月，就给你寄一封。

珊珊说："你算过吗？你和妈妈结婚十五年，你们在一起的日子有多久？你可能没算过，但妈妈算过，你们在一起的日子满打满算只有十五天。十五天，半个月的时间，就是你们的所有。妈妈想和你说话，妈妈想和你吵架，妈妈想和你一起去做许多许多的事，只要和你一起，无论做什么都是世上最浪漫的事。

"可是她的世界没有你。十五年来，妈妈把这十五天翻来覆去地想了个遍，白天想，晚上也想，想你年轻时为她写的每一首诗，想你说的每一句话，想你的每一个动作，想你的每一个表情，甚至想你发脾气时的样子。想完了，她就翻出相册看你的照片。看完了你的照片，她就看我，因为她说，我的身上有你的影子。

"你知道吗？妈妈这十五年，就是靠着这些回忆熬过来的。

"妈妈一直活在自己的幻想中。每次看见一家三口在外面走，妈妈就会哭。那个时候我不懂，我不知道母亲的泪水究竟是何意。但我知道，母亲一直活在她自己的世界里。在她的世界里，一定有一座大房子，房子里有我们一家三口。这么多年，就是这个幻想在支撑着她。有时在街上看见穿警服的人，她就会发疯似的跑过去，可是等走近，看清不是你，她却还要跟在那人后面走出很远很远。

"妈妈走的时候，对我说，你是警察，你是光荣的高原警察。小时候，我也常常为自己的父亲是警察而自豪，可是后来我懂了，你保护了无数百姓群众，却没有保护好你的妻子和女儿。看见我的腿了吗？5·12地震那天你在哪？你一定在灾区抢险救灾吧？但你是否知道，那个时候你的女儿在哪里呢？你知道我被埋在废墟下想的最多的人是谁吗？是你啊，爸爸，我想你了，即使你在我的心中是那么的模糊，模糊得我几乎不知道你的模样。但是我想你了，我想见到你，我没有了妈妈，我不能再没了你。"

纪刚坐在刘逸云的坟茔前，唱了一首她年轻时最喜欢的情歌——王菲的《我愿意》。当他唱到"我愿意为你忘记我姓名时"，他哭了，珊珊也哭了。

第十四章 格桑花开

　　我不知道我究竟睡了待多久，当我再次从黑暗中醒来，右腿依然疼，但已经比先前好多了。我用手摸了摸右腿，发现血液已经凝聚成一块。我揉了揉太阳穴，终于记起了先前发生的一些事。

　　这是我第一次执行押送任务，我们的任务是押送一名杀人犯到康定看守所。我的搭档是洛桑泽仁。一路上都很顺利，直到车行驶到理塘，一辆飞驰的大货车向我们冲来，司机为了躲避大货车，拼命地打着方向盘和踩着刹车。但车还是没有停住，撞断了安全带，向着深渊冲了过去。

　　那一瞬间，我的脑海里异常的安静，听不到一丝杂音。我感觉到自己似乎飞起来，尔后，是一阵阵碰撞和翻滚，我感觉自己就像一只蚂蚁一样，在车厢内被甩来甩去，直到车停了下来。

　　我不能死，我一次次地告诉自己。我咬着牙，向黑暗中那缕亮光爬去……

　　在黑暗中，我向着那缕亮光不停地爬着，我的右腿又开始剧烈的疼，每爬一步，我的身体就会痛得不停地颤抖。

　　这段路很短，这段路又很长。我咬着牙，不停地向着那个方向爬。好多时候，疼痛让我几乎昏厥。我感到我的右腿即将和身体分离，骨肉相连的那么一丁点儿让我疼得喘不过起来。

　　我的右手和左腿在地上摩擦着，手里紧紧地握着那把随身携带的56式半自动步枪。人在枪在，只要我还有一口气，枪就会一直在我的手上。

　　我使出了全身的力气，身体却只移动那么一点儿。

我的心开始阵阵绞痛，全身冰凉，进沁着冷汗。

当我指尖触摸到光明的刹那间，我再次晕了过去……

"冉冉昨天为什么会突然跑走了？"降初诧异地抬起脸问我。

冉冉为什么走你不知道吗？明知这样想不对，可我还是这样想着，我又开始烦躁。

"冉冉喜欢赵飞。"我说。

降初似乎愣了一下，纤细的手指绞着衣角："我不知道冉冉喜欢赵飞。"

她似乎急于辩解，因为她又说道："而且，赵飞他，我不喜欢赵飞，昨天的事情我并不知道，如果知道我一定会阻止赵飞的。"

"是吗？"我明知故问，心里却想着别的事情。

降初紧紧地看着我，似乎被我质疑之后连手脚都不知道怎么放才好。过了一会儿，她似乎下了很大的决心，轻声问道："李峰你……喜欢冉冉吧？"

我不置可否地看向她，没有说话。降初垂下眼睑，睫毛微闪，我看到她睫毛下极力隐藏却又浓重的悲哀。

"我先给你热饭吧。"降初说。

我看着降初端着饭盒进了厨房，过了一会儿就听到乒乒乓乓锅碗相碰的声音，我觉得温暖得让人心烦，我给赵飞打了个电话，告诉赵飞降初在我这里。

赵飞赶过来了，不到十分钟就来了，我不知道他一路闯了多少个红灯，不过想来也不会，因为这个小县城原本就没有几个交通信号灯。我又在胡思乱想了，我想。

"砰！"赵飞几乎是撞进门来的，气还没喘匀，一进门看到安然坐着的我，破口就问："降初呢？"

赵飞头发散乱，眼窝下陷，想必是昨晚一夜没睡，今天一大早又去了降初家里等降初。他总是会把自己的心情勇敢地表达出来，就像他可以说自己等降初等了多久，可以为降初制造各种浪漫，而我，与赵飞比起来就优柔寡断了，如果是我一定会在门外踌躇很久，直到不得不见才会进来。

我想知道，对于爱情，我俩的态度哪个更好一些，哪个更容易动人。

我指指厨房，降初听到动静也从厨房里慢慢踱出来。看到赵飞，降初的脸色堪比锅底灰。我看着降初，心里明白了，原来，我俩的态度都不好，因为我俩都失败了。

"降初。"赵飞急切地走过去抓住降初的手臂，感觉到降初大力地挣动，又叹口气轻轻放开她。

赵飞退后一步，这个距离让降初舒服些。

"昨天的事，我向你道歉，降初。"赵飞柔和地说道。

厨房的传来"咕咕"水沸的声音，降初手指攥着门框，在上面轻轻摩挲："你不用道歉，只是我……以后不要再那样了！"

降初还是心软得不懂拒绝，一句"我不喜欢你"她说不出来。

"降初你误会了。"赵飞想去拉降初攥着门框的手，但是看到降初拒绝的神色又放了下来，"我不是在为我的示爱道歉，我不后悔喜欢你，也不后悔将我的心意告诉你，降初！"

赵飞丝毫不顾屋中还有个像是外人的我，话语直白、语气深情霸道。我想我该找个地方待着，离开这间屋子。

"李峰可以作证！"赵飞突然走过来拉起我，"李峰知道我是多么认真地爱你！降初，昨天我也说了，我不奢求你能现在接受我，但是只希望你不要把我推开，慢慢地试着接受，降初！"

被赵飞从椅子上拉起来，我看到降初愈发别扭的神色，降初皱起眉头，质问道："你不是说要向我道歉吗？这就是你道歉的方式？你的道歉就是让已发生的事情重新上演一遍吗？"

我从没有见过降初有着这样激烈的反应，降初这个样子让我有点儿心疼，也无可奈何。

赵飞慢慢放开我，向降初解释道："不是的，降初，不是你想的那个样子，我是想来道歉的，我想为了昨天和你争吵的事情向你道歉，没想到又惹得你生气。"

"咕咕！"水滚的声音越来越大。

"我以后不会再阻止你来找李峰了。"赵飞说。

"我想找谁都是我的事情，而且……冉冉昨天突然跑走，你就不担心吗？"降初的神色又平静下来，转身进厨房看火。

我听到水溢出来的声音。

我不想再听他们两个争吵，我觉得我得把心放在冉冉身上，现在冉冉是最重要的，我告诉自己。

"赵飞！"我叫住要进厨房的赵飞。

"怎么？"赵飞回过头来问我，他看我的眼神有点儿奇怪，好像很无奈。

我起身从桌子上拿起岩寓的画稿。"冉冉想让你帮着看看的。"我说。

"嗯，知道了！"赵飞接过画稿随意地翻看。

"进步很多。"他说，但是有些心不在焉。

我斜靠在桌子上，让身体的重心全部压在桌边。"你不去看看冉冉吗？"我问。

"去，本来打算下午去的。"赵飞说，"岩寓的画虽然进步很大，但是要是想参赛拿名次恐怕还得再学，他的画创造力很强，但是基本功太差了！"

赵飞越看越认真，随口对我说道。

我不想再理会他提起冉冉心不在焉的神色，因为他的心都在厨房那个人身上，我已经阻止不了也不想阻止了。

降初把汤热了就要走，刚才和赵飞的争吵和被我旁听的尴尬让她喘不过气，她本来就是个安静害羞的人儿啊！

我望着降初盛出的一碗汤发愣，好像周遭的这些都与我无关。赵飞要去送降初，我听着降初推拒的话语和赵飞紧追的脚步声，随着屋门利落地被关上，我的世界，终于清静了。

那碗汤一直放着，直到它再次放凉。

我去了训练场跑步，直跑到天黑，赵飞回来了。

"送完降初我去学校了。"赵飞说。

"嗯。"我脖子上挂着毛巾走到浴室去放水，想洗掉浑身的粘腻。

"但是冉冉不愿见我。"赵飞在床边坐下，脱掉鞋子找拖鞋换上。

冉冉的心情可以想象，不愿见就不愿见吧，我想。

赵飞趿拉着拖鞋来浴室找他的牙刷，我没有回头。"我给杂志社负责儿童绘画的老刘打了个招呼，让岩寓从明天开始到他那里去学画画。"他说。

"你这样算不算利用职务之便走后门？冉冉不会高兴的。"我说。

赵飞笑了笑："哪是你想的那样，我不过是让老刘系统地教岩寓一些基本功，而且他只是负责人又不是比赛的评委，不要紧的。"

"哦！那以后每天都去学吗？"

"以后我早上去学校接岩寓到杂志社学习，不过我可能要忙了，之前给降初准备礼物出去的那两天堆了很多事情没做。"他说。

"那我中午下班去接岩寓吃饭，下午再送过去。我早上上班时间早，只怕来不及去接他，所以接送岩寓的事情还得你去。"私心里，我是想让赵飞多去学校跑几趟，为着什么我已经不想去想了。

"好的，你就管他吃饭就行。"赵飞满嘴泡沫，说话吐字不太清楚。

周末过完，单位里也开始忙了起来，赵飞这两天也找了房子搬了出去，宿舍里一下子空荡荡的，我站在屋子正中，就好像一直挂在门后的那把吉他一样孤寂。

赵飞每天到学校里接岩寓，晚上再送回去，但是冉冉一次也不愿见他。赵飞心里也是不舒服的吧，毕竟以前我们是那么无话不谈，我想。

岩寓学得很认真，每次去接他，杂志社的老刘都不住地夸他。岩寓被夸我也高兴，替冉冉高兴。

这天接了岩寓本来打算带他到外面吃点儿东西，却接到了降初的电话。降初近来不再在门口巴巴地等我，每次过来之前都会给我打个电话，即使我百般推拒她还是会过来。

自从赵飞搬走之后，降初基本上两天来一次，要么带些骨头汤，要么买了菜来给我和岩寓做饭。

接完降初的电话，我就直接带岩寓回宿舍，走到窗外就闻到一股芹菜的香味。

"赖旭身体还没好，你这么跑着不在家看着他，万一出什么事怎么办？"看到在厨房里忙活的降初，我质问道。

"我看你不会做饭，以前也就算了，现在还带着岩寓，岩寓正是长身体的时候，餐食上不能委屈了。"降初说，说得很义正词严，但是闪烁的眼神让我看出了她的心虚和紧张。

"而且每次给赖旭做补汤做得多，就想着给你们带过来，放着也是放着。"她又说，好像她不说这句话我就会怎么着她一样。

其实我没想那么多，降初喜欢来就让她来，经过冉冉这件事我已经没有心力去管其他的了。

岩寓是个小自来熟，之前在学校里已经见过降初，最近更是阿姨长阿姨短地叫着。

"降初阿姨，下次把赖旭弟弟一起带过来吧，我还没有见过他呢！"岩寓一进屋就蹦蹦跳跳地跑到降初身边，撒娇地说。

"岩寓过来玩，不要耽误阿姨做饭。"我说，"赖旭在家养伤呢，等赖旭伤好了叔叔带你去找赖旭玩。"

降初温和地拍拍岩寓的头,微微一笑:"等赖旭好了,一定带他来玩。岩寓要好好学画,这次争取拿个第一,让冉冉老师高兴高兴。"

她一提冉冉,我的脸色顿时一变,转而又觉得自己有点无理取闹。

"我一定会好好学,拿出成绩来让任老师高兴的,任老师最近总是闷闷不乐的。"岩寓说。

自从那次从学校回来,我已经很久没见过冉冉了,若说想念也是有的,但是已经不像在成都的时候那样的牵肠挂肚,更多的是担心。

一顿饭吃得枯燥无味,降初不住地给我和岩寓夹菜,我木木地吃着,也不作表示。岩寓和降初聊得开心,说起来,觉得枯燥无味的只有我一个人。

"降初,赵飞最近和你联系了没有?"我突然问道。

降初伸手拈掉岩寓脸上沾着的米粒,听到我问她突然一愣,神色有些不自然,低声说道:"去看过赖旭几次,我……"

我知道降初是怕我介意,其实我并不在乎她和赵飞怎样。

降初低头垂眸,睫毛微动,轻轻地嚼着干米饭,我看着她温顺的样子出神。

也许,我是有那么一点儿在乎的,只是转眼我就把这个念头甩掉了。

"没什么,我就是随口一问。"我说,"赵飞已经好几天没到我这儿来了,平时去接岩寓也见不到他的面。"

降初还想解释什么,岩寓举起筷子,插话说:"赵飞叔叔这几天忙呢,好像不在杂志社,每次他把我送过去就一个人开车走了。"

"他还忙摄影比赛的事儿吧!"我说。

降初紧紧抿着嘴唇不接话,似乎一接话就让我觉得她在乎赵飞一样。

"赵叔叔说摄影比赛已经开始了。"岩寓说。

"开始了?"我有些惊讶,"那你们……"

"赵叔叔说我们绘画比赛要到十月底才开始。"

听岩寓这么一说我才想起来,赵飞确实提过,儿童绘画组是安排在最后的,他负责的摄影部分被排在第一组,十月中旬就开始,想想也就是最近。

吃过饭我去送岩寓到老刘那里,然后回单位上班。降初自己在宿舍里。

等我回去时降初已经走了,屋子里的东西都被降初归拢摆放得整整齐齐。桌子、窗台、地板都被擦洗得一干二净,澄净明亮。

自从赵飞表白之后，降初再过来总是安安静静的，帮我做饭，洗衣服，收拾屋子，仿佛是在弥补什么，可是弥补什么呢？冉冉，还是我？我失笑。

　　无论降初是什么想法，我都安然受之。我又开始了一边享受着降初的照顾和关怀，一边不停自责的状况，只是也不知我自责的是对冉冉感情的背叛，还是对赵飞友谊的漠视，还是……对降初的辜负。我想不出是什么，所以脑子里乱成一团。

　　就这么一日日混混沌沌地过着，转眼到了十月底，高原的秋季冷得厉害。冷风入骨寒凉，似乎是从远处积雪的山峰上吹下来的，刮得脸生疼。

　　岩寓学得很顺利，老刘直夸岩寓很有天分，又勤快好学，将来一定可以成大器。我听了之后第一反应想打电话告诉冉冉，可是自上次分别，冉冉的电话永远都是关机。

　　岩寓的参赛稿已经画好了，明天我要带岩寓去递交稿件，索性晚上直接去接了岩寓到我这里住。

　　降初是中午来的，等我接了岩寓回到宿舍，降初还在洗床单，宿舍里没有洗衣机，降初端了盆子在走廊上洗，寒风吹得泡沫飞扬，有一抹沾到她的发丝上，我想走过去帮她拂下来，岩寓先一步扑到降初背上，降初被岩寓的猝不及防压得浑身一震，发丝上的泡沫也跟着震掉了。

　　降初在围裙上抹抹手上的水珠，起身揽过岩寓。我看到她的手指冻得通红，像一根根细细的红萝卜。

　　吃过晚饭，降初安静地端着碗碟进厨房洗刷，我想去帮忙她不肯，于是就在外面坐着拉了岩寓说话。

　　岩寓翻着一本《三打白骨精》的连环画，这是冉冉送他的，他一直带在身上，书角都磨破了也不舍得扔。我侧头看着他。

　　"叔叔。"岩寓突然停下翻看的动作，"你说任老师还会走吗？"

　　我一愣，看着他："嗯？怎么会这么问？"

　　岩寓又继续翻起画册，只是这次却有点心不在焉，他看的不是连环画，他看的是远方的冉冉。

　　"任老师这一个月来总是闷闷不乐的，莲丫头说任老师这两天特别忙，忙得都不怎么跟他们说话了。"岩寓说。

　　莲丫头我记得，是常和岩寓打闹的那个小丫头。我望着岩寓手中的连环画，孙悟空威风凛凛地举着金箍棒，化作村女的白骨精倒在棒下。

我的脑子很乱。

冉冉还是没从失意中走出来吗？是了，如果已经走出来又怎么会长达一个月不见赵飞，也不接电话。

我想去找冉冉，可是我怕她看到我更伤心，也怕冉冉不见我。

"叔叔，叔叔？"

"嗯？"感觉到岩寓推我，我才回神。

"叔叔，你说任老师会走吗？老师要是走了……"岩寓说着泪珠子就从眼眶溢出来，"啪"地落在书页上，打湿了孙悟空炯炯有神的眼睛。

我没有孙悟空的火眼金睛，所以我看不到冉冉心里所想，我无法解答岩寓的问题。

面对岩寓赤诚的眼泪，我不知所措。

"放心，老师不会离开的。"我摸摸岩寓扎手的发辫，安慰他。可是冉冉会不会离开我又哪里说得准呢。

"砰！啪啪！"

厨房传来碗碎的声音。惊得我周身一震，慌忙起身走进厨房。

"降初！"

地上尽是瓷碗的碎片，有几片滚落到我的脚边。降初正蹲下身捡这些碎片，我看到她冻得发红的手指，有些心疼。

我上前捉住她的手，冰凉得吓人。"降初，不要捡了，小心伤到手。"我说。

长辫垂下，刘海遮住了降初的面颊，我看不清她的神色，降初挣开我的手，默默地继续捡拾碎片。

"降初！"我不知道降初为什么会如此执拗。

我俯下身利落地一片片捡起满地的碎片，我不忍看降初这个样子，原本因为冉冉而心生烦乱，现在降初这个样子让我更是烦躁不堪。

"李峰，你手流血了！"降初突然焦急地喊道。

一缕血从指缝流出，沾到白瓷碎片上染出一朵红花，我愣愣地看着这片血红，晕在我的心上。

"快，快看看严不严重，要赶快包扎一下！"降初着急地过来拉我的手。

冰冷的触感从指间直接传到大脑变成焦躁的火热，冉冉蓦然闯入我的脑中，我的烦躁刹那间蒸腾放大。

我刷地甩开降初的手。

降初愣了，我也愣了，我不理会降初的反应，径自去门后拿了扫把回来把地上的碎片扫干净。

"还是包扎一下吧。"降初说。

我淡淡地回绝她，"不用了。"我说。

将扫把放下，对着水龙头冲了冲手上的血迹。

降初看我面无表情也不理她以为我在生气，委屈地站在水池边上。

"我是担心冉冉才摔了碗……"降初咬唇小声说，"我，我想去看看冉冉。"

冰凉的自来水也不能冷静我的情绪。"她现在心情不好，你就别去了。"我说。

"可是我只是想去看看她，我知道她不高兴，也很担心她。"降初仍然在解释。

"你是真不知道还是假不知道，你去了她更心烦！"我紧紧地扭住水龙头，转过头冷冷地看着降初。

降初被我的语气惊得后退半步，绞着手指，低下头不敢看我："我也想关心关心冉冉。"

"不需要！"我甩手推开她走出厨房。

"她现在根本不需要你的关心！"我说。

岩寓坐在椅子上抱着图画书不知所措，我走过去拍拍他的脑袋让他去洗脸睡觉，他的眼神在我和降初的脸上转了两转，听话地进了浴室。

"我也是不忍心看你天天心烦，想让你高兴。"降初说。

我失笑："你什么都不做我就高兴了！"被自己冷酷的语气吓到，我赶紧去看降初，但是我根本管不住自己。

降初不可置信地看着我，快步向前两步走到我面前，却在走到近前时又后退一步。

"我并不想给你添麻烦的，你要觉得我不应该去我不去就好。"降初说。

听到降初这句话，我不禁无奈地想：你已经给我添麻烦了，我的朋友为你神魂颠倒，我喜欢的人因你伤心，甚至我，都被你惹得心烦意乱……我不想追究为什么我会心烦意乱，但是我已经不想再忍耐了。

我专注地看向降初的眼睛，静静地陈述："我喜欢冉冉，降初，你上次不是问我是不是喜欢冉冉吗？现在我告诉你，我喜欢她，而且我自以为再没有人能比我还爱她。"

"离开吧，降初。"我说。

降初的表情就像哭了一样，她说："你让我离开？"

"是啊！"我觉得多说无益，憋着多日的情绪终于发泄了出来。

"我喜欢你，李峰。"降初很轻很轻地说道，我权当没听到或者听不懂她的话，看向窗外。

春天来了，我已经闻到了春天的气息。阳光洒在高原的每一个角落，格桑梅朵在雪山的映衬下，测量着与天堂的距离。高原，是一个美丽的梦境。

日子就这样一天天过去，我把生活的重心又放到特警队的任务上……

第十五章 相见不如怀念

我似乎是做了一个长长的梦，但我很快发现，这不是梦，这些人、这些事分明在我的青春里出现过，停留过，然后像蒲公英般，一阵风吹来，他们都走了。

当我再次醒来的时候，我已经躺在医院里了。纪刚坐在我的身边，他若有所思地望着窗外的一片片青稞地。

我睁开眼睛，一阵钻心的疼在我身体里炸开，我的眼前一片黑暗，一阵前所未有的恐惧吞噬着我的身体。

我感到呼吸越来越困难，身体开始不停地颤抖。我的右腿已经没了知觉，我的手摸到了黏糊糊的一片，像喷泉一样往外涌。

我紧咬着牙，不断地提醒着自己，不要睡着了。我看到我被压在一辆已经严重变形的车下，不远处，有一点亮光。

在狭小的角落里，我不断判断着自己现在的状况。除了右腿，其他地方都没有问题。我用手使劲在大腿的皮肤上扭了一下，却仍旧没有任何的感觉。

啊！我的腿，我的腿没了！

我的头一阵眩晕，感觉自己的身体越来越轻，似乎就要飞了起来。

"老大。"我大声喊道，可是这一喊，我的头又开始剧烈的疼。

"你醒了啊。"纪刚看了看手表。

"截至北京时间三月二十一号下午三点十分，你已经睡了整整三天零十小时了。你小子破新龙纪录了。"

我笑了笑，但很快发现自己被绷带包裹得严严实实的右腿。

"老大，我的腿……"

纪刚叹了口气，"哎，别说了……"纪刚说这个话的时候，眼睛望着病房角落里的一辆轮椅。

我的大脑一片空白，我知道，这辈子，我是离不开那玩意儿了。

这个时候，杨发涛走了进来。

他的头上缠满了绷带，眼睛肿肿的。

"兄弟，你醒了啊，没什么事吧？"杨发涛坐在我的床前，轻声说道。

"没事，就是从今以后，要坐轮椅了。"

"啊？你胡说什么啊？"

"你看吧。"我指了指那辆轮椅。

杨发涛哈哈大笑起来，纪刚和身旁的田军也开始笑。

我一脸疑惑地看着他们，严肃地说："你们还有没有良心，我都成这样了，你们还笑，你们知道我心里有多难受吗？"

这个时候，临床的大爷叫来护士，在护士的帮助下，大爷坐上那辆轮椅，向病房外走去。

这个时候，我才发现自己上当了。

"龟儿子！"我大骂一声。

纪刚一脸严肃地看着我，"你骂谁呢？"

"骂你。"

"你敢骂我？我可是你的领导。"

"是我领导又怎样，我就是骂你，龟儿子！"

纪刚高高地举起了拳头，轻轻地落在了我的头上。

他笑着说："等你好了再收拾你。"

纪刚从怀里掏出一封信，"你父亲给你的。"

"他来过？"

"嗯，他来过。在这里一直守着你，三天三夜没有合眼。"

我接过父亲的信，想要一把撕掉，但被纪刚阻止了。

"看看吧，看了再撕吧。"

我打开信封，这是格西木初写给父亲的信。

建华：

　　最近过得好吗？屋外的那片青稞地又成熟了，只是那里不会再有你的足迹。我每天都坐在青稞地旁等待，等待你的信，等待你的照片，等待你的……等待关于你的一切。可是我知道，你走了，永远地走了，但是那美好的记忆在我的心中永远地留了下来。每个女人的心里都向往着有一份美好的未来，和相爱的人坐在海边，携手看日出，从青丝到白发。就像张爱玲和胡兰成所期盼的那样，岁月静好，是的，岁月静好。只要静静的就好。

　　还记得我们的过去吗？那个时候我刚到县卫生所工作，第一天上班就遇到了你。刚刚参加工作的你，浑身有使不完的劲儿。那时新龙县很落后，当地有很多的地痞土匪，你居然选择了和他们的头子用藏族人的方式解决问题，你说："如果我输了，以后我不管你们，如果我赢了，你们以后就得给我滚得远远的。"那一天，你狠狠地教训了那个头子，但是你也受伤了。你是我的第一个病人，我准备给你打麻药，可是却被你拒绝了。你说一个大男人，还用那玩意儿干嘛？！我给你缝针，我看见你闭着眼，紧紧地咬着嘴唇。我知道你很疼，但你没有叫一声疼，因为你是个男人。你说过，男人就应该掉血掉肉不掉泪。我就是从那个时候喜欢上了你。

　　我想和你在一起，我想和你结婚，我想给你生很多很多的孩子，但你却告诉我，你已经有老婆和孩子了。那个夜晚，我哭了整整一夜，我也想了一夜。为了你，我可以不要名分，我可以什么都不要，只要可以每天和你在一起。可是你仍然决绝地摇摇头，你说："我是一个女人的丈夫，我是一个孩子的父亲，我更是人民的警察。"你问我，"知道什么是警察吗？"我摇摇头。你说："警察就是责任，警察就是忠诚。"

　　我想把自己的第一次给最爱的人。还记得那个夜晚，你在我家，我不停地给你倒酒。你喝了很多酒，话也越来越多，你给我讲你的童年，你给我讲你的父亲，你给我讲你的妻子，你给我讲你的儿子。你说，你对他们有太多太多的亏欠，但是又有什么办法，因为你是一名警察。后来，你哭了，狠狠地哭了。我抱着你，你在我的怀里伤心地哭着。我想给你一个吻，我想把自己的身体给你。我悄悄地解开自己的衣扣，我说过，我要把我自己全部给你。但是你却慌慌张张地转过身，你大声地叫我停。这一次，我没有听你的。你却要走，我从身后抱着你，不断地吻你的脸，吻你的嘴唇，吻你的耳根。我听见你渐渐急促的呼吸声，我希望那个时候你能将我拥入怀中。可是你，还是走了。

　　高原的天是美的，一望无际的蓝。虽然有白云不断地涌起，但是，它只带走了一些浮沙。

　　在那个和往常没有什么区别的早晨，我在医院的走廊里看见了一个被遗弃的小孩，我们给她取了一个藏族名字，降初。降初在藏语里是圣洁的意思。我们把她当成了自己的孩子，我们一起教她说话，教她走路，教她写字。你说，其他孩子有的，这个孩子都会有。你说，我要给她一个最好的明天。我常常看见你望着降初落泪，我知道，你是想自己的孩子了。

　　我以为我们会一直这样到终老，我已经习惯了生活中有你。你的名字像经文一样牢牢地烙在了我的心里。直到有一天，你告诉我，你的调令已经下来了，你就要回家了。望着你满是喜悦的脸，我却哭了。

　　建华，谢谢你，谢谢你曾经给我的幸福和陪伴。即使我们从来没有开始过，但我很幸福，因为有你。当我变成老太婆的时候，回想起我们过去的那段往事，拿起那张站在草原上的合影时，我的眼泪会顺着两颊无声地流下来，静静地和蓝天分享这段故事。

　　高原上每一颗石头里都藏着一段故事，我在寻找关于我们的石头，在寻找那个装着我们过去的石头。我永远在等待，即使这份等待早就注定了无疾而终。我要走了，离开这里，因为这里的一切，都装着你的身影。我要去一个能装载真挚和永恒的地方，无论那个地方在哪儿，我也愿意洗尽铅华，尘埃落定，在那里静静品尝余晖带来的安逸，细数着岁月里的惊喜。无论红颜，无论银发，只为永恒。

格西木初

　　七月份的川藏风还是很大，吹得人的脸有些发红，长时间在这种高原地方生活，脸上也泛起了两团红晕。

　　田军背着大大的军用旅行包，挤上了开往成都的客车。

　　其实，他是不愿意回家的，但是又不得不回去。

　　一同踏上回家之路的小张对田军憨厚地笑了笑："哥，喝水不？"

　　田军摇了摇头。

　　小张沉默了一会儿，又忍不住说道："哥，听说嫂子可漂亮了，这次回去，你可要多陪陪嫂子啊。"

田军看了他一眼，"怎么，你没有对象吗？"

小张是新入伍的警员，来到川藏时间不长，但是脸上总带着憨厚的笑意，不管见了谁都叫哥，大家也就什么事都愿帮助他。

"没有，我以前在警校处过一个，分开了就黄了。"小张一边说一边从兜里抽出一支烟，递给田军，"哥你抽不？"

田军笑了一下："我不抽烟。"

小张就把那支烟点着，自顾自地抽了起来。

到了成都，田军先下了车，小张还有两站地才能到家，他就把自己剩下的泡面都留给了小张，小张笑嘻嘻地说，"哥，等放假回来，我给你带我老家的笨鸡蛋吃。"

田军说，"好。"

田军下了汽车，沿着记忆中的路线往家的方向走。

田军曾经是一名川藏线上的汽车兵，行驶在美丽的青藏高原，蔚蓝的天空，青色的山川，黑色的牦牛像星星一样布满了美丽的川西大草原。那里是天堂，也是地狱。

田军曾经对我们说过这样一番话，"当我踏上川藏公路的那一刻，我就明白，前方不仅仅是雪山和草原，前方更有几十年来死去的默默无闻的汽车兵的坟墓，前方还有山谷里无数汽车的残骸。三千里风雪川藏线，是中国人民解放军用血肉之躯筑起的不朽丰碑。暴风雨、雪崩、塌方、泥石流、飞石，每一次出征，都是对灵魂最彻底的洗礼。转业后，我原本可以回去坐办公室的，但我选择了留在藏区成为一名普通的高原警察。那里贫穷落后，喝水用电都成问题，但我就是爱高原，爱高原上的一草一木，爱高原上彪悍和率直的高原人。挥舞着皮鞭，骑着高大的骏马，挎着枪飞驰在辽阔的塔公草原上。选择了警察这个职业，你就选择了奉献；选择成为一名高原警察，你就选择了一辈子和高原缺氧斗争，和孤独与寂寞抗争。"

路过了一个卖头饰的小摊子，田军停了下来，在那一堆五颜六色的头饰中挑出了一个紫色的发卡，心想老婆戴上一定很好看，但是又转念一想，还是把那个卡子放了回去。

他走到家门口，抬起手敲了敲门，刚敲了三下，就有人从里面把门打开。

老婆晓丽正一脸甜甜的笑意望着田军。

田军心中一动，低下了头，绕过她从她的身旁走过。

他放下行李，晓丽就端来了水果，问他，"这阵子累不累？"

"还行，每天都那样。"田军敷衍她。

晓丽也没在意，继续问他，"回来的火车上人多不多，挤不挤啊？"

"不多。"他说。

晓丽沉默了一会儿，又闪身进了厨房，不久，就端了好几盘菜走了出来，放到餐桌上，"赶快吃吧，都是你爱吃的。"

田军看了看她，有些不忍心，就坐到了餐桌上，对她说，"你吃过了吗？没吃过一起吃吧？"

晓丽笑了笑，给他盛了满满一碗饭，"我早都吃过了，这些是专门给你做的。"

田军看到了晓丽的手。晓丽在一家饭店做洗碗工，今天是为了田军回来特意请的假，她的手常年泡在水里，变得抽抽巴巴的，一到冬天还会裂口子，明明是一双纤纤玉手，现在摸起来却皱巴巴的。

田军每次看到她的手都心疼不已，如果不是因为自己，她也不会那么操劳。

"你好像又瘦了。"田军说。

晓丽下意识地摸了摸他的脸，"没有，就是这件衣服被我穿得有点儿大了。"

"别让自己那么累了，如果那份工作不顺心，就趁早换了吧，找一份清静点儿的，我看邻居小马他媳妇的工作就不错，只是每天坐在那里登登记，起码要比你这没日没夜的洗碗要好啊。"田军忍不住说。

"我不累，真的不累。再说，我觉得现在的工作挺稳定的，我也不想再换了。"晓丽说。

到了晚上，田军脱衣服打算上床睡觉，身后的晓丽却伸过了一只手，在他的胸膛上四下摸索着，田军出于军人的敏感，瞬间坐了起来。他的这个举动却吓坏了晓丽，晓丽眨了眨眼，小声问他，"老公，你怎么了？"

田军也不知道该怎么回答她，就深吸了一口气说，"我明天还要回老军区去看看，要早起，我怕早上起来的时候吵到你，我还是去那屋睡吧。"

晓丽的眼睛暗淡下来，丈夫有多长时间没有碰过她了？她已经记不清了。

"你也早点儿睡吧。"田军说完，就拿着自己的枕头和被子，走到另一个房间里。

晓丽慢慢躺回床上，眼泪顺着她的眼角滑了下来，留到绣花枕头里，脸贴在上面湿湿的，心里也好像被水泡过一样，有苦却说不出。

第二天一早晓丽醒来的时候，田军果然不在了，叠的整齐的被子和枕头就好像根本没有人在这屋里住过，只有空气中熟悉的味道还能证明他昨夜确实回来了。

晓丽叹了口气，心想可能是他今天真的有事，就也不再去想，出门上班去了。

晚上回来的时候，走到楼梯口，听到楼道中隐约传来田军的笑声，晓丽有些怀疑，就轻轻地走了上去。抬头一看，那男人正是田军，他的旁边还有一个女人，长得挺水灵的，眼睛大大的，正在和田军说话，田军脸上带着笑意，和那个女人聊得十分投入，完全没有发现晓丽的行踪。

晓丽这一看慌了神，也不知是上好还是下好，突然那个女人往楼下走了，她只得又悄悄躲到了楼道的一侧，看着那个女人出去了之后，才慢慢出来。

她现在的心里就像有千万种想法在纷繁乱窜，那个女人是谁？田军不是说自己去老军区看队友了吗？

现在晓丽满脑子都是疑问。她带着疑问回了家，刚进门就看到田军大喇喇地坐在沙发上看着电视，见她回来了也不打声招呼，反而皱了皱眉。

晓丽有些委屈，就开口问道，"你今天去哪儿了？"

田军斜睨了她一眼，"不是跟你说了，去省厅了。"

"那个女人怎么回事？"晓丽板着脸问。

田军却故意装糊涂，"女人？什么女人？"

"就是刚才在楼道里跟你说话的女人！"晓丽大声喊道。

田军还是一副不以为然的样子，"哦，同事。"

晓丽瞪着他，"同事？同事你们聊得那么高兴干什么？"

田军有些不耐烦，皱起了眉，"你能不能不疑神疑鬼的，我们又没有怎么样。"

晓丽的眼泪直在眼眶里打转，没想到自己等了一年又一年，等来的就是这么一句话。她跑回了房间里，坐到床边哭了起来。

田军再也看不进去，把电视关了，闭起了眼睛，而脑海中浮现的，都是晓丽含泪离去的画面。

两人分别在两个房间中，一夜无眠。

第二天一早，田军就接到了通知，他要临时赶回高原了。他收拾好东西，来到晓丽的房前，想了想，还是咬着牙走了，只给她留了一张字条，就出门而去。田军走了，晓丽的生活又变回了原来的样子，不同的是，她的心里不再有期盼和动力了。

这天她端着盘子来到前台，突然遇见了老同学刘青，她刚开始没认出来，还是刘青叫住了她。

"喂，晓丽！"

晓丽应声回过头，见到一身名牌西服的刘青，心中不由一动，"怎么是你啊？你来这里吃饭吗？"

刘青笑着说："是啊，你怎么也在这里？"

晓丽有些不好意思，把一缕发丝别到耳后，"我在这家饭馆打工。"

刘青有些惊讶，"晓丽，你不是嫁给了一个特警吗？怎么现在还用出来打工挣钱啊？"

"这没什么，在家里待着也是待着，能挣点钱不是更好吗？"晓丽讪讪地低下了头。

刘青深深地看了她几眼，说，"这样吧，你来我们公司，我给你安排一个活儿，指定要比现在的好。"

晓丽心中虽然高兴，但是面上还是淡淡的，"这怎么好意思啊。"

"就这么说定了，你可是咱们学校出名的大美人，怎么能来到这种地方工作啊，就算是补贴家用，也不能这么委屈自己啊。"刘青责怪地说。

晓丽只好点了点头，"那行，明天我就过去看看吧。"刘青也答应下来。

其实晓丽早就从同学那里听说过刘青现在变成了有钱人，自己开公司当老板，再也不是以前在学校里整日睡觉的小混混了。那个同学还打趣地跟晓丽说，"听说刘青还追过你，你现在怎么不跟了他去，还能沾沾光。"她当时只是顺耳那么一听，也没放在心上，结果今天真的见到他了，看样子确实阔绰了起来，和她们这些下等人就不是一个档次。

晓丽第二天就换上了一套新衣服去了公司面试，那套衣服还是过年的时候买的，一直舍不得穿，这次为了面试，也从衣柜的最里面拿了出来。

结果那个管事的人，看了晓丽的名字后，就对她说可以来上班了。晓丽心知肚明，这都是刘青安排的，心里对他虽然感激，但是也只限于感激。

有一天下班的时候，邻居小吴媳妇叫住了晓丽，说，"晓丽，你知道吗，你们家老公在外面和一个女的关系可好了，我家小吴看到的。"

小吴和田军是一个警区的，两人经常能见面。

晓丽好像意识到什么，问道，"是一个长得挺白、挺年轻的女人吗？"

"是，小吴说，那女人长得是挺水灵的，怎么？你也发现了？"小吴媳妇对她挤了挤眼。

晓丽没有说话，也不知道应该说什么。小吴媳妇叹了口气，转头走了。

晓丽回来家中，再也无法强忍下去，捂着嘴巴无声地哭了起来，泪滴"啪嗒啪嗒"掉在她的布鞋上，慢慢渗透进去，染了一片。

半晌后，晓丽才停止了哭泣。

日子还是一天一天地进行下去，晓丽这天来到公司，刘青却把她叫到了自己的办公室来，晓丽有些拘谨，刘青对她笑了笑，说，"坐吧，随便坐。"

晓丽只好坐到了离他最远的地方，结果刘青却走了过来，对她说，"工作还满意吗？"

晓丽胡乱地点了点头，双手不由自主地攥住了衣摆，说，"挺好的，真是谢谢你了。"

刘青突然话题一转说道，"晓丽，以前在学校的时候，我就喜欢你，你为什么不跟我，偏偏要跟一个特警呢？每年也见不到他几回面，还不如跟我，我至少能让你不这么累，我怎么舍得你上外面做洗碗工呢！"说着，就想要握住晓丽的手。

晓丽吓了一跳，连忙站了起来，对刘青说，"我……老板。"

刘青见她那副样子，就从口袋中拿出了一个首饰盒，递给她，"晓丽，我没有开玩笑，我说的是真的，我想娶你。"

晓丽打开那个首饰盒，里面是一枚钻戒，她心中不由一动。她和田军结婚的时候，田军没钱买钻戒给她，当初求婚的时候，也没有什么值钱的东西。钻戒是每个女人的梦，晓丽也不例外，现在看到钻石就摆在自己眼前，她害怕之余还是有一丝兴奋。

刘青看出她犹豫的样子，说，"要不，你先回去考虑考虑？我等你的答复。"

晓丽咬了咬唇，说，"好。"

回到家中，晓丽想起了田军和那个女人在楼道里谈笑的样子，想起田军对自己不理不睬，突然觉得刘青也挺好的，起码这么多年，他始终没有忘记她。晓丽也是一时生气，就给田军所住的地方打了一个电话。

"喂？"田军的声音带着一丝疲惫。

"我是晓丽。"晓丽说。

"哦，什么事啊？"田军有些不耐烦地说。

晓丽听到他这么敷衍自己，心中冒起了莫名的怒火，说，"我要和你离婚！"

电话那边的田军先是一愣，随后平静地说，"哦，知道了。"

晓丽愤怒，一把挂了电话。

田军听到电话那边传来了忙音，好半天后才把电话慢慢放了回去。

身后的穗穗问他，"田大哥，怎么了？"

田军回过头，对穗穗勉强一笑，说，"穗穗，以后你不用再来找我。"

穗穗也愣住，问他，"田大哥，是大嫂要和你离婚了吗？"

田军漠然点了点头。

穗穗一阵难过，咬了咬牙说，"田大哥，其实真的不用这样，如果你跟嫂子说明……"

"我知道，但是我不想耽误她。"田军叹了口气。

他也不想，他心里有多么爱晓丽，或许只有他自己最清楚，但是看着晓丽渴望的眼神，他却只能躲避。晓丽还那么年轻，如果跟了别人，起码要比跟着自己强。

只是，在晓丽对他说出离婚这两个字时，他的心里真的像滴血一样，就连那任务带来的痛楚，也没有这一句轻而易举的话带给他的伤害要大。

穗穗看着田军落寞的背影，心中满是不忍，专门请假回了成都，她特意找上了晓丽的家。

晓丽买菜回来，看到穗穗站在她家的门口，她还以为是幻觉，直到走到跟前，穗穗对她说，"嫂子。"晓丽才发觉这真的是那天在楼道里和田军说话的女人。

晓丽仔细打量她，即便心里十万个不情愿，但还是轻声说："进屋吧。"

穗穗跟着晓丽进去，坐到沙发上后，穗穗开口说："嫂子，我知道你讨厌我，但是我也是没有办法，是田大哥逼我这么做的啊！"

晓丽有些不解，问道："田军？他逼你做什么了？"

穗穗只得把这件事的过程重头讲给晓丽听，原来，田军在一次任务中，子弹打穿了他的睾丸，从此便失去了男人基本的生殖功能，而他怕晓丽担心，就没有告诉她，从那以后，田军每次回家就再也没有碰过晓丽，还故意敷衍她。

"嫂子，田大哥是个好人，他找我来，就是为了要气气你，想让你对他死心，可是我却不能眼睁睁看着你们这对爱人分开啊，你说要和田大哥离婚，田大哥的心里比你还要痛啊，嫂子，就算是我求你，不要和田大哥离婚。"穗穗说着说着就哭了出来。

而这个消息，在晓丽听来无非是一个晴天霹雳，她做梦也想不到，田军不碰自己，每次回来的时候总是故意疏远自己，是因为他已经不能再生育。晓丽突然哭了出来，大声说道，"田军他怎么这么傻啊！我是他的妻子，就一辈子是他的妻子，就算他赶我走，我也哪儿都不去，我怎么可能会嫌弃他！"

穗穗伸手擦干了自己眼泪，对晓丽说，"嫂子，我只能劝到这里了，至于田大哥那边，还是需要你来调解的。"

晓丽握住她的手，感激地说，"妹子，真对不起，嫂子误会你了，还把你当成了小三儿来着。"

穗穗笑了一声，"嫂子，只要你跟大哥能和好，你把我当一把小三儿又能怎样。"

晓丽送走了穗穗后，下定决心，打算去一趟藏区。

缠绵的大雨下了整整一个星期，一个星期人们没有见到太阳，天上都是阴沉沉的。这天下午好不容易天晴了起来。

田军正在屋子里写着报告，突然听到外面说，"田军，有人找。"

田军心里还在疑惑，打开了门，外面刺眼的阳光瞬间射入他的眼中，把他晃得有些睁不开眼。而比阳光还要刺眼的，是晓丽动人的笑容。

如同初见时，在一片桃花林中，对自己回眸一笑，那笑容已经永固。

晓丽见到田军呆呆地看着自己，一句话也不说，反而笑得更灿烂，"怎么，不认识了？"

那笑容远要比这三寸阳光更温暖人心。

他也回给了她一个青涩的笑容，"认识，你是我的妻子，我怎么能不认识。"

阳光温温柔柔地洒在两人身上，这天气，正好。

故事永远都不会停止，我们只是在等待，我们在等待若干年后的今天，我们在等待经历风雨后的恍然大悟。辽阔的高原上，我们共同坚守着一份职业，更坚守着一份信仰。

第十六章 忘记我自己

"你走吧。"我对降初说,"我准备睡了。"

降初依言走了,没有争闹,没有歇斯底里,她安安静静地带上门,甚至临走时还帮岩寓铺好被子,但是她没有说"我明天再来。"

我以为这件事不过是个小插曲,降初没过几天还会再次过来,所以并不放在心上。

杂志社规定了参赛画稿的交稿日期,并没有讲具体什么时候送过去,为了以防万一,一大早我就带岩寓到杂志社门口等着。

赵飞也来了,骑着他的山地自行车远远地朝我招手。

岩寓亲热地喊他:"赵叔叔,这边!"

"你这些天忙什么呢?怎么连个电话也不打。"赵飞推着车过来,我劈口问他。

"还能忙什么,不就是杂志社那些事儿嘛!"赵飞无奈地说,我看他面容憔悴,似乎一夜没睡的样子,想来是真的很忙。

"现在忙完了?"我问。

赵飞摇摇头,眼睛眯着睁不开:"还没呢,这不是今天岩寓来教画稿,我特地过来看看,别出什么差错。"

他这么看重岩寓这次比赛啊!我心里有点异样的情绪。"我还以为只有降初的事情能让你如此伤神呢!"我说,语气有点儿揶揄。

赵飞笑着伸手拍拍我的肩膀,说:"怎么?我对冉冉的事情上心一点儿还不好吗?"

我定定地看着他，想看出他的心中所想，但他的眼神中除了疲惫什么都没有，也许是工作的疲惫，也许是感情的疲惫，也许两者都有。

见我没有接话，赵飞摇摇头，无奈道："我只是觉得对冉冉心中有愧，想弥补她，于情于理岩寓的事情我也要更上心一点儿。"

"你最近接送岩寓见到冉冉了吗？"我问。

"没有。"赵飞摇摇头，他说，"如果见到了，向冉冉道个歉，和冉冉讲明白，也许我也不用背负这么大的负担了。"

"你把冉冉对你的感情和冉冉的失意当做是负担？"我声音蓦然抬高质问他。

赵飞不明所以地看向我，说："她对我的感情让我心中有愧，现在又因为我让她伤心，差点儿连自己的梦想都不管不顾，我心中要背负多少愧疚！"

"那你也不能把这些当做是你的负担！"我情绪有点儿失控，我为冉冉抱不平。

"李峰，你误会我的意思了，我说这种情绪是负担正是因为我心中的愧疚太深，并没有怪冉冉的意思，相反她喜欢我我还觉得荣幸，但是我并不能控制自己去喜欢谁，所以我喜欢降初，也心疼冉冉。"赵飞说。

赵飞的话让我觉得自己是在无理取闹，赵飞是如此，我又何尝不是呢！我喜欢冉冉，也心疼降初，但是降初对我的情谊和照顾悉数转作负担和烦躁狠狠地压在我的身上，所以我昨晚才对降初说了那样的话。

想到昨天降初委屈的神情，我想，我还不如赵飞。

赵飞对冉冉的中伤是无意的，也是无法避免的，而我，却仅仅是因为心中的烦躁就驱赶降初。降初应该很伤心吧！

"对了，今天我就不去送岩寓了，你等会儿递完稿件把岩寓送到学校去吧！"赵飞说。

"你有事？"我诧异地问他，不过我并不在意，只是习惯性地问问。

"我等会儿要去找降初，前些日子忙着摄影比赛的事儿已经好几天没见到降初了，也不知道赖旭恢复得怎么样了！"赵飞说。

我想起降初昨天安静离开时落寞又坚强的背影，有些动容，对赵飞说："那要是见到降初，代我向她道个歉吧，就说我昨天的话重了。"

"你昨天说什么了？"赵飞疑惑地问我，"降初不高兴了？"

我不想和他多说，淡淡道："有点儿吧！"

赵飞看我不想多说，也不再问我，他着急着去给赖旭买些日用品就先走了。

画稿递上去，评委评审的结果要半个月后才能出来，虽然还不知道结果，但是总算比赛这件事基本上画上了句号。我想我有了去见冉冉的借口。吃了午饭我就带着岩寓回学校。

刚到学校门口，卓玛看到我们，欢喜地迎了出来。

"回来了，吃过饭没有？"卓玛问。

"吃过了。"我说。卓玛说的是"回来了"，她的"回来"是说给岩寓的，不是我，我心想。

岩寓高兴地牵住卓玛的手，口中叫着"卓玛大娘"。卓玛拥着他，热情地问我："怎么好久都没见你过来了，对了，今天小赵怎么没来？"

卓玛朝门口探头，似乎在搜寻赵飞的身影，她总是亲热地叫我们"小赵"、"小李"，好像是反复地告诉自己年纪大了，借以打击自己执拗地认为自己仍然年轻的思想。这样的纠结矛盾让我看到热心善良的卓玛勇于追求却又不得不向命运低头的无奈。

当然，卓玛的无奈是源自学校，她希望自己可以继续撑起这所小学，但是现实的坎坷让她无可奈何，只能勉强硬撑着。

"赵飞有事情今天就不过来了。"我说。

"这样啊！"卓玛神色有些失望，一边絮絮地对我说："赵飞可真是个好孩子，这一个月来每天早接晚送的一次都没错过，有几次我看他眼框都是黑的，一定是累的了！"

"是啊，赵飞最近是挺累的。"我接着她的话说道，向卓玛解释赵飞不能来的理由，虽然我明知道卓玛并不会介意赵飞能不能过来，但是我认真的态度就好像面前站着的人不是卓玛而是冉冉一样。

"冉冉呢？"我问卓玛，我有些紧张，但是不是之前那种怀春小伙子即将看到暗恋情人那样的紧张雀跃，现在这种感觉就像是仅仅为了紧张而紧张，没有动机没有活力。

"冉冉还在上课，先进来说吧，我去叫冉冉过来。"卓玛说。

岩寓早就一溜烟跑回课堂想是像冉冉汇报去了。

"她在上课，我等会儿吧。"我跟着卓玛到她的办公室。墙角的炉子被挪到屋子中间，烟囱也架了起来，炉子上坐着一个水壶，壶嘴嗤嗤向外冒热气。

我走过去摸摸烟囱壁，说道："天确实越来越冷了，教室里点炉子了吗？"

"没有，在教室里生炉子害怕看管不好出什么危险，天要是凉了孩子们下课的时候就过来烤烤火，或者在院子里生一堆火聚着取暖。"卓玛说。

我沉思着不说话，卓玛突然叹口气。

"唉！"我以为她是在感慨学校的艰苦环境。

"慢慢就会好的，到时候搬了教舍，教室里装上空调，孩子们就不会冷了。"我说，说得我自己都没有底气，因为这边的条件就连我的单位里还没有装上空调。

不过也就是说说哄卓玛开心而已，虽然希冀，却谁都不会当真。

无意间抬头，看到卓玛定定地看着我，神色哀伤杂乱。我尴尬地笑笑，试图缓解气氛。

"我脸上有花吗？"我笑。

"唉！"卓玛低下头去，叹道，"你们几个，真是孽缘啊！"

"什么孽缘？"我不明所以。

卓玛没有回答我，她起身走到门边夹起一块煤走过来，说道："小赵这么些天过来，冉冉都不见他。"

"嗯，这个我知道。"我说，我想等她后面会说什么。

"我不知道你们之间是怎么回事，不过我也隐隐看得出来，之前我跟你说冉冉想着一个人，那个人就是小赵吧？"卓玛问我。

"嗯。"我点点头。

"冉冉是个倔强的孩子啊！"卓玛又叹道。

我懂她的意思，是的，冉冉倔强，所以不愿再面对不喜欢自己的赵飞。那么，她会更不愿面对喜欢她的我。

"私心里我是希望你们能和解的。"卓玛说。

我也希望，但是解开这把锁的钥匙并不在我身上。

冉冉没有见我，卓玛回来告诉我，冉冉说谢谢这次我和赵飞对岩寓比赛的帮助。

我告别卓玛，踩着和赵飞一样失落的步子走出学校，他的脚步下压的是愧疚，我的脚步下压的是伤感。

相见不如怀念。

从学校出来后,我孤寂地走在乡间小路上,冷风吹得衣衫猎猎作响。身后是一望无际的田野,秋风迎面吹过我看不见前路。

我站在天地间仿佛是被世人遗弃的独行者。

宿舍门口站着一个人,正在扒着门上的窗口向里张望。是降初吗?以往每次我从冉冉那里回来总是凑巧地会遇到降初,我快步走过去想跟降初打个招呼,我那天说话的语气重了,也该给她道歉。

"洛桑泽仁?"我诧异道。

洛桑泽仁听到我叫他,转过头来,咧嘴一笑:"我还说你去哪儿了呢!"

见不是降初我有点儿惋惜,不过立刻就被见到洛桑泽仁的兴奋感冲没了。

"任务完了?"我问洛桑泽仁,"自从你上次走了也没个消息,我以为你还要在外面待很久。"

"今天刚回来,来和你说一声。看你不在,原来是出去了。"洛桑泽仁笑道。

"我去了冉冉学校,也是刚回来。"我拿钥匙开门。

"对了,我走得仓促,也没问你,赖旭的伤怎么样了?记得我走的时候他刚出院吧。"洛桑泽仁问我。

"恢复得挺好,不过到底是骨折,估计还得养些日子。"我说。

"那倒是,而且赖旭还那么小,也苦了降初。"洛桑泽仁感叹道。

"喝水不喝?"我问洛桑泽仁,说着就去桌子上找茶叶桶,但是找了半天没找到,这些东西平时都是降初收拾的。

洛桑泽仁看我忙活着到处翻找,笑道:"别找了,我不喝,等会儿咱们一起去吃饭。"

我点点头,但还是给他倒了一杯白水放着。

"对了,说到降初,她现在怎么样?要照顾赖旭没时间过来了吧!"洛桑泽仁问我。

刚才那一瞬间的惋惜又涌上心头,变成失落。

"降初还是经常过来,前段时间冉冉学校里的一个孩子到这边来学画画,降初常过来做饭。"我说。我把降初来这里的原因尽数归结到岩寓身上。

洛桑泽仁了然一笑:"她那哪儿是来给孩子做饭,是冲着你来的,你也别不承认。"

听他这么说我有点儿欣喜，有点儿失落，有点儿烦躁。

"怎么？你还是觉得降初就像妹妹？"洛桑泽仁逗我。

我轻轻点点头，点得很吃力。

洛桑泽仁摆摆手："算了，你爱怎么想就怎么想吧！走吧，先吃饭去！"

我全身乏力地站起身，洛桑泽仁热络地和我商量着吃什么。突然"砰"的一声门被撞开。

"赵飞？"

赵飞两手撑着门框大口喘着粗气，想来是一路疾跑过来的。赵飞眼睛亮得吓人，我直觉就是降初出事了，除了降初还有什么人能让泰山崩于前都能面不改色的赵飞急成这个样子！

"李峰你对降初说了什么？"赵飞厉声质问我。

"嗯？"我一下子反应不过来。

"降初她失踪了，我今天找了一天都没找到她！就像凭空消失了一样！"赵飞着急地说道。

降初失踪了？我定定神，让自己不要胡思乱想。

"你先冷静一下，赵飞，也许降初只是去哪里了你不知道。"我说。

"去哪里？我问了她邻居，邻居说昨天晚上降初哭着回来，第二天一大早就走了，你昨天到底跟她说了什么？"赵飞急。

"那赖旭呢？"洛桑泽仁也着急地问道。

"赖旭还伤着，降初一定是带着赖旭走的。"赵飞说。

洛桑泽仁想了一下，问赵飞："有没有可能在赖旭学校呢？"

"我去过学校问了，学校老师也说不上来，赖旭受伤时已经请了长假，到现在还没有来过。"赵飞急得说话都有些变音。

赵飞突然上前拉住我的衣领，怒道："你告诉我，你到底跟她说了什么！"

洛桑泽仁赶紧拉住赵飞的手，劝说道："赵飞你先别急，这个时候找降初要紧，你们再怎么争吵也无济于事啊！"

降初走了……我想起来，我昨天说："你走吧。""你离开这里。""你什么都不做我就高兴了。""我喜欢冉冉，很喜欢，比任何人都喜欢……"

面对有些抓狂的赵飞，我无言以对，赵飞他有资格知道来龙去脉，我想。

"我告诉降初我喜欢冉冉……"我轻声说。

"你说什么?"赵飞惊讶地抬起眼看着我。

"我说……降初已经知道我喜欢冉冉……"

"你!"赵飞手掌高扬,他想打我,被洛桑泽仁慌忙抱住。

"你明知道降初喜欢你!因为她喜欢你,我就放任让她去找你,去照顾关心你,因为我在慢慢等,等降初愿意回头看我的时候!"赵飞有些歇斯底里,"而你呢!你就不能装作不知道她的情意吗?你为什么要拒绝她?你明知道降初那么腼腆那么敏感,她怎么能承受你的拒绝!"

我掩面蹲下身子,听着赵飞对我的控诉。就像那日我控诉赵飞时一样,其实,我比他还不如。

"你不是一直把她当妹妹吗?你就不能继续当下去!"赵飞的声音带着哀求,带着对已发生的事情的无可奈何。

他不知道,我正是因为无法再无视降初的关心,无法再像以前一样把降初完全当妹妹看,这才引起了我的烦躁,引起了我对冉冉感情的质疑,所以我想逃避。

我以为我全心全意爱着冉冉,尽管冉冉不爱我。

我以为我只是为了冉冉而留在川藏,也以为会为了她离开。

可是我没有,我没有啊!

我无法承受心里对自己的谴责,所以我选择了伤害降初……我伤害了降初……

赵飞走了!就像他风风火火地来一样又风风火火地走了!

洛桑泽仁把我从地上拉起来,不知什么时候我已经泪流满面。

"我也去找找降初,在新龙县我比你们熟悉一点,你在这里待着,好好休息休息,别胡思乱想了!"洛桑泽仁说。

我想,洛桑泽仁是理解我的,他能明白我一边生死不渝地爱着冉冉一边却又对降初不知所措。所以他才劝我放弃冉冉吗?愈是求不得愈是想求,愈是在身边的反而弃之如敝履。

洛桑泽仁走了,我在床上坐着,静静地看着自己的脚面。

降初她会去哪里呢?她会不会出什么事情?她一个人带着赖旭又怎么出门?我心里乱成一团。

起身披上衣服出门,虽然赵飞这样说,但不去找过我不放心。

等坐车到降初的村子时天色将暗，秋风吹得落叶簌簌。

站在村外，脚踩着石子路，我想起第一次见降初的那天，也是踏上这片石子路，对面的村子在滂沱的大雨中若隐若现。今天秋高气爽，虽然是傍晚，但是村子却真真切切、清清楚楚地展现在我的面前。

一栋栋藏式小楼矗立在那里，像是在执着地等待着什么，千万年不变地等待。

那日我跌跌撞撞地摔进降初的小楼，我还能感觉到那日冰冷的雨水打在身上的感觉。我站在高处，眺望远处的小楼。初降的夜幕里它依然清新淡雅，楼上彩带飞扬，一如往日的美丽祥和。我仿佛看到降初亭亭立于二楼的窗台前，漫天的蝴蝶纷飞，美丽异常。

我不相信降初走了，是的，我不相信。

缓缓地走近小楼，就像在等待即将宣布的审判。

小楼里安安静静的，我敲敲门，一下两下，到后来敲槌踢打都用了上，可是没有人应。踌躇了一会儿，无奈只能去敲邻家的门。

开门的是一位藏族大妈，两鬓的白发，一直听降初讲邻居的大娘帮她带赖旭，但是还没有见过。

"大妈，打扰您了，我想问问降初去了哪里？"我说，像个做错事的小孩。

"什么？"大妈声音很大，一手放在耳后，侧耳对着我，她似乎耳朵不好。

"我说，我找降初！"我大声喊道。

"哦！"大妈恍然大悟地点点头，继续大声说道，"降初啊，她走了！"

"去了哪里？"我说。

"不知道啊！一大早就走了，带着孩子走的。你找她做什么？"

"没事，我是她的朋友，看她不见了有点儿担心。"我说。

"你说什么？"大妈又有点儿听不清楚了。

我还想再问，但是看大妈的样子估计问不出什么，只能作罢。

"我走了，谢谢你，大妈！"我大声说道。

"嗯，走吧，走吧，奇怪，今天已经是第三个人来找降初了，降初这个姑娘是干吗去了呢，唉！"大妈喃喃自语，边说边摇头，好像对我们的行为很费解。

身后的门"嘎吱"关上了，也关上了我的希望。第三个人，那么其他两个一定是赵飞和洛桑泽仁了。

夜幕彻底降下，周围的景物变得迷蒙，今夜的月光惨淡，我的心情也一样惨淡。

远方山峦伏卧于黑暗中，仅仅山顶上白皑皑的积雪在月光下隐隐闪烁，将山峦的轮廓勾勒出来，透着威严、雄伟。白日里的山峰柔顺清丽得令人着迷，晚上却是这般的富有威势，给人压力。

我想到柔顺的降初，腼腆害羞的降初，原来，我们都忘了，降初她是藏族女孩，她有她的骄傲，有她的尊严，就如这远处的山峰般。

回到宿舍没有降初，我有点儿失落，但是更多的是对降初的担心，还有对赵飞的愧疚，对冉冉……的牵挂。

一路走到现在，我开始彷徨，最初时我追随冉冉却捉摸不了冉冉的思想；后来，我想成全冉冉和赵飞，我又捉摸不了赵飞的思想；后来的后来，面对默默无声的降初，我又捉摸不了降初的思想……

现在，我捉摸不了自己的思想。

我一次又一次地踏进那个村子，马场学校都被我跑遍了，同时我也知道，赵飞也跑遍了这些地方。他跑的只会比我多，不会比我少。因为每次我去的时候，总会有个人摇着头感慨："唉，这是第三个人来找降初了呢！"

洛桑泽仁也在尽心用他自己的力量在寻找，但是依旧一无所获。

又一次失望地从村子回来，降初是真的消失了，我可能再也见不到她了，我想。

"小伙子！"身侧熟悉的声音叫住我。

"嗯？"

"小伙子，不认识我了？你们来我店里买过书的，你和降初。"她说。

是啊，是文具店的老板娘，我和降初到她店里买过书，后来她还送降初几件小孩子衣服，降初还过来给她送回礼，送回礼的那天我刚好病着……那天冉冉刚过完生日，我吹了一夜的冷风……

我不能再想了，可是我越是不愿去想，脑中浮现的影像越是清晰，降初、冉冉不断地闯入我的脑中。

"小伙子，怎么看你这么失魂落魄的样子，这是去哪了儿？"老板娘好笑地看着我。

我不知道自己现在是个什么样子，原来现在六神无主什么都不愿想又什么都往脑子里涌，但是却什么也抓不住的状态就是失魂落魄。

我尽量让自己表现得正常一些，我咧开嘴角朝老板娘笑笑："没事，我就是走路走累了，最近生意好吗？有没有接儿子过来一起住？"

"生意还是那样，一天好一天坏的，不过也都习惯了，儿子还在姥姥家，不过已经打算明年开春把孩子接过来了。"老板娘笑着说，她笑得很幸福，好像马上就能见到儿子一样。

有期待也是好事儿，我想。只是我现在的期待又是什么呢？

"降初呢？她还好吗？"老板娘问我。

我无言以对，老板娘的笑容让我想起那日降初开怀地笑着和老板娘聊天。我记得那天之所以陪降初逛街是因为还降初的人情，那天降初很害羞，但是也很开心。而我，似乎是带着对冉冉的患得患失走了一天。

"降初她……还好！"我这么说着。

"那你可要告诉她让她没事常来坐坐，我挺想她的。"老板娘说。

想吗？我就不敢想……

我想念冉冉，但我不敢想念降初……

初冬的雪飘飘扬扬落下，雪花细腻、嫩白，将整个天地都蒙在一片白雾中。降初还是没有回来，那栋小楼在漫天雪花的笼罩下愈发孤寂荒凉，其实小楼还是小楼，并没有任何实质性的变化，只是没有了住着小楼的人。

老刘打电话过来，我正站在村口的那处高地上，如我第一次来时，也如降初走后我再来时一般，同一个地方，看的同一处景物。

"李峰，告诉你一个好消息！"老刘说，老刘的声音很兴奋很激动。

"什么消息？"我有点淡淡的。

"绘画比赛结果出来了，岩寓拿了二等奖。"老刘说。

岩寓，啊！我竟然把比赛这个事情抛到脑后去了！

"是嘛！谢谢你，老刘。"我高兴地说。

我要赶快把这个消息告诉冉冉，告诉卓玛，我想。

"赵飞他，最近怎么样？"我终于还是忍不住问老刘。

"赵飞他忙啊，忙得跟个陀螺似的，还是个上了马达的陀螺，忙得昏天黑地的。上班的时候上班，不上班的时候听说他在找什么人，一有工夫就往山里跑！"老刘说。

"是吗？那他找到了吗？"我轻声问。

"哪有这么容易，要是找到了他还能这么忙嘛！也不知道是什么人，让他这么上心，跟找闺女似的。"老刘感慨。

老刘是北京总社调来的，说话和赵飞一样洒脱不羁，也怪不得俩人处得关系好，我想。

"怎么这么久了没见你来杂志社呀！也没听赵飞提起你，没事常来玩，下次来的时候把岩寓也带来吧，我想长期辅导他的绘画。"老刘说。

我满口答应着，心里却想着另外一件事儿。

赵飞整日整夜地忙着，无非是两个原因，一来转移感情方面的注意力，二来，他一定是真的爱这份工作了，如果不爱，他又怎会找降初的同时还不耽误上班？

自从上次赵飞闯入宿舍之后我们再也没有联系过，虽然我们两个都常常出现在小楼前，可也许是天意，也许是人为，我们一次也没有撞见过。

我想，如果降初不回来，或许，我们的友情就自此结束了。

挂了老刘的电话，雪还在下，身后踩得脚印尽数被新的雪盖上，抹掉了我到来的痕迹。

刚想给卓玛打电话告诉卓玛岩寓的好成绩，她的电话就打了过来。

"小李，怎么这么久没见你和赵飞过来？"卓玛问我。

我不知该如何回答，难道让我说降初失踪了，还是我和赵飞决裂了，还是冉冉不愿见我……

原来卓玛只是问问，并不需要我回答。

"冉冉决定不走了。"卓玛说。

"嗯，那太好了！"我说，听到卓玛这句确认的话我心里轻松，却不再雀跃。

"卓玛，绘画比赛结果出来了。"我说，"岩寓得了二等奖。"

"是吗？真的？"卓玛很高兴，我能想象到她在电话那头高兴地从椅子上站起来，脸上乐得开花的样子，往往这种时候的卓玛是神采飞扬的。

"是的，我刚接到的通知，老刘还说想要继续教岩寓画画。"我说。

还记得岩寓的画稿名字叫《我的老师》，老刘说："岩寓的画工虽然差点儿，但是立意深刻，情感真挚动人，真正的好画都是将精神力体现出来，岩寓做到了。"

冉冉还不知道作品是什么，如果她看到一定会高兴的，我想。

"我现在就去告诉冉冉。"卓玛兴奋地说。

我说："嗯。"声音轻轻的，很轻，就好像雪花飘落在地上的声音。

"小李，"卓玛叫我，感慨地对我说，"我知道你挂念冉冉，冉冉她现在很好，她说她想通了，她要永远留在川藏，留在孩子们的身边……有孩子们的陪伴她很幸福。"卓玛说。

"嗯。"我又应了一声，这次稍稍有了些力气。

望着对面辽阔无垠的雪地，还有远处天际高耸入云的雪峰，我突然想走近些看看，看看那山峰是不是真如远看这般壮观迷人。

我想找人同去，可是我好像已经没有了朋友。

不，不是！我还有洛桑泽仁。

洛桑泽仁说："李峰，冬天上雪峰很危险！"

"我想去看看。"我说。

"那上面有你想要的答案？"

"或许吧！"

"那我陪你去！"洛桑泽仁说，语气义不容辞。

落日雪峰，垂阳晚照，晕黄了半边天，我和洛桑泽仁站在晚霞里眺望这雄伟壮阔又庄严神秘的山峦。

"洛桑泽仁，我错了吗？"我喃喃地说着。

"什么错了？"洛桑泽仁拄着登山镐向前走两步，同我站在同一条直线上。

"我来川藏错了吗？"

洛桑泽仁侧脸看着我，轻笑一声问道："你觉得呢？"

我望着高处，山峦起伏。"我为了冉冉而来，现在这个理由不成立了。"我说。

洛桑泽仁没有理我，我继续说道："赵飞留在这里为了降初，现在……这个原因也不存在了。"

"那么你对降初呢？"洛桑泽仁问我。

"我也不知道。"我不想再因为这些心烦了，所以我坦诚地摇摇头。

休息好了我们继续往上攀爬。

"赵飞现在过得很好。"我说，"他上班，找降初，唯一不好的只怕是再没时间出去玩了吧。"我说着,又觉得自己竟然还能开玩笑,垂下头继续攀爬。

"冉冉也很好,她做着自己最喜欢又最想做的事。"我说。

"降初也会很好的。"洛桑泽仁接着我的话说道。

"会吗?"我自言自语。

洛桑泽仁肯定地说:"会的,因为她是坚强的藏族女孩,这么多年她都一个人带着孩子过来了,以后她也会过去的。"

我点点头。

"那么你呢?好不好?"洛桑泽仁问我。

我又摇摇头,这次没有再说话。

冲破重重波折阻碍,终于爬上一边的小山峰上,再往上就不能攀爬了。

四周云雾飘渺缭绕,地平线朝阳初升,刹时半边的云雾皆被染成粉红色,由粉红到橙红到鹅黄又转向亮白、灰白过渡。

踩着脚下巍峨的高峰,体会着环绕着自己的袅袅云烟,周身冷意沁骨,却从朝阳初升的方向开始蓦然升起一丝暖意来。

我想象着自己的父亲站在这片土地的心情,上一次看日出时,是冉冉生日的那天晚上,那天我虽伤痕累累,但仍然不明白父亲待在这里的缘故;而现在,我失去了最好的朋友,也失去了恋人,却在这时候有些明白父亲当时的心情了。

对洛桑泽仁,是亦师亦友的感情,洛桑泽仁一直在身旁陪我,没有多说一句话。

又在迷迷蒙蒙进入了腊月,天气冷得厉害,这天下班,穿着棉袄缩着膀子在街上游晃,遇到在路边买菜的老刘。

"老刘。"我叫住他。

"哟!李峰,可是好久没见了,最近怎么样,忙什么呢?"老刘热切地问我。

我笑笑:"没什么,无非是单位里的一些事情,你这是?今天不上班吗?"

"今儿休假。"老刘举举手中的干菜包笑道:"这不是要过年了嘛,来置办点年货。"

是了,都要过年了,我都快把日子过忘了。

"诶？你去看过岩寓没有？这个孩子最近进步很大。"老刘看向我。

我心中一动，诧异道："岩寓还去你那儿学画吗，最近？"

"是啊！你不知道吗？"老刘问我。

我摇摇头。

"呵呵，我以为你知道呢！你们不是常在一起吗？"老刘问我。

"没有。岩寓最近还学吗？"我问。

老刘摆摆手："这不是要过年嘛，就放松让他回学校了。"

"那……之前学的时候是谁接送他的？"我问。难道赵飞和冉冉联系了？

"哦，你说这个呀，是他的老师亲自送来接走的。"他说。

"老师？冉冉？"

"嗯，好像是叫这个名字，怎么了？"

"那她有没有碰到赵飞？"我迟疑地问老刘。

"那估计不会吧，赵飞这些天进山去了，已经快一个月没回来了。"他说。

"进山？大冬天的进山？不要命了吗？"我惊讶地问。

老刘叹口气，说道："野外摄影赵飞擅长，而且这次他执意要进山取景，拦都拦不住。"

我有点儿担心赵飞，我问："他进山后跟你们常联系吗？"

"进山前还联系，进山后电话收不到信号，已经近一个多星期没有和我们取得联系了。"老刘说。

糟糕！赵飞会不会……

老刘看我紧张的神色，赶紧安抚我说："怎么，他没跟你联系吗？不过你也不要太担心了，赵飞经常独自一个人跑到山里面取景，在那里他甚至比在外面还熟悉。"

我怎么能不担心，他再熟悉也不过是寻常人一个，他能辨别方向，但他能躲过猛兽的攻击吗？

不自禁想到赵飞说他进山遇到群狼的情况，那时候若不是有降初，只怕就早没了赵飞这个人了，可是现在已经没有降初会在他危险的时候去救他了。

"继续联系联系他吧，马上要过年了，这次他回来就别让他再去了吧！"

我说。

"估计就要回来了。"老刘说。

"那就好。"我微微松一口气,"对了,冉冉,就是岩寓的老师,你见过她,她看起来怎么样?气色好吗?精神好吗?"

老刘很诧异地看着我:"怎么你们都没有联系吗?她看起来挺好的,上次见我还说让她不要穿那么单薄,高原的冬天不是好过的。"

老刘说着紧了紧衣襟,仿佛这样就能把寒意趋开一样。

"她穿得单薄?"我满是担心,对冉冉,对赵飞,"这样的天穿得少可不行。"

我已经不知道我对冉冉和赵飞是什么样的感情了,我只是担心他们,很单纯的担心,有人说时间可以磨灭一切不好的记忆,似乎经过时间的沉淀,现在脑中剩下的,没有了纠葛,只剩下牵绊,没有了彼此的伤害和失意,只剩下关心和美好。

但是我又不知道该如何结束现在对峙的状况,因为降初还没有找到,也不知道降初现在过得怎么样,带着孩子辛不辛苦。满心烦乱的思绪让我无法集中精力,告别老刘,我自己一个人在冰封的街上孤独行走。

年关将近,单位放了大半个月的假期让回家过年,我不想回家,整日的无所事事,洛桑泽仁看我实在是闲得无聊,就让我到他家过年,我婉拒了。

一到该过年的时候街上总是清净许多,只有寥寥数人在街上游动,似乎脚下踩了滑轮往前飞奔,我知道他们也是赶着去置办年货的,小城镇不比大城市,现在这个时候若是再不买恐怕过几日就没得买了。

每家店铺里都是人挤人,而且还得排队才能买东西,怕东西告罄,我也赶快过去排队,刚巧路过那家文具店。

"小伙子!"老板娘喜笑颜开地叫我。

"咦?怎么,大过年的还不休息两天?"我笑着说。

"不了,也没什么事,休息做什么。"老板毫不在意地说。说完又看着我,笑道:"我儿子接过来了。"

"是吗?"我诧异,"不是说要等到明年开春吗?"

"本来是要等明年的,不过他爸爸想让孩子过来过个年,我们就把他接来了。"老板娘说,脸上晕起两片幸福的表情。

我跟着老板娘去了文具店，老板的儿子白白胖胖的很是可爱，我忍不住上前捏他的小脸逗他。

看到老板的儿子我想到赖旭，想到岩寓，想到学校的那些孩子们。

老板一家其乐融融的样子让我动容，我想冉冉，想降初，想赵飞……一切都该过去了，我想。

出了文具店我立刻去街上置办年货，干菜、水果、肉类，一样一样地买。想到老刘的话，我又去给冉冉和卓玛一人挑了一件棉衣。

单位人都走完了，就剩下我和看门的老大爷，老大爷是本地人，白天锁门在家过节，晚上过来值夜。

二十九那天洛桑泽仁打过电话再次请我到他们家过年，他说要开车过来接我。洛桑泽仁不容回绝的语气让我心中一暖。我告诉他，我想到学校去……不得不承认，那里确实是我的牵挂。洛桑泽仁没有再说什么，只让我路上小心。

第二天是大年三十，我起了一大早，没有提前给冉冉打电话告知我今天要去，我害怕被冉冉拒绝，我宁愿直接过去，即便冉冉仍是不见我，至少我可以把东西留下。

踩着蓬松的雪一步步走在路上，学校的旧楼就在眼前，我没了心中的烦躁，纠结，只剩下平静和思念。

楼前的空地正中斜斜立着一个肥胖的雪人，红辣椒做的眼睛，胡萝卜的鼻子。冷风拂过，从雪人身上吹下一片散乱的雪花。

教室里空空荡荡的没有人在，我在门前立了一会儿深深吸一口气径自走向后院。果不其然，还没拐过楼脚就听到孩子们欢乐的嬉闹声，还有偶尔炸起的"噼噼啪啪"的鞭炮声。

"李叔叔——"一个扎着羊角辫的小丫头先看到我，丢下手中的小铲子就向我跑过来，随着她的跳动，头顶上扎的粉红色蝴蝶结也跟着一跳一跳，像是只活泼的小兔，我记得她和岩寓关系很好，叫莲丫头。

我手里提着许多东西，不能把她抱起来，就蹲下身轻轻拥住她。岩寓也跑了过来，他可不管那么多，欢叫着直接一下子跳到我的背上紧紧搂住我的脖子。

孩子们嘻嘻闹闹地跑进屋给冉冉和卓玛报信，几乎是立刻，冉冉就从屋子中跑出来，身后跟着卓玛。

冉冉穿着一件雪白的羽绒服，跑过来时长靴带起的雪花迷人眼。冉冉瞪大了眼睛看着我，眼中带着不可置信。

看到冉冉，我笑了，如释重负地笑了，她终于还是见我了！

卓玛跌跌撞撞地跑过来拉起我，帮我掸掸身上的雪花。"来了。"她说，语气自然平和得好像说了千次万次。

冉冉笑着走过来，说："最近好吗？"

"好。"我说。

"快进屋，快进屋，别都在外面站着了，怪冷的。"卓玛说。

卓玛和冉冉正在包饺子，我把置办的年货放下，洗手想去帮忙。

"你别忙了，就坐着就行。"卓玛笑着阻止我。

"卓玛你就让我帮点儿忙吧，不然我以为……你们不欢迎我。"我轻声说。

"怎么会呢！冉冉嘴里虽然不说，但是心里还是想念你们的。"卓玛说。

我看向冉冉，冉冉低着头擀面皮，面皮飞旋出一朵花。

"卓玛你就让他帮吧，不然以他的老实性子一定会坐立不安。"冉冉笑着说。

冉冉的语气让我觉得像是回到当年我们在学校的时候，自在，平静。

卓玛笑笑，宠溺地说："你们呀，算了，我也不跟你客套了，那就过来擀面皮，让冉冉来包，这样更快些。"

"嗡嗡！嘎吱！"

"嗯？什么声音？"卓玛疑惑，院子里的孩子们又一次呼喊着向前院跑去。

"老师，老师你看谁来了！"岩寓欢快地跑进屋，一边跑一边叫喊。

我们纳闷地抬头看向门外，一个潇洒不羁的身影慢慢踱进来，脸上挂着开怀的笑意。

"赵飞！"我和冉冉同时惊讶地叫道。

"哈哈！怎么都聚在这儿也没人通知我一声！"赵飞说着就大步走进来。

"你不是进山了吗？什么时候回来的？"我问他。

赵飞撇撇嘴："都过年了，我当然要回来呀，难倒让我跟一群野狼过年不成？"

我看他没事，这才彻底安心。

"进山做什么？怎么又去了，大冬天的多危险！"冉冉责备他。

"没事，我这不是安全回来了嘛！"赵飞爽朗地笑道。

我想问问他有没有找到降初，但是张了张嘴还是忍下来了，我怕一问出来会破坏我们三人难得的祥和气氛。而且，看他的样子，八成是没有找到。

又一次站在降初的小楼前，冬日里小楼孤零零地矗在那里，寂寥，荒凉。

冉冉静静地凝望着小楼，带着万籁俱寂后的沉静，不禁让我想起上次冉冉从这里跑走时的慌乱和绝望。

"冉冉？"我试探着叫她，她不说话的样子让我很不安。

冉冉没有理我，她突然扭过头看着身后神情悠远的赵飞，说："赵飞，我喜欢你！"

赵飞收回思绪，把视线挪到面前的冉冉身上，愣愣地看着冉冉。

冉冉笑了，笑得很高兴。她说："我就是想亲口告诉你，不需要你的答案。"

我别过脸不看冉冉，这一刻我明白了，原来我们都很软弱，软弱到等失去的时候才去表达自己的心情。

我们又都太坚强，坚强得明明知道得不到却偏偏执拗地想让对方知道，开始是我，后来是赵飞，还有冉冉，也包括降初……

感情走到这一步我们都不知道该如何收场，所以我们默契地选择了珍藏。

春节过后，又一季的新同事加入。开始上班的前两天，我们这些"老"同事的主要工作就是安排新同事住宿和熟悉工作环境。

隔壁的隔壁搬来一个叫权毅的大男孩，洛桑泽仁交代我带着他，就像当初洛桑泽仁带我一样。

"我叫李峰。"我对他说。

"嗯，我叫权毅，以后还请多多指教。"他说。

我笑了，说："都是同事，不过是我比你早来了些时间，没什么指教不指教的。"

他挠挠头，不好意思地说："我是不知道该怎么打招呼，看电视上同事们第一次见面不都是这样说嘛！"

说他是个大男孩确实很贴切，权毅上学早，不到二十岁就大学毕业，今年过完年才刚刚二十，也许是年纪的关系，他有着孩童的纯真和好奇。

"你是哪里人？"我问他。

"我是北京的。"他说。

又是北京的，赵飞是，格子衬衫是，杂志社的老刘是，权毅也是。

提起北京他有点儿伤感，"我是第一次离家这么远，有点儿不习惯。"他说。说着就险些掉下泪来。

我拍拍他的肩膀，像一个哥哥安慰弟弟那样。

"刚开始你会有点儿不习惯，要是实在想家了，我一个朋友也是北京人，什么时候我让他来，你们好好聊聊。"我说。我想独身在异地能有个家乡的人说说话总是好的。

"你真好。"权毅笑得很灿烂。

我想起刚到川藏时困惑的我也是承蒙洛桑泽仁的百般关照，洛桑泽仁关心我的生活，关心我的心情。

"你为什么会来这里呢？"权毅问我，问了一个和格子衬衫同样的问题。

我靠坐在他宿舍的床上，看着搬个小板凳坐在床边的他，轻松地笑道："为了一个女孩，我暗恋八年的女孩。"

此时说这件事就好像在表达一种心情，很轻松，再没有在火车上对格子衬衫叙述这段感情时的沉重和不安。

"哇！这么痴情！"他露出惊讶又猎奇的表情，眉毛抬得高高的，我的心情也随着他的眉毛高涨。

"现在呢，现在呢？你们在一起了吧！什么时候让我见见嫂子！"他夸张地推着我的胳膊急切地问我。

我轻笑他的可爱直率。"我们没有在一起。"我说。

"为什么？"他很困惑，在他的世界里，爱情还是停留在影视作品中只要爱得惊天地泣鬼神，最后一定会皆大欢喜的戏码。

"你不是喜欢她八年嘛，她总会有点感觉的吧？有了感觉不就可以在一起了？"他问我。

我笑着翻翻他床头放着的电影海报，说："她喜欢别的人，也喜欢了很久。"

"啊！"权毅很惋惜，咂咂舌头，"那不是悲剧了，那她喜欢的那个人也喜欢她吗？"

我轻笑，逗他说："你不是问我为什么来川藏嘛！我告诉你了，现在该你告诉我你为什么来了！"

"诶？你就告诉我吧，故事讲到一半很吊人胃口！"他不满地斜睨着我。

我无奈地笑笑，只能给他讲下去满足他的好奇心。"她喜欢的那个人却喜欢另一个女孩。"我说。

"啊？"权毅张大了嘴巴，这次眉毛又撇成"八"字形，他的表情动作很丰富，总是能把心情直白地表现在脸上，或者说他的心思过于单纯，单纯得总是被面部表情轻而易举地透露出来。

"很奇怪吗？"我逗他。

"当然奇怪，这样的A喜欢B，B喜欢C，C又喜欢A的情况我只在小说里见过呢！"权毅露出不可思议的表情说。

我听了他的言论，眉毛微皱。"权毅，A喜欢B，B喜欢C，那么C和A是同性吧！你的最后一条命题不成立。"我逗他。

权毅听我这么说竟然认真地掰起手指算起来，我被他的样子逗得哈哈大笑，我说："行了，故事讲完了，快说说你吧，你为什么来这里呢？"

他终于搞明白了ABC的问题，这才抬起头无奈地说道："都怪我舅舅啊，我舅舅天天就爱说藏区怎么怎么好，我妈听得多了也受了感染，就非让我考到这里来。"

"那你自己呢？"我有些担心他，如果不是他自己情愿的岂不是很痛苦？转念一想，当时我来的时候也不是真正发自内心想来的，现在不依然留在这里了嘛！想起格子衬衫的话，或许藏区真的有什么魔力也不一定。

"我自己啊，我觉得哪里都好啊！不过舅舅和我妈都这么喜欢藏区，我也想来看看。"他说。

他的情况和我当时的情形有些相似呢，我想。

"那你现在看了什么感觉？"我问他。

权毅难得地托起腮严肃地思考起来，我等着他说出一番大道理的话，谁知他想了好一会儿才说道："还真是没什么感觉，不过我到这里不过才两天，什么也没见到呢！"

"你想见什么？"我问他。

他咧开嘴笑得开怀，凑到我身边说道："那我要说了，你带不带我去？"

我也笑着逗他："只要是能带你去的我都带你去。"

"那好，一言为定！"他赶紧说道，生怕稍晚一会儿我就后悔了一样。

没想到权毅第一个要求要做的事情是去骑马，我想起来上次赵飞执着地想去骑马的情景，我不禁失笑，暗想权毅的某些地方确实和赵飞很相像。

我打电话想把赵飞叫出来。

"去骑马，你去不去？"我问赵飞。

"什么时候？"赵飞的声音含含糊糊，像是嘴里嚼着什么东西在说话。

"今天下午，有时间吗？"

"呕！有！"

"嗯？你吐什么？"我问赵飞。

"没事，刚才吃盒饭呢，菜没炒熟！"赵飞抱怨。

我失笑。"怎么不自己做饭了？"问完之后觉得自己的问题太傻，它让我们都想到了降初，我连忙继续说道，"马场等你，快一点儿，给你介绍个弟弟！"

"得了吧，你给我介绍弟弟干吗？你要给我介绍个妹妹那我就不等下午了，保证现在就过去！"赵飞似乎没有在意我的问题，笑着和我调侃。

赵飞好像又变回了爱上降初之前的那个赵飞，玩笑不羁，潇洒狂放。可是又觉得哪里不同了。

赵飞下午准时赶到，权毅和赵飞很投缘，两个人一个狂放不羁，一个开朗直率，又因为同是北京人，聊起来不亦乐乎。

挑马的时候我还是控制不住地往降初当时喂马的地方看去，马厩处空无一物，我懊恼地回神，恰好撞上赵飞同样懊恼的眼神，我尴尬地迅速挪开视线，赵飞笑了笑，默契地没有说话。

年关刚过，正是乍暖还寒时候，骑在马背上，奔驰在干枯的原野上，寒风猎猎，心情也跟着飞扬起来。

"哒哒"的马蹄声敲打着心扉，我想象着父亲一定也在这样的草地上驾着马儿奔驰过。

从马上下来，权毅笑得开怀。

"真是过瘾！"他说，"在北京的马场跑马只能牵着马遛弯，不能像刚才那样，就好像你就是这片草原的主人，在视察自己的领地。"

赵飞拍拍权毅的肩膀，笑着对我说道："其实咱们几个人中，要说马术最好的，还是……"

"嗯？怎么不说了？"我诧异地问他。

他不自然地抿抿嘴，笑着解释："没什么。"

"降初吗？"我问。

赵飞点点头，神思又飘远。

当初洛桑泽仁带我逛的地方我带着权毅又走了一遭，权毅很兴奋，看到什么都喜欢问。唯独没有带他上雪山，没有带他看日出，我想，很多东西还是要让他自己慢慢去领会。他对我说他越来越喜欢川藏了，我笑笑不说话。

他的喜欢要比我来的快得多。

带着权毅逛了大半天集市，从集市回单位的路上，权毅接了个电话，然后高兴地跑过来跟我说："我舅舅到新龙县了，要来看我呢，说是在茶楼等我，我不知道地方，你带我去好吗？"

权毅的要求我自然是答应的，幸好那个茶楼离我们现在在的地方也不远，我们步行没走几步就到了。

刚进茶楼，权毅拿出手机给他舅舅打电话，突然发现自己电话停机了，又风风火火地跑出去找地方交电话费，让我在里面等他一会儿，待会儿他要给我引见他的舅舅。

我找了个靠窗的位置坐着等权毅。

"李峰？"突然身后有人叫我，很熟悉的声音，但是我想不起来是谁。

我蓦然回头，身后男人粗犷中带着雅致的线条冲入视线——格子衬衫男人！

我不可置信地站起来，格子衬衫男人还是像第一次见面时那样热情，他一把把我按在椅子上，自己在我对面坐下。

"真没想到会在这儿遇见你！"格子衬衫男人感叹道。

"是啊！我还以为以后都不会再见面了呢！"我有点儿激动，有点儿怅然。

"要不怎么说是缘分呢！"格子衬衫男人翘起二郎腿，把身体陷进松软

的沙发里。

"在藏区待得怎么样?"他问我。

"还……行吧!"他这个问题太广义,我觉得不好回答,所以说得很迟疑。

格子衬衫男人开怀地笑了,说:"还行吧是怎么样的行法呢?"

这还是等于之前的问题,我有点儿无奈。

格子衬衫男人似是看出了我的尴尬,摇摇头笑说:"那换个问法,你喜欢的那个女孩追到了吗?"

我摇摇头,无奈道:"没有,我连和她开始的机会都没有。"

"可惜了!不过感情的事情最是强迫不来。"格子衬衫男人感慨着点点头,又问我,"那你还喜欢她吗?"

"喜欢……吧。"我说。

格子衬衫男人笑了,说道:"怎么又是带个'吧'的,这个问题我问的可不笼统啊!"

我微红了脸,轻声解释道:"我虽然很喜欢她,但是有一个对我很关照的藏族女孩被我伤害之后失踪了,我心中有愧,就不愿再多想感情的事儿了。"

"是吗?"格子衬衫男人饶有兴味地分析道,"这样说来你对那个藏族姑娘也有点儿动心了,所以你不光愧疚伤害了藏族女孩,也愧疚自己对心上人的感情不专。你看我这样说对吗?"

我点点头,确实是这样。

格子衬衫男人不明所以地笑了,他问我:"你打算留在这里吗?"

"嗯,至少暂时还不想走。"我说,我不想把话说得太死,所以带了"暂时"这个字眼。

"那你可是因为心上人留下的?"格子衬衫男人有点儿明知故问。

我摇摇头,说道:"走到这一步,我的生命已经不只有她一个人了,除了她我还有我的信念、我的理想、我的朋友、我的家人等等,很多很多。"

格子衬衫男人意味深长地笑了,"也就是说你现在想留在藏区完全是因为自己。"他说。

似乎吧,我看着他,眼神悠远,像在注视远方的自己。

"还记不记得我跟你说过,等你到了藏区,藏区的一草一木一抔土都会留你，你听得到它们说什么吗？"他问我。

他突然提起这句话，我没有想到雄伟神骏的落日山峰，也没有想到一望无际的马场，我想到的是孩子们在屋子里盆栽的格桑花。

想到冉冉想要离去那天，孩子们每人一束花捧着落泪挽留的场面；又想到冉冉生日那天满天的火苗在空气中蹿动。

"我听到了格桑花开的声音。"我说。

窗外，权毅慌慌张张地跑过来，我探头望下去，刚巧对上权毅向上张望的视线。

"李峰！"他叫我。

"嗯？"格子衬衫男人也张头向外望去。

"舅舅！"权毅看到格子衬衫男人后兴奋地唤道。

我愣了一下，呆呆地看着格子衬衫男人。

"你们？"

"呵呵，我也没想到他认识你。权毅是我外甥。"格子衬衫爽朗一笑，意外地说道。

我招呼权毅上楼，对格子衬衫笑道："我们是同事。"

"或许，冥冥中真的有定数。"格子衬衫男人感叹道。

我正努力地消化刚才的惊异，突然洛桑泽仁打电话过来。

"李峰！降初回来了！"洛桑泽仁兴奋又急切的声音从电话里传来。

"什么？"我被他惊得险些摔了电话。

"降初和她的丈夫一起回来的！"洛桑泽仁说。

"她丈夫？从南方回来了？"

"嗯，回来了！"

突然听到降初回来的消息，我一时有点儿接受不了，说不上来是什么样的心情，似乎觉得如释重负，又似乎有点儿不甘心。

"怎么了？"格子衬衫男人问我。

我放下电话，面无表情地说道："那个藏族姑娘回来了。"

"回来了？就是你说的消失的姑娘？"

我点点头，格子衬衫男人似笑非笑地看着我："你有什么打算？"

"打算？"我诧异地抬头，看到权毅莫名其妙的神情。

我轻轻一笑，倍感无奈。"我想去看看。"我说。

"去吧，我要在这里住几天，改天我们好好聊聊。"格子衬衫男人说。

让权毅陪他，我立刻回单位找洛桑泽仁。

然而陪着我去找降初的却是权毅不是洛桑泽仁。回去的路上我想打电话给赵飞，但是突然想到洛桑泽仁说降初的丈夫也一起回来了，我不知道怎么和赵飞讲，我想等我确定事情的真实性再告诉赵飞也不迟。

再给洛桑泽仁打电话已经打不通了，回到宿舍也没有找到洛桑泽仁，同事说洛桑泽仁遇到紧急任务他代替我去了，他留话让我去把我想做的事情做了。所以我说洛桑泽仁是最了解我的，无论降初现在怎么样，我只想看她一眼，看到她在这里，看到她好好的，无论降初喜欢的是谁，又无论谁喜欢她，只要我见到了她，我心里的石头才算落了地。

还有赖旭的腿也不知道怎么样了。

我从没有这么急切地想看到一个人，即便是见冉冉都没有的急切，我想，无论是亲情，亦或是爱情，降初都是不一样的。

当我匆匆跑往门外，正好撞上从茶社回来的权毅。

"我刚从舅舅那儿回来，以为你已经走了呢！"权毅说。

"还没呢，我正要去！"我说，边说边快步走。

权毅跟上我的脚步，他说："我想跟你一起去！带上我吧！"

我点点头，我或许真的是需要一个人陪着，陪着见证我所有的优柔寡断的结束，见证我的辜负和用情的结果，陪着我接受命运的审判。

"舅舅给我讲了你的故事，他说等你这件事情完了想我们一起吃个饭。"

"嗯，那是一定的，我们的相遇是真的验证了缘分的存在。"我说，原本我想笑着跟他说，让他当做一个玩笑来听，但是我此刻的心情着实笑不出来。

"我也没想到舅舅认识你呢！"权毅笑着说。

"原来你是因为你舅舅和妈妈喜欢藏区，你才来到新龙县的。"我轻笑道。

"是啊，当初他们帮我选了藏区特警，我就非常好奇，在火车上我就开始兴奋难耐了。"权毅说。

"来了之后呢？"我问他。

"来了之后呀，"坐在出租车上，权毅把身子靠在椅背上，轻笑一声，这才说道，"你不知道，我刚下火车的时候，一看到这苍凉的景象瞬间就灰心了。"

　　我想到那个不像是车站的车站，笑了："是啊，那么进城之后呢？"

　　"经过这些天，我开始喜欢这里了。"他说。

　　我转过头去问他："为什么喜欢呢？"

　　"这个我还不知道。"权毅孩子气地挠挠头，"说不上来，我就是想着在这里待久了也许会越来越喜欢。"

　　"那么你现在的喜欢多半只是好奇了！"我说。

　　"是啊，就算只是好奇也是因为喜欢才好奇的，这么说我还是喜欢这里呢！"权毅不满我的说法，笑着争辩道。

　　我扭头看向他，他却看着窗外，浅浅的笑挂在脸上，和我当初的表情很像，但是却不太一样，他的感情展现的力度要比我强。

　　原本只有十分钟的车程，司机却走了将近半个小时，也许是我心态的缘故，我在想它是不是预兆着降初离我越来越远了。

　　从车上下来，还要走一段小路才能到村子，权毅一直亦步亦趋地跟在我身后，他没有说话，没有再像之前一样好奇地问我的故事，我想他在试着体会我现在的心情，亦或是用他的眼睛来探寻事情的始末。沐浴在落日的余晖下，除了脚步声我听不到任何声音。

　　又一次踏上这片石子路，降初的小楼就在眼前。

　　楼上彩带飘扬，看得出是新换的彩带，颜色依旧鲜艳。二楼的木窗开着，但是从窗框上垂下一张帷幔，将内里的情形遮挡得严严实实。

　　一阵微风吹过，帷幔初起，原本伸进屋中的一株藤绿若隐若现。

　　"这里就是你要来的地方？"权毅从身后走过来看着前方问我。

　　"嗯。"

　　"你说的藏族姑娘就住在里面？"他问。

　　我刚想点头，但是想了想还是不确定道："也许吧！"

　　"什么叫也许吧。"他笑道。

　　"她以前就住在这里，这是她的家，现在……我还不知道。"我说。

　　"你不是要见她吗？那我们进去吧！"权毅说着就要往前走。

　　我一把扯住他的胳膊，他不解地扭过头用眼神询问我。

　　看他疑惑的眼神，我叹口气："我是想见她，只是，我不该去。"

　　"为什么？"这下权毅的疑问更深了。

我是不该见降初了，因为她的丈夫回来了，或许降初已经就此走出了我们的世界，走出了我的生活。

我没有回答权毅的疑问，我俩静静地站在那里眺望着降初的小楼。

夕阳西下，月亮爬上山坡的时候，我"见"到了降初，降初就从二楼的那个窗台处探出身子，收起窗框上挂的帷帐。

还是初见时的那件藏青色长裙，尾摆分叉，迎风微动。

降初回来了，真的回来了，我袖中的手紧紧攥起，神情恍惚，不知自己眼前看到的是不是真的。

我扭头问权毅："她出来了，你看到了吗？"

权毅原本在眺望着远山，听到我这么问连忙往小楼方向望去，降初已经进去了。被收起的帷帐即是个实实在在的证据。

权毅看了半天没看出什么，就诧异地看着我。

"咱们走近点儿看看吧，等了这么久什么也看不到啊！"

也许是因为越来越浓的夜色，我被权毅说服走近小楼前。

走到村口遇上一位姑娘，天色渐黑，看不清楚衣衫是什么颜色，她静静地走在我们前面，手里挎着个竹篮，身段娇柔，一行一动间自有一番风韵流转。

她就静静地走在我们前面，身形明明不像，可我依然觉得她像降初，也许藏族姑娘都有些共通点也不一定。

权毅欣赏地望着她，像是欣赏一幅画。

走到拐角处，这位姑娘一转身走进身侧的巷子，在我们眼前消失了。

权毅的表情有点儿失望。

终于走近小楼前，也许是我的幻觉，我觉得这座小楼突然间有了人气，不像之前那样荒凉，虽然它一点儿都没变。

突然，二楼的窗又开了，这次，我真真切切地看到降初，她就站在那里，手里端着一个盆子，刷地将盆里的水泼向窗外，发辫随着她的动作轻轻浮动了一下。

我愣愣地看着她，过了一会儿从屋子里走出一个藏族打扮的男人，看不清楚样貌，我心里咯噔一下，原来，这就是命运的宣判。

降初就站在那里，听到男人出来微微侧了侧身，和男人一人一边站在窗台处，男人扭头对降初说了什么，降初也张了张口，站得远我听不到他们说什么，不过想来也是些生活琐事，因为他们说完之后降初把盆子递给了男人。

突然间我有点儿痛恨这个男人，他一去数年，让降初一个女孩带着孩子艰苦地过了这么多年，又在降初以为他不会回来的时候回来。不过他终是降初的丈夫，降初以后都有了依靠，或许这对降初而言，是幸福的。

真真切切地看到了降初，我想我该把降初回来的消息告诉赵飞了。扎在我和赵飞友谊之间的刺终于可以拔除，但是……我又不知道该如何给赵飞说降初的丈夫回来这件事。

打电话给赵飞，一直是无人接听，我愣愣地看着毫无反应的电话，我以为是上天不让我告诉赵飞这个消息，或许赵飞不知道反而会更好一些，只是如果我不说赵飞迟早也会知道。

到底这件事对赵飞是好是坏，也该由赵飞自己决定。

过了一会儿，赵飞回电话过来。

"李峰，怎么了？出什么事儿了？打这么多电话！刚在洗澡呢！"赵飞劈口问我。

"赵飞。"我低声说道。

赵飞似乎感觉到我语气中的异常，着急地问我："怎么了？到底发生什么了？"

"降初回来了。"我说。

"真的？！"赵飞猛地惊叫道，我听到电话里有"乓乓"的声音，好像是什么东西掉落到地上。

"真的。"

"她现在在哪里？"赵飞着急地问。

"在她家里。"我说。

"你呢？你也在吗？她好不好？"赵飞仍然关心降初。

我没有回答他的问题，我说："降初的丈夫也回来了！"

赵飞安静了很大一会儿，沉默得就好像他不再准备说话了，但我任性地想知道他的反应。

"是吗？"他说，他的语气就好像在质疑我，但是我知道，他信了，正是因为相信才更希望我说的不是真的。

"嗯。"我说。这一刻我觉得我体会到了赵飞的痛楚。

"我想见见她。"赵飞说。

我沉默了一会儿，决定权在于赵飞，我并不能说什么，我说："我在她家门口，你来吧，我等你。"

赵飞一路开车到降初家门口，我和权毅站得远，看他车过来赶紧跑过去。我想到赵飞表白的那一天，也是这辆车子，停在同一个位置，物是人非。

权毅高兴地给赵飞打招呼，赵飞只是勉强笑了笑。

赵飞站在车前，抬头看向二楼。我看出了他满心的不安。

三个人安静地站着，谁也没有去敲门，窗台上又一次显出降初的轮廓，这次，她关上了窗子，切断了屋子与外界的联系，就像切断她和我们的关系。

"赵飞。"我轻轻叫他，我不知道赵飞要不要进去，我怕声音稍大一点儿就吵到降初。

关上的窗子上显出两个人的身影，两人离得很远，一个在前一个在后。

赵飞愣愣地看着，过了一会儿扭过头对我说："我们回去吧。"

是啊，我们该回去了。

原来，赵飞的想法和我是一样的，不过是想"见见"降初，见到了我们的心也就踏实了，无论随之而来的是失望，还是不甘，都不重要了。

或许，从始至终降初都只是我们生命里的一个过客，像一颗彗星，在我们的生活中画出一条靓丽的弧线就果断离开。

赵飞送我们到单位门口，独自开车走了，我觉得，汽车发动的嗡嗡声就像他的叹息一般孤独落寞。

回到宿舍，权毅问我："赵飞就是C吧。"

他没头没脑的一句话说的我一愣。"什么C？"我问。

权毅笑笑，解释道："就是你爱的人爱的人。"

"哦。"我轻笑，真是个眼神毒辣的孩子，我说："是的，我爱的女孩爱赵飞，赵飞爱……小楼上的那个人。"

"楼上的那个人喜欢你？"权毅接话道。

"现在不了，现在她脱离了我们的生活，或许永远脱离了。"我说。

"你伤心吗？"他问。

"伤心？"我诧异他的问题，过了一会儿我摇摇头，"倒不是伤心，是一种无能为力的悲哀，悲哀中还带有庆幸，我希望，她找回了自己的幸福。"

洛桑泽仁回来了，他一回来就跑进我的宿舍。

"怎么样？见到降初了吗？"洛桑泽仁额头上还挂着汗珠，进来就问我。

"见到了。"我点点头，"你怎么知道降初回来了？"

洛桑泽仁甩甩额头的汗，说道："我一个朋友的朋友是降初的娘家亲戚的邻居，我辗转了几圈才问到的，降初前段时间回了娘家。她丈夫是最近才回来的，起先到家里没见到降初就去她娘家找了。"

洛桑泽仁长长的一段话说完，大大地喘了口气。

"他倒还记得自己的妻子孩子。"我口气不太好。

洛桑泽仁过来拍拍我的肩膀，说道："记不记得他都回来了。"

"嗯，我希望降初能幸福。"我说。说这句话的时候刚才赵飞转身时落寞的背影，还有那悲哀的汽笛声突然闯入我的脑中。

幸福吗？怎么样才能幸福？怎么才算是幸福？我糊涂了。

洛桑泽仁让我好好休息就回屋洗澡去了，权毅也站起来准备回房间睡觉。

"明天一起去找舅舅吃饭吧，他想请你，顺道托你照顾照顾我。"权毅嘿嘿笑着说。

我点点头，也许这也算一种幸福，有个人关心你，像哥哥一样，有个人依赖你，像弟弟一样。

两人都走后，我突然想起冉冉，冉冉那么担心降初，本该告诉她让她不用再牵挂，不过我不知道该不该告诉她这个消息，也不知道告诉她之后会对我们三人目前的平衡造成什么影响。

那天，冉冉站在降初的小楼前，她说："赵飞，我喜欢你只是想让你知道。"

我蓦然惊醒，冉冉早在那个时候就看开了，或者可以说，她已经恰当地处理了这份感情，也恰当地收拢了自己的情绪。

拨通冉冉的电话我才想起来，现在夜色已深，只怕冉冉已经睡着了。

"李峰？"冉冉的声音从电话里传来，带着初醒的慵懒沙哑。

冉冉没什么反应，倒是我被吓了一跳。"你，还没睡吗？"我问。

"还没睡着，不过已经躺在床上了，这么晚了有什么事情吗？"她问我。

"嗯，也没什么大事，刚打过去我才想起来时间太晚，还是打扰到你了。"我说。

"怎么算打扰呢，瞧你说的。怎么了？"冉冉笑着说。

我静了一下，用极其平淡的语气说："降初回来了，你不用担心了，也告诉卓玛，别让卓玛再担心了。"

"你见到她了？"冉冉急切地问，但是她的急切不同于赵飞，冉冉的语气要平和许多。

"算是见到了，她很好。"我说。

我深深吸一口气，又补上一句："降初的丈夫也回来了。"

"那……"冉冉的语气有些迟疑，"那赵飞……"

"睡吧。"我对冉冉说，"无论怎样，降初现在好好地在那里，不是吗？"

"是啊，只要好好的就行。"冉冉说，话语间透着平和和静好。

躺在床上，睡得很沉，似乎刚闭上眼就沉沉地进到梦里。梦中我看到冉冉，冉冉穿着一条雪白的吊带裙，在风中欢快地跑着，像一只舞动的精灵，敲击着我的心扉。

也看到降初，降初穿着那条绣有繁复花样的藏青色裙袍，站在小楼的窗台前，发丝飞扬，蝴蝶环绕，像是从雪山上走下来的神女，神秘美丽。

第二天一大早权毅就跑过来敲我的门，这一点倒是和洛桑泽仁很像，两人都是急性子。

"李峰，舅舅打电话来让我们去马场见面呢！"权毅笑道。

"嗯？为什么去马场？"我一边刷牙一边含含糊糊地问道。

"也没什么，舅舅今天突然想骑马。他说来一次不容易，下次来就不知道什么时候了，总住在旅馆坐在茶楼也没意思。"他说，说的时候夸张地学着格子衬衫男人说话的表情。

我轻笑："你舅舅不是来办事儿的吗？不办了？"

"他说事儿办完了，玩儿两天。"

初春的清晨，画眉鸟唧唧叫着，让人心神清朗。

格子衬衫男人坐在马场外延的草坡上，手里捏着一把口琴，我们去的时候，刚巧看到他把口琴放在嘴边，一袭清丽流畅的旋律从嘴边流出。

"嗨！兴致真好！"我叫住他。

"格子衬衫男人放下口琴，爽朗一笑："就是坐着无聊，瞎胡吹两声。"

"想不到你还会这个。"我和权毅走到他身边学着他的样子坐在草坡上。

格子衬衫男人不好意思地笑笑："又不是什么了不得的玩意儿，小孩子都能吹响。"

我笑笑不说话。

权毅要过格子衬衫男人的口琴翻看，突然问我："我记得你门后挂着一把吉他吗，你会弹吗？改天有时间了教教我。"

"好。"我看向他柔和地一笑。

格子衬衫男人轻轻拍拍我的肩膀，笑着对权毅说："李峰也是多才多艺呢，你以后可要好好跟着他学学。"

权毅咧开嘴高兴地笑笑，说："李峰是我负责带我的同事，就像我的半个老师一样，我当然要跟着他好好学。"

被权毅崇拜的眼神看着，我有点儿羞赧，不知道该说什么。

"对了，昨天见到人了吗？"格子衬衫男人两腿伸直，半躺在草地上，问我。

我仰望天空，万里晴空无一片云彩。"见到了。"我说。

"感觉如何？说话了吗？"他又问。

"只是站在门外远远地看到她的身影，没有见面。"我说，"感觉……怎么说呢……算是如释重负吧！"

格子衬衫男人笑笑："不止吧，就没有别的感觉了？"

我低下头，看到春日新生的嫩草，不确定地说道："也许还有点儿失望，有点儿悲哀，有点儿……不甘心，还有庆幸。"

"现实总是会让你措手不及。"格子衬衫男人说道，"不一定什么时候会突然出现什么变化——在你最不想变化的时候，或者在你希望有变化的时候，它却偏偏不如你的意。"

我看向远边奔驰的骏马，感受着吹到脸上的徐徐微风，怅然道："虽然是变化，决定权大多还是自己的心境，可偏偏没有现实的变化你明白不了自己的心情，当明白的时候已经来不及了。"

我有点儿伤感，对冉冉是如此，对降初，也是如此。

"现实有时是残酷的，但它也成就了美——残缺的美，不是吗？"格子衬衫男人扭过头看着我。

我点点头，想到格子衬衫男人年轻时在藏区的那段恋情，残缺却令人印象深刻，我说："残缺的美有时也更吸引人，更令人难忘。"

"所以说，这也是一种幸福，完美的、没有坎坷的感情是在小说中出现的。"他说。

格子衬衫男人干脆手肘支着头躺倒在草地上，"下次来的时候还能找到你吗？"他问。

"能。"我笑了，很肯定地告诉他，因为，我会留在这里，就像我的两个朋友一样留在这里。

不远处马厩边上停着一辆面包车，我看着眼熟，仔细看去，赵飞斜倚在车门上。

他来这里……是想见降初吗？我诧异，也为他心疼。赵飞对降初确实用情太深了，我知道，他只是想看看，所以我更心疼。

权毅一直盯着前方入神地看，脸上挂着微笑，我有些好奇，顺着他的视线望过去，一个女孩牵着一匹神骏的枣红马在马场边缘缓缓走着，女孩神韵清婉，藏式的刺花小帽下乌发随风流转，正是昨天夜里见的那个姑娘。

我了然一笑，或许，权毅就像是我的另一段青春，格子衬衫男人却是我这一段青春的见证。

微风拂过草地，拂过衣襟，拂上脸颊，我沉醉在带着青草香的春风里。想着那些逝去的日子，虽然结局不算圆满，但却成就了我懵懂美好的青春。

碧绿的草地上，偶尔有几株格桑花随风挺立着，沉寂了一个冬天，我再一次看到——格桑花开！

香，燃起来了，还是那沁人心脾的香气，还是那清涤一切的藏香。

藏香，以制作者虔诚而圣洁的心为底，加入心脏良药肉豆蔻、肺之良药竹黄、肝之良药藏红花、命脉良药丁香、肾脏良药草豆蔻、脾之良药砂仁……珍贵天珠、珍珠、珊瑚及喜马拉雅圣地之高山药材，收藏着世界屋脊最洁净的阳光，聚而成为蕴含着雪域高原精魂的弥足珍贵之芳香，上可供养上师三宝，下可使行者的身体、气脉及心神广受裨益。

藏香，祛除污秽、净化灵魂、接引人到达天堂。

愿我身净如香炉，愿我心清如智火，念念戒定慧真香，供养十方三世佛。

如焚一香，从一香中出无量香，一时此香遍满虚空尽于法界，香中涌现所有庄严供具,香中幻现无量身,如普贤菩萨一样修十大愿王,遍做一切佛事,普熏一切众生令发善根,普施一切众生安乐。

  我的目光遥望
  遥望雪域深处的故乡
  我又看见看见我的卓玛姑娘
  金色的阳光是她的欢乐歌唱
  古老的村庄是我们狂野的天堂
  哦 藏香 哦 藏香
  你给我多少美好的想象
  哦 藏香 哦 藏香
  你打开了一扇天堂的小窗
  藏香……